嘆きの亡霊は引退したい
Nageki no bourei ha intai shitai
～最弱ハンターによる最強パーティ育成術～
6
著：槻影
Tsukikage
イラスト：チーコ
Chyko

「…………昔からどこにでも
ついてきたがるんだよね」

ゼブルディア皇帝主催
「白剣の集い」

『おおお……欲深き者……
再び我に挑むか……』
果たして神相手に結界指は通じるだろうか。
攻撃を受けた事がないのでわからないが、考
える意味はない。攻撃されるような事になれ
ばどうせ死ぬだけだ。

6
嘆きの亡霊は
Nageki no bourei ha intai shitai
引退したい
〜最弱ハンターによる最強パーティ育成術〜

CONTENTS

第6部
狐
Chapter VI "Fox"

Prologue 帰還

天気は快晴、爽やかな風が馬車内を通り過ぎる。

スルスでのバカンスを終え、馬車に揺られる事数日。特に何事もなく、僕は一ヶ月ぶりに帝都ゼブルディアの巨大な門の前にたどり着いた。

総評すると——素晴らしいバカンスだった。アーノルドに追われたり地底人が襲撃を仕掛けてきたり事件は色々あったが、もう全てがいい思い出だ。

全てをいい思い出にする。それはトラブルに巻き込まれ続けた僕の唯一の適応なのかもしれない。

今回は最後の最後でルーク達にも合流できたわけで、これ以上を望むのは欲張りというものだろう。

馬車の中はスルスで買ってきたお土産で埋まっていた。クランメンバーやエヴァにバカンスを自慢するために多めに買い込んだものだ。

宿に売っていた温泉ドラゴン饅頭《まんじゅう》や温泉ドラゴン卵、温泉ドラゴン入浴剤などがほとんどだが、中には地底人皇女（シトリー曰く、リューランという名前らしい）が持ってきてくれたお土産もある。

奇妙な石が嵌《は》められたペンダントだ。僕には価値などわからないが、地底人の研究はあまり進んでいないらしいし、見る人が見たらレア物なのかもしれない。

うちのパーティは馬車を使ってもほとんど乗ったりはしない。いつも乗っているのは僕とルシア、シトリーくらいだ（そしてたまに彼女達も走る）。今日もルーク達（とティノ）は修行代わりに走っているが、久しぶりの光景にとても懐かしい気分になってくる。

一ヶ月ぶりに見る帝都の門は、大きく欠けていて現在工事中のようだった。警備の騎士団がずらりと並び、スルスとはかけ離れた厳重な警戒が敷かれている。

ルシアから、帝都で騒動が起こっていたとは聞いていたが、どうやらまだ落ち着いていないらしい。バカンスに行っても行かなくても地獄って……帝都危険すぎない？

まぁ、だが見たところ、絶賛混乱中というわけでもなさそうだ。大きく背伸びをして欠伸《あくび》をする。

「久しぶりにホームに帰ったらゆっくり寝よう」

「…………ずっとゆっくりしていたように見えましたが……」

そりゃバカンスだからね……だが、旅中はどれほど全力でのんびりしても、無意識に気を張っているものだ。家でのゆっくりは別腹（？）である。

ルシアが額を押さえて深々とため息をつく。

「はぁ…………随分空けたし、宝具も、チャージしないと……」

「ん……ああ。大体の宝具はチャージしてあるから、そんなに負担じゃないと思うよ？」

「は？」

ルシアが常軌を逸したような者でも見るような目をこちらに向ける。

これまで宝具のチャージは大体全てルシア頼りだったので衝撃なのだろう。

これでも、僕だってやる時はやるんだよ。

「クリュス達に頼んでやってもらったんだ…………シトリーが」

「あの量を!?　…………………はぁぁぁぁ」

ルシアが深々とため息をつく。どうやらお気に召さなかったようだ。

「何、考えてるんですか？　あの大量の宝具を他人にチャージさせるなんて――周りに、迷惑を、かけないッ！」

「み、皆、喜んでやってたんだよ…………訓練だって」

不機嫌そうな目つきに思わず言い訳をする。そりゃ、かかる迷惑くらいは知っているつもりだ。僕だってあそこまでやるつもりはなかったのだ。シトリーの交渉力の恐ろしさである。

言い訳を聞いても和らがない妹の目つきにとっさに付け足す。

「そ、それに大丈夫………ルシアにチャージしてもらう大物はちゃんと、残ってるから」

「パンチしますよ？」

門だけではなく、帝都の中も記憶とは大きく変化していた。

爆弾でも落とされたのか、家屋が幾つも半壊し、整備されていた道路も幾つも断裂し、騎士団が必死になって交通整理をしている。綺麗に生え揃っていた街路樹も、ちょっとお気に入りだった喫茶店も漏れなく被害に遭っていて、戦争でも起こったのかと勘違いしてしまうレベルだ。

『アカシャの塔』と《魔杖《ヒドゥン・カース》》がぶつかったという話は軽く聞いていたが――どうやら、《魔杖》のクランマスター――あの燃やす婆さんが随分暴れたようだな。

『アカシャの塔』は恐るべき秘密結社らしいが、《魔杖》も大概である。

奴ら、町中で平気で広域攻撃魔法撃つから……これではどちらが秘密結社だかわからない。

だが、見たところ死体などは転がっていないようだ。もしかしたら灰にされただけかもしれないが、街の人達ももうこの状況に慣れているように思える。抗争はもう終わったのだろう。

ハンターにあるまじき事だが、僕は死体を見るのが苦手だ。帝都を出ていて本当に良かった。

どうせ僕がいても何もできないし――。

馬車をいつも通りシトリーに任せ、お土産の温泉ドラゴン饅頭の箱を持って、久しぶりのクランハウスの階段を駆け上がる。

道中に少しだけ食べてみたが、温泉ドラゴン饅頭はかなり美味《おい》しいお菓子だ。

本当にドラゴンが入っているわけではないが、甘いのとしょっぱいのが揃っていて、甘い物嫌いでも美味しく食べられるように配慮されている。結局、温泉ドラゴンとの関係は不明だが、温泉ドラゴンも美味しそうに食べていた。

ラウンジに入ると、笑顔で大声をあげる。

「ただいまー！　………………あ？」

笑顔のまま硬直する。いつも綺麗に整頓されているラウンジは死屍累々《ししるいるい》といった有様だった。幾つもあるテーブルにはハンター達が死んだような目で突っ伏していて、床には酒瓶が転がっている。

最近どこかで見た光景であった。一緒についてきたルシアは目を見開き、ルークが顰《しか》めっ面で（多分）良からぬ事を考えている。

おまけに、テーブルの一つでぐったりしているのは、見紛う事なく、うちのクランに所属する中でもトップクラスの実力を持つ《黒金十字《くろがねじゅうじ》》だった。

そのリーダーであるスヴェンがゾンビのような目で僕を見て、硬直する。

ああ、そういえばクランメンバー達が騒動に巻き込まれ大騒ぎしていたって言ってたな。

僕はにこにこしながらその卓に近づくと、呆然としているスヴェンの目の前にお土産の温泉ドラゴン饅頭の箱を置いた。

デフォルメされたドラゴンが印刷された箱に、スヴェンの頬が引きつり、肩がわなわな震える。

僕は肩をぽんぽんと叩くと、くるりと反転し、駆け出した。

がたんと背後からスヴェンが立ち上がる音がする。

「あッ！　おい、こら待てッ！　てめ――」

「ルーク、僕忙しいから後はよろしく」

「よっしゃあ、スヴェンッ！　俺の新技を見せてやるッ、訓練場に行くぞッ！」

帰ってきたばかりなのに元気だね……そしてごめん、スヴェン。僕はエヴァにお土産渡さなくちゃならないから、愚痴に付き合っている暇はないんだ。

「クソッ！　……てめえらッ！　クライを逃がすなッ！」

目を輝かすルークに、スヴェンが悲壮感すら漂わせる叫び声をあげた。

他のメンバーが、死体が蘇《よみがえ》ったかのように顔を上げ、その双眸《そうぼう》が獲物を見つけたかのように輝く。

すれ違いざまにルシアの肩を叩く。ルシアが甲高い声をあげ、もうもうと鳴く。

ラウンジから悲鳴があがる。僕は、にこにこしながら息を切らせて階段を駆け上がった。

顔を見るなり血相を変えたスヴェンと異なり、《始まりの足跡《ファースト・ステップ》》副クランマスター、エヴァ・レンフィードはいつも通りの態度だった。

「おかえりなさい、クライさん……バカンスは如何《いかが》でしたか？　噂には……聞いていますが」

「まあ色々あったけど、楽しかったよ。これ、お土産ね」

にこにこする僕に、エヴァが呆れたような表情で温泉ドラゴン饅頭を受け取る。

これだよ、これでいいんだよ。癒やされる。

何だよ、あのスヴェンのまるで親の仇《かたき》でも見つけたような表情。僕が何をやったと言うんだよ。

一緒にバカンスに来なかった君達が悪いんじゃないか！　まぁ、来たら来たで大変そうだけど！

「クライさんもバレル大盗賊団の件で大変でしたでしょうが、こちらも……クライさんがいない間、大変だったんですよ……後でクランメンバーを労《ねぎら》っていただけると」

もう温泉ドラゴン饅頭をあげてきたよ。

「……そういえば、少しやつれた？」

寝癖があるわけでもないし、制服の着こなしも完璧だ。眼鏡にも曇り一つない。だが、全体的に見ると記憶にあるエヴァよりも少しほっそりして見える。

エヴァはハンターではないが、このクランの実質トップだ。クランメンバーがあれほど疲弊していたのだから、エヴァにも負担があってもおかしくない。僕はお飾りなのでいてもいなくても一緒のはずだが、いざという時に責任を取る相手がいないというのは精神的にきつかったのかもしれない。

「少し空けちゃってエヴァにも迷惑かけただろうし、仕事があるならこっちでやるから少し休みなよ」

クラン運営の仕事は膨大だ。僕ではよくわからないものがほとんどだが、ルシアとシトリーに手伝ってもらえばバッチリなのである。シトリーはなんでもできるし、ルシアは兄の醜態《しゅうたい》が気になるのか事あるごとに手伝ってくれているのでエヴァの部下達にも顔が利いたりする。

僕の提案にエヴァは少しだけ目元を緩め、ため息をついて小さく首を横に振った。

「いえ、もう既に騒動は収まっているので……報告書は机に置いておきましたが、《魔杖《ヒドゥン・カース》》と『アカシャの塔』残党の抗争で帝都中が蜂の巣をつついたような騒ぎだったんですよ。残党といっても、大物がまだ何人も隠れていたみたいで――《足跡》にも緊急で協力要請が来て、かなり動員されました」

「そりゃ……大変だったね」

本当にバカンス中で良かった。

《魔杖》のリーダー、《深淵火滅《しんえんかめつ》》は恐ろしい魔導師《マギ》だ。どのくらい恐ろしいって、ルシアが名を聞いただけで嫌そうな表情をするぐらい恐ろしい。何でも燃やすので僕は心の中で『燃やす婆さん』と呼んでいるが、まさしく魔女とはああいう者の事を言うのだろう。

おまけに、僕は恨みも買っていた。

既に解決した話ではあるが、クラン設立時に彼女が目をつけていたパーティに誤って声をかけてしまったのだ。おまけに、何故《なぜ》かスカウトに勝ってしまった。何を隠そう、そのパーティこそがうちのクランでは二番目に厄介なパーティ――《星の聖雷《スターライト》》であり、僕はそれ以来、帝都で大手を振って歩けなくなってしまったのであった。

あの恐ろしい婆さんが関わっているのならば、スヴェン・アンガーが死にそうになっていたのも当然と言える。あの婆さんはアークでさえ小僧扱いするし、おまけに好きなのは人を燃やすことだというのだから手に負えない。まだ捕まっていないのが本当におかしい。

余程苦労したのか、エヴァの言葉には暗い熱が篭っていた。

「おまけに、相手の魔導師《マギ》も凄腕で――信じられますか？　相手は――雷精召喚の儀式を行おうとしたらしいです。人が大勢いるこの場所で、雷精ですよ!?」

……地獄かな？

精霊召喚は魔術の奥義である。ルシアは滝を生み出すためにぽんぽん召喚させられているが、一部の攻撃力の高い精霊はそれだけで戦略兵器扱いされる事もある。人が大勢いる帝都で使うような魔法ではない事は無能な僕から見ても明らかだ。さすが秘密結社の一員、ということか。

そういえば、アーノルドも雷精を撃退していたようだが、凄腕の魔導師《マギ》の指揮下に入りその力の指向性を定められた精霊は野良と比べても格段に強い。まさしく災害そのものである。

「それを聞いて、《深淵火滅》が何をしたか想像できます!?　契約している火精を召喚したんですッ！力に、力で対抗しようとしたんですッ！　本当に、信じられません。こんな帝都のど真ん中で、ですよ!?　これだからレベル8は――」

なんかごめんなさい。

「…………よく帝都、残ってるね」

破壊の跡を見た時は帝都で戦争でも起こったのかと驚いたが、《深淵火滅》が精霊を召喚したのだとすれば、逆にこの程度の破壊で済んだ事が奇跡のように思える。あの婆さんは噂では宝物殿を丸ごと焼き尽くした事もあるらしい。そして、《深淵火滅》にはそれをやってもおかしくない凄みがあった。

僕の言葉に、エヴァが困ったように眉を八の字にする。

「詳しい情報は入っていないんですが、どうも……双方とも、精霊が大きな力を使った後で激しく疲弊していたようで……」

「ふーん。運が良かったのか」

「特に雷精の消耗が激しかったみたいで、決着は割とすぐについたみたいですね。まぁ、幸運かと」

精霊召喚とは既存の精霊を召喚し使役する術だ。その威力は術者の実力以外に精霊のコンディションに大きく左右される。当然、使役されていない時はどこかで自由にしているし、発動してからやってくるまでタイムラグもあるから、非常にムラっ気のある術だと言える。いざ召喚しようとしたら、契約している精霊が消滅していて召喚できなかったなんて話もあるくらいだ。

ちなみに、ルシアはちょこちょこ滝を作るのに使うので、水精を瓶の中に入れて持ち歩いているらしい。手懐《てなず》け方が半端ではない。昔から動物の躾《しつけ》が得意な子なのである。

僕の『狗の鎖《ドッグズ・チェーン》』にお手を仕込んだのもルシアだ。

まぁ既に終わった事だ、僕には関係ない。机の上に置かれた報告書を適当にどけて、自分用の温泉ドラゴン饅頭の箱（二十四個入）を開ける。ありったけ買ってきたので、あと三十箱くらいある。

イチゴ味の赤ドラゴン饅頭を咥《くわ》えたところで、エヴァがふと意味不明な事を言った。

「そういえば、クライさん。『白剣の集い』の話なんですが――」

「んふ？　んぐッ……けほけほッ……ああ、留守にして悪かったよ。でも遊んでたわけじゃ――」

赤ドラゴン饅頭を飲み込み早速言い訳に入る僕に、エヴァは不思議そうに目を瞬《しばた》かせて言った。

「え？　いえ…………延期したので……開催は三日後です。欠席の連絡をするか迷っていたのですが、帰還が間に合って、本当によかったです」

第一章　白剣の集い

「え!? マスターが、あ、あの『白剣の集い』に!?」

クランメンバーの一人から聞いた情報に、ティノ・シェイドは思わず目を見開いた。

「ん？ 知らなかったのか。招待状が来たらしい、副マスターが準備にずっと右往左往していたぞ」

「だ、だって……マスターは、先日まで私と依頼を――」

初耳だった。バカンスという名の試練中もずっとマスターはそんな素振りを見せていなかった。

『白剣の集い』の招待はこの帝国のハンターにとって最高の栄誉の一つで、帝国に大きな貢献をした証《あかし》である。アーク・ロダンのように代々帝国で活動するハンターの名家の一員ならばともかく、マスターの年齢で招待されるのは前代未聞だろう。

そもそも本来ならば、『白剣の集い』の時期は過ぎていたはずだ。温泉で大立ち回りをしつつ休暇も忘れていなかったマスターがそのような栄誉にあずかっているなど、どうして想像できようか？

「副マスターは絶対に戻ってくると言っていたぞ。会合の延期までは予想外だったようだが――」

「…………」

クランメンバーは平然としている。だが、マスターの側で全てを見てきたティノは震える事しかできなかった。会合の延期で参加に間に合ったのが偶然でない事を知っていたからだ。

マスターは、あの遠方で、あの大立ち回りを繰り広げながら、集いの開催にぴったりスケジュールを合わせてきたのだ。そうでなければぎりぎりまでスルスで温泉に入っていたりするわけがない。

もはやティノでは真意を読む事すら諦めてしまうほどの先見と度胸である。ティノだったら、たとえ会合が延期され間に合う事を察していても、『白剣の集い』などという大イベントの前に温泉でゆっくりするなど考えられない。一体何の意味があるんですか、ますたぁ……。

思考が堂々巡りしそうになっているティノに、クランの仲間が世間話でもするかのように言う。

「しかし、マスターは誰を連れていくんだろうな……一人随伴できるはずだが――」

「!!」

そうだ。確かに、そうだった。『白剣の集い』の出席には一人、パートナーをつけられるのだ。

大抵のハンターは貴族の伝統に合わせ最も信頼できる異性をパートナーとして連れていくと言う。

もちろん、普通に考えればその候補にティノが入る事はないだろう。そこまでうぬぼれてはいないつもりだ。だが、しかし、だ。

マスターがリーダーを務める《嘆きの亡霊《ストレンジ・グリーフ》》は仲のいいパーティである。パートナー候補としては少なくともリィズお姉さまとシトリーお姉さまが挙げられるし、ルシアお姉さまだっている。ティノにはそのたった一つの座を巡って喧嘩を繰り広げるスマート姉妹の図が、あえて想像するまでもなく見えていた。

ならば――ティノにも……少しだけ、勝ち目があるのではないだろうか？

お姉さまとシトリーお姉さまが喧嘩をしていたら、きっとマスターは両方とも選ばない。となれば、自ずとマスターはルシアお姉さまを選ぶことになるが、きっと優しいルシアお姉さまならば——ティノにパートナーの座を譲ってくれるはずだ。だって、ルシアお姉さまはマスターの妹なのだから。

ごくりと、唾を飲み込む。

その考えはあまりにも浅ましいものだった。だが、手段を選んでいたら前になど進めない。

未来とは勝ち取るもの。その事を、ティノはバカンスでマスターの手口から学んだのだ。

必要なのは——速度だ。お姉さま達がこの事に気づく前に事を終わらせるのだ！

白剣の集いにはドレスコードがある。とびきり綺麗なドレスを持ってマスターの近くに行けば、全てを察したマスターはティノを誘ってくれるはずだ。そして、マスターがイエスと言ったらお姉さま達はノーと言えない。あまりにも傲岸不遜な思考に、心臓がドキドキと痛いほど打っていた。

でも、きっと、今日の私は——冴《さ》えてる。

「…………その話、誰にも、言わないで」

「お、おう？」

ティノは低い声で恫喝《どうかつ》するように口止めすると、早速ドレスを用意するために駆け出した。

『白剣の集い』。それは、帝国のハンターの中で最も有名で、最も格式の高い会合である。

主催者は時の皇帝。ゼブルディアに貢献したと認められたごく一部のハンターのみが出席を許され、僕は今回が初めてなのでよく知らないのだが、皇帝の他にも帝国の重鎮達が大勢出席しているらしく、これまで出席を許されたハンター達は例外なく大成している。

噂では、かつてアークの先祖が、死闘の末、現在の帝都の場所に存在していたレベル10宝物殿を攻略した後、皇帝に呼び出された事に端を発しているとか。『白剣の集い』の『白剣』はロダン家に伝わる宝具——聖剣が由来らしい。

『集い』への出席はわかりやすい栄光へのステップだったが、僕は今すぐにでも引退したい気分でいっぱいだった。皇帝が出席するイベントというだけでも行きたくないのに、この帝都を根城にする怪物のようなハンター達が何人も出席するとなれば行く理由がない。

そいつら歴戦の勇士と比べたら僕なんてダンゴムシみたいなものである。おまけに僕は礼儀作法も知らないので、大体こういうイベントに行くといつの間にか失礼な事をしてしまうのであった。

既に始まりの時は目と鼻の先だった。バカンスの余韻を楽しむ余裕もなく、丸一日じっくり対策を考えたが、僕の空っぽの頭では全く何も思いつかなかった。

大体、三日後とか開催が早すぎる。ああ、一日経ったからもう二日後か。

絶対に行きたくない。なんかお腹痛くなってきた。

「行きたくない……お腹痛くなってきた」

自分の机に突っ伏し泣き言を言う僕に、エヴァが深々とため息をつき、力を込めて言う。

「駄目です」

わざわざバカンスまで入れて逃げたのに延期って……ずるくない？　いや、ずるい。

どうやら、全ては《魔杖《ヒドゥン・カース》》と『アカシャの塔』の抗争が激しすぎたせいらしい。発足以来一度も延期したことがないイベントを延期させるのだから、レベル8というのは本当に恐ろしいものだ。

さすがにもう一度バカンスに行くという手も取れない。一度あからさまに逃げ出しただけでも呆れられているだろうに、次また逃げようものなら逆にエヴァに逃げられてしまう。僕は指を鳴らした。

「そうだ、アークに行ってもらおう」

「…………ご存じの通り、アークさんはアークさんで呼ばれているので」

そうなのである。アークはアークで呼ばれているのである。

彼はロダンの血族だし、集いの常連なのである。何年前から呼ばれてるって言ってたかな……。

「……着ていく服がないよ」

「ハンターのドレスコード指定はないようですが……一応、用意してあります。オーダーメイドです」

さすがエヴァ、いつもの事ながら、用意周到すぎる……。

エヴァが持ってきたのは、如何《いか》にも仕立ての良さそうなタキシードだった。

タキシード……タキシードで行くの？　…………絶対に無理だ。

「……サイズ測られた記憶ないんだけど」

「シトリーさんが持ってました。ハンターによっては鎧兜《よろいかぶと》の重装備で出席したりする人もいるようですが……クライさんは普段から鎧など装備してませんし」

それはそれで目をつけられそうだな……。

冷静に考えよう。まず、出席は嫌だ。絶対に嫌だ。何がなんでも嫌だ。

こちらをじっと見つめるエヴァに警告する。

「まぁ、僕は別に構わないけどさ……うちのパーティメンバー連れてったら絶対に問題を起こすよ」

「？　招待されているのはパーティの代表者として、クライさんだけですが……」

「どうかしてる」

嫌だ。一人でそんな死地に赴くとか絶対に嫌だ。だって燃やす婆さんもいるんだろ？　その時点でアウトである。アンセムに行ってもらおう。

戦々恐々じながら、なんとか回避策を考える僕に、エヴァが眼鏡を光らせ、追加の情報をくれた。

「随伴者が一人だけ認められています」

「よし、アークを連れていこう」

「駄目です」

「アンセムを連れていこう」

「それは……会場に入りません」

エヴァの口調は至極真面目なもので、僕は何故《なぜ》か責められている気分になった。

入れなくもないと思うけど、確かにアンセムを連れていくのは問題かもしれない。何しろ彼は威圧感のあるでかい男だから、不必要に貴族や他の脳筋なハンター達を刺激してしまう可能性がある。

逃げ出すという方法が使えないのならば、思い切りへりくだろう。隅っこの方で目をつけられないように大人しくしていよう。やり過ごす事にかけては僕の右に出る者はいないのだ。なんなら、土下座だって辞さない。となると、随伴者は土下座を辞さない僕を辞さない者に限られる（意味不明）。

その時点でだいぶ絞られるな…………やはりアークには欠席連絡をしてもらって、僕の随伴者としてついてきてもらう方向で行くしか――。

「アークさんはいつもパーティメンバーから一人選んで連れていっているようですね。熾烈《しれつ》な争いが繰り広げられるとか」

「それは……殺意が湧くね」

強い上にイケメンでおまけにパーティメンバーの誰を連れていっても問題が起きないなんて、なんて優等生なんだ。やはり持つ者は違うという事か。

と、そこで僕は頭を回転させすぎた反動で、大きく欠伸《あくび》をした。

なんか考えるのが面倒になってきたな……もう集いまで時間がないし、予定空いてる人を適当に連れていけばいいような気がしてきた。アピールしたいわけでもないし、野心があるわけでもなし、空気を読んで田舎者は田舎者らしく静かに過ごしていれば集いなんてあっという間に終わるだろう。

そうだ、僕には『踊る光影《ミラージュ・フォーム》』がある。それで顔を変えればいいのだ。

集まった貴族達に紛れてしまえばいい。タキシード姿なら格好からバレる心配もない。

今日の僕は……冴えてる。

ナイスなアイディアに、にやにやしていると、不意に扉が勢いよく開いた。

入ってきたのはリィズだった。長旅から帰ったばかりなのに相変わらず元気いっぱいのようで何よりだが、思わずその姿に目を見開く。エヴァも硬直している。

リィズはいつもと違って真っ赤なドレスを着ていた。太ももの所に深くスリットが入ったドレスだ。詰襟のぴったりと身体に張り付くようなドレスはすらっとした体形によく合っている。スリットからは日に焼けた肌がちらりと見えて、なんとも言えない色気があった。

だが、唯一、いつも通り脚部を覆った『天に至る起源《ハイエスト・ルーツ》』のせいで雰囲気が台無しである。その場で意気揚々と回転して、リィズが少し恥ずかしそうに言う。

「ねぇ、クライちゃん似合ってる？」

「似合ってるけど……どうしたの？　その格好？」

「えへへ……『白剣の集い』、一人だけ連れていけるんでしょ？　クライちゃんに迷惑かからない格好しなくちゃと思ってぇ、用意してたの」

……いや？　いやいやいやいや、駄目だよ君は。ドレスは似合うけど、一番駄目なパターンだよ。

しかもめちゃくちゃ派手だし、特に喧嘩売られてなくても売りに行くでしょ。皇帝相手にも喧嘩売りに行くでしょ。しかし、なんというか……準備万端だね。遊びに行くんじゃないんだよ？

まるで誘われるのが当然のような態度に、何も言えない。

うんうん、特に大事なイベントじゃなかったら喜んで連れていくんだけどね……。

エヴァも若干引き気味だ。いくら服装自由と言っても、さすがに真っ赤なドレスはない。

大丈夫だよ、そんな顔しなくても……わかってるから。連れていかないから。

と、そこでリィズが開きっぱなしにした扉から、シトリーが入ってきた。

シトリーは黒いロングドレス姿だった。肩から胸元まで白い肌が大きくむき出しになっていて、（温泉に行ったばかりだが）いつもローブ姿ばかり見ているので新鮮だ。いつも何もつけていない髪にはあまり派手ではない髪飾りまでつけていて、思わず見入ってしまう。

シトリーは先客の姿を見ると顔を顰《しか》めたが、その慎ましやかな体形を確認し口元に笑みを浮かべた。

僕の方に向き直り、満面の笑みでしなを作ってみせる。

「如何《いかが》でしょう、クライさん。『白剣の集い』用にあつらえたんです。この格好ならクライさんの迷惑にはならないと思います！」

「……はぁ？　シト、あんたそれ、どういう意味？」

「もちろん、戦闘能力もバッチリです。ほら……腕は隠せませんが――」

頬を染めながら、大胆にスカートの裾をまくってみせる。血管が浮き出るような白い大腿部。そこには革のベルトが巻かれていて、何本も小型ポーションの瓶がセットされていた。

さりげなく喧嘩を売られたリィズが早速噛みつく。

「シトじゃ、急な戦闘に対応できないでしょ？　引っ込んでろよッ、私が一緒に行くんだからぁッ！」

「お姉ちゃん、礼儀作法知らないでしょ」

「はぁ？　礼儀作法なんていらないでしょッ！」

いや、いると思うよ……。どっちを連れてく？　ってなったら……シトリーかな。ドレス姿も派手すぎないし、とても似合っている。確かに近接戦闘能力に不安は残るが、彼女だったら僕がミスをしてもフォローしてくれる事だろう。

「あ、あの……ますたぁ……よろしければ――なんでもないです」

恐る恐る顔を覗かせたティノが、睨《にら》み合うお姉さま二人を見て、部屋に入る前に慌てて逃げていく。

もしかしてティノも僕が『白剣の集い』に行くという情報を聞きつけてやってきたのだろうか？

実は……行かないんだが。

「おう、クライッ！　強い奴と戦いに行くって本当かッ!?　俺も連れていけッ！」

ルークが目を輝かせて駆け込んでくるが、趣旨がそもそも間違ってるし、なんでも斬りたがるルークを連れていくパターンはリィズを連れていくパターンと同じくらいありえない。

連れていくとしたらシトリーかルシア……大穴でエリザだが、シトリーを連れていくとリィズが機嫌を損ねるし、ルシアは反抗期だ。そしてどうせエリザは行方不明である。エリザはパーティで一番マイペースですぐに行方不明になるのだ。最初に出会った時も砂漠で行き倒れていたのを覚えている。

何せ、二つ名が……《放浪《ロスト》》だからな。

「クライちゃん、私を選んでくれるよね？　いい子にするから、ね？」

「くすくす、クライさん、お姉ちゃんにビシッと言ってください。こういう場には不適切だってッ！」

リィズとシトリーが、二人とも自信満々に詰め寄ってくる。僕は目を擦《こす》り、大きく欠伸をした。

どうせ会場にはアークがいるのだ。何かあったらアークがなんとかしてくれる。

「エヴァ、悪いけど……準備しといて。一緒に来てもらうから」

「…………はい？」

エヴァが目を丸くし、あっけにとられたように僕を見返した。

『白剣の集い』当日。雷が落ちて帝都滅ばないかなーとずっと祈っていたのだが、窓の外はあいにく素晴らしくいい天気だった。

僕は雨男である。海水浴とか山登りとか遊びに行くとかなりの高確率で雨に見舞われる。

だがしかし、嫌な行事の時は中止にならないのであった。神様は僕の事が嫌いなのだろうか。

会合が始まる数時間後には、僕は多数の貴族と多数のハンターに囲まれ、哀れ帝都の藻屑《もくず》と化してしまうのだ。アークが助けてくれるとは思うが、時が近づくにつれ、お腹は痛くなるばかりであった。

机の上でへたっている僕に、いつもと変わらない様子のエヴァが呆れたように言う。

エヴァは制服姿だった。集まりは夜からなので、夜になったらドレスに着替えるのだろう。

「……どうしたんですか、クライさん」

「もう駄目だ。行きたくない」

「…………パーティメンバーでもないのに随伴させられる私はどうなるんですか？」

ごもっともな言葉である。だが、他に選択肢がなかったのだ。

「エヴァも了承してくれたじゃないか」

「……私がクライさんの依頼を断ったこと、ありましたか？」

「…………行きたくない」

「駄目です。そしてそれはお願いじゃありませんッ！」

頬をぺったり机につけたまま、エヴァの方に視線だけ向けて言う。

「まぁ、真面目な話……リィズを連れていったらどうなるかわからないだろ？」

「それは……そうですが……クライさんもそういうの気にするんですね」

意外そうな顔をするエヴァ。彼女は一体僕を何だと思っているのだろうか。

自慢じゃないが、僕はずっと人の顔色を窺《うかが》いながら生きてきた男だよ。

「今回は規模がね……ほら、リィズを連れていったら面白くない事になりそうだ」

「面白くないって――」

せめてハードボイルドを気取る僕に、エヴァが呆れたような目を向ける。

そこで、僕は確認せねばならない事を思い出した。

「そうだ、エヴァ。会合に行く前に礼儀作法とか、教えてくれないかな。僕勉強した事なくてさ」

レベル8にもなると色々お呼ばれされる機会も多いが、僕はそのほとんどを欠席してきた。

大規模なクランのクランマスターという事で、貴族や商人から呼び出される事もあったが、そちらもエヴァに丸投げである。ハンターを除けば、僕がちょこちょこ顔を合わせている中で一番偉いのは探索者協会帝都支部長のガークさんだ。

僕は、問題を、起こしたくないのだッ！　今回はリィズ達は連れていかないのでまだマシだが、悲しいことに政治に於いては人畜無害が罪になる事だってある。

僕のお願いに、エヴァが困ったように眉を八の字にする。

「……そんなに肩肘張らなくても、ハンターに礼儀作法はそこまで求められてないかと……」

そんな事知っているよ。僕はこれでも……まともなつもりなのだ。敬語だって使ってる。へりくだれるだけへりくだっている。なのに、それなのに誰かしら怒らせてしまう事が多いのである。

きっと彼らはマッチョがお気に入りだから、細身な僕を嫌っているのだ。

え？　アークは気に入られている？　うんうん、そうだね!!

「でも、そうですね……貴族に気に入られたいのなら、何か贈り物をするといいかもしれません」

「……贈り物？」

賄賂か。その手があったか。あまり関わり合いになりたくはないのが本音だが、方法としては……ありかもしれない。怒らせるよりはずっとマシだ。……シトリーとか得意そう（偏見）。

「何も、高価な物である必要はないのです。高レベルの宝物殿でしか手に入らないような、ちょっとした物が貴族の間でステータスになっていたりするので……ほら、アークさんがこの間攻略した【白亜の花園《プリズム・ガーデン》】の最奥に生えている『空の花』などが有名ですね……」

「あー、あの、特に意味のない花、ね……何がいいんだか……」

マナ・マテリアルでできた透明な花弁の花だ。うちのメンバーも採ってきたので覚えている。

綺麗と言えば綺麗だし神秘的でもあったが、特に何か力を持っているわけでもなければ、安定してもいないので宝物殿の外では長く実体を保てないという悲しい品だ。城型の宝物殿などでたまに飾られている絵画などと一緒である。アイテムというよりは宝物殿の一部なので持ち帰っても幻影《ファントム》の死体のようにすぐに消えてしまうのだ。リィズとシトリーから花束でプレゼントされたそれも、結局どうしていいのかわからず、ラウンジの花瓶にまとめて生けておいたらいつの間にか消えていた。

何がいいのか全く理解できないが、確かに希少性という意味ではステータスにはなるかもしれない。

「話題にもなりますし、もし何かあれば……」

「全く、お偉いさんの考える事はわからないな。うーん、何かあったかな…………探してみるか」

都合のいいことに、うちのパーティはつい先日【万魔の城《ナイト・パレス》】という高レベルの宝物殿を攻略したばかりだ。持ち帰る戦果は基本的に幻影《ファントム》のドロップや宝具のはずだが、《嘆きの亡霊《ストレンジ・グリーフ》》のメンバーはフリーダムなので『空の花』のように、贈り物にピッタリな品を持ち帰っている可能性がある。

面倒だがトラブル回避のためだ。何か手頃なご機嫌伺いの品がないかどうか探してみよう。


空が紅に染まった頃、クランハウスの目の前に馬車がやってくる。

僕はタキシードを着て、クランマスター室でキリキリ痛む胃を押さえていた。

両手の指にはしっかり宝具の指輪を嵌《は》め、首からは宝具のペンダント、ベルトに下げた宝具の鎖に、これまた宝具のイヤリング。腕には腕輪型の宝具——『踊る光影《ミラージュ・フォーム》』、懐には嵌めきれなかった指輪。

毒から魔法、物理まであらゆる攻撃に備えたが、それでも微塵《みじん》も気分は良くならなかった。

白剣の集いに招待されるのは超高レベルのハンターである。そんな化け物どもの前で、ちょっと宝具を持った程度の一般人に何ができるだろうか。ここまで来たら後は天に祈るしかない。

大丈夫、僕には味方がいる。アークもいるし、エヴァだっている。攻守ともに隙などない。

それに……切り札だってある。机の上に置いてある『贈り物』に視線を落とす。大丈夫、大丈夫だ。

大人しくしているのだ。きっとうまくいくはずだ。帝国の重鎮が集まるというのだから、ハンターも大人しくしているはずだ。ぶつぶつ呟いているとその時、扉が開いた。

「お待たせしました……なんて顔してるんですか、クライさん」

視界に入ってきたその姿に、僕は思わずきりきり痛むお腹を忘れて目を見開いた。

エヴァは紺色のロングドレス姿だった。帝都にいる時は毎日のように顔を合わせている。だが、髪型も眼鏡も変わっていないのに、いつもの制服を着ていないだけでまるで別人のように見えた。

暗色のドレスは派手さとは無縁だが、エヴァによく似合っている。普段はきっちり制服で固めているが、今の彼女は肩の部分が大きく開いていて、白い肌とドレスのコントラストが目に眩《まぶ》しい。

派手ではないがアクセサリーもつけていて、思わずつま先から頭の先まで、何度も見直してしまう。

リィズ達は幼馴染なので今でも子どもだった頃と同じような目線で見てしまうが、エヴァは違う。年齢的には一つくらいしか違わないはずなのに、その佇まいには落ち着きと威厳があった。

参ったな……これは、エヴァの隣にいたら目立ってしまうかもしれない。

だが、彼女を取られたらことである。気を引き締めなくては。

「とても、似合ってるよ、エヴァ。これだけでも、誘って良かった」

手放しの称賛の言葉に、しかしエヴァは頬を染めることもなく、ジト目になる。

「…………クライさんはいつも、クランマスターの責務を私に任せてパーティーについてきてくれませんからね。ついてきていただければ何度でもお見せできるんですが」

「あ…………あははははは…………」

「ほら、蝶ネクタイ、曲がってます……全く」

エヴァがずいと近づき、ネクタイを整えてくれる。慣れていないのが丸わかりであった。

軽く香水を振っているのか、とてもいい匂いがする。しっかりとネクタイを締めつけると、エヴァは優雅な動作で後ろを向いた。記念写真を撮りたい気分だ。なんか、凄くお得感がある。

「さぁ、行きましょう。もう馬車はついています。……しっかりエスコートしてくださいね」

「ああ、もちろんだよ」

現金な話だが、いいものを見せてもらったおかげか少しだけ気分が良くなっていた。

贈り物を抱え、エヴァとともに外に出る。クランハウスの外にはゼブルディアの紋章が刻まれた馬車が待っていた。普段ハンターに用意されているような馬車じゃない。

視線が集まっていた。エヴァの手を取り、正しいのか定かではないエスコートをする。

二人とも中に乗り込むと、ほとんど振動なく馬車が動き出した。緊張するが、仮にもクランマスターなのだから、着飾ったエヴァの前で情けない様子を見せるわけにはいかない。

飛ぶように馬車が駆けていく。その先にあるのは帝都ゼブルディアの象徴である最も豪華な建物――皇城だ。皇帝主催の白剣の集いは皇城の中で行われるのである。当然、僕は入ったことがない。

大きく深呼吸して緊張を和らげる僕に、至って落ち着いている様子のエヴァが尋ねてくる。

「そういえば……クライさん、その箱、なんですか？」

「ああ……ほら、エヴァの教えてくれた、賄賂だよ。少しでも心証を良くしておこうと思ってね……ほら、うちのパーティ、色々悪評もあるし……」

本当に持ってくるとは思っていなかったのか、エヴァが意外そうに目を見開く。

「賄賂って……それ、会場で言わないでくださいよ？　……【万魔の城《ナイト・パレス》】の産出物ですか……差し支えなければ教えていただきたいんですが、何が入っているんですか？」

もちろん差し支えはない。箱を撫《な》で、笑顔で答える。

「いや、僕がバカンスで買ったお土産だよ。宝物殿から持ち帰った物はどうもぱっとしなくて――」

まぁ珍しい物ではないが、『空の花』とかよりはマシだろう。

美味《おい》しいし、贈り物はしないよりはした方がいいに決まってる。

エヴァが一瞬呆けたような表情をして、まじまじと僕を見る。そんなに見られると照れるよ。

「……はい？　……ちょっと待ってください、バカンスのお土産？　本気ですか？　バカンスのお土産って、もしや…………お饅頭《まんじゅう》ですか？」

「……いや……温泉卵だけど。スルスの名産だし、とても美味しいよ」

それに、『温泉ドラゴン饅頭』より『温泉ドラゴン卵』の方が少しだけ高かったのだ。

エヴァが頬を引きつらせ、僕を凝視して言った。

「…………クライさん、貴方《あなた》、本当に緊張してます？」

…………え？

ほどなくして、城にたどり着く。帝都に来てもう随分経つが皇城を間近で見るのは初めてだった。

ゼブルディアは周辺諸国の中でも随一の国力を誇る。帝都の中心に聳《そび》える城は国力を象徴するかのように巨大で、遠くから何度も眺めたことのある僕でも思わず息を呑んでしまうくらい荘厳だった。

周りを囲む巨大な堀はまるで湖のようで、巨大な橋を渡っていくと皇城の全景を見る事ができる。

城壁は低いがそれは見た目だけのもので、噂では宝具の力と魔術によって常時強力な結界が張られているらしい。まぁ、ハンターにとって数メートルの壁なんてないようなもんだしね。

橋の両側には磨かれた黒色の鎧を着た兵士が立っていた。

ゼブルディア帝国は質実剛健を重んじる。屈強な兵士達は真ん中を堂々と通る国の紋章の入った馬車を見ても眉一つ動かさない。僕は小さくため息をつき、窓から景色を見るのをやめて前に向き直った。

どうやら…………お土産をどこかに投げ捨てるような隙はないらしい。

散々馬車の中で小声でお説教していたエヴァがダメ押しのように言う。

「由緒ある会なんですよ!?　ちょっとは、考えてください」

「贈り物を持ってくるようにアドバイスしてくれたのは、エヴァだ……」

「……クライさん、パーティでいきなり温泉卵なんて渡されたらどう思いますか？」

「…………」

…………割と嬉しいんだが、言わない方がいいんだろうな。

商品名もイカしてる。まぁ、ドラゴンの卵でも何でもないただの鶏卵だったけど！　詐欺かな？

とりあえず、もはやここまで来たら渡すしかない。捨てる場所なんてもうない。

「ところで、誰にお渡しするつもりだったんですか？」

「皇帝陛下だけど」

媚《こび》を売るなら一番上からに決まっている。間を挟むなんて失礼じゃないか。

僕の言葉に、ただでさえ白かったエヴァの顔から血の気がさっと引いた。

「……絶対に、やめてください。クライさん、真面目にやってます？　前代未聞ですよ!?」

「割と寛容なお方だと聞いているよ」

「限度が、あります」

御者台の方に届かないように小声で指摘してくるエヴァ。わかった、わかったよ。僕の行動が常識から外れている事はわかった。エヴァを連れてきて本当に良かった。

そうだ！　グラディス卿《きょう》がいたらグラディス卿に渡すことにしよう。

一応スルスで縁があったし、彼の部下は温泉卵を買って帰ったりしていないだろう。

大きく深呼吸をする。緊張しすぎて、逆になんだかうまくいくような気がしてきた。

「大体、温泉卵って、賞味期限は大丈夫なんですか？」

「ああ、ルシアに保存の魔法をかけてもらってるから……抜かりないよ」

「…………はぁ……しっかりしてるんだかしてないんだか……」

しっかりしていないから助けておくれ。きっと僕とエヴァを足して二で割れば完璧だ。

無数の兵士達の視線の中、馬車が門をくぐる。さすがゼブルディア皇城、鉄壁の備えだ。

緊張しながらも、御者の指示に従い馬車を降りる。そのまま、先導され、城の中を歩いていく。

不思議な事に、ボディチェックなどは受けなかった。皇城のチェックはかなり厳しいと聞いたことがあるのだが――。堂々と隣を歩くエヴァに小声で聞くと、エヴァは眉を顰《ひそ》め、端的に教えてくれた。

「伝統です。最初の『白剣の集い』で、時の皇帝がハンター達を信頼し帯剣を認めた事から、今でもこの『集い』だけは帯剣が認められています。最初に言ったでしょう、武装した者も来ると」

なるほど……随分豪胆な方だったようだな。そういえば現皇帝陛下も武人として有名だったか。

皇城の内部は広く、通路には真紅の絨毯《じゅうたん》が敷かれていた。空気ですら街中とは少し違う。

思わずあちこち見そうになるが、我慢してエヴァに合わせる。今日は観光で来たわけじゃない。

進むに連れ、貴族やハンター達の姿がちらほらと見え始める。貴族は偉そうだし、ハンター達は強そうだ。そして実際に偉いし、強いのである。もうお家に帰りたい。

ずらりと並んだ警備は外にいた者と異なり白い鎧を着ていた。精鋭なのだろう。

ぼーっと観察していると、その時、遠くから聞き覚えのある声がした。

「うおおおおおおおおおおッ！　この国で最も偉い城に、俺はいるッ!!　悪くない場所だッ！」

「こ、こらッ！　黙れッ！　お前、何のために来たのかわかっているのかッ!?」

「ああ、不届き者を斬るためだろ。で、不届き者は誰だ？　あいつか？　あれか？　全員か？」

「指をッ！　差すなッ！　お前が不届き者だッ！　クソッ、なんだって伝統ある『白剣の集い』の警備によそ者を入れる事になったんだ」

「しょうがないだろ。上の命令だ。どうも、剣聖がねじ込んだらしい。いくら腕利きとはいえ、一時的とはいえ……由緒ある白鎧を『人斬り』に与えるなんて――」

「鎧なんて不要だ。何故なら、斬られる前に斬るからだッ！　腕が鳴るぜ」

「……本当にわかってるのか？　いいか？　確かにお前の役割は、不届き者を斬る事だ。だが、ここ数十年、不届き者が出たことはないんだぞ？　こらッ！　鎧を脱ぐなッ!!」

エヴァが呆然と目を見開き、僕に視線を送ってくる。僕は見なかったことにした。

……まぁ、正規の手段で入ってきたならいいんじゃないかな……ちなみに、剣聖はルークの師匠だ。帝都最強の剣士《ソードマン》と呼ばれる人だが、フリーダムなルークを制御できていないようで、よく苦情が来る。ルークは斬るのもだが、実は斬られるのも大好きなので、その心労は察するに余りある。

しかしこれは……会が終わったらゼブルディアから逃亡することになるかもしれないな。

会場は大きなホールだった。普段は何に使っているのだろうか、並べられたテーブルに天井から下がったシャンデリア。しかし飾られたホールの広さと比べて、中にいる人の数はそこまで多くない。入り口から中を覗き様子を見る僕に、エヴァが身を自然に寄せ、小声で僕の心中の疑問に答える。

「……伝統です」

なるほど……伝統か。便利な言葉だなぁ……今度僕も使おう。

会場を見渡す。誰がハンターで誰が貴族かは見る目のない僕にもはっきりとわかった。

僕はこの国の貴族について全く詳しくないし興味もないが、マナ・マテリアルを吸収したハンターは雰囲気が違う。特に白剣の集いに招待されるようなハンターは、このハンターの聖地の中でも本当に上澄みだから、視線を避けて目をつけられないように注意するのは難しくないはずだ。

それに、軽く見回した感じ、集いは想像よりはマシなようだった。まだ誰も暴れていない。

壁際にはずらりと騎士達が並び目を光らせ、入り口付近には仕立てのいい純白のエプロンドレスを着たメイドと、これまた品のいい黒服の使用人達が並んでいた。皇城の使用人は庶民にとって憧れの仕事の一つだ。こういう場にいるのは教育の行き届いた貴族の親戚などが多いらしい。

と、そこで僕は目を見開いた。

「……悪くない場所だ。わかるわかる、挨拶は大切だよね」

ちょうど、先に入ったハンターが、入り口付近に並ぶ使用人達にわざわざ挨拶をしに行っていた。

如何にも強そうな褐色肌の男である。恐らく、素手で戦う系のハンターだろう。焦げ茶色の髪に、精悍《せいかん》な顔立ち。名前は知らないが、ひとかどのハンターである事は間違いない。よく見ると、貴族の面々も皆、真っ先に使用人達に挨拶に向かい、礼を尽くしている。談笑している者もいる。

なるほど、帝国貴族は使用人とも談笑する、と。傲慢な者が多いのかと思えばなるほど、ここまで上流になると皆、紳士淑女ばかりらしい。ハンター達も人格者ばかりのようだ。冷静に考えると、ここに呼ばれるハンターは（僕以外は）アークと同格みたいなものなのだから、それはそうだろう。

危うく、僕だけ挨拶をせずに中に入るところだった。育ちの悪さが出ている。様子を見て正解だ。

「クライさん」

「ああ、わかってるよ」

他人と合わせることにかけて僕の右に出る者はいない。

僕は前を進む貴族様の後ろをこそこそついていき、すまし顔で挨拶の順番を待った。

よく見ると、使用人も眉目秀麗な者ばかりだ。今はエヴァが用意してくれたタキシードを着ているので衣服だけは見劣りしてはいないが、明らかに僕の方が負けている。

おまけに、中には明らかに僕よりも年下の者もいる。

特に目がつくのは、空色の髪をした女の子だった。ティノよりも年下に見えるが他の使用人と同様、エプロンドレスをしっかり着こなしていて、とても微笑《ほほえ》ましい。

こんな年下の子までしっかり仕事してるというのに僕ときたら——背筋を伸ばし、笑顔を作る。緊張する必要はない。エヴァが珍しく表情を強張《こわば》らせているが……落ち着くのだ。貴族やハンターを相手にするのとは違うのだ。相手もこちらが礼儀知らずな事は知っているはずだ。エヴァが言ったのだ、ハンターに礼儀作法はそこまで求められてない、と。

使用人達は穏やかな表情をしながらも、目だけは笑っていなかった。よく見ると何故だろうか、警備の騎士達もこちらを凝視している。僕は小さく咳払いをすると、精一杯の虚勢を張った。

「えーっと……この度はお招きいただき？」

「クライさん、招いてくださったのは皇帝陛下です」

小声でエヴァが言う。……じゃあ、なんて挨拶すればいいんだよ。

「…………まったく、その通りだ。失礼、無学なもので……こんばんは。お会いできて光栄だ」

白い目がこちらに向かっている。わかる。何だこの田舎者は、という視線だ。

僕は咳払いをして、指をぱちんと鳴らした。

お土産、ここで処分してしまおう。へりくだるチャンスだ。

「そうだ！　頑張っているお嬢さんにお土産をあげよう」

「あ……」

僕は水色の髪をしたメイドの女の子に温泉ドラゴン卵の箱を渡した。

女の子があっけに取られたような声をあげるが、味は保証するから安心して欲しい。

エヴァが固まっている。他の使用人達も僕のあまりのへりくだりっぷりに驚いたのか、こちらを凝視している。そうそう。僕は無学だが人畜無害なんだよ。フレンドリーさを前面に出して言う。

「何、大したものじゃない。中身は温泉ドラゴン卵だ。美味しいから友達と一緒に食べると――」

「ドラゴンの卵!?」

――いいよ。そう言おうとしたところで、少女が驚いたような悲鳴のような声をあげる。

次の瞬間、僕は会場を警備していた騎士達に囲まれていた。

まるで監視されていたかのような速度だ。四方から剣を突きつけられ、笑顔のまま固まる。

温泉ドラゴン卵の箱がメイドから騎士の一人に渡る。恐る恐る持ち上げると、そっと耳をつけた。

いや、危険物じゃないよ。それに、ドラゴンの卵でもない。

温泉ドラゴン卵は商品名であって、中身はただの鶏卵だ。

出席者達の視線が集まっている。エヴァが青ざめている。

駆けつけてきた者の中で一際立派な鎧をつけた大柄の男が、僕に向かって叫んだ。

「貴様ッ…………何を考えている!?　この御方を誰と心得る？」

「…………」

……誰？

状況がわかっていない僕に、周りが信じられないものでも見るような目を向けていた。

エヴァが真っ青になっている。未だ笑顔を保つ僕の前で、男は声高々に言った。

「この御方は現ゼブルディア皇帝、ラドリック・アトルム・ゼブルディア陛下のご息女、ミュリーナ・アトルム・ゼブルディア皇女殿下なるぞ」

「………………うんうん、そうだね」

なるほど……そう来たか。僕が剣を突きつけられてイメージした立場よりも三段階くらい偉いな。

まずいな……僕は穏やかな笑みを浮かべたまま、必死に頭を回転させた。

使用人達の中でも特別若かったし、異彩を放っているとは思っていたのだ。

このゼブルディアに皇女がいるという事は知っていたが、顔まで知らないって。だが、この分だと……皆、顔まで知っていたのだろう。道理でハンター達まで礼を尽くしているわけである。

当の皇女殿下は何も言わず愕然《がくぜん》とした様子でこちらを見ている。

先に教えて欲しかったのだが……多分常識だったのだろう。

皇女ってとっても偉い人じゃん？　隅っこで使用人に交じっているなんて思わないじゃん？

伝統？　これも伝統かな？　お腹痛い。

「それに……竜の……卵だと!?　このような……危険物を、殿下に手渡そうなどと……如何に陛下の招待状を持つといえど、限度があるぞッ！」

「あ、慌てなくても、大丈夫だよ。大したものじゃないし、危険でもない」

ついでに竜の卵でもない。温泉ドラゴン卵だって言ってんだろ。卵という単語を修飾しているのはドラゴンじゃなくて温泉なのだ。僕はそこで、大きく深呼吸をすると、小さく手を上げた。

「ごめん、トイレ行ってきていい？」

「…………クライさん、貴方、怖いものはないんですか？」

剣が首元に突きつけられている。一歩も動けない。幸い即座に斬り殺される事はないようだが、心象は最悪だ。つまみ出されてもおかしくはない。まぁ、つまみ出されるくらいならば、どんとこいなのだが、（あるかどうかはわからないが）皇女侮辱罪とかで捕まってもおかしくはない。そして僕はこの帝都のトレジャーハンターの地位を落とした大罪人として永遠に追いかけられることになるのだ。

現実逃避に入る僕に、しかしそこで鋭い女の声がした。

「ま、待て…………」

突きつけられた剣先が揺れ、周りを囲んでいた騎士達が割れる。

声の主は、一ヶ月くらい前に確執があったエクレール・グラディスだった。今日は前回会った時と違って帯剣はしておらず、フリルのついたイブニングドレスを着ている。

鋭い声には歳不相応な威厳があった。だが、その目は泳いでいる。

「そ、そこの男は、『アカシャの塔』から帝都を救った功労者だ。諸君の職務は理解しているが、『白剣の集い』はハンターが主役、土産を手渡しただけで目くじらを立てる事も……あるまい」

「し、しかし……エクレール様」

「それに……竜の卵は非常に貴重な品だ。並の宝飾品よりも遥《はる》かに高価な、まさしくハンターに相応《ふさわ》しい物と言える。まぁ、皇女殿下に直接手渡すのは……その……にわかには信じがたい無礼な行いではあったが……危険ではないと、そこの男も言っている。一旦、預かり確認すれば良かろう。遷都してから代々続く伝統あるこの会を、始まる前に、台無しにするつもりか？」

あれほど僕に居丈高に対応していた騎士達が、十かそこらの少女の言葉に動揺している。エクレール嬢は有名人なのか、先程まで静観していた貴族の中からもぽつぽつ賛同の声が上がる。

助かった。だが、なんで助けてくれたのだろうか……もしかして、『進化する鬼面《オーバー・グリード》』を返して欲しいとかだろうか？　……残念ながらあれはもうティノにあげてしまったよ。

だが、ともかく助かった。お礼を込めて視線を向けると、エクレール嬢はびくりと肩を震わせた。

「クライさん……ど、どういうつもりですか」

「…………え？　いやぁ、助けてもらって良かった、良かった」

あまり周りの目につかないように注意しながら、クランマスターに詰め寄る。

早口で尋ねるエヴァに、クライはまるで白旗でも上げるかのように両手を上げて笑みを浮かべた。

視線で抗議するが、クライはまるでミスなんてしていないと言わんばかりの表情だった。最近は（比較的）大人しくしていたが、《千変万化《せんぺんばんか》》——エヴァを困らせるレベル8の本領発揮と言える。

そうなのだろう。ミスではないのだろう。ゼブルディアの皇女の顔と名を知らない者などいるわけがないのだからミスであるわけがない。周りから詰め寄られて平気なのも当然だ。

だが、随伴者で、そして同じクランの副マスターであるエヴァとしては堪《たま》ったものではない。

エヴァではどうにもならなかった。止める間すらなかった。エクレールが庇《かば》ってくれなかったとしたら、叩き出されていたかもしれない。会合が始まる前から叩き出されるなんて、前代未聞だ。

ついでに――皇女にお土産を渡したなんて話も聞いたことがないのだが。

『白剣の集い』に於いて、皇帝の息女がメイドに扮するのは、第一回からの伝統である。

第一回目の『白剣の集い』にて、時の皇帝はハンターの資質を試す一環として、自らの娘を使用人に変装させ、その列に紛れさせた。客の一人であったハンター、ソリス・ロダンは即座にその正体を見破り、皇女に対しても礼を尽くし、皇帝はその様子に深い感銘を受けたと言われている。

その話は帝都では有名だった。現在では半ば形骸化し、皇女の変装も服装を変えるだけのおざなりなものになっているが、そこには暗黙の了解が存在している。

今の皇女は使用人の一人である。だが、それでも皇女であることには変わりないのだ。お土産を渡すだけならばまだしも、『頑張っているお嬢さんにお土産をあげよう』なんて不敬以外の何物でもない。

何を考えているのだろうか……テーブルに並んでいるご馳走に視線を向けるクライからは何も窺えない。美味しそうなご飯、とか考えていそうな顔だが、まさかそんな呑気な事は考えていないだろう。

貴族達が、無遠慮に皇女に近づき、あまつさえ無数の視線の中、平然と媚(恐らくクライにそんなつもりはないが、周りからはそう見えるだろう)まで売った《千変万化》を睨みつけている。

しかもエヴァは知っている。その手渡したお土産が貴重なドラゴンの卵ではなく、ただの『温泉ドラゴン卵』という商品名の温泉卵である事を!

それが何の意味を持つのかはさっぱりわからないが……。

「クライさん、今更ですが……私では荷が重い気がします」

「そんな事言われても困るよ……ほら、多分僕に近づく大半の人はエヴァ目的だと思うし……」

思わず小声で漏らした泣き言に、クランマスターは眉を八の字にした。そんなわけがない！

ここで問題を起こせば、いくら破竹の勢いで発展を続けるクランでもただでは済まない。

これまで、仕事の一環で出席したパーティーなどで、クランマスターが一緒にいればと思った事が何度もあった。だが実際に随伴してみると――今までついてきてくれなくて良かったのかもしれない。

その目が見ているものは、思考は、エヴァが見ているものとは違いすぎた。思えば、最初にクランを作る際にエヴァを誘いに来た時から、このクランマスターの行いはとにかく豪胆に過ぎる。

クライが場をうまいこと収めてくれたエクレールに近づき、まるで旧友に会ったかのように馴れ馴れしく話しかける。

「いやぁ、さっきはありがとう。僕は礼儀とか知らなくて……あぁ、敬語を使った方がいいかな？」

「ひっ…………い、いや。競売の件では、借りがある。バレルの件も、あるしな」

「…………え？　いや、あれは僕は何もしてないんだけど……ほら、競売の時と一緒だよ」

「う、うむ……」

ハンター嫌いと勝ち気で知られていたエクレールが完全に怯《おび》えていた。どうやら競売の件が余程応えたらしい。クライがニコニコしているのでギャップが大きい。エヴァの随伴者は普段から、ニコニコしていればなんでもうまくいくと考えている節があった。

「何かお礼できればいいんだけど……あの仮面はもう人にあげてしまって――」

言い訳するようなその言葉に、エクレールの表情が一瞬で蒼白に変わった。

「!?　あ、あんな物、もういらん！　好きにしろッ！　わ、私は忙しい、もう迷惑かけるなよッ！」

「あ…………」

ごもっともな事を力強く言い放ち、エクレールが足早に離れていく。

有名なグラディスの令嬢を言葉だけで蒼白させたクライが、間の抜けた顔で目を瞬《しばたた》かせる。

間の抜けた顔でそれを見送った同行者は、エヴァを見ると、困ったように言った。

「騒ぎを起こすつもりなんてないのにねえ、エヴァ？」

「…………そう、ですね」

もう十分騒ぎです、クライさん。貴方、あのグラディス嬢を蒼白にさせたんですよ!?

貴族の面々が、特別に招待された各機関の面々や商人達が、《千変万化》という目立つ新人にどう襲いかかろうか考えている。無数の視線を感じ、強い使命感にエヴァは思わず背筋を伸ばした。

私が……何とかしなくては。クライさんが、全方位に敵を作る前に、場を収めなくては。

と、その時、タイミングよく鐘の音が鳴り響いた。

『集い』が始まるのだ。

喧騒が収まる。静まり返った中、入り口に視線が集まる。目を白黒させながらあちこちに視線を向けていたクライの腕を軽く叩き、入り口に視線を向けさせる。

大きく開かれた扉から悠々と入ってきたのは、丈の長い闇色の衣装を纏《まと》った壮年の男だった。

金髪碧眼。歳は五十近いはずだが、その視線は鋭く、その身体つきからも老いというものを感じさせない。服装は簡素で、貧相ではないが装飾の類がほとんどない。

何より、その頭には冠がなかった。だが、その佇まいは威風堂々としたもので、たとえどのような格好をしていても抑えきれない覇気を感じる。

第十五代ゼブルディア皇帝。

ラドリック・アトルム・ゼブルディア。このトレジャーハンターの時代の到来を誰よりも早く確信し、ゼブルディア帝国にさらなる繁栄を齎《もたら》した、その人である。

簡素な服装。冠もなければ護衛も引き連れていない。それもまた、脈々と受け継がれてきた伝統だ。

唯一、皇帝である証明として、その腰に宝剣を帯びている。

（隣のクランマスターを除いて）一斉に跪《ひざまず》こうとする面々に、ラドリック皇帝は鷹揚《おうよう》に言った。

「良い。楽にせよ。今宵《こよい》はよくぞ我が求めに集まってくれた。ここに集められたのは皆、ゼブルディアに繁栄を齎す朋友《ほうゆう》である。今宵は堅苦しい事はなしにして……楽しむといい」

「……なんか思ったよりもただの人だね」

「!?」

喝采が沸き起こる。それに隠れて小声でとんでもない事を言うクランマスターに、エヴァは思わず軽く肘を食らわせる。そして、剣も魔法も飛び交わない『はず』の戦場が幕を開けた。

『いいですか、クライさん。どこまでが本気でどこからが演技なのかわかりませんが、困ったり迷ったりした場合は全て私に聞いてください。最悪、全部私に振ってくださって構いません。いいですか？』

やっぱりエヴァを連れてきて良かった。心強すぎる。

『集い』で出される料理や酒はさすがに美味だった。これだけでも来たかいがあったというものだ。

ワイングラスを片手に、わらわら虫か何かのように寄ってくるおっさん達に対応する。

なんかめっちゃ人来るんだけど……せっかくアークを見つけたのに会いにも行けないじゃん。

ほとんどが顔も名前も立場もわからない人達だ。帝国のお偉いさんである事は間違いないはずなのでコネを作ろうとするのならば絶好の場なのだろうが、残念ながら僕は一切興味がない。

視線をあからさまに逸《そ》らしても話しかけてくる図太さは真似できない。言葉もいちいちもったいぶっていてよくわからなかった。最近の帝国の事情もよくわからないし、時事ネタを出されてもわからない。端的に言ってくれないのでコミュニケーションのキャッチボールが成立すらしない。

だが、僕には現実逃避のスキルがある。そして、僕の事を知り尽くしているエヴァもいる。

貴族だか商人だかよくわからないおっさんに朗らかに笑いながら言う。

うんうん、そうだねって言っとけばいいんだよ、こういう奴らには。

「クラン関係含めて、その辺については、全部この右腕のエヴァに一任しています。実は、ウェルズ商会から土下座して引き抜いたんです。僕が言うのもなんなんだが、敏腕だ」

「なんと…………あの高名な《千変万化》が土下座を!?」

「うんうん、そうだね」

十人くらいと話しただろうか。エヴァネタは百発百中で話を逸らせている。

どうやら皆、僕が隣に連れている美女に興味津々らしい。

ウェルズ商会は帝国きっての大商会だ。ビッグネームである。この会合にもその関係者が何人かいるはずだ。まぁ、正確に言うのならば、エヴァは譲ってもらったのではなく、土下座して何とか譲ってもらえたのが当時、受付をしていたエヴァ一人だったのだが、なるほど僕の見る目もあるらしい。

言ったよ。僕は確かに言った。受付の人でいいのでくださいって言った。

正体不明のおっさん達が目を見開きエヴァを見る。エヴァは顔を真っ青にしつつ、目を泳がせた。

「え……ええ、まぁ…………クライさん、もうやめてください」

「今の僕の成功があるのも彼女の力と言っても過言ではありません。だからこうして、この由緒ある場にもついてきてもらった。公私ともに本当に世話になりっぱなしだ。ああ、絶対にあげませんよ」

美味しいワインのおかげで舌も回る。会話ばかりで料理に手をつける暇がないので酔いも回る。

「あぁ、誤解しないでいただきたい。愛人とかではないので…………どちらかというと僕の方が愛人みたいなもので――ッ」

足を踏まれ、思わず息を呑む。

「……失礼しました。少し……マスターも、酔いが回っているようで」

エヴァの感情を押し殺したような声に、お偉いさんが目を僅かに見開く。

この声は……怒っている時の声だ。今後のためにしっかりエヴァを立てたつもりだったのだが。

「…………あぁ、失礼、ちょっとした……冗談です。まったく、僕にダメージを与えられるのはエヴァだけだ。宝物殿でも傷を負った事なんてないのに……」

「……それも冗談ですか？」

「これは、冗談じゃないよ」

僕は役に立たない結界指《セーフ・リング》を擦り、眉を顰める。お偉いさんがずっと張り付いていた人好きのするような笑みを崩し、困惑したような表情を僕とエヴァに向けている。

そんな僕のすぐ横を、つい先日見た黒いドレスを着たシトリーが颯爽《さっそう》と通り過ぎていった。

「!?　な、なんでシトリーさんが……」

「……知らないよ」

だが、間違いなくシトリーだった。僕が見間違えるはずがない。

これは――もしかして、皆いるんじゃないだろうな……警備は厳重なはずだがどうやって――。

腕を組み、平静な振りをしながら状況を整理していると、ふとテーブルの下から褐色の腕が伸びてきた。足をつっついてくるので、飲みかけのワイングラスを渡してあげると、さっと引っ込む。

……いい具合にテーブルクロスで隠れて見えないようだ。テーブルの下から震える声がする。

『ますたぁ……これは……もしかしなくても、犯罪なのでは？』

「!?？？？」

エヴァが呆然と目を見開いている。僕は笑みを浮かべ、全力で見なかった事にした。

……ティノとリィズは許可なしだな、きっと。

「クライさん……あれ、どうするつもりですか？」

「………昔からどこにでもついてきたがるんだよね」

「!?　そ、そういう問題ではないし、それどころじゃないと思いますが」

そんな言っても……今更どうしようもない。騒ぎを起こさないよう祈るだけだが、ティノも（多分無理やり連れてこられたのだろうが）いるし、まぁ……。

念のため、他のメンバーもいるか確認するが、アンセムは何しろ巨大で目立つし、まぁ小さくなる方法もないわけではないが性格的にやってきたりしないだろう。ルシアも来ていないようだ。

あ、ガークさんいるじゃん。相変わらず、タキシード似合わないなあ……。

皇帝陛下は大人気のようだ。貴族やハンターに囲まれており、こちらに視線を向ける気配はない。

エヴァは気が気ではないようだが、僕の緊張感はやや薄れつつあった。

最初に警戒していた戦いというのも、ただの噂なのだろう。

僕が皇帝陛下の方に視線を向けている事に気づいたのか、エヴァが小声で尋ねてくる。

「陛下への挨拶にはいつ行きますか？」

「え？　行くつもりないけど」

「!?　だ、駄目ですよ！　何考えてるんですか!?」

そりゃ……行きたくないって考えているよ。別に名を売りたいとか考えているわけでもなし、順番に挨拶しなくちゃならないなら仕方ないのですが、しなくていいのならばこっそり帰りたい。そして、このまま黙っていれば何とかなりそうな雰囲気である。忙しそうだし。

「それより、よく聞いて、エヴァ。テーブルの上の豪華な料理やデザートを見なよ」

「？　はぁ……並んでますね」

さっきから変なのに絡まれているせいで、せっかくの豪華な食事にあまり手を付けられていない。

「全ての料理とお酒を制覇しようと思うんだ」

「？？？？　何故ですか？」

「そりゃ…………したいからだよ。なかなか美味しそうだし」

「……………絶対に、緊張していませんよね？」

してるよ。料理を食べてる人間に寄ってくるような人はそうそういないだろう。

シトリーと目が合ったので軽く手を振っておく。シトリーは一瞬きょとんとしたが、すぐに笑顔で手を振り返してくれた。隣にいるのは恰幅のいい老人だ。

「プリムス魔導科学院の長ですね。シトリーさんの古巣です」

ゼブルディア屈指の研究機関である。そのトップとなると貴族の一員だろう。その情報込みでよく見ると、長い髭《ひげ》の老人の顔には品格のようなものが見える。さすが錬金術師《アルケミスト》、顔が広い。

料理をつまみ、お酒を飲みながら人のいない所を目指してうろうろする。

極めて自然体に挙動不審になっている僕に、エヴァは律儀についてくる。

「エヴァは離れていいよ。コネでも作ってたら？　僕と一緒にいると危ないよ」

「誰かさんのせいで、もう十分と言っていいほどできましたよ。…………危ないってなんですか？」

いや、絡まれやすい体質なんだよ。

「皇帝陛下に代わりに挨拶しといて」

「貴方も、行くんですよッ！」

「わかった、わかったよ。後で行くから」

まだ皇帝陛下は皆に囲まれている。アークが朗らかな笑顔で歓談しているのが見える。僕があそこに並べば晒《さら》し者みたいになってしまうだろう。

やはり自分に自信のある男は違う。その佇まいはまさしく英雄に相応しい。あやかりたいものだ。

エヴァの小言を受け流しながらよくわからない高級な酒を順番に味わっていく。

と、一つのグラスを受け取った瞬間、僕は目を見開いた。

銘柄はわからないが、赤ワインが注がれたグラスである。僕はきょろきょろと周囲を見回すと、手近なテーブルに近づいた。僕の気配に気づいたのか、にゅっと褐色の腕が出てくるので、それにグラスを持たせ、空のグラスを受け取る。

……リィズはどうやって移動してるのだろうか？

「どうかしたんですか？」

「いや……何か混じってたからさ」

「……え？」

「多分、ハンターの力を試してるんだな。よくある話だよ」

「は、はぁ……」

困ったものだ。何が混ざっていたのかはわからないが、きっとろくでもない物だろう。

魔境を踏破するハンターにとって毒物への耐性は必須技能である。

幻影《ファントム》や魔物が使ってくる事もあるし、空気に混じっている事もある。特にその能力は高レベルの宝物殿ではなくてはならないもので、そのためにハンターは時に自ら毒物を呷《あお》るのだ。そうする事で、マナ・マテリアルがうまいこと身体に毒物への耐性を作ってくれるらしい。

僕は毒物への耐性を一切持っていないが、代わりに宝具がある。右手人差し指に嵌めた指輪――『正しき銀の冠《シルバー・ブレス》』は装備者に対して影響を及ぼす薬物を検知してくれる宝具だ。

この銀色の指輪は、装備者が毒に近づくと黒ずみ、熱を発する。『結界指《セーフ・リング》』は飲食物に混じった毒までは無効化してくれないので、僕の生命線の一つと言える。

全く、ただのパーティーかと思えば不意打ちで試してくるのだから堪らない。やはり油断できないな。

「そんな馬鹿な……報告した方がいいのでは？」

「いやいや、冷静に考えるんだ、エヴァ。皇帝陛下が出席するパーティーの飲食物に、そう簡単に毒物が混じるわけがないだろ。まして、『集い』の警戒は普通のパーティーよりもずっと強いはずだ」

「それは……まぁ、そうですね」

エヴァが困惑している。もしかしたら今まで飲食物に毒を混ぜられた事がないのかもしれない。

僕なんてシトリーの料理に混ざっていた事があるぞ。

「高レベルのハンターも大勢いる。こんな所で仕掛けるような者がいたら相当な馬鹿だし、警戒しているのに気づかない主催側も間抜けだ。由緒正しい会合でそんな事があるわけがない。まぁ、僕はこういうのの プロみたいなものだから任せてよ。……あぁ、これも駄目か。僕は昔から運が悪いんだ」

テーブルに近づくと、再び腕が伸びてくる。それにワイングラスを持たせてあげる。リィズは大抵の毒物に耐性があるので大丈夫なのだ。

きっとこれも伝統だろう。おお、毒が混じっていたのに平気だなんてさすがはハンター、みたいな。

周りを見てみるが、他の者達は警戒して飲食している様子はない。僕が気づかないだけで警戒しているのか、あるいは僕達以外の全員が毒に耐性を持っているのか、それとも主催側がハンターに向けてのみ毒が行き渡るように気をつけているのか。とにかく、ここで騒いでも目立つし、無粋なだけだ。

エヴァの持っているグラスに軽く触れてみるが、毒は入っていないようだった。

だが、この調子で毒が混じっていれば今日はリィズも十分に酒を飲む事ができるだろう。

幸い、料理には混ざっていないようだ。時折、毒の入った酒をリィズに流しながら、料理に舌鼓を打つ。特にデザートのショコラが絶品だ。お土産に持って帰りたいくらいだ。

一通り味見を終え、慣れた手付きで機嫌よく毒入りの酒をテーブルの下のリィズに渡していると、ふと警備の騎士が物々しい表情で近づいてきた。

「お前……さっきから……何をやっている」

まずい。まずいぞ。今まで見咎《みとが》められていなかったので緊張感がなくなりかけていたが、どうやら見られていたらしい。さて、どうしたものか……。

「…………なな、なんでもないよ……しっかり警備やったら」

慌てるあまりろくでもない事を言ってしまう。ただでさえ険しかった騎士の表情が悪鬼の如く歪《ゆが》む。

「ッ……黙れッ！　おい、テーブルの下に何かいるぞッ！」

エヴァが青ざめている。逃げる間もなく騎士達が囲む。ハンター達が、招待客達が、皇帝陛下が何事かとこちらを見る。吐きそうだ。

かくなる上は僕が注意を引きつけている間にリィズに逃げてもらって――。

僕はとっさの判断で適当な方向に指を差し、声をあげた。

「あッ！　あれは何だ!?」

「!?」

あまりにもあからさまな台詞だったが、視線が一斉にそちらに向く。遅れて僕もそちらを見る。そして――目を見開いた。

ちょうど僕が指を差した場所――皇帝陛下の真上天井付近に、人間の上半身だけが垂れ下がっていた。顔は――わからない。顔を覆っていたのは、狐を模した群青《ぐんじょう》色の仮面だった。狐面がこちらを向き、一瞬動きを止める。が、視線を集めている事を一瞬で理解したのか、そのまま落下した。

それは、あまりにも不気味な光景だった。存在していなかったはずの下半身が生え、そのまま逆さに落ちてくる。その先にいたのは――皇帝陛下だ。

「むッ!?」

え!?　何、この催し？　伝統!?

何もわかっていないのは恐らく僕だけだった。貴婦人の絹を裂くような声が会場を揺らす。

その時、僕のすぐ下を真紅の風が通り過ぎた。

リィズだ。ドレス姿にも拘《かか》わらず変わらない宝具の靴。そのまま、先程僕に詰め寄ってきた騎士の背中を駆け上がり（というか踏み砕き）、宙を舞う。

『天に至る起源《ハイエスト・ルーツ》』は宙を一歩だけ歩けるようになる宝具である。だが、その別に強力なわけでもない能力をリィズは完全に使いこなしていた。彼女の一歩は誰よりも速い。

一歩で加速し、その靴が狐面の胴に突き刺さる。

おおよそ人体から出るものとは思えない、金属でも殴りつけたような音。狐面がくの字に吹き飛ぶのと、騎士の叫び声は同時だった。

「く、曲者《くせもの》だッ!!」

え!?　曲者!?　本当に!?

戦闘など誰も想定していなかったはずだ。だが、その時にはハンター達が動き始めていた。

「うおおおおおおおお、俺のくせものおおおおおおおおッ!!」

巨大な扉を蹴り破り会場に入ってきたルークが全力で投げた剣が綺麗に狐面の胴に突き刺さる。

「座する巨石《ロックブロック》！」

今、めっちゃルシアの声した!!

どこからともなく飛来した岩石が狐面の全身に張り付き、狐面を岩の塔にする。

そして――気づいたら、見上げるほどに巨大なアンセムが拳を大きく振りかぶっていた。

「うむッ!!」

ホールが震え、巨大な拳が岩石の塔を粉々にする。轟音《ごうおん》が悲鳴を掻き消した。

アーク達も戦闘態勢に入っていたが、うちのメンバー、殺意高すぎであった。後ろを見ると、エプロンドレスでメイドに交じっていたルシアが額を押さえ、ため息をついている。

ああ、そんなとこにいたのね。

「む……？」

そこで、アンセムが小さく唸《うな》る。騎士達の後ろに避難した皇帝が目を見開く。

アンセムの拳のすぐ隣に、確かに潰したはずの狐面が立っていた。仮面にも身体を隠すような漆黒の長衣にも傷一つない。確かにルークの剣が突き刺さったはずなのに、あまりにも不気味だ。

皇帝陛下の前に立っていた偉そうな男が、腕を振り上げ指令を出す。

「捕らえろッ!!」

「うるさいね。中途半端な事をするからそうなるんだよッ！」

「あ」

各々戦闘態勢を整え、出方を窺う超高レベルハンター達。それらの中から一歩出てきたのは――炎のように赤いローブを着た老女だった。背筋はピンと張っていて、身長も女性にしてはかなり高い。だが、その容貌には深い皺《しわ》が無数に刻まれていて、それに埋め込まれたような真紅の双眸《そうぼう》の奥には燃えるような光が灯っている。

女性は卓越した魔導師《マギ》である。紅蓮《ぐれん》の申し子、僕とは異なり実力でレベル8に認定された、帝都でも屈指の魔導師《マギ》。

《深淵火滅《しんえんかめつ》》。つい先日も帝都を半壊させたばかりらしいのに、いけしゃあしゃあと『集い』に参加するとは大した根性である。口より手が先に出る代表格だ。どうしてこんな危険人物が『集い』に毎回招待されているのかは知らないが、恐らく招待しないと皇城を燃やしかねないから、とかだろう。

歯向かうものを一切灰燼《かいじん》に帰す事で知られる魔導師《マギ》が腕で空気を掻き回すような動作をする。輝くような紅蓮が腕に巻き付く。白いタキシード姿のアークが叫んだ。

「全員、伏せろッ！」

エヴァが、貴族達が、皇帝陛下がアークの警告にさっと身を伏せる。

突っ立っているのは僕だけだった。危機察知の宝具も対応できなければ意味はないのだ。

「逆巻く終焉《エンド・オブ・ブレイズ》！」

視界を光が焼く。

そして――気がついたら会場だった場所には何もなくなっていた。

「……む？」

正確に言えば地面や床付近のものはあるが、僕の胸元くらいから上のものは全て炎に焼かれ消え去ってしまったようだ。高い天井に飾り付けられたシャンデリアも、大理石の天井も何もかもが塵《ちり》となり、狐面がいた所の真上には大穴が開き、空まで見えていた。まるで現実感がない。

恐らく修理には相当な時間と金がかかるだろう。今こそアンダーマン達の安価な労働力が必要だ。

狐面のいた所も当然と言うべきか、何もなくなっていた。どうやら天に向かって炎が立ち昇ったようだ。周囲の破壊はただの余波だろう。帝都最強の魔術師、《深淵火滅》の面目躍如である。

「あああ…………せっかくのショコラが……」

「クライ……さん？」

現実感のなさと現実逃避が入り混じるあまり、思わずどうでもいい言葉を出す僕に、傍らで伏せていたエヴァが名前を呼ぶ。そこで、一気に思考が戻ってきた。

あっぶなッ!!　立ったまま死ぬところだったわッ！

ようやく喧騒が耳に入ってくる。地面に深く伏せた貴族達の様子が視界に入ってくる。今更ながら心臓がばくばくし始める。僕は大きく深呼吸をした。

やりたい放題やってくれた婆さんが顰めっ面《つら》で言う。

「ふん……相変わらず、馬鹿げた小僧だ」

その声に圧されるように、横を見る。

「あ、ショコラ」

どうやら僕を壁にした事で焼け残ったらしい。僕を基点に扇を描くように会場が焼け残っていた。範囲魔法だったら全滅だったが（というか、範囲魔法だったら地面に伏せても関係なかっただろうが）指向性の強い魔法だったのだろう。ノーダメージのショコラを思わずつまみ口に入れ、自分があまりにもＴＰＯを弁《わきま》えていない事を理解する。向けられている愕然とした視線。何か……何か言わねば。

何か……えっと、何かこう、この機嫌の悪い婆さんを取り持つような事を言わねば……。

「焼け残っちゃったよ。でも、もう少し火力が強かったら焼けてた」

「…………」

カイナさんを庇い身を低くしていたガークさんが凄い形相で僕を見ている。シトリーも目を丸くしている。嫌な沈黙が周囲を支配しかけたところで、皇帝陛下が手を叩いた。

「つまらぬ横槍《よこやり》が入った。残念だが、今宵の集いはこれで終わりだッ！　フランツ卿、負傷者の確認を！　警備を固めよッ！」

ああ、終わりなのか。良かった良かった……まぁ、そうだよね。

なんかどっと疲れた。色々ありすぎである。今はただクランハウスに帰って眠りたい。

そんな事をぼんやり考える僕に、初めて皇帝陛下が視線を向けた。

「《千変万化》――いや、《嘆きの亡霊《ストレンジ・グリーフ》》に、《深淵火滅》。お前達には話がある」

……………僕にはないんだけど……。

肩を落とす僕に反し、燃やす婆さんは小さく不機嫌そうに鼻を鳴らしてみせた。

曲者――というよりは、《深淵火滅》の攻撃で使えなくなった会場から場所を変える。

集められたのは、あの場にいた関係者だった。帝国側のメンバーを除けば、ガークさんにエヴァ、魔法でサポートしたルシアとルーク、リィズ、アンセム。そして会場の破壊の原因である《深淵火滅》。

どうやら、シトリーちゃんはしれっと逃れたらしい。まぁ、何もしてないからな……。

いつもならついてこようとしてもおかしくないけど。

普段ならゲロ吐きそうになるところだが、今日の僕は少し気が楽だった。だって、ここには貴族を巻き込むことも厭《いと》わず城をふっ飛ばした《深淵火滅》がいるのだ。それと比べたら僕に非などない。

穏やかな笑みを浮かべていると、皇帝の傍らにいた壮年の男がこちらを見た。明らかに他の騎士とは異なる豪奢《ごうしゃ》な外套《がいとう》を羽織った男だ。暗い金髪に青い目の美丈夫である。先程、陛下からはフランツ卿と呼ばれていたが、貴族なのだろう。

「さて……まずは状況の確認からしよう。《千変万化》、あれは一体……なんだ？」

「…………」

そんな事聞かれても、こっちが聞きたいくらいである。何しろ僕は、最初は催し物だと思っていたくらいだ。隣のエヴァを見、リィズ達を見るが、誰も助けてはくれない。

「……伝統？」

フランツさんの目が大きく見開かれ、その額に青筋が浮く。叱られマスターの僕にはわかった。これは……怒られる一歩手前だ。回答を間違えてはならない。

「ッ……どうやら、質問の仕方が、悪かったようだな…………質問を、変えよう。貴様のパーティメンバーが会場にいたのは、何故だ？」

……そんな事聞かれても、こっちが聞きたいくらいである。胃がキリキリするようなプレッシャーに晒されても知らないものは知らない。そこで、ルークとリィズが余計な事を言った。

「俺は、人を斬れると聞いたから来ただけだッ!!」

「あぁ!?　あんた達がしっかり警備しないから、クライちゃんが手を打つ羽目になったんだろ!?　ホストを危険に晒しといて、何様だよッ！　土下座しろ、土下座ッ！」

「なっ……なん、だと!?」

ちょっと待って、やめて。僕が土下座するからやめて！　てか、その言い方だとまるで僕が手を打って君達を手引きしたみたいだろ！　してない、してないよ…………あれ？　してないよね？

自分の事なのにちょっと自信がなくなってきた僕を、エヴァが眉を引きつらせ見てくる。

興奮のせいか、リィズの顔はいつもよりちょっと火照っていた。真っ赤な派手なドレス姿で一歩前に出て、まるで柄の悪いチンピラのような口調で糾弾する。不法侵入なのに大した面の皮の厚さだ。

「大体、てめーら、料理になんか混じってるぞッ！　どうなってんだ！」

「…………ッ!?　な、何を、馬鹿げた事をッ！」

話を聞いていた騎士達が目を見開く。フランツさんが顔を真っ赤にする。

僕はとっさにフォローに入った。

「まぁまぁ、リィズ、落ち着いて。ゲストでもないのに出された物に文句を言うのは良くないよ！」

「えー、だってぇ……」

ころっと声色を変えるリィズ。少しでも傷を浅くしなくては。

「確かに何か混ざっていたよ？　でも、高レベルハンターにとっては気にするまでもない事だ」

「…………確かに、そうかもしれないけどお……」

「それに、失礼だよ。リィズの言い方だとまるで警備がザルみたいじゃないかッ!!」

確かにあの狐面の襲撃が催しじゃなかったなら、かなり警備がザルだが、料理に毒が混じるというのはまた方向性が違う。立食形式のパーティで、ましてや皇帝陛下がおられる場で、料理への警戒は一番のはずなのだ。

「ッ…………あ、ありえん。チェックは万全だ。確認しろッ！」

フランツさんが今にも爆発しそうなくらい真っ赤な顔で、警備の騎士に命令する。

と、そこで僕はすかさず責任転嫁に走った。確かにリィズは悪いけど、一番大きな問題を起こしたのは城を吹っ飛ばした婆さんだ。

「ああ、でも《深淵火滅》が証拠を全て吹っ飛ばしてしまったし……侵入者も燃やしてしまった。天井を吹き飛ばしてしまったのは置いておいても、少しだけやりすぎだ」

「くくく……よく言うね。燃やせてないよ」

……はい？

目を瞬かせる僕に、超高火力で城を燃やした《深淵火滅》はつまらなそうに鼻を鳴らす。

「変な演技はやめな、小僧。気づいたろう？　人を燃やした臭いがしなかった。ただものじゃない」

人を燃やした臭いがしなかったって……こわ。

と、そこでルークが珍しいことに眉を顰めて言う。

「確かに、手応えが変だったな……」

君、剣投げてたじゃん。手応えとかわからないだろ。

「…………うむ」

「なんか変な感じぃ」

「術の効きもいつもより悪かったような……」

「……うんうん、そうだねッ！」

仲間達の言葉に僕は全力で迎合した。

アンセムとルシアが頷《うなず》くのならば、僕が頷いても問題ないだろう。しかし、才能ある人間の感性って本当にわからないな…………。

「気配もなかった。どういう仕掛けかはまだわからないが、小僧がいなければ危なかった。――そして、どうやら何か身に覚えがあるようだね」

「え？　ないよ」

「…………小僧には言ってないよ」

しまった。皇帝陛下やその周りの騎士達が白い目で僕を見ている。ちょこちょこお前何か知ってんだろみたいに言われるので断るのに慣れてしまっていたのだ。

しかし……狐のお面、狐のお面、か……かつて宝物殿でそんな幻影《ファントム》が出てくる所があったな。

僕はとりあえず小さく手を上げて発言した。

「とりあえず、城を吹っ飛ばしたのは《深淵火滅》が悪いと思います。全て彼女が悪い」

《深淵火滅》がぎょっとしたように僕を睨みつける。高レベルハンターを敵に回すのは避けたいが、リィズ達の不法侵入などを有耶無耶《うやむや》にするためだ。やむを得ない。

勇気を出して発言したのに、フランツさんはあっさりと僕の言葉を無視した。

「侵入者はともかく、食事に毒を仕込まれるというのはありえん。チェックは万全だ」

僕もそう思ったのだが――いや……待てよ？　そこで僕は、とんでもない事を思い出した。

『正しき銀の冠《シルバー・ブレス》』は使用者に対して影響を及ぼす薬物を感知する宝具である。その性質上、宝具が感知する薬物は装備者の耐性に左右される。そして僕は才能値ゼロの一般人以下。

つまり…………もしかして、普通の人には毒じゃないものが毒として判断された？　ありえる。少なくとも厳しい検査をすり抜けて毒が混入された可能性よりは高そうである。混入していた物も飲み物ばかりだったし、ちょっと強いアルコールを指輪が毒だと見なした可能性も――。

他の人達も平然と飲み食いしてたからなぁ……。

だが、一度出した言葉はもう撤回できない状況まで来ていた。険しい表情のフランツさんや騎士達を見ていると、心臓が痛くなってくる。

「まぁ、もしかしたら全部燃えた可能性もあるし……」

残った卓は僕の後ろにあったものだけだ。もしも何も検出されなくてもまだ言い訳が利くはずだ。

「もしかしたら僕だけを狙った可能性も――」

「さっきからぶつくさ何を言ってるッ！　何も出なかったら――わかってるんだろうな？」

「何も出なかったらそれはそれで良かったという事で――」

「ふざけるなッ！　貴様は、栄誉ある『白剣の集い』を侮辱したんだぞ!?」

カルシウム不足なのか、皇帝陛下への忠誠心故か、フランツさんからの圧力が凄い。

いや、だが……待てよ？　リィズも何か混じっているって言ってたし、合ってる？

……だけどリィズは平然と僕に合わせるからなぁ……はらはらしながら待っていると、先程フランツさんが確認指示を出した騎士達が戻ってきた。顔面蒼白で声を震わせ、報告する。

「料理の一部から──毒物の混入が、確認されましたッ！　かなり強い毒です」

「なん……だと!?」

「よしッ、合ってた！」

「ちょ、クライさん!?」

思わずガッツポーズする僕に、エヴァが悲鳴のような声をあげる。

よしよしよし、これで僕に罪はない。しかし、僕が探した時は飲み物からしか出なかったが、まさか食べ物にも混じっているとは──僕の想像とは少し違うが、『白剣の集い』──恐ろしいところだ。

「検出されたものは……仕方ない。フランツ、侵入者の件も含め調査せよ」

渋い表情で指示を出す皇帝陛下に、似合わないタキシードを着たガークさんが近づく。

「陛下、我々も協力します」

「ふむ………受け入れた方が良さそうだな」

皇帝陛下がチラリと僕と《深淵火滅》を見る。

いや、一応探索者協会に所属はしているけど何でもするわけじゃないよ？

また変な事に巻き込まれるのか……嫌な予感に僕は思わず深々とため息をついた。


尋問じみた聞き取りを終え、解放された時には夜も完全に更けていた。

正真正銘、僕は何も知らないので酷《ひど》く苦痛な時間だった。何かと不運でそういうシチュエーションに慣れている僕でも何も感じないわけではない。

僕に付き合い色々調整してくれたエヴァが疲れを感じさせない表情で言う。

「どうやら、帝国は何かを掴んでいるみたいですね」

「ったく、自分の無能を押し付けやがって」

「まぁまぁ……帝国臣民として貸しを作ったと思えば――」

不機嫌そうなリィズをルシアが宥《なだ》めている。アンセムとルークは夜の警備に参加するらしく、不在だ。半壊した今夜の皇城の警備は高レベルハンターが担当するらしい。

僕がその大役に抜擢《ばってき》されなかった理由は、フランツさんが拒否したからである。散々恫喝してきたが、あの人、なんか好きになりそうだ。次回以降もよろしく拒否して欲しい。

「そういえば、リィズってどうやって潜り込んだの？　警備沢山いたでしょ？」

「んー？」

リィズが目を瞬かせ、何も言わずルシアを示す。そちらを見ると、ルシアはさっと視線を逸らした。

なるほど、魔法でサポートしたのか……そんなに!?　そんなに『集い』に行きたかったの!?　僕はサボってでも行きたくなかったのに……是非立場を代わって欲しい。と、そこで気づいた。

「……そういえばティノは？」

「……え？　知らなーい」

自分で引き込んだくせに、完全に責任を放棄している……。僕はルシアを見た。

「ルシアお姉さまは何か知ってる？」

「え……えっと…………えっと……」

ルシアが珍しいことに目を丸くしてあたふたしている。どうやらルシアお姉さまからも見捨てられたようだな……ティノ、可哀想に。ひとしきり目を白黒させると、自信なげにルシアが言った。

「……多分、シトがなんとかしたと思います。一人だけ来なかったので」

確かに……シトリーは何かとそつがないからなあ。あの狐面に一人だけ攻撃を仕掛けなかったのも、いざという時のバックアップのためだろう。さすが《最優《さいゆう》》、頼りになる。

そう思うと、気分が良くなる。色々あったが一日を乗り切ったのだ、厄介なイベントを消化できたと思えば悪いことばかりではない。そうだ、ポジティブに行こう！

クランハウスでエヴァと別れ、疲れた身体を引きずるようにして階段を上り私室に向かう。

クランマスター室の扉を開けると、見覚えのあるドレス姿のシトリーが飛び出してきた。

頬を紅潮させ、すこぶる機嫌が良さそうだ。そして、突発的シトリーに硬直する僕に元気よく言った。

「おかえりなさい、クライさん！　私とティーちゃんが仕込んだ毒は役に立ちましたか？」

「…………はい？」

ソファで、肩口の開いたイブニングドレスで着飾ったティノが死にそうになっている。

リィズが納得いったようにぽんと手を打った。

「あー、おかしーと思ったんだぁ。だって、クライちゃんが渡してきたワインに入ってたのは毒じゃなくて薬だったたし」

「あっちゃー…………」

ルシアがまるで頭痛に耐えるかのように額を押さえる。

ちょ……え？　は？　待って？　つまり……なんだ？

「残った料理には何も入っていなかったので、このままではまずいかなーと……隙を見て」

「犯罪者……ごめんなさいごめんなさいごめんなさい、ますたぁ、私、汚れちゃいました」

ぶつぶつティノが呟いている。駄目だ、もう何がなんだかわからない。とりあえず冷静になろう。

僕はニコニコ笑っているシトリーの髪をぐしゃぐしゃに撫でると、寝室でふて寝する事にした。


恐るべき手合だ。

侵入者への《深淵火滅》の攻撃で混乱に叩き込まれた会場を見て、ソレは表情に出さずに舌を巻いた。

《千変万化》。数多《あまた》の組織を壊滅に追いやったそのハンターの最も恐るべき点は、情報収集能力にある。

知るはずのない情報を知り、いるはずのない場所にいる。神算鬼謀にして神出鬼没。完全なポーカーフェイスも含め、それらは高レベルのトレジャーハンターでもなかなか持ち得ぬものだ。

ただ強い力を持つ者よりも余程厄介だ。

侵入者をどうやって察知した？

実際に目視しても、全くからくりが理解できない。気配は完全になかった。音もなく、体温でもない。実際に会場に仕掛けられていた感知系のトラップも発動していない。

それが、出現と同時に見破られた。《千変万化》の表情に前兆はなかった。

いや、それを言うなら——薬も、だ。無差別に混ぜたそれを、《千変万化》はことごとく発見してみせた。魔法を使っている様子もなく、まるで場所がわかっているかのように。本来だったら会場を混乱に巻き込むはずのそれは全て《千変万化》の仲間によって飲み干されれ——。

面白い。何もかもが支離滅裂で、理解できない。だが、結果はついてきている。

神算鬼謀を前に智謀で挑むのは愚策。ならば、やるべきは攻撃を続ける事だけだ。

その頭脳を凌駕《りょうが》するほどの圧倒的攻撃を——先制を取れる点こそが、『悪』の強みなのだから。

好都合な事に、《千変万化》は格好の攻撃材料を与えた。

《千変万化》の贈った『ドラゴンの卵』は高価で希少な品だが、危険な品でもある。

最強種の一つ。ドラゴン。

ドラゴンが集めた金銀財宝や産んだ卵は高価だが、ドラゴンにとって逆鱗《げきりん》に等しい。ドラゴンは盗人を絶対に許さない。巣からかすめ取った卵が原因で国が滅ぼされた伝説もある。

もちろん、《千変万化》は贈った卵を産んだドラゴンを既に倒しているはずだ。

だが、果たして国がドラゴンに襲われたら、この国の貴族はどう感じるだろうか？

《千変万化》。貴様は良かれと思い贈った貢物で、自らが守った者達に殺されるのだ。

第二章　神算鬼謀の闇鍋

なんかもう詰んだかもしれない。行動が軽率だったり適当に動く事はあっても、誰かに悪意を持って行動したことなど一度もないのだが、どうしようもない状況だ。

地獄のような『集い』から一夜。僕はクランマスター室の定位置でぐったり身体を投げ出していた。

まさかシトリーが毒を仕込むなんて……《深淵火滅《しんえんかめつ》》の会場半壊とどちらの罪が重いだろうか？

リィズ達の不法侵入はなんとなく有耶無耶《うやむや》になったが、毒はさすがに駄目だ。そもそも『集い』に持ち込む時点でアウトだろう。言い訳なんてしようもない。土下座しても済まないはずだ。

まだバレていないが、ゼブルディアの調査機関は優秀だ。時間の問題のはずだ。そもそもゼブルディアには真偽を判定する宝具だってあるのだ。

「クライさん、新聞です」

と、そこでエヴァが新聞を持ってきてくれた。いつもは流し見するが、今日はじっくりと確認する。

どうやら、箝口令《かんこうれい》が敷かれたらしい。新聞には会場での侵入者の話は全く出ていなかった。

その代わりに一面を飾っているのは――。

「ゼブルディアにドラゴンが襲来……？」

「ご存じかと思いますが…………ちょうど、私達が出た後とか」

目の下に隈《くま》を張り付け、疲労の滲《にじ》んだ表情でエヴァが言う。ご存じないけど……。

「えぇ…………どんだけ運が悪いんだよ…………」

「え？　運……？」

竜《ドラゴン》。それは、数多《あまた》存在する幻獣の中でも最強とされる種族である。

種類により姿形は変わるが総じて強靭《きょうじん》な肉体と膨大な魔力《マナ》を持ち、時に一匹の怒れる竜の力で国が滅ぼされることすらあるという。『竜殺し』の称号は古くから英雄の証《あかし》として知られている。

だが本来、ドラゴンは人里を襲うような生き物ではない。まぁ、スルスで温泉ドラゴンに遭遇した時点で怪しいのだが、僕のハンター人生でも街でドラゴンに襲われたのはたった三回だけである。

「幸い、昨晩は高レベルハンターが何人もいたので問題なく討伐されたそうですが……」

「ふーむ…………」

新聞を見る。どうやら、アーク達が守っていたらしい。ロダン家は帝国貴族と繋《つな》がりがあるので、こういう時に出向くのはいつも彼の役割である。他にも昨晩はルーク達も警備に駆り出されていたはずだ。ドラゴンは強力だが戦闘狂の高レベルハンターには敵《かな》わない。不幸中の幸いであった。

しかし、つい先日も精霊が街を襲っていたし、地底人が襲ってくるわ温泉ドラゴンが襲ってくるわ、最近のゼブルディア、災害起きすぎである。もしかしてシトリーが毒を仕込んだのもその一環では？

と、そこで僕に衝撃が奔《はし》った。新聞を机に置くと、脚を組み腕を組み天井を見上げる。

待てよ――そもそも、リィズは入っていたのは毒ではなく薬だと言っていた。

つまり……犯人は二人いる？　そもそも冷静に考えると、侵入者は本当にいたわけで――。

「これは複雑な事件だな。帝国の調査機関に解けるかどうか…………」

「……へ？」

そのままだったら単純だったのに、シトリーが状況を複雑にしている。

侵入者の侵入経路についても、燃やす婆さんが全て吹っ飛ばしたせいで痕跡が見つかるかは怪しい。如何《いか》に優秀な帝国の機関でも、まさか最初の薬と毒物を入れた犯人が別人とは思っていないだろう。

まぁそもそもグラスの薬についての証拠は何もないんだけど……もしかしたらまだ会場の他の卓に薬入りグラスがあったかもしれないが、それも婆さんが燃やしてしまったし――。

うーむ。目をつぶり考えていると、エヴァが恐る恐る聞いてくる。

「何か……わかったんですか？」

「この事件、僕の推理が正しければ犯人は二人いるな」

「!?　え!?　どうして、そのように……？」

シトリーと薬を入れた者だ。そして薬を入れた者と侵入者は繫がっていると考えた方が自然である。

だが、そんな事を言うつもりはない。だって、シトリーのしでかした事を報告したらシトリーが罪人になってしまう。犯罪は良くないが、大前提として僕はシトリーの味方なのだ。

彼女を告発するくらいならば一緒に国外逃亡することを選ぶよ、僕は。何より、結果論だが、シトリーの仕込んだ毒は誰かを害したわけではないのだ。

この際、真犯人には罪を被ってもらおう。許可なくあんな所にいた時点でどうせもう縛り首だよ。

え？　リィズ達も許可なく侵入したって？　ははッ。

「しかし、あの婆さんも厄介な事をしてくれたな」

「…………」

《深淵火滅》が会場を燃やさなければ、証拠が見つかって今頃、真犯人が捕まったかもしれないのだ。てか、下手したら陛下が燃えてたよ。なんであの婆さん、まだ捕まってないの？　暴れるから？

ともあれ、僕にできることは真犯人がさっさと捕まるのを祈ることと、万が一シトリーに疑惑が向けられたら擁護《ようご》する事くらいだろう。前者はともかく、後者は全力を尽くさねば……昔、集団脱獄幇《ほう》助《じょ》の疑惑をかけられた時は庇《かば》いきれなかったが、僕だって数年で少しは成長している。主に成長したのはレベルだが――ハンターのレベルとは信用である。レベル8ならば発言に信憑性《しんぴょうせい》も出るはずだ。

問題は、今回は冤罪《えんざい》じゃない事なんだけど。

「犯人が、わかるんですか？」

「犯人はあの侵入者だよ」

「えっと…………正体は？　というか、二人っていうのは、協力者がいたってことですか!?」

「……まぁまぁ、落ち着いて、エヴァ。これはそんな単純な話じゃない」

「す、すいません――つい……」

エヴァがはっと目を見開き、下を見る。

…………エヴァくらいには、真実を話してもいいかな。

僕はこれまでエヴァの助けを散々借りてきたし、彼女の事をこの上なく信頼している。何より、僕より余程優秀なエヴァならばいい方法を思いつくかもしれない。

「ちなみに、最後に検出された毒を入れたのはシトリーとティノだよ」

「…………………へ!?」

エヴァが目を限界まで見開き、力の抜けるような声をあげる。まぁ、そういう反応になるよね。しきりに瞬きをして、エヴァがじろじろと僕の顔を見る。

「え？　え？　ええ？」

「まぁ落ち着いて。でも、問題はそこじゃない」

「こ、ここ、これが、落ち着けますかッ！」

珍しくエヴァが青ざめている。今更ながら、少しだけ言ってしまった事を後悔するが、もう遅い。まぁ大丈夫。大丈夫だ、なんとかなる。まだ死人が出ていないからセーフッ！

と、そこで部屋の扉が勢いよく開いた。エヴァがびくりと身体を震わす。

「よう、クライ！　いいもの見せてやるよッ！」

元気よく声をあげながら入ってきたのは皇城警備に参加していたはずのルークだった。

ルークは青ざめたエヴァを見ても特に何の反応もせず……問題は担いでいる物だ。

ルークと同じくらい大きな荷物だ。むせ返るような濃い血の臭いが広がる。

トレジャーハンターならば慣れている臭いだが……普通にやめてください。

ルークはずどんと音を立てて荷物を下ろすと、自慢げに言った。

「ジャンプして斬ったんだ。危うくアークに取られるところだったが、俺が勝ったッ！」

獲物を持ってくるとか、猫か何かかな？　ちょ、開けるな開けるな。

「半分は帝国の奴らに取られちまった。まぁ、半分にしないと扉に入りそうになかったからな」

こんな臭い振りまきながら通りを歩いてくるとか、もはやテロだろ、それ。血が溢《あふ》れていないのはきっと誰かが溢れないように包んでくれたからだろう。

ある意味、一番我が道を行っているのがルークなのである。彼と並べるとリィズが常識人だからな。

「そうだ、クライ。帝国の連中が、話あるから来いってさ。探協で待ってるって」

「…………僕には話はないんだけど」

「そうか…………………斬るか？」

「なんか急に話をしたくなってきたな……」

駄目だ、一人では分が悪すぎる。仕方なく立ち上がると、エヴァが珍しい事に目に涙を浮かべてこちらを見ているのに気づいた。さすがに色々ショックが大きかったらしい。

「エヴァも来て。ルークは……話がややこしくなるから来なくていいや」

一般人がいれば帝国の連中も無体な真似はすまい。彼らはいくら怖そうでもうちの野生児とは違う。

「待て、クライ。これどうするんだ？」

ルークが持ってきた生臭い荷物を指して不思議そうな顔で言う。そんなの僕が知るかい……。

深々とため息をつくと、ルークに言いつけた。

「好きにしていいけど、部屋汚さないでね」

全く、どうして彼らはこうもちょこちょこ僕を頼ろうというのか。

この帝都には他にも山ほど、優秀なハンターがいるというのに、全く理解に苦しむね。

行きたくないと駄々を捏《こ》ねている身体を叱咤《しった》し、探索者協会の会議室に向かう。エヴァと一緒に中に入ると、部屋には既に錚々《そうそう》たるメンツが揃っていた。

支部長であるガークさんとカイナさん。昨日、僕を警備から抜くというファインプレーをかましてくれたフランツさんに、騎士が数人。《深淵火滅》がふんぞり返るのが目に入り、思わず顔を顰《しか》める。

「ふん……何か言いたげだね」

「いや…………別に……」

年齢を感じさせない婆さんの眼力に思わず視線を逸《そ》らす。さすがに皇帝陛下はいないようだ。

席に着くと、挨拶も早々にフランツさんが言った。

「よく来た。ここに呼んだのはドラゴン襲来の件について確認したい事があったからだ。昨晩の事件は既に耳に入ってるな？」

「……その前に一ついいですか？」

「……なんだ？」

ガークさんがぴくりと頬を痙攣《けいれん》させこちらを見る。エヴァも僕を心配そうな眼差《まなざ》しで見ていた。

大丈夫、変な事は言わないよ。

「昨日の毒混入の件――具体的な犯人の目星はつきました？」

「…………………まだだ」

セーフ。思わずほっと息をつく僕に、フランツさんがぎりりと歯を噛み締めた。

「何か、言いたげだな、クライ・アンドリヒッ」

「…………いや、なんでもないよ。続けて、続けて」

逆に見つけてくれなくて良かったたまである。一晩経って目星がついていないならきっと迷宮入りだろう。シトリーは余程うまくやったと見える。

フランツさんは大きく何度か呼吸をすると、押し殺すような声で言った。

「昨晩、クリムゾンドラゴンの成体が皇城を襲撃した。時刻は深夜三時――クライ・アンドリヒ、貴様が帰った直後だ。幸い、昨晩の皇城は高レベルハンターにより万全の警備が敷かれていた」

「ああ、うちのアークがいたんだってね。新聞で読んだよ、ドラゴンも可哀想だな」

ドラゴンは確かに強力だが、高レベルに認定されたハンターは『竜殺し』の称号持ちばかりだ。昨晩は他にもアンセムもいたはずで、たとえドラゴンでもそれらを相手にするのは分が悪い。

不幸中の幸いというやつだろう。……でも、それで僕を呼ぶのおかしくない？

完全に傍観者の気分で言うと、フランツさんがギロリと鋭い目で睨《にら》みつけてきた。

「ドラゴンは真っ直ぐ皇城を狙ってきた。書を紐解いたが、このような事態、帝都がこの場所に移って初めてのことだ」

「……まぁ何事も初めてってのはあるよ。僕だって初めてだらけだ」

「クライ、茶化すんじゃないッ！」

茶化してなんかいないのに、ガークさんに怒られる。理不尽だ。だがそもそも、僕が帝都に来てから帝都で起こった大事件は大体初めてである。この都市、呪われてるんじゃないだろうな。

「ドラゴンは理由なく人里を襲ったりはしない。我々は、何かドラゴンが狙う物が城の中にあったのではないかという見解で一致した」

「なるほど……そりゃ、災難だったね…………………いや、待てよ？　城の中にある物が狙いなら、とっくの昔にドラゴンが襲ってきてもおかしくないんじゃない？」

一部のドラゴンは金銀財宝を蓄える性質があり、自らの宝物を盗まれるとすぐさま怒り狂い地の果てまで取り返しに来るという。かの幻獣は強大な力と知性を誇るが、決して寛大ではない。人間なんてちょっと食いでのない食べ物だと考えている節がある。

つまり、その『物』というのは直近で城に運び込まれた可能性が高いわけだ。

僕の名推理に、ついにフランツさんが強くテーブルを叩いた。

「し、しらを切るのもいい加減にしろッ！　我々の見解では、その『物』は――貴様が皇女殿下に贈ったドラゴンの卵だッ！」

「…………へ？」

予想外の言葉に目を見開く。大体のドラゴンは卵生だが、一度の出産で一つの卵しか産まない。それをかすめ取られたらなるほど、ドラゴンは怒り狂い即座に取り返しに来るだろう。

だが、あのお土産はドラゴンの卵ではない。エヴァには言ったが、温泉ドラゴン卵という商品名の温泉卵である。いっぱい売っていた内の一つだし、鶏の卵だ。この人は何を言っているのだろうか？

「でも……その、申し訳ないが、あれはただの温泉卵だ」

おずおずと出した言葉に、フランツさんは勢いよく机を叩きつけた。

「そうだッ！　そうなのだッ！　我々は、急ぎ、贈り物を検《あらた》めた。あれは、ふざけたことに、完全無欠の、ただの温泉卵だったッ！　スルスで売っている品との確認も取れているッ！　これが――何を意味しているかわかるな？」

顔を真っ赤にして、フランツさんが鼻息荒く迫ってくる。僕は少し真面目に考えた。

「…………クリムゾンドラゴンの好物は温泉卵ってこと？」

「――ッ」

フランツさんが唇を震わせ、立ち上がる。そこで、頼りになるエヴァが静かな声で言った。

「何者かが、クライさん――《千変万化《せんぺんばんか》》を陥れようとしていたということですね」

エヴァの指摘に、フランツさんが拳を握り、大きく深呼吸をして言う。

「ッ……そうだ。その、通りだ。そしてもしも貴様のプレゼントが本物の竜の卵だったら、たとえ卵がクリムゾンドラゴンの物じゃなかったとしても、容疑は晴れなかっただろうな。晴れるわけがない」

あぁ、なるほど。そういう組み立て方か……勉強になるな。

「だが、貴様はそれを回避した。そして、そのことで犯人を絞り込むこともできた。貴様が皇女殿下に卵を渡したことを知る者は、限られているからな」

ほお……それは、奇跡的な回避である。日頃の行いが良かったのだろうか。

本物のドラゴンの卵をかすめ取るような人生送っちゃいないぜ。

そこで、珍しいことに黙って話を聞いていた《深淵火滅》が鼻を鳴らした。

「ふん……罠《わな》に、かけたのか、小僧。相変わらずの手口だ」

「…………へ？」

罠……？　何言ってんだ、この婆さん。僕は罠にかけられる事はあっても、かけた事はない。

大体、温泉ドラゴン卵が罠とか、いくらなんでも無理やりすぎる。

思わず鼻で笑うと、フランツさんが大きく咳払いをした。

「ともかく、ドラゴンを操れる者など限られている。ここから先は――機密に関わってくる」

フランツさんが手を上げると、後ろで待機していた騎士達が部屋から出ていく。探協の職員もぞろぞろと出ていき、残ったのはガークさんとカイナさん、僕とエヴァ、それに《深淵火滅》だけだ。

僕も出て行きたかったのだが、それはさすがに空気が読めていないだろう。

フランツさんは大きく深呼吸をすると、テーブルの上に布に包まれた大きな物を置いた。

珍しく緊張したような顔で、僕と《深淵火滅》を見つめて言う。

「此度は緊急事態。あらゆる手を使わせてもらう」

「ッ!?　それは――馬鹿なッ!?」

《深淵火滅》が珍しいことに動揺の声をあげる。ガークさんにカイナさん、エヴァも愕然《がくぜん》としていた。

フランツさんが布を剥ぐと、中から出てきたのはどこまでも透き通った宝玉だった。凪《なぎ》の海を思わせるどこまでも透き通ったそれは、高価なだけのただの宝石では出せない輝きを持っていた。

『真実の涙《トゥルー・ティアーズ》』。あらゆる虚偽を暴く力を持つ水晶玉型の宝具。

帝国の秘宝の一つであり、このゼブルディアの発展の要因の一つである。

それは帝国にとって伝家の宝刀であり、決して抜いてはならない剣でもあった。

「ありえんッ！　その宝具の使用は帝国法にて厳しく制限されているッ！　この程度の案件で、使用が許されるわけがない」

ガークさんが顔を真っ赤にして叫ぶ。その通りだった。

その宝具はかけられた者のあらゆる嘘を暴く。洗脳や記憶の消去を始めとしたあらゆる精神汚染は通じず、これまでその水晶玉を欺《あざむ》けた者はいない。だが、その宝具はただ便利なものではない。

真実のみを正確に映す宝玉は争いを齎《もたら》す。故に、この宝具の使用には幾つもの申請と許可、そして何より証拠が必要とされ、最高権力者である皇帝でもおいそれと使うことはできない。

何しろ、力があまりにも強すぎる。人は皆、清廉潔白ではいられない。誰もが秘密の一つや二つ持っているものだ。そのような宝具を簡単に使う事が許されてしまえば、皆がゼブルディアから去っていく事だろう。そしてそれは、国の滅びを意味している。

この宝具の使用が許されるのは、罪が確定した十罪（帝国で最も重い十の罪）を犯した者くらいだ。たとえどれほど疑わしくても、疑わしいだけでは使用されない。使用されてはいけないのだ。

僕は何度も使ったことあるけどね。何度も宝玉の審判を受けまだ捕まってないのは僕くらいだろう。

空気が張り詰めていた。絶句する皆の言葉を代弁し、声をあげる。

「皇帝陛下の許可、出てるの？」

「出ているわけが、なかろうッ！　あの御方は何よりも自分に厳しいお方だッ！」

「へぇ……勝手に持ってきちゃったんだ」

如何《いか》に上級貴族でも――否、至宝を持ち出せるほどの権力者だからこそ、この行為は許されない。この事が明るみになれば、彼はただでは済むまい。そのくらい、『真実の涙《トゥルー・ティアーズ》』関連は重いのだ。

フランツさんが僕を――僕だけを見て、言った。

「できるものならば、証明してみろ。自らの無実をッ！」

「いいよ。むしろ、都合が良いくらいだ」

「ッ!?」

痛くない腹を探られてもなんともない。宝玉の審判を受けるのは数度目だが、何度見てもこの宝具は美しい。近くで見る機会を貰えて嬉しいくらいだ。

透き通る水晶が僕自身を映し出す。そして、僕は欠伸《あくび》をしながら宝玉に手を当てた。

『僕、クライ・アンドリヒはゼブルディアに一切敵対していない』

「ッ!!」

意識が吸い込まれ一瞬空白になり、宝玉が青い光を放つ。僕の言葉が真実である証だ。

フランツさんはあんぐりと口を開ける。やれやれ、僕ほど無害で、ついでに無能な人間はいないよ。

ガークさんも目を剥《む》いている。そういえば、ガークさんは最初、僕が『真実の涙』を受けたと聞いた時にガチギレしていた。ハンターの名誉を守るのも探索者協会の仕事とはその時の言である。

「まぁ、フランツさんは少し気を張りすぎだ。力を抜きなよ。僕は問題ないけど、ハンターにいきなり『真実の涙』を使おうとするのはあまりにも悪手だ。燃やされたって仕方ない」

特にここには短気な事で知られている婆さんもいるのだ。《深淵火滅》をちらりと見ると、《深淵火滅》は歪《ゆが》んだ笑みを浮かべて言った。

「チッ。仕方ないね……ほら、これでいいんだろ。『私は、ゼブルディアに敵対していない』」

宝玉が青白い光を放つ。《深淵火滅》が顔を顰める。真実の涙の使用に慣れてないからだろう。

僕は目を丸くして思わず言った。

「あれ？　敵対していなかったの？　あッ」

「ッ…………本当に、人を食った小僧だ」

失言を悟り口を噤《つぐ》む僕に、《深淵火滅》——ローゼマリー・ピュロポスはまるで薪でも見るような視線を向ける。

そこで、フランツさんが深々と頭を下ろした。

「ッ…………協力に、感謝する。では、本題に入ろう」

ガークさん達はいいのか……どうやら、僕達は随分信用されていないようだ。

フランツさんは宝具を丁寧に包みしまうと、気を取り直したように小さく咳払いをして言った。

「《千変万化》、《深淵火滅》、貴様らは——『狐』を知っているな？」

狐……？　そういえば、あの天井に張り付いていた奴、狐の面をしていたな。

フランツさんの言葉に、婆さんの目が光る。

「!!　…………なるほど……あの仮面は、そういうことかい。随分わかりやすい真似をする」

僕が常識を知っているのを前提で断定するのやめて欲しい。だが、僕は少し考え、手を叩いた。

「狐？　ああ、もちろん、知ってるよ。一応聞くけど、動物じゃないよね？」

「……ああ。動物でも、魔獣でもない」

やはり、か。動物でも魔獣でもないとするならば、答えは一つしかない。


本当に自慢ではないのだが、僕は不運体験談の一つとして十三の尾を持つ狐と遭遇したことがある。


あまりにも溜め込みすぎたマナ・マテリアルにより、移動するその場所が宝物殿と化していた、とんでもない幻影《ファントム》の狐だ。知性を持ち、経験を持ち、力を持っていた。当時の僕達ではとても太刀打ちできなかった神に近しい存在である。攻略推定レベルは恐らく最高（レベル10）だろう。

遭遇は完全に偶然だった。本来遭いたくても遭えないような存在なのだ。紆余曲折《うよきょくせつ》の末、何とか生きて帰れたが、あの化け狐は今でも幻の宝物殿として、世界のどこかを彷徨《さまよ》っていることだろう。

そして、そこに生息する雑魚幻影《ざこファントム》は狐の面を被った人間（人間じゃないけど）だったのだ。

道理で、侵入者を見た時になんか見覚えあるなと思ったはずだ。まぁ、仮面デザインがかなり違うのだが、もしかしたらイメチェンしたのかもしれないし……。

「昨今、我が国を襲う難事。その幾つかは、『狐』の工作によるものと予想されている」

「なるほど。…………なるほど？」

あの狐は神の如き力を持っていたが、人類に敵対してはいなかった。というか一切興味を抱いていない節があった。何しろ有した力が隔絶していたので幻影《ファントム》は宝物殿の外では活動できないなんて常識は当てはまらないだろうが、一体ゼブルディアは何をやってそんなに怒らせたのだろうか？

フランツさんが忌々しそうに言う。

「ゼブルディアは大きくなりすぎた。トレジャーハンターを重用することで発展したが、それをよく思わない者もいる。恐らく、今回の件もハンターとの関係を悪化させるための工作だろう。料理に毒を仕込んだのはあまりにも稚拙だが、な……」

「……ああ、それは間違いなく『狐』の仕業だ。この僕を陥れるなんて、とんでもないやつだ！」

生じた疑問は全て無視して、僕は全力で乗っかる事にした。

どうせ元々侵入者のせいにするつもりだったし、幻影《ファントム》が相手なら心も痛まない。

「ルークが人を斬るのも狐のせいだ。リィズが不法侵入してきたのも狐のせいだ。シトリーとティノが毒を仕込んだのも狐のせいだ！　全くもってけしからんッ！」

「!?　それは狐のせいじゃ——おい、今何と言った!?」

「所詮は獣か、あの狐野郎め。いつか絶対やると思ってたね、僕は！」

あんなに油揚げをあげて土下座したのに……遭遇以降、噂すら聞いていなかったので油断していた。

まぁ、油断しなくたって僕にできることなんて何もないのだが。

義憤に駆られる僕を横目に、婆さんが肩を竦《すく》める。

「それで……まどろっこしい事はやめてさっさと本題に入りな。違法に真実の涙《トゥルー・ティアーズ》を持ち出し使用に踏み切った理由があるんだろう？」

僕の記憶では彼女は口より手が先に出る筆頭だったはずだが、今日は穏便だな。

フランツさんは《深淵火滅》の言葉に小さく咳払いをすると、真剣な表情で言った。

「ともかく、歴史ある強きゼブルディアとして、彼奴《きゃつ》らに萎縮した様を見せるわけにはいかない。まもなく、陛下に外遊の予定が入っている事は知っているな？」

「…………なるほど、そういうことかい」

なんかわからないが、そういうことらしい。《深淵火滅》が頷き、ガークさんが身を乗り出す。

エヴァが真剣な目をしている。何も知らないのは僕だけのようだ。

だが、置いてけぼりになるのは慣れてる。僕はとりあえずハードボイルドな笑みを浮かべた。

「そこで…………《千変万化》、貴様に依頼がある」

「悪いけど、僕は安請け合いはしない」

依頼内容も聞かず、断る。ほぼ条件反射であった。

僕はこれまで、できそうもない困難な依頼どころか、ちょっと難しそうな依頼も全てを受け流してきたのだ。安請け合いすると思っては困る。僕にできるのはアークを貸してあげることだけだ。

大体、なんで僕なのだろうか？　ここには僕の一千万倍は強い婆さんがいるというのに。

「狐は貴様を嵌《は》めようとした。狐は貴様を怖れている。真実の涙《トゥルー・ティアーズ》の審判を受けた以上は、貴様は白だ」

「宝具が壊れているのかも」

「ッ…………『涙』は、帝国の柱だ。それに、宝具は壊れんッ！」

ガークさんが殺気すら感じさせる眼差しで僕を睨んでくる。

うーん……アーク辺りに流せばいいだろうか？　早速、神算鬼謀に策を練る僕の前に、フランツさんは大きなトランクケースを置いた。

まさか、報酬？　準備の良いことだが――おいおい、まさかこの僕が金でなびくと思っているのか？　見くびってもらっては困る。僕は借金をしていても宝具を買い漁《あさ》る男だよ？

「貴様は宝具コレクターらしいな。報酬として――陛下は皇城の宝物庫からこれを与えると仰せだ」

毅然とした態度で依頼を断る決意を固める僕の前で、フランツさんがトランクケースを開いた。

中に敷き詰められていたのは、緑と赤と金で編まれたややくすんだ色の布だった。服や外套《がいとう》ではない。それなりに厚く、それなりに豪奢《ごうしゃ》ではある。

僕は思わず目を見開き、震える手でその布に触れた。すべすべした質感だ。

思っていたより小さいが――これはもしや…………よく御伽話《おとぎばなし》にも出てくる、希少で滅多に出回らないことで有名な宝具――『空飛ぶ絨毯《フライング・カーペット》』なのでは？

頬を引きつらせ顔を上げる僕に、フランツさんはここに来て初めて笑みを浮かべてみせた。

優秀なトレジャーハンターにとって訓練とは日常の一部である。

《始まりの足跡《ファースト・ステップ》》クランハウス地下五階。

最も広い訓練場の扉の前に、《足跡》のハンター達が集まっていた。

ちょうど訓練をしようとやってきたスヴェンが、集まっている者達を見て目を丸くする。

「……何やってんだ？　こんな所で、集まって」

「ああ。…………どうやら地下五階は今日は貸し切りらしい」

「貸し切り……？　そんな制度ないだろ。またリィズが好き勝手やってんのか？」

顔を顰めるスヴェンに、メンバーの一人が軽く身を震わせ、言った。

「いや…………あのマスターが訓練しているんだ」

その言葉に、無言で扉を見る。何をやっているのだろうか。分厚い金属の扉の向こうからは何か重い物がぶつかる音が連続で上がっていた。

《千変万化》は訓練しない。高レベルハンターとは信じられないレベルで、しない。だが、例外的に自分で訓練場を作ったのにほとんど使用しないマスターが訓練場を使う事がある。

宝具コレクターとしても知られる《千変万化》は、新たな宝具を手に入れると訓練場でそれを試すのだ。しかも、普通のハンターならば使用を躊躇《ちゅうちょ》するであろう宝具も気にせずに起動するので何が起こるのかわからない。恐らく、本人は理解しているのだろうが（理解していなければ普通起動したりしない）、周りからすると厄介な事この上ないのである。

「今日は一段と激しいな……。しゃーない、飲みに行くか」

他の訓練場を使ってもいいが、とかく《千変万化》は加減というものを知らない。万が一天井を突き破ってきたら事だ。今回は随分やる気のようだし、巻き込まれたら事である。

肩を竦めると、スヴェン達は慣れた様子でその場を去っていった。

視界が一気に加速する。得体の知れない万能感と高揚が脳内を駆け巡る。

凄い！　凄いぞ！　今僕は、風になっているッ！

――そして、僕は絨毯《じゅうたん》ごと頭から壁に突っ込み、身体を激しく打ち付けて床に落ちた。

鈍い音が広い訓練場内に響き渡る。幸い、結界指《セーフ・リング》が働いたのでダメージはない。

壁際で腕を組みこちらを見ていたチャージ用のルシアが、眉を顰《ひそ》めて言った。

「……リーダー、騙《だま》されたのでは？」

「……いや、ちゃんと空は飛べてるし……」

「本人は乗られたくないようですが……」

ルシアの言う通り、チャージを終え元気を取り戻した絨毯は僕の目の前で角っこを足にして立ち上がり、まるで警戒したようにジリジリと僕から距離を取っていた。

自ら動く宝具を『自走型』と呼ぶ。『狗の鎖《ドッグズ・チェーン》』もそうだったが、こういった宝具は割と簡単に起動できる反面、操作に癖がある。例えば、動物系の鎖は種類も産出量も多いのだが、同じ系統の鎖でもそれぞれ性格があったりして、道具という意味では非常に使いづらい。

そして、受け取った絨毯は些《いさ》かばかり性格に難があるようだ。僕はにやりと笑って言った。

「『空飛ぶ絨毯《フライング・カーペット》』じゃなくて、『暴れん坊絨毯《カーペット》』だったみたいだな――ふぎゅッ！」

絨毯が一瞬で距離を詰め、僕のボディに一撃を入れてくる。絨毯なので攻撃は軽いが、そのせいで結界指《セーフ・リング》が自動で働かない。

僕は小さく呟き込み、口元を袖で拭う。やるじゃないか、さすが皇城の宝物庫に眠っていた子だ。

「はぁ、はぁ、よし、今日から君は僕のライバルだ」

「絨毯が？」

攻撃力は僕と同じくらい低いようだ。だが、防御力は僕よりもかなり高い。

シャドーボクシングをしている絨毯に飛びかかり、その身体を捕まえる。刹那、身体が浮いた。

視界が回転し、絨毯が縦横無尽に宙を走る。しがみつくだけでも精一杯であった。

人一人乗っているのに、凄まじい速度だ。宝具にも性能差がある。この絨毯は加速性能も最高速度もかなりのもので、移動手段としてはかなり優秀だろう。ついでに旋回性能も凄いし、空中で宙返りもできる。ちゃんと乗客の事を考えられる絨毯だったらかなりの値段で取引されていたはずだ。

再び為《な》す術もなく壁に激突する。絨毯は布なので無事だが、僕の方は結界指を一個消費している。

空飛ぶ絨毯《フライング・カーペット》は飛行用宝具としてはかなり有名で、尚且《なおか》つかなりの値段で取引される宝具だ。

その知名度は僕が唯一持っている飛行用宝具『夜天の暗翼《ナイト・ハイカー》』を大きく超える。

これは玄関マットみたいなサイズだが、普通は複数人で乗ることができ、荷物も積める。おまけに起動も簡単となれば、人気が出ないわけがない。そして僕の知識の中では乗車拒否をする絨毯なんて聞いたことがないのだが、多分それが皇帝陛下が僕への報酬にこの絨毯を選んだ理由なのだろう。

このじゃじゃ馬め。再び、じりじりと絨毯との距離を詰めていく僕を見て、ルシアが何度目になるかわからないため息をついた。

「返した方がいいのでは？」

「空を飛ぶのは人類の夢だ。わからないかな」

「私は自分で飛べるので。大体、リーダーには夜天の暗翼《ナイト・ハイカー》があるでしょう」

「あれは欠陥品だ。おまけに、夜しか使えない」

それに、空飛ぶ絨毯《フライング・カーペット》は僕の憧れだったのだ。多少厄介な性格をしていてもこの機会は逃せない。

絨毯がスムーズな動きで滑るように僕の周りを回転し、足を引っ掛けてくる。そして、あっけなく尻もちをつく僕に、絨毯が角の所を差し出し、頭を撫《な》でた。完全に馬鹿にされている。

僕はハードボイルドな笑みを浮かべた。

「ふっ、可愛《かわい》い奴め。よし、名前をつけてあげよう。そうだな……カーペットのカー君だ！　おッ！」

絨毯が僕の足元に滑り込むと、僕を乗せて緩やかに五メートル近い高さがある天井付近まで飛ぶ。

ようやく僕を主人と認めたか……そんな事を考えた瞬間、絨毯は反転し、僕を空中に放り出した。

頭から金属の床に突っ込み、凄い音が訓練場に響く。また結界指《セーフ・リング》を消費してしまった。

多分一日でこんなに結界指を消費するのは僕だけだ。

「やっぱり、暗翼の方が使いやすいのでは？」

「いや……あれの練習でも同じくらい身体ぶつけたし」

ルシアが魂の抜けるような長いため息をつき、僕の結界指をリチャージしてくれる。

「付き合わされるこっちの身にもなってください」

「乗れるようになったら乗せてあげるから」

「絶対にイヤです。何度も言いますが、私は一人で飛べますし」

ルシアは箒《ほうき》に乗って飛べる。宝具の箒ではなく、ただの箒だ。そういう魔法を使えるのだ。

僕が考えた魔法なのだが、当時は『魔女の箒』が有名な飛行型宝具である事を知らなかったのである。多分、ただの市販の箒に乗って空を飛ぶのはこの世界でルシアだけだ。

ちなみにルシア曰く、箒を使わない方が飛びやすいらしい。うんうん、そうだね……。

散々落とされたり壁に叩きつけられたりしたが、この程度でめげるほど僕の心は弱くない。

最近少し運動不足だったからちょうどいいくらいだ。『暴れん坊絨毯』は、僕を散々叩き落としたが、掴めないような場所まで逃げる気配はなかった。つまり、彼の本能はきっと僕を乗せたがっている。

絨毯はひらひら舞うと、体当たりを仕掛けてくる。相手は布なので威力はたかが知れているが、スピードが乗っているので衝撃は馬鹿にならない。僕は数度床をバウンドして大の字に転がった。

絨毯はふわふわと僕の真上を快適そうに浮いている。

…………もしかしたら、ただ性格が悪いだけかもしれないな。

だがそれもまた……良し。僕は大人なので絨毯に馬鹿にされても意気消沈したりはしない。

再び起き上がる僕に、ルシアが言った。

「そういえば、リーダー。そろそろ依頼の準備をした方がいいのでは？」

「…………え？　依頼？」

全く頭になかった。目を丸くする僕に、ルシアが不機嫌そうな表情を作る。

絨毯が空気を読んだように大人しくしている。

「エヴァさんに聞きましたよ？　前払いで絨毯を貰ったそうじゃないですか」

「…………」

まずい、忘れていた。絨毯を目の前に出された時点で僕はただの頷《うなず》きマシーンと化していたのだ。憧れを前に、前後の記憶が飛んでる。何か頼まれたような気はするが、なんだったかな……。

仕事はしたくないが、絨毯は絶対に返したくない。恐る恐る頼れる妹に確認する。

「…………依頼票って、持ってる？」

「ええ。エヴァさんから渡されましたよ。すっごく……恥ずかしかった……」

ルシアが真っ赤な顔で僕を睨む。本当にいつもご迷惑をおかけして申し訳ございません。

ゼブルディアの印章が施された封書を受け取り、震える手で開封する。

絨毯が後ろから覗き込んでくる。僕はその中身をさらっと読んで、死んだ。

「皇帝の護衛依頼…………なるほどね……」

これは……責任重大だ。僕に頼むなんて頭おかしいぜ…………アーク案件かな？

僕はあらゆる意味でハンターに向いていない人間だが、最も向いていない仕事を一つだけ挙げるとするのならば、それは護衛になるだろう。理由は簡単だ。僕が……とても運が悪いからである。

昔から護衛依頼にはあまりにもいい思い出がない。護衛というのは本来保険だ。まぁ、護衛を雇うくらいだから危険な場所を歩くのだが、大抵の場合はさしたる障害なく依頼は終わる……と聞いている。

だが、僕は今まで護衛依頼のほぼ全てで何らかの障害にぶち当たってきた。

障害は幻影《ファントム》の時もあるし魔物の時もあるし盗賊団《とうぞくだん》や犯罪組織の時もある。自然災害の事もあった。

まぁ護衛じゃないバカンスとかでも酷《ひど》い目には遭うのだが、護衛の時の確率はその比ではない。

僕は自分の欠点を理解している。だからこそ、護衛依頼は絶対に受けたくないし、実際に受けないようにしていたのだ。僕は死にそうな目に遭い慣れているが、大抵の人は慣れていないのである。

僕は！　依頼主の事を考えて！　そう言っているのだ！

だが、普段ならば断るところだが、今回は空飛ぶ絨毯《フライング・カーペット》を人質に取られている。

退路を断たれる形で依頼を投げられた僕は、悩みに悩んだ結果、仲間達を招集することにした。

元々、僕達はこれまで話し合いを繰り返しながら進んできた。宝物殿に行かなくなってからはすっかり機会が少なくなっていたので、こうして会議するのも久しぶりだ。

クランハウスのミーティングスペース。大きなテーブルを中心に、各々席に着いている。

剣聖の弟子にして帝都屈指の剣の使い手。《千剣《せんけん》》の二つ名を持つ剣士《ソードマン》。ルーク・サイコル。

影すら残らぬ神速の盗賊《シーフ》。《絶影《ぜつえい》》、リィズ・スマート。

資材集めとブレインを担当する最優の錬金術師《アルケミスト》。シトリー・スマート。

パーティの生命線。守りと癒やしを担当する帝都で名高い守護騎士《パラディン》。アンセム・スマート。

あらゆる魔法を使いこなし、僕の宝具へのチャージも担当してくれているルシア。

そして今日のゲストの（何故《なぜ》かいる）ティノと、エヴァである。僕は大きく手を叩いた。

「では、第三十五回嘆霊会議《ストグリ》を始めます!!」

「うおおおおおおお！　ひゃっはー！」

「クライちゃん格好いー！　ひゅーひゅー！」

「……ますたぁ、神！」

ルークとリィズが無理やりテンションを上げてくれて、ティノがそれに慌てて追従する。

「……またエリザがいないな」

「んー、昨日は見かけたんだけどぉ……エリザちゃんって自由人だし……」

リィズが大きく脚を組み、首を傾げる。

然《さ》もありなん。エリザをパーティに入れる時の条件は彼女の自由を尊重する事だった。

エリザ用のバカンスのお土産、なくなってたし、元気にやっているはずだ。

と、そこでいつも通りシトリーが司会を引き継いでくれた。

「本日の会議のテーマは、先日の『白剣の集い』での件をきっかけに出された依頼──『皇帝陛下の護衛』についてです。皆さんご存じの通り、ゼブルディア帝国皇帝は年に一度、諸国との会談を行っています。例年では近衛の第零騎士団が担当していたこの護衛が、今年は《千変万化》に発注されました」

と、そこでティノが恐る恐る手を上げた。眠れなかったのか目の下に隈ができている。

「え？　ぇ？　その……それは、どうして、でしょう？　だって、毒は──」

僕も何故だかわからないのだが……エヴァがこほんと小さく咳払いをして補足する。

「その件は不問になりました。……恐らく、クライさんの罠《わな》の一環と見なされたのでしょう」

「!?　…………………………ますたぁは神、ますたぁは神」

ティノが壊れたおもちゃみたいに呟き始める。いつの間にそんな事に……。

そこで、僕は大きく深呼吸をすると、気合を込めて言った。

「ともあれ、今回の依頼は絶対に受けないわけにはいきません」

「ほー、今回はやる気だなッ！　皇帝の護衛か……腕が鳴るぜッ！　あいつも剣士《ソードマン》だしッ！」

「まぁ、相手があの『狐』ですしね」

「えぇ!?　大物じゃん。そっかあ、確かに狐の仮面を被ってたしねぇ……わかりやすーい。私一回くらい戦ってみたいと思ってたんだぁ」

「うむうむ……」

「ますたぁが……やる気……」

ルークが、ルシアが、リィズが、アンセムが各々反応する。どうやら相手が最悪の幻影《ファントム》でも気にしないらしいな（ティノ以外）。恐ろしくも頼もしい……あまり無理して欲しくないけど……。

護衛依頼は気が進まないが、僕はルーク達のことを信頼している。彼らを護衛につければ安心だ。

そして僕が抜ければ完璧である。…………許されるかな？

と、そこで依頼票を読んでいたシトリーが目を丸くして言った。

「あ、メンバー人数制限ありますね。五人です」

「ッ!?」

リィズが黙る。ルークが目を瞬かせ、数を数える。僕は頷いた。

「なるほど……僕とエリザ以外の五人に行かせろってことか。さすがの采配だな」

「!? 冗談はやめてくださいッ！」

エヴァが声をあげる。冗談でもなかったんだけど……。

リィズは脚を組むと、僕を見て言った。

「ふーん。仲間外れができるんだ。まぁ、クライちゃんがメンバー選んだら？」

「おう、そうだな。リーダー、俺はどんな決定でも、クライに従うぞッ！」

「一番後腐れなさそうですしね……私は物資調達担当ですし」

いつもこういう時にぐいぐい来るルークとリィズが予想外に大人しい。シトリーも落ち着いてる。

さて、誰にしようかな……。とりあえず、ルークとリィズは駄目だ、危険すぎる。リィズを抜いてシトリーを入れると後腐れありそうだからシトリーも駄目。うーん、悩ましい……。

僕はしばらく首を傾げていたが、大きく頷いた。

「よし、僕、アーク、エヴァ、ルシアにしよう」

「へ!? ちょっと、私、ハンターじゃないですよ!?」

エヴァが瞠目《どうもく》する。いいんだよ。アークがいれば護衛なんて十分だ。ルシアは宝具チャージ要員である。と、そこでリィズが甘えるような声をあげた。

「クライちゃん、あと一人空いてるよ？」

「え………じゃあとりあえずティノ」

「え!?」

ティノが素っ頓狂な声をあげる。そこで、ルークが立ち上がり、叫んだ。

「やっぱりやめだ、クライッ！ 護衛は実力で決めるべきだッ！」

「賛成ッ！ クライちゃん優しいから、弱っちい奴、連れていこうとするしッ！」

「では、トーナメント式——いや、バトルロイヤルで決めましょうッ！」

「…………うむ」

どうやら皆、行きたくて行きたくてしょうがなかったようだな。

ルシアが深々とため息をつき、制止に入る。

「皆、落ち着いて。リーダーの決定ですから——選ばれなかったからって騒ぐのは——」

「一人だけ選ばれたからって嬉しそうにして。ルシアちゃんのブラコン！ クライさん、ルシアちゃんはエプロンドレス着て鏡の前でくるくるしてましたよ！ クライさん褒めてくれるかなって！」

「…………は、はぁ？ そんな事、してないッ！」

ルークが木刀を抜き、斬りかかる。リィズがテーブルを蹴り飛ばし、シトリーがポーションをぽい投げ始め、ルシアがシトリーに掴みかかる。エヴァが青ざめ、ティノが悲鳴をあげる。

僕はエヴァとティノを連れて、アンセムの陰に身を隠しながら部屋から逃げ出した。

やっぱり駄目だよ。冷静に考えて、話を持っていく前に気づくべきであった。

うちのメンバーは皆仲良しだが、同時に競い合っているのだ。ああなるのは目に見えていた。

誰も選ばないとかならまだなんとかなるだろうが、一人選べば皆来てしまうだろう。子どもかな？　まぁそもそも、メンバー制限が五人なのが良くないのだが、制限がなくても協調性マイナスのうちのメンバーを連れていくのは危険すぎる。ルシア達はともかく、リィズやルークの蛮行を制止しきる自信はないし、エリザもあれはあれで自由人だ。皇帝陛下にその辺で狩ったトカゲとか勧めそう。

「五人という人数制限は貴族や近衛との兼ね合いでしょう。帝国や近衛にも威信がありますし、そもそも近衛がメインでハンターはあくまでサブという立ち位置なんでしょうが……」

「ますたぁ、その……私には荷が重いです……冗談ですよね？」

大丈夫、冗談だ。冗談だよ。ティノを連れてリィズを連れていかないとか、ティノが死んでしまう。

しかし、そうか……あくまでサブ、か。そりゃそうだよね。少し気を張りすぎていたようだ。

と、そこで、僕は天啓を得た。思わず笑みを浮かべる。

《始まりの足跡《ファースト・ステップ》》は大規模なクランだ。横の繋がりも広い。そして、僕はへっぽこだが一応若手最強クラスと名高いパーティを率いている。特にハンターの知り合いはかなりいる。

そう……強くてレベルが高くて有名で頼みやすそうな方から五人集めればいいのだ。

ハンターはプライドが高いし、皇帝からの依頼ならば誰も断るまい。

そして、万が一、億が一、皇帝が暗殺されたとしてもきっと責任が分散されるだろう。

ドリームパーティができるぞ。名付けて豪華な闇鍋作戦だ。もちろんその内の一人がアークなのは言うまでもない。今日の僕は…………冴《さ》えてる。なんか楽しくなってきた。

「な、なんですか、その笑みは……」

そうだ、ガークさんも入れてやろう。ガークさんは元ハンターだし、実力も信用も申し分ない。あのいつも厄介な依頼を押し付けてくる男にいつも僕がどれだけ酷い目に遭っているのか、わからせてやるのだ。どうせ酷い目から逃れられないのならば、全員道連れだ。連中が噂している僕の神算鬼謀を見せてやろうじゃないか。


ガークさんが肩を震わせ、ここ最近で一番の勢いで机を叩く。

「クライ、陛下の護衛だぞッ！　真面目に選定しろッ！　いいか、絶対に失敗は許されない。お前の仕事がトレジャーハンターのゼブルディアでの今後の立ち位置に関わってくるんだ」

「あ、はい」

「俺は、もうハンターを辞めたんだッ！　マナ・マテリアルも吸ってない。お前は俺に気を使ったのかもしれねえが、冷静に考えろ。そんな俺が、相応《ふさわ》しいか？」

気を使ってなんかいないよ。ただ、巻き込もうと思っただけだ。だが、この手はガークさん的にはなしだったらしい。だが、そんな事言ったら、僕だって相応しくない。

しばらく腕を組み考える振りをしていたが、ガークさんは肩で息をしていて落ち着く気配はない。

カイナさんの苦笑いだけが癒やしだ。僕はそこで指を鳴らした。

「そうだ、カイナさん、君に決めたッ！　一緒に護衛に参加してくださいッ！」

「え!?」

ナイスアイディアだ。護衛にも癒やしが必要だし、僕は常々彼女は只者ではないと思っていた。

「こ、こ、こ……皇帝でッ！　遊ぶなッ！　お前にブレーキはないのかッ！」

ガークさんが、震える声で怒鳴りつけてくる。そして、僕は支部長室をあっさりと追い出された。

酷い。いつも僕に（僕がやるかどうかは別として）仕事を押し付けてくるくせに、僕の要求を断るなんて……見損なった。後ろからついてきたカイナさんが、申し訳なさそうな、なんとも言えない微笑《ほほえ》みを浮かべ僕にリストを渡してくれる。

「ごめんなさい、クライ君。支部長も悪気はないんです。これは、帝都支部でレベルの高いハンターのリストです。メンバー選定の参考になるかと」

「ああ、ありがとう。全く、僕は真面目に考えているのに……」

「必要ならばこちらからも声をかけるので、言ってくださいね」

少し調子を取り戻す。確かにカイナさんを入れるのはちょっと今一つだったかもしれない。

しかし、ガークさんの枠が一つ空いてしまった。その分を埋めなくては……リストを確認するが、そこに並んでいたのは顔見知りばかりだった。《嘆きの亡霊《ストレンジ・グリーフ》》のメンバーの名前も全員載っている。

帝都ってけっこう高レベルのハンターいるんだなあ……と、僕はそこで一人の名前に目をつけた。

レベル6のハンターらしい、特徴的な名前の男だ。もちろん、見覚えもないし、知り合いでもない。

……まー残りの枠は四つあるし、一人目はこいつでいいか。こういうのは勢いが大切なのだ。

「カイナさん、このケチャチャッカって人、声かけてもらっていい？」

「…………はぁ」

即断したのが予想外だったのか、カイナさんが大きく目を見開いた。

護衛に於いて、大切なのは大軍を相手取れる範囲火力である。

特に、全方位から魔物が襲いかかってくる事を考慮すると、強力な魔導師《マギ》は必要不可欠だ。

気が乗らない話ではあるが、ルシアを除いた強力な魔導師《マギ》というのは大体相場が決まっている。

僕が次に訪れたのは魔導師《マギ》クラン、《魔杖《ヒドゥン・カース》》の本拠地だった。

そもそも今回、《深淵火滅》は共犯だ。声をかけないと問題になるかもしれない。

《魔杖》の本拠地は《足跡》とは違い、古びた屋敷だった。クランの設立当時から使っているらしい由緒正しい屋敷は改修工事を繰り返し、趣《おもむき》と実用性を併せ持ったものになっている。

玄関の前まで来て、二の足を踏んでいると、中から見覚えのある冷たい眼差しの青年が出てきた。

「あ、クライさん。珍しい、何か御用ですか？」

「あーるん、ハロー！　元気だった？」

「……あの、その呼び方はマリーだけが使うあだ名でして、その……アルトと呼んでいただけると」

印象を良くするためにあえてフレンドリーに声をかけると、珍しいことに恥ずかしそうにあーるんが身を縮める。いいあだ名だと思うよ、あーるん。枠が余っていたら闇鍋に突っ込むところだ。

「《深淵火滅》に用があるんだ。今いる？　いないなら伝言を頼みたいんだけど……」

《深淵火滅》もなんだかんだ多忙なはずだ。不在だったらいいんだけどな……一度やってきて留守だったからという理由があれば、伝言で参加依頼をしてもきっと燃やされないだろう。

そんな僕の願い虚しく、あーるんは目を瞬かせると、快く扉を開けてくれた。

「ああ、タイミングがいい。先程、話していたところだったんです。どうぞ」

《魔杖《ヒドゥン・カース》》のクランマスター室はまるで貴族の屋敷の応接室のようだった。分厚い絨毯に古びたランプ。壁際にはズラッと本棚が並んでいて、その上には歴代クランマスターの肖像画がかけられている。

《深淵火滅》は相変わらず御伽話の魔女のような姿だった。それも、悪い方の魔女だ。

痩身だが、背は高いため相対すると凄まじい圧力を感じる。

《深淵火滅》。ローゼマリー・ピュロポスは、僕の言葉を聞き、目を細めて言った。

「くく…………気を使っていただき、光栄だよ、《千変万化》」

「…………」

「だが、あんたも知っての通り――私は国から謹慎を食らっていてねえ。帝都を出るわけにはいかない。この間の『アカシャの塔』との抗争の処理も厄介でね。それに、帝都の守りだって、必要だ」

「なるほど……そ、それは、知らなかったな」

だが、冷静に考えればそれはそうである。彼女の皇城破壊は隠し通せるものではないし、いくら緊急事態でも処分なしで済ませるにはやりすぎた。

どうやら、彼女に白羽の矢が立たなかったのには理由があったらしい。

「そういえば、礼が遅れたねえ。本来なら『集い』で言うつもりだったんだが――タイミングがなかった」

「何の話？」

「とぼけるんじゃない。私の火精を消耗させたのは、あんただろう？　ああ、奴らの雷精もだったか」

ちょっとよくわかっていない僕に、《深淵火滅》は爛々《らんらん》と目を輝かせて言った。

「どうやって居場所を知ったのかは知らんが、横槍《よこやり》のおかげで帝都を壊しすぎずに済んだ」

「あ、はい」

そういえば、バカンス中に帝都では雷精と火精がぶつかったと言っていたな……だが、どうしてそんな発想になるのだろうか？　僕はその精霊と遭遇すらしていない。

今にも僕を燃やし始めそうな表情に、結界指《セーフ・リング》を擦《こす》り大きく深呼吸をする。

結界指で魔法自体は防げるが、炎の魔法は周りの影響も大きい。酸素がなくなれば僕は死ぬ。だから、今の僕は酸素指を装備している。熱が伝わっても死ぬ。だから今の僕は冷気指を装備している。

だがそこまでしても……炎は結界で防いでも消えないので、延焼して焼けてしまうかもしれないのであった。しかし、どうしたものか……二つ目の枠も空いてしまった。

そこで、同席していたあーるんが声をあげた。

「マスター、《魔杖》にはマスター以外にも、栄誉ある任務に相応しい強力な魔導師《マギ》が何人もいるかと」

「ふむ……それは《千変万化》が決める事だが……そうだねえ、アルトバラン、言い出したお前が行ってみるかい？　マリーもつければ、何とかなるだろう」

マリー、マリーか。以前、喫茶店であーるんと一緒にアーノルドに啖呵《たんか》を切っていた娘だな。

あーるんといい、随分若いように思えるが、《深淵火滅》が決めたメンバーだ、間違いはないだろう。

予想外の言葉だったのか、あーるんが目を丸くしている。

「確かに、僕とマリーならば大抵の事には対応できましょう。しかし、マスターを誘いに来たのですから、枠は……一つなのでは？」

「……………そうなのかい？」

《深淵火滅》が僕を見る。そりゃ枠は一つのつもりだったが、そういう事なら二人でも問題はない。もっともらしく頷きながら、ついでに貸しも作っておく。

「ああ、何とかするよ。二人いれば何とかなるなら、あーるんとマリーで一つの枠という事にすればいいんだ。どうだろう？」

「…………」

《深淵火滅》が黙り、あーるんが目を見開く。押し通せるだろうか？　無理かな？　まぁ、どちらにせよ他の枠もまだ全部埋まっているわけではないし、問題ないのだが。

そこで、《深淵火滅》が高笑いをした。部屋の家具ががたがたと震え、思わず身を震わせる。

「ひーっひっひっ!!　言うじゃや、ないか、うちのアルトバランとマリーが、半人前だって？」

「いや、そんな事は――」

「だが、そうだねえ。確かに事が事だ、アルトバランを出すのは……やめておこう」

勝手に話が進んでいる。あーるんは割と良い人っぽいし僕はそっちで問題ないのだが、《深淵火滅》は話を聞かないタイプであった。強く床を杖《つえ》で叩き、《深淵火滅》が怒鳴るような声で言う。

「こっちがゴタゴタしているのはこっちの事情だしねえ。うちの副マスターのテルム・アポクリスに行ってもらう。あんたも知っているだろう、レベル7の魔導師《マギ》だ、問題はないね？」

「あ、はい」

名前は知っているが交流はないな。顔も知らない。

だが、反論などできるわけがない。僕はただ人形のようにこくこく頷いた。


ガークさんと《深淵火滅》、二つの精神を消耗させるイベントを終えてクランハウスに戻る。

残りはアークだけだ。ラウンジで屯《たむろ》していた見知った顔——ライルに話しかけ、目を丸くする。

「え？　アークいないの？」

「知らなかったのか？　なんでも大きな依頼があってしばらく戻らないらしい」

あのイケメン、本当に使えないな。欲しい時を狙ったようにいないんだから……。

テルムとケチャチャッカという良く知りもしないメンバーに挟まれた状態で僕が平穏に過ごすには
アークという強い味方が必要不可欠だったのだが、コンタクトが取れないのではどうしようもない。

アークの穴を埋める人材などそういない。強さはともかく精神安定剤としての彼は無二であった。

僕は椅子にどさりと腰を下ろし、腕を組んだ。とんとんと指で腕を叩きながら考える。

二人見つけ、枠はあと三人……三人か。三という数字、なんかしっくりくるな。

「旧闇鍋パーティか……だが、そうなるとティノが仲間外れになってしまう。さすがに心が痛むな」

「な、何考えてんだ、マスター……」

なんか疲れてきた。二箇所回ったところで僕が一日に使える体力を使い切ってしまった感がある。

もうどうでもいいかな……どうせ僕達は保険なんだし、もしかしたら奇跡が起こって何も起こらないかもしれない。何か起こっても精鋭の近衛がいるんだからどうにかなるだろう。

「ライル、来ない？　皇帝の護衛だけど」

「ぶッ…ゴホゴホッ、い、行かねえよッ！　飯食いに行く？　みたいなノリで誘うんじゃねえッ！」

もしかして皇帝の護衛って栄誉ある話じゃなかったりするの？　ラウンジを見回してみるが、皆が首をぶんぶん横に振っている。これはもしや、僕の人望なさすぎかな？

しかし困った。誰かしら集めないと僕が怒られてしまう。もうなんでもいいから埋めなくては……。

そんな事を考えていると、ふと甲高い声が響き渡った。

「!!　あー、ヨワニンゲンッ！」

このクラン《始まりの足跡《ファースト・ステップ》》には特大の問題児パーティが二つある。一つは僕の所属するパーティである《嘆きの亡霊《ストレンジ・グリーフ》》、もう一つは、全メンバーが、人族をナチュラルに下に見ている『精霊人《ノウブル》』で構成されたパーティ、問題になるべくしてなっている、《星の聖雷《スターライト》》だ。声をあげながら入ってきたのはそのメンバー、クリュス・アルゲンと、リーダーであるラピス・フルゴルだった。

「何かと噂は聞いているが——ふん。健勝そうだな」

「また大騒ぎしたらしいな、です！　生きているとは悪運の強い奴め、ですッ！」

『精霊人』は一部の例外を除いて、皆が凄腕の魔導師《マギ》である。《星の聖雷》も魔導師《マギ》パーティとしてはこの帝都でトップクラスを誇っている。種族が種族なので性格はあれだが、決して悪人ではないしプライドのない僕にとっては割ととっつきやすい相手だった。ついでに、『精霊人』は唯一、魔導に深く通じる人間だけは尊敬しており、僕はルシアの兄としてかなり甘めに対応してもらえるのである。

まぁ、皇帝陛下とうまくやれるかどうかはかなり怪しいが、精霊人の性格はよく知られているので、ああ、精霊人だからしょうがないね、で済ませられると思う。

それに、何かと目立つ者達なので、彼女達を入れれば全ての注目はそちらに行くだろう。

滅多にラウンジになんて来ないのに、神が連れていけと言っているとしか思えない。

闇鍋には錚々たる具材が揃いつつあった。無理やりテンションを上げながら、自室に戻る。

一人目。探協の推薦、変わった名前でおなじみのケチャチャッカ・ムンク！　職は不明！

二人目。《魔杖《ヒドゥン・カース》》の副マスターにして《深淵火滅》の送り込んだ刺客、テルム・アポクリス！

三人目。精霊人のみで構成された《星の聖雷》、リーダー、ラピス・フルゴル……のお気に入り、いつもリーダーから敬語を使うように怒られているクリュス・アルゲン！　リーダーの命令で参加だ！

メンバーは五人なので残りの枠はあと二人だ。これは責任重大である。冷静に考えて、ケチャチャッカが『苦味』、テルムが『辛味』、クリュスが『甘味』だとするとあとは『酸味』と『塩辛味（？）』があれば完璧という事になる。五味的な意味で。もしくはクリュスを酸味と判断し、甘味を足すという手もあるが、できればこのパーティを率いてうまい具合にやってくれる人を入れるべきだ。

《足跡》に所属するパーティで白羽の矢が立つのは、断然《黒金十字《くろがねじゅうじ》》である。だが、スヴェンも忙しい。ラウンジにはいなかったし、訓練場にもいなかったので見つからないかもしれない。

これは……困ったぞ。あと二人、誰を入れればいいいんだ。もう絨毯で一枠にならないかな……。

眉を寄せ真剣な顔で首を傾げていると、シトリーが入ってきた。

にこにこと、今日は随分機嫌がいいようだ。

「クライさん、メンバー選定、どうなりました？」

「三人は決めたよ。色々考えてるんだけど、ろくなのがいなくてね。そっちは大丈夫だった？」

「はい。あの後、皆で相談して、私達は参加しない事になりました！　一人だけいい思いをするのはフェアじゃありませんし！」

「いい思い…………」

どうして同じ町に生まれて同じように育ったのにこんなに差ができてしまったのでしょうか。

そこで、シトリーは後ろに回ると、するりと僕の首に腕を絡ませて背中に抱きついてきた。

「で、す、が、実はクライさんがお困りだと思って、候補を連れてきました」

「……え？」

シトリーが明るい声で扉に声をかける。勢いよく扉が開き、大きな足音を立てながら入ってきたのは身長二メートルほどの大きな全身鎧《よろい》だった。

縦にも横にも大きな重戦士型の体形だ。鎧の色は珍しいことに焼き付いたような茶色。フルフェイスなので顔は見えない。規則正しい足取りで僕の前に立つと、両手を脇に当てて綺麗に直立した。

ちょっと意味がわからなすぎて何も言えない。首に腕を絡ませたまま、シトリーが紹介してくれる。

「名前は、キルナイト・バージョンアルファ、最近できた私の友人です」

「…………それ、本名？」

親の顔が見てみたいぜ。

「くすくすくす…………このコントローラーをどうぞ」

シトリーが小さなレバーと、四つの大きなボタン、一つの小さなボタンのついた箱を渡してくれる。

レバーを前に倒すと、キルナイトは前に歩き机にぶつかった。それでも構わず脚を動かし続ける。

……大丈夫か、これ？　不安でいっぱいの僕に、シトリーがボタンの説明をしてくれた。

「このボタンが戦う、このボタンが防御、走る、踊る、です。レバーは移動です」

そうだ、このシトリーの表情、まるで新しい玩具を前にした時みたいじゃないか。昔からシトリーは新しい知識やアイテムを手に入れると僕に自慢しに来るのだ。

色々ツッコミどころはあるが、とりあえずボタンを見直して言う。

「ボタンの数、足りなくない？」

「多すぎると思って一個は踊るに振ったのですが……ああ、この小さなボタンが自立思考モードです」

それがあるなら、コントローラーいらないな。

「絶対に裏切りませんし、是非連れていってください！　使い捨てても構いません！」

余程自信があるのか、シトリーの声には熱が篭っていた。

てか、これ絶対、人じゃないよね？　ゴーレムだよね？　相変わらずぶっ飛んだ事をやる子だ。

だが、シトリーがそう言うのならば役に立つのだろう。ゴーレムが枠に入るかはわからないが……

とりあえず一枠はこれでいいか。豪華な闇鍋に一歩近づいた気がする。

「わかった、ありがとう、助かるよ。あと、残りは一枠か……」

「？　えっと……それは、クライさんの枠では？」

「!?」

目を見開き、指折りメンバーを数える。ケチャチャッカ、テルム、クリュス、キルナイトで四人。確かに僕を入れると定員の五人だ。途中からすっかり自分の存在が考慮から抜けていた。

だが、これは名案だ。気づかない振りをしてもう一人選べば僕が行かなくて済むかもしれないではないか。僕は真剣に悩み、眉を顰めた。

残り一人は…………………もうティノでいいか。いや、でも、最近色々と巻き込んでるからなあ。

それに、当初想定していたメンバーが誰一人として加わっていない。アークを仲間にできていたらティノを連れていったのに……あとは知り合いとなると…………………アーノルドに声をかけてみるか。

多少は確執が残っている気もするが、皇帝の護衛という栄誉ある任務は高レベルハンターにとって垂涎《すいぜん》のはずだ。もしかしたら和解できる上に貸しになるかもしれない。

くっくっく、厄介事が片付く上に貸しまで作れるとは、流れが来ている。

もしかして僕って本当に神算鬼謀かな？

皮算用してにやにやしていると、腕を解いたシトリーがぱんと手を打って言った。

「ああ、そうでした。キルナイトですが、雑食なので餌は何でも食べられます。食べなくてもしばらくは生きていけますが、生肉とか与えていただけると。食事は誰にも見つからない所でやるよう躾《しつ》けてあるのでご安心ください」

「…………え？」

そして、運命の日がやってきた。探索者協会の一室。フランツさんは挨拶も早々に、僕の選定のリストを確認すると、訝《いぶか》しげに眉を顰めた。

「これは……どういう事だ？　貴様のパーティメンバーがいないではないか」

「うんうん、そうだね」

「レベル7——《止水《しすい》》のテルムと、《星の聖雷《スターライト》》の魔導師《マギ》はともかくとして、このケチャチャッカ・ムンクという名は聞いたことがない。それに、キルナイト・バージョンアルファ？　何だ、これは？」

何でしょう。僕も知らないよ。だが、見事な闇鍋だ。【白狼の巣《はくろう》】の闇鍋と比べて平均レベルが高いので豪華な闇鍋という条件は達せていると言えよう。誰か助けてください。

途中から変なテンションになっていたのだ（ちなみに、アーノルドは普通に断られた）。

苦笑いでまあまあと手の平を見せる。

「落ち着いてよ。僕の考えるベスト・オブ・ベストなパーティだ」

「魔導師《マギ》が、三人もいるではないか。バランスが悪い。少なくとも、《不動不変《ふどうふへん》》は入れるべきだろう！　確かに人選は任せたが、まさかここまでメチャクチャな選択をするとは——」

耳が痛い。バランスが悪いのも間違いないが、ケチャチャッカが魔導師《マギ》だなんて知らなかったのだ。そうだね、知らない人を皇帝の護衛に誘うべきじゃなかったね。でも他にどうしろっていうんだ！

「貴様が連れてきたという事は、この者達は『狐』ではないのだろうな？」

「ああ、それは間違いないよ。心配はない」

僕が遭遇した幻影《ファントム》は目が節穴の僕でも一目でわかるくらい超然としていた。さすがに見間違えたりはしない。と、そこで、護衛代わりに連れてきたクリュスが、凛《りん》とした声で怒鳴りつけた。

「ぺちゃくちゃやかましい！　ですッ！　この私が、参加した以上、問題なんて起こるわけがないだろう、大船に乗ったつもりでいろ、ですッ！」

フランツさんは近衛の騎士団長だ、当然上級貴族のはずだが、その声には一切の遠慮はない。

生まれつき高い能力と魔術的資質、美貌を持ち、かつて神の御使いとされていた事もある『精霊人《ノウブル》』にとって人の爵位などほとんど気にならないのだろう。

顔を真っ赤にしてバンバン机を叩く様はまるで子どものようだったが、その美貌も相まってなんとも言えない可愛らしさを醸し出していた。美人って本当に得だな、と、僕はのほほんとした気分でそれを見守った。どうやらフランツさんも叱る気にもならないようだ。うんうん、そうだよね。

「勘違いするな、本来はたとえ皇帝でも精霊人の私にとっては関係ない！　ですッ！　ラピスからの指示だから仕方なく手伝ってやるだけだ、ですッ！」

ちなみに、変な敬語なのは、元々彼女に敬語を使う習慣がなかったからだ。初めて会った時はタメ口だったし、僕に向ける言葉も罵詈雑言《ばりぞうごん》の嵐だった。仮にもクランマスターなのだから敬語を使えとラピスに怒られ、それ以来この調子なのだ。どうやらクリュスは『です』や『ます』をつければ敬語になると思い込んでいるらしい。僕はにこにこしながら言った。

「絨毯《カーペット》の充填係です」

「はぁ!?　調子に乗るな、ヨワニンゲン！　ですッ！　ルシアさんから頼まれたから仕方なくやってやるだけだ、ですッ！」

「うんうん、そうだね」

「大体、私達がヨワニンゲンのクランに入ってやったのも、ルシアさんを、くれる約束だったからだろ！　ですッ！　早くよこせ！　ですッ！　いつまで引き延ばすつもりだ！　ですッ！」

「うんうん、そうだね」

相変わらず賑《にぎ》やかだな。よくもまあそれだけ声を張って声が嗄《か》れないものだ。

ちなみに、ルシアをあげる約束なんてしていない。シトリーが交渉の際に出した条件はルシアのスカウト権だ。そして《嘆きの亡霊《ストレンジ・グリーフ》》は脱退自由なのでそれは交渉条件として成り立たないものだったりする。つまり、端的に言うと彼女達は騙されたのであった。そんな事絶対に認めようとしないが。

「この私が手伝ってやるんだ！　ですッ！　護衛なんて私だけで十分だ！　ですッ！　ヨワニンゲンは信じられないくらい脆弱《ぜいじゃく》なんだから、ついてくるな！　ですッ！」

「え、本当？　行かなくていいの？　ラッキー」

目を見開く僕に、クリュスはひときわ強くテーブルを叩き、立ち上がると僕を指差して糾弾した。

「ふざけるな！　ですッ！　まさか自分が行かないのに、この私を働かせるつもりか？　ですッ！　寝言は寝て言え！　ですッ！　仮にもレベル8なんだから、それらしい態度を取れ！　ですッ！」

「まぁまぁ落ち着いて。ほら、喉が渇いただろ？　僕の分のお茶あげるから」

お茶を差し出すと、クリュスはぷりぷり怒りながら引ったくるように受け取った。

ちなみにクリュスの認定レベルは3だ。腕はいいのだが、すぐに依頼人と喧嘩をしてしまうからだ。

精霊人《ノウブル》といい付き合いをするにはアークのような心の広さか僕のようなプライドのなさが必要なのであった。だが冷静に考えたら、クリュスを護衛に抜擢《ばってき》するのは冒険しすぎだったかもしれない。

呆れたように言葉を失うフランツさんに、僕はやけくそ気味にふんぞり返って言った。

「パーフェクトなメンバーだ。陛下にもきっと満足いただけるだろう。もしも僕の人選に問題があるなら、別の人に護衛を頼むといいよ」

——そして、僕は無事メンバーを押し通す事ができた。

彼らは皇帝の護衛を何だと思っているのだろうか？　……うんうん、そうだね。僕が全部悪いね。もうここに至れば覚悟を決めるしかない。

「クライさん、これ、頼まれていた物です。急ぎだったので情報があるものだけになりますが……」

「ああ、ありがとう。助かるよ」

ストレスで吐きそうになりながら、しっかり仕事をしてくれたエヴァからファイルを受け取る。

今回の目的地、会談の会場である『トアイザント』。そのルート上で猛威を振るう賊のリストだ。

砂の国『トアイザント』は砂漠のど真ん中に存在する国である。ゼブルディアと比べると田舎も田舎であり、整備された街道も途中までしかない。どうやら会談の会場は各国でローテーションしているらしく、今回の会談は皇帝の身を狙う者にとって格好の機会なのだろう。まぁ、狐にとってはゼブルディアの防備なんて屁でもないと思うのだが、幻影《ファントム》の考える事などわかるわけもない。

手渡されたリストに書いてある名前の数は考えていたより少なかったが、油断できるわけもない。

目を皿のようにしてリストを見る僕に、エヴァが困ったような表情で予想外の事を言った。

「そんな心配しなくてもいいかと……今回は皇帝の護衛ですし、日程から考えても途中から空路でしょう。これまでの会談でも、遠路に赴く際は飛行船を使っていますし」

「…………空賊が出るかもしれない」

「で、ま、せ、んっ！　大体、なんですか、空賊って！」

なるほど、確かに皇帝が砂漠を歩いたりはしないだろう。しかし、乗り物の力で空を飛ぶなんて、皇帝は命知らずなのだろうか？　陸や海は危険がいっぱいだが、空だって危険はいっぱいだ。人間は空を飛べないが、空を飛ぶ魔獣は沢山いるのだ。仮に僕は無防備に落下しても結界指《セーフ・リング》でノーダメージだが、暴れん坊絨毯（命名、僕）と仲良くなっておいた方が良いかもしれない。

もしかしたら皇帝陛下が僕に絨毯をくれたのはそのため？

第零騎士団は空で戦えるのだろうか？　僕は陸でも海でも空でも戦えないが大丈夫だろうか？

念のため、ウロウロしながら頭を抱えて盛大にわーわーしておく。

「いや、賊が出るかもしれない。魔獣が出るかもしれない。それに、宝物殿が出来上がるかもしれない、災害に巻き込まれるかもしれない、やばいよエヴァ」

「!?　…………どうしたんですか、急にそんな事言い出して……いつもの余裕はどうしました」

「いや、こう言っておけば出ないかなーと」

「はぁ……」

自慢じゃないが、僕の予想はこれまで当たった事がない。これは願掛けである。

こう言っておけば出るとしても、賊と魔獣と宝物殿と災害以外になるだろう。僕は満足した。

さて、何が起こっても対応できるように持っていく宝具を厳選することにしよう。

旅の準備についてはシトリーに頼んでいる。戦闘は騎士団とケチャチャッカ達がいるから僕はそれ以外を担当すればいい。僕に求められている役割は、ハンター達をうまくコントロールすることだが、今回入れたのは高レベルのベテランばかりだし、その辺りは心配ないはずだ。


「第三十五・五回嘆霊《ストグリ》会議！　次の舞台は――空と砂漠ですッ！」

クランハウスの会議室の一つに、クライとエリザを除いた《嘆きの亡霊《ストレンジ・グリーフ》》の面々が集まっていた。

ぺたぺたと資料が貼られた黒板の前に立っているのはいつもこういう際の進行役、シトリーだ。

「うおおおおおおお！　空ッ！　砂漠ッ！　サンドドラゴンッ！」

「しかし、クライちゃんも働き者ねぇ……修行する暇が全然ないんだけど。ちょっとは休めばいいのに。砂漠でも空でもなんでもいいから、デートしたあい！」

「……うむうむ」

ルークが目を輝かせ、リィズが脚をテーブルに投げ出したまま、呆れたように言う。

「今回の私達の目的は、皇帝の護衛に抜擢されたクライさんをサポートする事です！　もしかしたらうまく行けばクライさんのレベルが上がるかもしれません、しっかりいきましょう！」

「全く。自分が選ばれなかったからって――」

「ルシアちゃん、私達は、全員でチームです！　抜け駆けは駄目です！」

ぶつぶつ文句を言うルシアを、シトリーはニコニコと封殺する。

「トアイザントは昼の気温が非常に高いですが、耐性は既に火口でつけているので、問題ないでしょう。昼夜の気温差も今更問題ないという事で……今回の問題は『空』です。トアイザントへ向かう飛行船は、本来ありません。ぶっちゃけ定期的に飛行船飛ばすような国でもないので」

「空ッ！　さすがに俺でも空の魔物を斬ったことはないぞ！」

「ルークちゃん、落ち着いて。空はルシアちゃんがどうにかするか……船に忍び込む？」

「『白剣の集い』のように潜り込むのは不可能です。さすがに身元不詳の人間は入れません」

指名を受けたルシアが眉を顰める。ルシアは強力な魔導師《マギ》だが、魔術というのは万能ではない。得意分野と苦手な分野がある。ルシアはボロボロの本を取り出すと、ぱらぱらめくり始めた。

「多人数を飛ばすのはただでさえ難易度が高いんですが、その上飛行船に追いつくとなると厳しいですね。新しい術を生み出さなくちゃ………ああ、ありました。忍の秘術編その5。忍法『空遁《くうとん》』」

「それって昔、漫画であったやつじゃないの？　でっかい凧《たこ》に乗るやつでしょ？」

「……それです。完全にオリジナリティを放棄してますね」

「おいおい、凧に乗って飛ぶとか、超イカすじゃねえか。想像してみろ、クライが窓から外を見ると凧に乗った俺達がいるんだぞ？」

熱の篭った言葉に、ルシアは嫌そうに顔を顰め、ルークを見る。そこで、シトリーが手を叩いた。

「では、パーティルールに従い、多数決を取りますッ！　エリザさんは迷子なので無効票です。ルシアちゃんが頑張って凧で飛ぶ、飛行船に頑張って忍び込む、飛行船の外装に頑張って張り付くの三択ですッ！　まずルシアちゃんで飛びたい人！」

「ちょっと、なんか選択肢に悪意ありません？」

「…………うむ」

その後もいつも通り、行動の方針を決めていく。《嘆きの亡霊《ストレンジ・グリーフ》》は何も考えずに行動していると思われがちだが、決してそういうわけではない。トラブルを乗り越えるには事前の準備が不可欠だ。そして、場数を踏んでいる分、《嘆きの亡霊》はそういった事に慣れていた。

「クライさんが選定したメンバーは四人。水系の魔導師《マギ》として名高い《止水》のテルム・アポクリス、最近帝都に入ったばかりのレベル6、ケチャチャチャッカ・ムンク、呪術系魔導師《マギ》らしいです。あとは、煽《あお》り耐性の低い上にちょろいクリュスさんに、私の特製キルナイト・バージョンアルファです。残念ながらケチャチャチャッカ達の背後関係の調査は間に合いませんでした。前衛がいないのでキルナイトで守りは十分かもしれませんが、いざというときのためにルシアちゃんはいい感じにクリュスさんを焚き付けておくといいと思います」

「まーた点数稼いで！　シトの思惑なんて丸見えだから。クライちゃん絶対迷惑だからぁ！」

「何だ、剣士《ソードマン》はいないのか。俺は何を斬ればいいんだ？」

「ケチャチャチャッカ……何故リーダーはそんな選択を……でも、あの《止水》がいるなら護衛は問題なさそうですね」

シトリーはにこにこしながら、話の通じない姉とルークの言葉を平然とスルーして、まだ話の通じるルシアの方に視線を向けた。

「ルート内に生息する魔物の情報はいつも通り私が確認します。ですが、今回の仮想敵はこれまで戦ってきた有象無象とは違います。裏からも表からも――情報はないと思った方がいいでしょう」

その言葉に、ルシアの表情が真剣なものに変わった。アンセムが姿勢を正す。

空気が変わる。それに釣られるようにルークが眉を顰めた。

「ああ。狐って言うと、昔遭遇した『十三狐』だろ？　あの時は手も足も出なかったし、さすがの今の俺でも斬れるかどうかわからないぞ。あいつら剣士《ソードマン》じゃねーし」

普段の猪突猛進《ちょとつもうしん》な行動からは想像できない冷静な評価を下すルークに、リィズがため息をついた。

「はいはい、ルークちゃんの考えてるのは違う奴だから。あの化け物が人間の国に興味を持つわけないでしょお？　帝国が想定しているのは――『犯罪組織』の方の『狐』だから」

「んん？　別の狐なんて、いるのか？」

目を丸くするルークに、シトリーが丁寧に説明する。ルークが興味のない事に対して信じられないくらい無知なのは既に知っている。

「はい。ルークさんの言う狐よりはまだマシですが、帝国の仮想敵はかなりの大物です。全容は不明ですが、組織の危険度と秘密主義は――あの『蛇』に匹敵します」

その言葉に、ルークは目を見開き一気に前のめりになった。目を輝かせ、言う。

「なんだと!?　あの『蛇』に!?　マジか……めちゃくちゃ楽しみだな」

その手が戦いの予感に震え、表情が程よい緊張を有した笑みに変わる。シトリーが言った。

「『九尾の影狐《ナインテイル・シャドウフォックス》』、と呼ばれています。略称は『狐』。目的は社会の完全なる破壊。徹底した秘密主義により正体が一切明るみになっていない、秘密組織です」

詳しい組織体制や構成員、ボスなどは一切不明だが、元は、亡国の諜報《ちょうほう》機関だったと言われている。詳細はわからない。各国がその存在と目的に気づいたのもごく最近で、恐らく、それすらもその組織が意図したものだろう。そして今、その組織は世界屈指の大国に手を出そうとしている。

あの侵入者の仮面は、誇示だ。宣戦布告だ。

「なるほど……尻尾の数が少ないのか」

真剣な顔で言うルークに、シトリーはくすりと笑う。

「噂では、名前の元はルークさんの言う狐、みたいですね。かの化け狐はその力と知恵で一部では信仰を集めていたみたいですから」

戦闘能力こそ高いが大規模な集団戦闘には向かないハンターにとって、『狐』は恐るべき相手だ。数多《あまた》の国に追われ一度も尻尾を掴まれていない秘密主義もさることながら、資金や構成員の数も桁外れだろう。高レベルのハンターが何人も所属しているという噂もあるし、相手は手段を選ばない。

「帝国の警戒も、もっともです。今回の会談は襲撃タイミングとしては格好でしょう。別に皇帝が死のうが私達には関係ありませんが、クライさんを嵌めようとしてきた以上は戦わねばなりません」

そこで、話を聞いていたリィズが机から脚を下ろし、立ち上がった。

「よーするに、いつも通りってことでしょ？　敵が強大なのも、何が起こるかわからないのも、クライちゃんが動くのも、いつも通り。私達はいつも通り、クライちゃんの指す方向に行けばいい」

ハンターが犯罪組織と戦う事など、通常はほとんどない。賞金首を重点的に狙うようなハンターでもなければ、基本的に敵にする意味はないからだ。だが、《嘆きの亡霊《ストレンジ・グリーフ》》については事情が違う。襲われた。反撃した。報復を受けた。あらゆる手を使って、のし上がってきたのだ。

今更、萎縮するなどあるわけがない。平然としている仲間達に、シトリーは笑顔で言った。

「そうですね。警戒は必要ですが、いつも通り、クライさんの指示に従います。クライさんが――私達の羅針盤です。腕の見せどころですよ」


「そうか、《千変万化》は無事依頼を受け入れた、か」

「はっ。しかし、奴の行動はあまりにも理解不能です。《千変万化》と呼ぶには度が過ぎているかと」

最盛を誇るゼブルディア帝国の中心。ゼブルディア皇城。その最奥、玉座の間にて、今代皇帝、ラドリック・アトルム・ゼブルディアは近衛の騎士団長、フランツと向かい合っていた。

議題は昨今、行動が激しくなっている『狐』と《千変万化》についてだ。

状況は混迷を極めていた。フランツの表情が優れないのは狐の攻撃によるものだけではない。

皇女に対する無礼な行い。襲撃を受けた際に見せた飄々《ひょうひょう》とした態度。皇帝陛下の護衛という、本来ただのハンターに与えられるわけもない大任に対する敬意のなさまで、全てが気に入らなかった。

「いくら策とはいえ、『白剣の集い』に毒を混入させるというのは度が過ぎています」

対面時にクライ・アンドリヒの述べた言葉。聞き間違いではなかった。それ以上の追及をやめたのは、真実の涙《トゥルー・ティアーズ》により審判を受けていたからだ。あれの結果は絶対である。

「だが、『狐』は奴と明らかに敵対している。フランツ、貴様の行為は間違いなく愚行だが、忠義には感謝しよう。これで仮想敵が一人減った」

ラドリックは現実主義者だ。使えるものは何でも使い、目的に真っ直ぐ突き進む様は皇帝としては一種失格だったが、全てをカリスマで押し通してきた。城を半壊させようが、毒を仕込まれようが、利の方が大きければそれでいい。そして、《千変万化》はその利を示したのだ。

「『狐』の脅しに屈し、会談を延期するわけにはいかない」

正体不明の秘密結社。襲撃を許して尚、その尻尾すら掴めない。だが、帝国がその言葉に屈せば他国に軽んじられる。主君の言葉に、フランツが小さく呻《うめ》くように言った。

「……一番怪しいのはあの《千変万化》ですが……」

「くっくっく……一番怪しい者の無罪が証明されているのは皮肉な話だな。いや、そのために真実の涙を使用させたのか」

「ッ…………」

真実の涙はゼブルディアの柱の一つだ。これまで真偽判定が誤りだったことはなく、その信憑性に疑念を抱くことは、これまでその宝具を使い捕らえた者全ての是非を改めて問う事に繋がる。とても許容できることではない。

フランツは常に冷静で頭もキレる男だ。そして同時に、宝具で忠義を示している男でもあった。

だが、同時に彼は真っ直ぐな男でもある。《千変万化》の神算鬼謀が真実ならばフランツの行動をコントロールするのは難しくないだろう。だが、それを考慮しても――本来は謀略家にとって天敵である『真実の涙』を容易《たやす》く受けるとは、恐ろしい胆力である。

フランツの行為は本来ならば重罪だ。この件を告発されたら最低でも降格は免れない。それは、建国以来身を粉にして帝国のために働いてきたアーグマン家にとって死よりも重い罰だろう。

だが、《千変万化》は、そうしなかった。自ら宝具の使用を申し出る形を取る事で、フランツを救うと同時に、《深淵火滅》を焚き付けた。どうやら噂通り――いや、噂以上に頭の切れる男のようだ。

「信用しろと、そう言っているのか。…………どこまで掴んでいる？」

まだ、完全に信用できるわけではない。だが、《千変万化》は明らかに『狐』の動きを掴んでいる。

ゼブルディアは大国だ。そして、列強であり続けるためには相応の態度を見せねばならない。

国同士、正面から戦争する時代は終わった。今の時代、全ては宝物殿から得られるリソースをどう有効活用するかにかかっている。

あの男は使えるか使えないか。そして、使っていいものだろうか？

グラディス伯爵は切れ者との判断を下した。

だが、皇帝ともなれば、自らの目でその手腕を確かめねばならない。

第三章　皇帝の護衛

そして、その日がやってきた。何故《なぜ》か上機嫌なシトリーから旅の道具を渡され、コントローラーを片手に、キルナイト・バージョンアルファと絨毯《じゅうたん》をお供に、重い足取りでクランハウスを出る。

向かう先は探索者協会だ。選定したハンター達と合流しなくてはならない。まだ夜が明けたばかりで薄暗く肌寒い帝都を歩いていると、どこか地獄への階段を下っているような気がする。

そして、僕は探索者協会で、初めてケチャチャッカ・ムンクと顔を合わせた。

ケチャチャッカ・ムンクはやけに小さい男だった。猫背なのか、大きく身体を丸め、おまけに顔を除いて黒ずくめのローブで覆われている。傍らには武器なのか、先に頭蓋骨のついた杖《つえ》を持っている。

僕はその場で固まる事しかできなかった。思考が追いついていなかった。ハンターは割とフリーダムな者が多いが、目の前の男はあからさまに怪しすぎた。ぎょろりと輝く目で僕を見る。

「けけけけけ……《千変万化《せんぺんばんか》》……どこで、俺を知ったのかはわからないが、ひひひひひ…………」

ケチャチャッカが不気味な笑い声を漏らした。

いやいやいやいや、いくらなんでもこれはないだろ。皇帝の護衛だぞ？　知ってる？

選定が自由と言っても、いくらなんでもこれはない。これはないよ。どう言い訳すればいいんだ。

なんでこんなのがリストにいるんだよ……僕はなんと言っていいかわからず、杖を指差して言った。

「その杖、どこで売ってるの？」

「けけけけけけけ……」

「……良いファッションだね、護衛にぴったりだ」

「ひひひひひひひ……ひひひ……ひっひっひ……」

コミュニケーションが取れないんだけど……何これ怖い。この人と仲良くやっていける気がしない……よくこの格好で護衛に参加しようと思ったな。根性が凄いわ。事前に面会するべきだった……。

うーん……豪華な闇鍋の『闇』の部分だな。でも、怪しすぎて逆に怪しくないかもしれない。

ともあれ、覚悟を決めるしかない。ため息をついたところで扉が勢いよく開いた。

「全く、護衛に抜擢《ばってき》しといてこの私を呼びつけるなど、敬意が足りない、ですっ！　頼み事をするなら迎えに来るのが筋ってもので――」

この場の空気を壊す、鈴の音を鳴らすような声が今はただただありがたい。

クリュスの格好は同じ魔導師《マギ》でもケチャチャッカとは雲泥の差だった。

精霊人《ノウブル》の魔導師《マギ》は人間とは格好が違う。ねじれた樹の杖。短いパンツは本来森で活発に暮らす精霊人が好むもので、床に届きそうなほど長く美しい銀の髪もあり、思わず目を見開いてしまう。

クリュスはケチャチャッカに目もくれず僕の姿を見ると、ぴくりと頬を引きつらせた。

「ヨワニンゲン、その格好、何のつもりだ!?　……ですッ！　柄物のシャツなんて、遊びに行くんじゃないんだぞ、ですッ！　私を呼んだからには相応な格好をするべきだろ、ですッ！　一緒にいる私の格が下がるだろ、ですッ！　私は恥ずかしい、ですぅッ！」

「……え？　いや、これは、一応、強力な宝具で――」

クリュスが顔を真っ赤にして喚《わめ》く。僕は自分の着てきた派手な柄物のシャツ型宝具を見下ろし、隣のケチャチャッカと見比べた。……もしかして僕はケチャチャッカ以下なのだろうか？

だが、護衛依頼にドレスコードなんてないのだ。きっとなんとかなるだろう。

ハンターチームを連れて待ち合わせの場所に向かう。

街の門の近くに止められていたのは、帝国の紋章が入った大型の馬車だった。

まだ皇帝は来ていないようだ。今回の護衛の責任者らしいフランツさんが、厳かな口調で言う。

「ミスリルとアダマンタイト製だ。弾丸も剣も魔法も通さん」

武器防具に使われる高級素材だ。ミスリルは魔法に強く、アダマンタイトは物理的衝撃を通さない。アダマンタイトは強力な反面、非常に重く、近接職のハンターでもなければ使いこなせないのだが、まさかそれで馬車を作る者がいるとは思わなかった。ただの馬ではとても引けない重さになるはずだが、馬車の前に繋《つな》がれた馬は以前、バカンスの時にエヴァが用意しようとしたプラチナホースが四頭だ。屈強で凶暴なプラチナホースが引くとなれば、魔物も襲ってはこないだろう。

まさしく、皇帝仕様の鉄壁の構えだ。僕はしばらく目を瞬《しばたた》かせ、言った。

「でも走ってるすぐ真下が噴火したら死ぬよね？」

「……」

「雷が落ちたら死ぬよねぇ？」

「物騒な事を言うんじゃない！　それに、陛下は万一の時のために結界指《セーフ・リング》も装備しておられる！」

さすが大国の皇帝だ、護衛は万全らしい。僕はもっともらしく頷《うなず》き、ハードボイルドに言った。

「それは安心だな。ちなみに、何個装備してるの？」

「…………」

「でも、空気がなくなったら死ぬよね？」

「……ッ……」

「水に沈められたら死ぬよね？」

「黙れ、貴様の行く宝物殿と一緒にするなッ！　今回の護衛経路の安全は確認済みだッ！　賊の間引きも済んでいる！」

いや、僕はそんな危険な宝物殿には行かないけど、でも相手は化け物の眷属《けんぞく》だからなあ……。

僕は一度その魔の手を切り抜けているが、次にうまくいく自信はちょっとない。

絨毯が僕の身体をぺしぺしと叩いてくる。そちらを見ると、絨毯はこれみよがしと肩を竦《すく》めてみせた。どうやら僕の絨毯も呆れているようだ。…………あまり激しく動きすぎると魔力《マナ》切れるよ。

フランツさんが顔を真っ赤にして、僕を糾弾するように指差す。

「大体、何なんだ、その格好はッ！　遊びに行くんじゃないんだぞッ！」

「いや、これが僕の戦闘スタイルで……」

「嘘をつくんじゃないッ！　そんな戦闘スタイルがあって堪《たま》るかッ！」

シャツ型宝具『快適な休暇《パーフェクト・バケーション》』はその名の通りパーフェクトな休暇を演出してくれる宝具だ。

防具型の宝具は沢山存在するが、この宝具ほど有用な存在は見たことがない。有する能力はあらゆる環境に対する適応である。防御力は皆無に等しいが、このシャツを着た者は空だろうが海だろうが山だろうが海底だろうがあらゆる状況で快適に過ごせるようになる。

派手な柄である事と上から何かを羽織ると効果がなくなる事を除けば、まさしく快適だ。そして、結界指《セーフ・リング》と合わせる事で文字通りパーフェクトになるのだった。

このシャツの起源が存在していた時代はどれほど過酷な時代だったのかとても気になるところだ。

噂では、シリーズにビーチサンダルとサングラスがあるらしいのだが僕は残念ながら持っていない。本当ならばバカンスで着ていきたかったところだが、残念ながらあの時は魔力《マナ》切れだったのであった。

「ッ……まぁ、いいだろう。ハンターに品位など求めていない、貴様の仕事はいざという時のための保険だ。陛下の御身に何かあれば影響はゼブルディアだけに留まらん。わかっているだろうな？」

「もちろん、わかっている。わかっているけど、僕が皇帝だったら僕を護衛につけようとは思わないよ。だって僕には敵が多すぎる」

僕は運が悪いし、かつて犯罪者も真っ青な猛威を振るった《嘆きの亡霊《ストレンジ・グリーフ》》のリーダーとして、もしかしたら皇帝陛下よりも敵が多い。そして、僕は警護されていないので襲うには手頃なのである。

でも、皇帝の護衛というのは考えてみれば、決して悪い事ばかりではない。

今の僕には絨毯がいる。僕は今、貰ったばかりの絨毯でとても大空を飛びたい気分なのだ。

皇帝の護衛に参加するということは、今の僕を攻撃するイコール皇帝への叛意《はんい》になるという事である。屈強なゼブルディアの騎士団や《魔杖《ヒドゥン・カース》》のナンバー2が立ちはだかるのである。幻影《ファントム》はともかく、他の犯罪組織は手を出してきたりはしないだろう。逆転の発想である。

「先に言っておくけど、僕はフランツさん達をとても信用している。僕達が戦闘に参加すればそちらの部隊も混乱するだろう。僕達はあまり手を出さないつもりでいる」

先方の威信も考慮に入れた高レベルな言い訳に、フランツさんは顔を顰《しか》めて偉そうに言った。

「それでいい。皇帝陛下の周囲は我々が固める。こちらには騎士も魔導師《マギ》も治癒術師《ライター》もいる。お前達は、陛下の視界に入るな。怪しげな仲間にも言い聞かせておけ」

酷《ひど》い言いようだな。だが、ケチャチャッカは外見からして明らかにやばいので何も言えない。

「おっけー、任せたよ」

「……馬は用意した。貴様らは大回りに馬車を守れ。忘れるな、視界に入るなとは言ったが――サボれと言ったわけじゃない。業腹だが、陛下は貴様らの働きに期待されている」

フランツさんの示す先には、屈強で気性の荒そうな黒い馬が五頭繋がれていた。

アイアンホース――軍馬としてすこぶる優秀な馬である。護衛のハンターにまでこのレベルをあてがうとは、大盤振る舞いだ。だが、アイアンホースは乗りこなすのに訓練が必要な馬だ。おまけに弱者は乗せないという酷い性質もある難しい馬なのだ。……まぁ僕、馬とか一人じゃ乗れないけど。

絨毯が、自分に任せろと言わんばかりにふらふら歩いている。頼りになるやつだ。

「僕の分の馬はいらない。絨毯があるからね」

「……好きにしろ。くれぐれも、こちらに迷惑をかけるなよ」

フランツさんは投げやりに言うと、話を打ち切った。

「ひひひひひ…………ひっひっひ…………」

「ヨワニンゲンッ！　こんな連中の真ん中に、私を置いていくな、ですッ！」

「きるきる……」

大丈夫だろうか？　戻るや否や不安でいっぱいになる僕に、唯一まともな男が含み笑いを漏らした。

「ふむ……まさか皇帝の護衛にこのようなメンバーをあてがうとは、どうやら、その二つ名は虚仮威《こけおど》しではないようだね。最年少でレベル8となったその手腕、間近で見せてもらうとしよう」

背の高い老齢の男だ。灰色の髪はオールバックにまとめ上げ、物腰は穏やかだが、瞳の奥には鋭い光が灯っている。杖は持っていないが、その両手首には深い青の宝石がついた腕輪が嵌《は》められていた。

魔力《マナ》というものは肉体と違って年齢による衰えがない。それ故に、魔導師《マギ》は年齢に比例して強力になる傾向がある。《止水《しすい》》のテルム・アポクリスはレベル7の名に恥じない男だった。

古くから存在する帝都有数の魔導師《マギ》クラン《魔杖《ヒドゥン・カース》》。そのクランで最も有名なのは《深淵火滅《しんえんかめつ》》だが、テルムは二番目に知られた魔導師《マギ》だ。噂では、彼は《深淵火滅》のライバルだったらしい。かつてはクランマスターの座を巡り戦いを繰り広げた事もあるという。

だが、物腰はそうとは思えないほど落ち着いていた。僕が《魔杖》のクランマスターを選ぶ立場だったのならば、あの婆さんよりもこちらを選んでいた。まぁ、戦争に連れていくなら婆さんだけど。

「急に呼んでしまって申し訳ない。どうしても貴方《あなた》の力が必要で……」

改めて媚《こ》びておく僕を、テルムは手の平を向けて止める。

「構わんよ、ローゼの命令だ。それに、今回のリーダーは君だ、そう簡単に頭を下げるものじゃない」

「けけけけけ………」

「きる？　キル？　ＫＩＬＬ？」

まぁ、このパーティなら誰がリーダーやっても一緒か……。

まとめられるもんならまとめてみろって感じだ。

「ヨワニンゲン、しゃきっとしろ！　ですッ！　従ってやってる私が馬鹿みたいだろ、ですッ！　ヨワニンゲンの代わりに私がリーダーをやってやろうか、ですッ！」

「え？　本当にいいの？」

「!?」

顔を真っ赤にしてわめき始めるクリュスをスルーし、早速、護衛についての話をする。アイアンホースで移動するという話をしても皆の顔色は変わらなかった。乗馬に自信がないのは僕だけらしい。でもいいんだ。だって僕には馬などよりも快適な絨毯がある。暴れん坊だが、気のいいやつだ。

人が増えてくる。人数は最低限にしたと聞いていたが、皇帝の移動ともなると馬車の一台や二台では収まらないようで、身の回りの世話から同じく会談に出席する貴族まで、合わせると随分いる。

ついに、護衛に囲まれ、皇帝陛下が現れる。陛下はこちらにちらりと視線を向けると、何も言わずに頑丈な馬車の中に乗り込んだ。

周りの護衛の騎士だけでも二十人はいる。……まぁ、どうせ山が噴火したら全員死ぬんだけどね。

クリュスは、用意されたアイアンホースの凶悪なその顔を見ても顔色一つ変えずその首筋を撫《な》でると、軽快な動作で颯爽《さっそう》とまたがった。少しだけ機嫌が良さそうに言う。

「ニンゲンが使うにしてはなかなかいい馬だな、ですッ！　これならうちの子にしてやってもいい、ですッ！」

「クリュスって馬とか乗れたんだね」

「はぁ!?　馬鹿にするなよ、ですッ！　馬に乗れない精霊人《ノウブル》なんていない、ですッ！　故郷の森では美しいユニコーンにまたがって――」

ケチャチャッカが怪しげな笑い声をあげながら馬に乗る。キルナイトも、もうコントローラーとか関係なく、自然な動作で馬に乗った。鎧兜《よろいかぶと》を着けた大柄の（多分）男を乗せても、アイアンホースは揺るがない。テルムに至っては、レベル7なのだから僕が心配するなど侮辱に等しい行為だろう。

馬車が動き始める。僕は深呼吸すると、傍らで佇む絨毯に言った。

「さて、そろそろ僕達も行こうか」

絨毯が横になる。意気揚々と上に乗ると、絨毯が急発進した。

凄まじい浮遊感。夜天の暗翼《ナイト・ハイカー》に勝るとも劣らない速度で風景が後ろに流れる。宝具のシャツを着ていなかったら息が詰まっていたところだ。

調子が出てきた絨毯が大きく一回転する。不思議と落ちる事はなかった。どうやらこの絨毯、余程の事がない限り乗り手が落ちないように設計されているらしい。もっと他につけるべきセーフティがあると思う。飛行系宝具は安全に使えてはならないというルールでもあるのだろうか？

「あ、ヨワニンゲン――」

瞬く間に先を進んでいたクリュス達を追い越し、馬車を追い越し、悲鳴や怒声を置き去りにする。

このスピード、最高の気分だ。…………コントロールができていたら更に最高だったに違いない。

そして、僕は猛スピードのまま、街の門に頭から突っ込み、旅が始まる前に一回死んだ。


「ふざけるんじゃない！　ですッ！　なんで私が乗せてやらないといけないんだ！　ですッ！　自業自得だろ！　ですッ！」

僕は独断専行して門に突き刺さったことでめちゃくちゃに怒られた。

安全確認で出発時刻が二時間遅れてしまったのだ、怒られて当然である。むしろ、それだけで済んだことが奇跡かもしれない。どうやら、皇帝陛下はどうしても僕を護衛から外したくないようだ。

「こらッ！　ヨワニンゲンには私に対する敬意が足りてない、ですッ！　ただのニンゲンが精霊人《ノウブル》に触れるなど到底許されることじゃない、ですッ！　触る事は許してない、なるべく離れて乗れ、ですッ！　あッ――」

そして、僕は絨毯での移動禁止を言い渡された。せっかく大空を飛び回れると思っていたのにがっかりである。人を乗せたくない『空飛ぶ絨毯《フライング・カーペット》』に何の意味があるだろうか。本当にやんちゃなやつだ。

「ちょ、ちょっとは踏ん張れ、ですッ！　落馬するとか、本当にレベル8なのか、です！　ヨワニンゲンの脚は何のためについているんだ、ですッ！　最低だ、信じられない、ですッ！　わざとやってるんじゃないだろうな、ですッ！　これ以上遅れるわけにはいかない、ですッ！　今だけは触れる権利をやる、ですッ！　ほら、いいからしっかり掴め、ですッ！　あッ――」

落馬二回で結界指《セーフ・リング》を更に二個消費しながらも、クリュスの馬の後ろに快く乗せてもらう。既に足並みをかなり乱している。これ以上迷惑をかけるわけにはいかない。

アイアンホースは屈強だ、細身のクリュスと僕ならば二人乗せても全く問題ない。女の子の後ろに乗せてもらうのは情けないが、さすがの僕もろくに知らないケチャチャッカやテルムに乗せてもらうような勇気はなかった。自立思考モードのキルナイトとか論外である。

後ろでは僕を下ろした事で機嫌を直した絨毯がふわふわついてきている。

精霊人は僕の知る限り、ほとんど皆、髪を伸ばしている。魔法の媒体として使うためらしいが、クリュスの銀の髪はよく手入れされていて、少しひんやりしていた。精霊人の体温は人よりも少し低いのだ。後ろから腕を回ししっかり掴んだその身体も、ローブ越しだがひんやりしている。

『快適な休暇《パーフェクト・バケーション》』の力もあり、馬の上でも快適だ。とても眠くなってくる。

「ちゃんと、この任務が終わったら、クリュスには散々お世話になったって、ルシアさんに伝えるんだぞ、ですッ！　私が優しくて良かったな、ですッ！　私が一般的な精霊人だったら、ヨワニンゲンはもう殺されているぞ、ですッ！」

「わかってる。助かるよ。さすがクリュス、絨毯よりもずっと凄い」

「!?　私を、馬鹿にしてるだろ、ですッ！」

褒め言葉なのに……後で消費した結界指のチャージも頼まないといけないしな……。

僕はクリュスの身体にしっかり掴まると、大きく欠伸《あくび》をしてクリュスに怒られた。

帝都ゼブルディアの西。主要な街道の近くの草原に、百人以上の男達が集まっていた。

背丈の高い草木の陰に身を潜め、装備も迷彩色のため、外から軽く見た程度では、そこまで多くの人間が隠れている事はわからない。男達は、傭兵団《ようへいだん》だった。それも、裏の組織に雇われ汚れ仕事をこなす、盗賊団《とうぞくだん》に近い戦闘集団――その筋では悪名高い存在である。

今回受けた仕事も、ゼブルディアの紋章をつけた馬車を襲うという、真っ当とは程遠いものだった。

でかい仕事だ。依頼人は不明だが、前金で報酬をくれる気前のいい客だ。移動ルートや時間なども既に判明しており、後は襲うだけという単純な仕事である。相手は要人で護衛もいるらしいが、それも事前に知っていればいくらでも対応できる。見晴らしのいい草原ならば取り逃す心配もない。

だが、集団の頭目の表情は優れなかった。匂い消しの薬草を塗った顔を顰め、隣の男に言う。

「既に予定の時刻は過ぎている。何か起こったのかもしれん」

男達はこの手の任務に慣れている。炎天下の中、何時間でも草木に潜めるが、何時間も集中を保てるわけではない。送り出した斥候はまだ戻ってきていなかった。既に報酬は受け取っている。何らかの理由で予定が変わったのならばサインがあるはずだが、それもない。

不意に風が吹いた。草が大きく揺れる。

「……半刻待つ。ターゲットが現れなかったら、ずらかるぞ。それ以上は待てん」

待ちくたびれたのか、近くで伏せていた仲間の一人が大きく欠伸をする。任務中とは思えない気の抜けようだ。頭目の視線に気づいたのか、仲間の男がバツの悪そうな表情で言った。

「すいません、ふと眠気が」

「あと半刻だ、気を引き締めろ」

「へい」

これまでの経験上、こういう時にターゲットが来るのは稀《まれ》だ。

今回の依頼人は手際が良かったが、何かあったのだろう。対象の気が変わった可能性もある。ルートの通達があったのはつい数時間前だったが、計画が変更される理由などいくらでもある。

と、その時、ふと遠くにこちらに向かってくる影を見つけた。

人数は一人だ。ターゲットではないが、この場所は街道から外れている。出した斥候ではないようだが、隠れているこの場所に真っ直ぐやってくるのならば、依頼人からの使いの可能性もあった。

人影は女だった。日に焼けた肌に、ごついブーツ。肌の露出した衣装で、格好から盗賊《シーフ》に見える。

頭目は仲間達に手の平を向けその場に待機させると、自分は武器を抜いて立ち上がった。

女の足が十メートル以上先で止まる。その目が大きく見開かれ、男の顔をじろじろと見る。

「貴様、使いか？　符丁を示せ」

こちらは百人以上隠れているのだ、仮に敵だとしたら、一人でやってくるなどありえない。

頭目の言葉に、しかし淡いピンクの瞳をしたピンクブロンドの女は、後ろに向かって大声で叫んだ。

「シトおおおおおッ！　睡眠薬、足りてないみたいッ！　変に節約しやがって——さっさと始末しろって言ったの、あんたでしょお？　早くしないとクライちゃんが来ちゃうッ！」

「!?　おいッ！」

頭目の合図に、仲間達が一斉に立ち上がる。ほぼ平面だった草原からいきなり人が立ち上がる様はまるでいきなり無数の樹木が生えてきたような光景だった。

だが、その人数を見ても、正体不明の女の表情は変わらない。そのまま、丁寧な手付きでどこからともなく仮面を取り出し、顔につける。その拵《こしら》えを確認し、頭目は一歩後退《あとずさ》った。

気味の悪い笑う骸骨の仮面をシンボルにする恐るべきハンターの存在は知っている。

一時期、あらゆる犯罪組織と敵対し、怖れられた者達だ。たった六人のパーティで数十の組織を相手取ったイカれた連中だ。偽物じゃない。その敵多きパーティを騙《かた》る者などいない。

「馬鹿な…………《嘆きの亡霊《ストレンジ・グリーフ》》ッ!?　最近は大人しくしていたはずだ」

声を震わせその名を呼ぶ頭目に向かって、骸骨の女は何気ない声で言った。

「悪いけど、あと何団体出るかわからないし、名前も興味ないし、今タイムアタック中だから」

ふと背後に轟音《ごうおん》があがる。滅多なことで動揺しない仲間達から短い悲鳴があがる。

そこにいたのは鈍色《にびいろ》の甲冑《かっちゅう》で全身を包んだ、見上げるように巨大な騎士だった。大柄な頭目と比較しても倍以上の背丈がある。その右肩を這い上がるようにして、別のピンクブロンドの女が顔を出す。

「お姉ちゃんッ！　死体の始末が面倒くさいから、殺しちゃ駄目ッ！　痕跡は完全に消すから！」

イカれている。舐められている。噂通りならば《嘆きの亡霊》は元々のメンバーに新規メンバー一人を足して七人だったはずだ。たった七人で傭兵団を相手にするなど、常軌を逸している。

だが、頭目が感じたのは強い恐怖だった。相手は男達を、一切敵と見なしていない。

「おい、リィズッ！　一番つえーのは俺のだから、それ以外はやるよ」

左肩に赤髪の男が上り、男にしては高い声で叫ぶ。それに答える事なく、リィズと呼ばれた女は同じ髪色の女に向かって声をあげた。既に臨戦態勢の男達に対して構える気配すらない。

「眠った奴いねーじゃねえかッ！　テメーが睡眠薬使うって言ったんだろ!?　どうすんだよ、これ！　時間かけられないんでしょ!?　ルシアちゃん、蛙ッ！」

「ルシアちゃん、蛙、お願いしますッ！　全部捕まえて迷宮に放し飼いにしますッ！」

「？？？　ルシア、蛙だッ！」

「うむう」

まるで緊張感のない声に対して、真上から悲鳴に似た声が降ってくる。

「いーかげんに、しなさいッ！　あれ、凄く疲れるって言ってるでしょッ!?」

思わず上を見る。空には冗談のように大きな凧《たこ》が浮かんでいた。


そして、進むこと半日以上、僕達は極めて穏便に最初の滞在ポイントにたどり着いた。

今回の旅路は冒険ではない。野営は極力避け、安全を一番に考えている。護衛としては楽な部類だ。

宝具のおかげで慣れない馬上でも快適に過ごせた。だが、何より僕を安心させたのは——。

「よし、何も起こらなかったぞ」

「はぁ!?　ヨワニンゲンのせいで、出発にケチが付いただろ、ですッ！　絶対この町で新たな馬を買うんだぞ、ですッ！」

「お金持ってない」

「は……はぁぁぁぁ!?」

　ぐっと拳を握る僕に、馬の上――前に座るクリュスが耳まで真っ赤にして叫ぶ。だが、僕は『快適な休暇《パーフェクト・バケーション》』のおかげで快適な気分であった。後でこの宝具のチャージも頼まないと……。

　指示された通り、しっかりクリュスの身体に掴まりながら言う。

「それに僕が言っているのは――賊も魔獣も宝物殿も幻影《ファントム》も出なかったってことだ。災害も起こらなかった。これは画期的な事だよ」

「はぁ？　ただの護衛なんだから、そんなに色々出るわけがないだろ、です」

「……まぁ、そういう考え方もなくはないな」

　何も出ないに越した事はないのは間違いないが……幸せな人生を送ってきたんだな……。

　温かい目で見る僕をクリュスがギロリと睨《にら》みつけてきた。

「無意味に思わせぶりな事言うな、ですッ！　ヨワニンゲンは自分の立場を理解すべきだ、ですッ！」

　さすが皇帝一行だけあって、用意された宿は貴族御用達の豪華なものだった。

　皇帝陛下と近衛で宿のワンフロアを埋め、僕達で低層階を固める。

諸々《もろもろ》の準備を終えると、フランツさんは眉を顰《ひそ》めて言った。

「とりあえず一日目は無事だったたな。『狐』も怖れをなしたか」

「いやいや、まだ油断はできないよ。何が起こるかわからないよ」

「今回、面倒事を起こしたのは貴様だけだッ！　ふざけた格好で真面目な事を言うんじゃないッ！　肩を叩くな、切り捨てるぞッ！」

まだ元気な絨毯にぽんぽんと肩を叩かれ、フランツさんが顔を真っ赤にして怒鳴りつける。その程度で怒っていては絨毯といい関係は築けない。

クリュスが背筋を真っ直ぐに伸ばし、優雅な動作でお茶を口に含み、言う。

「そう怒鳴るな、です。そんなに顔を真っ赤にしなくても、私がいる限り今回の護衛は成功したようなものだ、です。仮にお前らが手に負えない相手が出ても任せておけ、ですッ！」

「ケチャチャッカもいるしね。それに《止水》もいる」

キルナイトだっている。ケチャチャッカは相変わらず怪しげな格好で怪しげな笑い声を上げていた。このメンバーの中で平然とできるテルムの胆力がすごく羨ましい。

「最初に自分の名前を出せ、ですッ！　このヨワニンゲンッ！」

「ふん……まぁいい。《千変万化》、全てを見通すという貴様の見解を聞かせてもらおうか」

………え？

思わず目を見開く。クリュスの、ケチャチャッカの、テルムの、全ての視線が集まっていた。

もしかして、僕って……何かやることある……？　見解とか言われても困る。僕の言うことがこれまで当たった試しはない。ある意味なら当たってはいるんだが、毎回打ちどころが悪いのである。

だが、仕事だからノーというわけにもいかない。見解くらい言ってやってもいいだろう。

僕は足を組むと、ハードボイルドを装った。早速言い訳から入る。

「まいったな、僕だって未来が見えるわけじゃないんだ。だから百発百中とはいかないが、でも、これまでの経験則というか、わかることもある」

ちらりとテルムを見る。いざという時には僕に次ぐレベル7の彼が何とかしてくれるという思惑だ。

テルムが眉を顰めるが、僕は気にせずに言った。

「油断した時が一番危ない。ここは町中だから比較的安全だけど、注意は十分した方がいい」

「なんだと？　言われなくても油断などしないが——何が、来るというのだ」

「えっと…………ドラゴン？」

「何!?」

やばい、思ってもいない事を言ってしまった。

以前も言った通り、ドラゴンが街を襲うのは稀である。だが、今回は皇帝の護衛補正もかかってる。

「あとは……そう、例えば、精霊とか」

「ありえん。とんだ与太話だッ！　ここは前人未到の地じゃない、まだ帝国内なんだぞ!?」

フランツさんが目を充血させて怒鳴る。そんな怒らなくても……あくまでただの見解だよ。僕だってそんなものが出るとは思っていない。落ち着かせようと、笑いかけて言う。

「いや、でもまぁ、皇城の前例があるし、精霊もこの間街を襲ってたし……」

「ッ……………クソッ――」

「まぁ落ち着いて、大丈夫、もしもドラゴンが現れたらテルムさんが倒すから」

僕の唐突な無茶振りに、テルムは僅かに目を見開くのみだった。

どうやらあの婆さんの片腕だけあって無茶振りには耐性があるらしい。

テルムは帝都でも屈指の水属性魔法の使い手だ。《止水》の二つ名はたった一人で川を止め海を割り、滝を完全に停止させた事から来ているらしい。水の魔法は威力が小さい事が多いが、流水を完全に停止できるほど自在に操れるテルムの場合は違う。人間の身体の六十パーセントは水でできている。水は全ての生き物にとって生命線だ、それは竜種のような幻想種でも変わらない。彼はそういう意味で、極めて効率的に生物を殺せる魔導師《マギ》だと言えるだろう。ルシアが言ってた。

テルムが思案げに顎を押さえ、鷹揚《おうよう》に頷く。

「良かろう。もしもドラゴンが現れたらその時は――私が相手をしよう。だが、一つ聞きたい。何故私を選ぶのかね？　ケチャチャッカや……クリュスもいる。そこのキルナイトもなかなかのものだ」

さすがレベル7、相手がドラゴンと聞いても物怖じしない。多分出ないとは思うけどね。

そしてテルムを選んだ理由は……簡単である。僕が一番信用しているのは二つ名持ちのテルムだからだ。ケチャチャッカは実力不明だし、キルナイトも色々な意味で不確定要素が多い。

そして、クリュスは僕の護衛だ。だが、そんな事を本人達の前で言うわけにはいかない。

僕は「けけけけけ」と笑い声を漏らすケチャチャッカをちらりと確認し、テルムを見た。

「わからない？」

「…………ふむ」

理解できたのだろうか？　僕の問いに気を悪くした様子もなく、テルムは真面目な表情で言った。

「まぁ、いいだろう。君に力を見せた事はなかったな。我が魔導の粋をご覧に入れようじゃないか」

「はぁ？　チャージ？　ヨワニンゲンは私を何だと思ってるんだ、です！　自分でやれ、ですッ！」

クリュス・アルゲンは良い子だ。口は悪いがクランを立ててから数えてももう三年以上の付き合いがあるので、付き合い方はわかっている。僕はただひたすらぺこぺこ頭を下げた。

「こ、こら、部屋に入ってくるな、ですッ！　どういう教育を受けているんだ、ですッ！　ああ、土下座するな、ですッ！　全く、ヨワニンゲンにはプライドの欠片《かけら》もないのか、ですッ！　ヨワニンゲンがそんな態度だと私達が迷惑なんだ、ですッ！」

文句を言われても嫌な顔をしてはいけない。僕が全て悪いのだ。

低姿勢に、低姿勢に、得意技の腰の低さを見せる僕にクリュスが混乱している。そういえば昔エリザが言っていたが、プライドの高い精霊人《ノウブル》にとって僕の立ち回りはとても不思議に映るらしい。

「ほ、ほら、さっさと宝具出せ、ですッ！　ちゃんと、絶対、帰ったらルシアさんにクリュスに世話になったと言うんだぞ、ですッ！　……はぁ!?　ヨワニンゲン、いつの間にこんなに沢山宝具使ったんだ、ですッ！　こらッ！　ちょっとは悪びれろ、ですッ！　これだからヨワニンゲンは――」

精霊人というのは極めて魔術適性の高い種族だ。特にその魔力量は人間と比べて十倍以上の開きが出るという。宝具チャージにもってこいの種族である。僕も精霊人だったら良かったのに。

クリュスがぷんぷん怒りながら差し出した結界指《セーフ・リング》をチャージしてくれる。さすがの精霊人でも結界指を複数チャージするのはきついはずだが、彼女達はプライドが高いので文句を言わないのだった。シトリーが以前、煽《あお》ったせいもあるかもしれないが……。

ハンターにあてがわれた部屋は皇帝陛下と同じ宿の一階——グレードの低い部屋だった。護衛の利便性を考えたものだが、ベースがベースだけあってダウングレードされていても十分豪華である。

ソファ一つとってもふかふかだ。腰を下ろし、深々とため息をついた。

「こらッ！　私のソファに座るんじゃない、ですッ！　ため息つくな、ですッ！　ヨワニンゲンッ！」

「しかし何も起こらなかったなぁ」

「護衛依頼なんてこんなもんだろ、です。何が起こる予定だったんだ、ですか」

いや、まだ油断はできないぞ。いつもそうやって油断させておいて何か起こるのである。

まぁでも今回はテルムがいるから気が楽だな。レベル7ということは、協会の評価がアークと同等という事だ。ケチャチャッカも見た目ほどイかれてるわけでもなさそうだし……。

持ってきた、丁寧に包装された箱を開封する。明らかにチャージで顔色が悪くなってきているクリュスが、疲労を誤魔化すかのように聞いてきた。

「ヨワニンゲン、その箱はなんだ、です」

「わかんないけど、僕の部屋の前に置かれていた。名前書いてあったから僕宛だな」

「!?」

箱の中身は綺麗に並んだチョコレートだった。ハートの描かれたメッセージカードが入っている。

送り主の名前は書かれていなかったが、このハートマークの描き方はシトリーだな。どうやって泊まる宿や部屋を知ったんだろう……ふしぎー。

中身のチョコレートは高級品だった。ちゃんと毒が入っていない事を宝具で確認して、一個齧《かじ》る。

クリュスがドン引きした様子で僕を見下ろしていた。

「ヨ、ヨワニンゲン、お前の辞書に、警戒心という言葉はないのか、です！」

「万全だよ」

だって僕を殺すなら毒なんて使う必要はない。ただぶん殴れば良いのだ。結界指《セーフ・リング》がなくなるまでね。

それに、警戒心があるからこうして今もクリュスの側にいるのである。

チョコレートはとても美味《おい》しかった。さすがシトリー、僕の好みをわかっている。今日の疲れが溶けていくかのようだ。はちみつ入りのようだ。はちみつは健康にもいいんだよ。

思わず顔を綻ばせ、チョコレートを食べる僕に、クリュスが呆れたような視線を向ける。

と、その時、ふと部屋が大きく揺れた。

強い衝撃にソファにひっくり返る僕の耳に、部屋の外から予想だにしなかった声が入ってくる。

「ドラゴンだッ！　チルドラゴンの群れが出たぞッ！」

「陛下を守れッ！」

!?　そんな馬鹿な。ここは街だ。ゼブルディアの街でドラゴンなんて出るわけがない。

さっき僕が言ったのは例えばの話なのだ。というか、僕の予想はいつも外れっぱなしなのである。

ありえない。僕は運が悪いが、そういうタイプの運の悪さではないのだ。

ってか、ドラゴン出すぎじゃない？　この間出たばかりなのに明らかにおかしくない？

呆然としすぎてチョコレートをもう一個つまむ僕の腕を、クリュスが掴んだ。

右手は既に長いねじれた樹の杖を握っている。

「ほら、ヨワニンゲン、行くぞ、ですッ！」

「いやいや、僕の力なんていらないよ」

「しゃきっとしろ、ですッ！　それでもルシアさんの兄か、ですッ！」

しまった、真面目なクリュスではなくキルナイトの側にいるべきであった。

自慢じゃないが僕はこれまでまともに戦ったことがないのだ。

心配はいらない。嘘から出た真だが、テルムに任せてしまえばいいのだ、が…………確かに、一応護衛なのだから顔くらい出さなくてはまずいか。

クリュスに腕を握られ、強制的に引っ張り出される。とっさの判断でチャージしてもらっていた結界指を取る。覚悟を決める。僕にやれることがあるのかどうか首を傾げるところだが、あんなに素晴らしい絨毯を貰ったのだからやれることはやらねばならない。

僕はとても頼りになるクリュスとともに、悲鳴の聞こえた方へ駆け出した。


悲鳴の方向に駆けながら、クリュスが確認してくる。

「ヨワニンゲン、チルドラ、戦ったことあるか、です。私はない、ですッ！」

「……ああ、もちろんあるよ」

クリュスがこちらをぱっと見て、目を丸くした。僕は半端な笑みのまま肩を竦める。

僕は運が悪い。運が悪いから、これまで様々な魔物と遭遇してきた。最近はあまり外に出ていないが、既に大抵の強力で珍しい幻獣とは遭遇経験がある。不思議な事に、珍しければ珍しいほど出会いやすいのだ。もはや珍しくもなんともない。もちろん、正確に言うのならば、遭遇はしても『戦ったこと』はない。いつも僕の役割は無駄にニヒルを気取りつつ結界指《セーフ・リング》を起動させることなのであった。

僕は足を止めることなく、ここぞとばかりに腕に嵌めていた『踊る光影《ミラージュ・フォーム》』を起動し、以前見たチルドラを再現してみせた。どうだ、宝具も役に立つだろう？

ドラゴンはそもそも珍しい幻獣なのだが、チルドラはその中でも特に珍しい種になる。言うまでもないが、本来町中で現れるような幻獣ではない。インパクトがあったので覚えているのだ。

クリュスが唇を強く結び瞠目《どうもく》した。目の前に現れたのは濃い青色のドラゴンの幻だった。大きさは大型犬ほどで、スルスの温泉で見た温泉ドラゴンよりも更に二回りは小さい。身体と比較して大きな藍色の翼と長い尾を持ち、一見してドラゴンとわかる見た目をしている。

「チルドラは群れを作る超小型のドラゴンだ。飛ぶのが得意で、冷気を身にまとい氷のブレスを吐く。一匹一匹は平均的なドラゴンほど強くはないけど、油断ならない相手だよ」

チルドラゴン――チルドラの群れに襲われたのはいつのことだったか……。

ドラゴンにしては耐久も力もないチルドラだが、その翼による機動力と強力な氷のブレス、そして群れで行動するという特性からとても危険なドラゴンといえる。場合によっては普通のドラゴンよりも厄介かもしれない。久しぶりに役に立った僕に対し、クリュスはただ目を瞬かせて言った。

「それで？」

「？　それで、というと？」

クリュスが立ち止まると、顔を赤くして僕に詰め寄ってくる。

「他の情報はないのか、ですッ！　ヨワニンゲンは私の事を馬鹿にしているのか、ですッ！　そんな基本的な情報、知ってる、ですッ！」

どうやら今日の僕も役立たずのようだ。他の情報なんてないよ。

「……弱点は火だよ。あ……後は…………大きな箱に詰めると冷蔵庫ができる」

「なんで人里に出たのか、とか、どこからやってきたのか、とか、何匹いてどう防衛すればいいのか、とか、《千変万化》らしいところを見せろ、ですッ！　指示を出せ、ですッ！　仮初めにもヨワニンゲンは今、私達のリーダーなんだぞ、ですッ！」

そんな事言われても困る……僕は何も知らないよ。なんで人里に出たとか言われても、そんなのはチルドラに聞いてくれとしか――と、そこで僕は目を見開いた。

脳裏によぎったのはシトリーからのプレゼントだった。嫌な予感がした。

何度も言うが、ドラゴンが急に人里を襲撃するなど滅多にない。彼らは基本的にマナ・マテリアル濃度の濃い秘境に生息しているし、人里を襲うにしても兆候くらいあるものだ。ドラゴンとは災害みたいなものなのである。いくら僕が不運でも、泊まっている宿にピンポイントでドラゴンが襲撃を仕掛けてくることなどないはずだ。温泉ドラゴンの例があるので断言しづらいところだが、二連続はない、と思う。さすがにこれが普通になると死んでしまう。

となると、今回の件は偶然ではなく人為的なものである線が強くなる。

そしてそうなった場合、犯人である可能性が一番高いのは――。

「そりゃ、もちろん……うん、心当たりはあるさ」

「心当たりがあるのか!?　です！」

クリュスが今度こそ驚いたように目を見開き、いつもより一オクターブ高い声をあげた。

「でも、まだ詳しくは言えない。推測の域でしかないし、言うべきじゃないだろうな」

眉を顰め、言い訳する。犯人である可能性が一番高いのは何を隠そう、シトリーちゃんだ。もしかしたらリィズとかルシアも協力しているかもしれないが、チルドラほどの幻獣を捕まえけしかけるなど、並の人間にできるわけがない。最低でもマナ・マテリアルを大量に吸った超人の仕業だろう。少なくとも謎の襲撃者がけしかけたと考えるよりは自然である。

あのハートマークに込められた意味が「チルドラを送りますね」の合図である可能性に、僕は今すぐにでも帝都に戻りたい気分だった。常識的に考えればありえないのだが、常識で考えてはいけない。もしも僕がシトリーにチルドラを送って欲しいと頼んだらシトリーは間違いなくそれをやるだろう。

今回は頼んでもいないのだが――つまり何が言いたいかと言うと、今回の犯人もシトリーです。

何せ､僕がドラゴンが出ると言ったそばからドラゴンが現れたのだ。差し入れから考えてもシトリーは近くにいるはずで、そうなると僕とフランツさんの会話が聞かれていた可能性がある。『白剣の集い』での行動からわかる通り、彼女の微に入り細を穿《うが》つ性格は時に『やりすぎ』を招くのであった。

急がねばならない。これで皇帝陛下が重傷でも負ったらシトリーが捕まってしまう。

悪気がないからと言って減刑されたりしないだろう。まぁ、毒入れた時点で今更だけど。

「ほら、クリュス。急いで行くよ。皇帝陛下を守るんだッ！」

「!?　な、何をいきなりやる気に――そんな事言われずともわかっている、ですッ」

皇帝陛下が泊まっていたのは宿の最上階――三階だ。息を乱さずクリュスが駆け、はぁはぁ荒い息をしながら僕が続く。走っても疲れなくなる指輪が心底欲しい。

階段の前には誰もいなかった。騎士団の見張りがついていたはずだが、助けに向かったのだろう。

クリュスが身を震わせる。チルドラの力で空気が冷えているのだろう。僕は快適な休暇《パーフェクト・バケーション》の力で今も快適だが、それもまたチルドラの厄介な特性なのだ。

「クリュス、君が前衛だ。僕は後ろから応援する」

「!?　ヨワニンゲン、お前馬鹿だろ、ですッ！」

「これがうちのやり方なんだッ！　大丈夫、メインはテルムだッ！」

顔を真っ赤にするクリュスの背を押し、階段を駆け上がる。

三階は戦場だった。真っ先に目に入ってきたのは割れた窓だ。採光用の大きな窓が割れ、分厚いガラスの破片が絨毯の上に巻き散らかされている。二階まではチルドラは一匹もいなかったが、窓から侵入してきたのかもしれない。いくらガラスが分厚くても、ドラゴンを防げるわけがないのだ。

「うおおおおおおおおおおッ！」

宙に浮いた三匹の真っ青なドラゴンに向かい、見覚えのある近衛の鎧を着た騎士が突撃する。大きく咆哮《ほうこう》し剣を振り下ろすが、裂帛《れっぱく》の気合が込められた剣先はしかし、驚くべきことに、ドラゴンに掠りもしなかった。剣が遅いわけではない。チルドラの動きがあまりにも俊敏なのだ。

突撃した騎士の太刀筋は鋭く素人目に見ても見事だったが、どうやら小さく素早い幻獣と戦った経験が不足しているようだった。大抵の魔物や幻獣は人間よりも大きいのでやむを得ないと言える。

僕は出したままだったチルドラの幻を削除し、ぼやいた。

「思ったより小さいな」

騎士が相手をしていたチルドラは僕が昔出会ったものより更に二回り小さかった。

僕の幻は大型犬ほどの大きさだが、騎士が相手をしているチルドラは猫くらいの大きさしかない。

剣戟《けんげき》を完全に回避したチルドラが淡く輝く。ブレスを吐く兆候だ。

「んなこと言ってる場合じゃないだろ、です！　火、火だったな――『炎撃飛燕《フレア・スワロー》』ッ！」

クリュスが吐き捨てるように叫び、持っていた長い杖を床についた。

変化は一瞬だった。目の前に生まれた火の粉がみるみる内に膨れ、鳥の形を模す。攻撃魔法だ。

煌々《こうこう》と輝く炎の鳥が合図もなく飛翔する。チルドラに勝るとも劣らない速度だ。

音もなく高速で飛来した炎を、チルドラはブレス動作をやめ、ふわりと浮き上がりこともなげに回避する。そして、その頭がこちらを向いた瞬間、青い身体が炎に包まれた。

一度回避した炎の鳥が旋回して再び体当たりを仕掛けたのだ。追尾式の攻撃魔法――僕は魔法に明るくないが、一瞬でこのレベルの攻撃魔法を使うとは、並の練度ではない。

「やるじゃん、さっすがッ！」

「うるさい、馬鹿にしているのか、ですッ！　『炎撃燕群《フレア・スワローズ》』ッ！」

クリュスが息もつかせず新たな魔法を唱える。

炎の鳥を受けたチルドラは死んでいなかった。翼は焦げているが、まだ宙を浮くだけの元気が残っている。残りの二匹のチルドラも完全に戦闘態勢を整え、こちらに敵対していた。

無数の火の粉が発生し、先程より一回り小さな炎の鳥に変わる。炎の鳥と氷の竜がぶつかり合い、白い蒸気が上がる。クリュスがもたれかかるように杖をつき、吐き捨てるように言う。

「ッ、魔力《マナ》が――」

「え!? もうないの!?」

精霊人《ノウブル》は人間の数十倍の魔力を持つんだろ!?

思わず出てしまった言葉に、クリュスがきっと睨みつけてきた。

「!? ヨワニンゲンのせいだ、ですッ！ だいたい、火の魔法は、苦手なんだッ！ ですッ！」

「でも、ルシアだったら――」

「ぶん殴るぞ、ですッ！ ちゃんと、私を守れ、ですッ！ ええい、そこの男、うろちょろするな、邪魔だッ！ 範囲魔法使えないだろッ！」

蒼白の表情で怒鳴るクリュスに、騎士の男が慌てて壁際に移る。

炎の鳥と氷の竜では前者が優勢だった。だが、チルドラもさすがにドラゴン、かなり耐久が高い。何発炎の鳥を受けても少し焦げるだけで、動きが遅くなる事もなければ地面に落ちる気配もない。

………今更だけど、もしかして……チルドラの弱点、火じゃなくない？

「くそっ、頑丈すぎるぞ、です。ヨワニンゲン、本当に火弱点なんだろうな、ですッ！」

「が、頑張れ、頑張れッ！」

「う、うるさいッ！　黙れ、ですッ！　『炎熱殺風《ヒート・ストーム》』ッ！　はぁ、はぁ――」

赤く輝く風が廊下を走り抜けた。チルドラが赤く熱され、小さく鳴く。

一瞬墜落しかけるが、しかしすぐに立ち直ったかのように大きく飛んだ。

「馬鹿な、この私が弱点をこれだけついて、なんでこんなにピンピンしてるんだ、ですッ！」

クリュスが額から汗を流し、気丈にもドラゴンを睨みつける。だが、そのすらりと長い手足は震え、呼吸が荒くなっていた。魔力枯渇が近づいているのだ。これは間違いなく宝具チャージのせいですね。

その時、騎士の男が大きく床を蹴った。魔法で熱された空気の中に飛び込み、ふらついていたチルドラに向かい勢いよく剣を振り下ろした。裂帛の気合を込めた白刃がチルドラの胴体に命中する。さすがに両断まではいかなかったが、チルドラが勢いよく床に叩きつけられ、苦痛の悲鳴をあげた。

それを確認する間もなく、騎士の男が他のチルドラに斬りかかる。流れるような連撃だ。

切り上げられた刃が一匹のチルドラの胴を掠め、もう一匹が大きく回避に移る。

騎士は激しく攻撃を仕掛けながら、掠れた声で叫んだ。

「はぁ、はぁッ……行けッ！　ここ、は、もう、俺で十分だ、へ、陛下を――ッ」

「わかった。クリュス、行こう」

男が顔を真っ赤にしながら攻撃を仕掛ける。その動きは心なしか、最初よりも鋭かった。

チルドラは負傷している。これならばそう簡単に負ける事はないだろう。僕が言うのも何だが、彼のためにも皇帝陛下を優先すべきだ。

「はぁ!? 本気か、ですかッ!?」

僕は無言で腰から鎖を外し、起動してぶん投げた。

『狗の鎖《ドッグズ・チェーン》』が四本脚で床に着地し、そのまま空中のチルドラに飛びつく。

どうか壊れませんように。僕は祈るような思いで目を閉じると、呆然としているクリュスに言った。

「これくらいやれば大丈夫かな……さぁ、行こう」

早くしないと、一人でも死人が出たら悪ふざけでは済まなくなる。シトリーは後で真剣にお説教だ。


宿の一室。怒号の飛び交う天井を見上げ、男は小さく口元だけで笑みを浮かべた。

『呪い』は今回も無事発動した。手に持っていた禍々《まがまが》しい漆黒の宝玉を丁寧に呪布《じゅふ》に包み、しまう。

宝玉――『叛竜の証《レベリオン・スフィア》』は呪われし宝具である。かつて竜の王が最も愛した宝を起源とするというその宝玉は、竜の財宝を盗んだ者の証《あかし》であり、周囲のドラゴンを強力に誘引する力を持つ。

吸い寄せられたドラゴンは周囲を完全に破壊するまで止まることはない。

本物の怒れるドラゴンを前に、護衛につけてきた近衛の騎士は己の無力を知ることだろう。

今頃《千変万化》は慌てふためいている事だろう。ご所望のドラゴンだ。

観察した《千変万化》は、噂とは相反する男だった。その一挙手一投足は無意味に見えた。挙げ句、皇帝の旅程に遅延を起こすという問題まで起こしている。とても警戒に値するようには見えない。

だが、油断はない。そのハンターは既に男の手を幾度も逃れている。

酒に仕込んだ薬物が効果を発さなかった。ドラゴンの卵の件は完全にしてやられた。そして、道中でも、大枚を叩《はた》いて雇ったはずの襲撃者が姿を現さなかった。仕込んでいないはずの毒が見つかった時には混乱したし、色々予想外の事もあったが——どれほどの策を弄そうが、要人の護衛は難しい。ましてや今回の護衛のメンバーは絞られている。守るにも限界がある。

答えはシンプルだ。空振ったならそれ以上の攻めを行えばいい。

懸念点もあるが——と、そこまで考えたところで、男は眉を顰め、考えを打ち切った。

男に求められるのは判断することではない。ただやるべきことを忠実に実行する事だけだ。

元来、チルドラゴンは群れを作るドラゴンだ。まず単体で遭遇することはない種であり、《嘆きの亡霊《ストレンジ・グリーフ》》も大規模な群れと遭遇して死闘を繰り広げた事がある。だが、空を埋め尽くすチルドラゴンの群れは魔物を見慣れたリィズ・スマートをして、世界の終わりを想起させた。

チルドラゴンの群れは民家や逃げ惑う住人達を完全に無視し、まるで吸い寄せられるように皇帝一行の宿泊している宿に向かっていた。明らかに異常な光景だ。

少し離れた宿。二階の部屋の窓から様子を確認していたリィズが後ろに向かって怒鳴りつける。

「こら、シトぉ！　いくらなんでも、数多すぎだろッ！　皇帝ぶっ殺すつもりかよッ！　てめえ、何回なすりつけやってんだッ！」

「私のせいにしないでッ！　私が仕込んだのは十一匹だけだし、それは最初に行ったから……お姉ちゃんも見てたでしょ？　大体、あんなに沢山のチルドラに仕込むほど、薬持ってないし……」

リィズ達がやったのは、手近な山からチルドラの巣穴を見つけ、中にいたドラゴン達をさらい薬を仕込んだだけである。クライがドラゴンが出ると言うのならば親友として協力しなくてはならない。

心外そうに言い訳する妹から視線を外し、部屋の中で素振りをしているルークに視線を向ける。

「じゃあルークちゃんのせい？」

「おうッ！　何匹斬ればいい？」

「違う、か……どっから来たんだろう……もしかして、私達が捕まえてくる必要なかった？」

リィズは一転し、窓辺に肘をつき、騒がしい町並みを眺める。

眉を顰め、リィズの隣で空を見上げていたルシアが、不機嫌そうな声で言う。

「もしかしたら、群れの一部を捕まえたせいで報復に来たんじゃ……」

「捕まえた巣穴は完全に潰したし、チルドラにそんな習性はなかったはずだけど……わかんない」

シトリーが戸惑いながらも答えるが、現にチルドラの大群は存在していて、おまけにクライのいる場所に一直線に向かっている。これまでこういった時は魔物達のターゲットはリィズ達だったので、目の前を通り過ぎていくというのはかなり珍しい光景だ。

「クライちゃん大丈夫かなぁ……少し減らす？」

リィズの言葉に、シトリーは腑に落ちなそうな表情をしながらも、首を横に振った。

「キルナイトに《止水》もいるし、大丈夫だと思うけど……それに、『お兄ちゃん』が行ったから」

やばいな、これは。シトリーは一体何を考えているんだ。

幅の広いゆとりのある廊下を駆け抜ける。護衛の騎士も随分頑張っているようで、床にはチルドラの死体が何匹も転がっていた。さすが精鋭と呼ばれる騎士団だが、数が違いすぎる。

三階の一番奥、皇帝のおわす部屋の前では激戦が繰り広げられていた。

群がるチルドラの数は十四以上、扉の前では護衛の騎士が何人も陣取りその進撃を阻んでいる。

だが、相手の方が数が多い。俊敏なチルドラの動きに、剣や槍《やり》も空振る。その身から放たれた冷気は人の動きを鈍らせ、遠距離からの氷のブレスは盾で防いでもその余波だけで体力を奪っていく。

僕はその光景に一瞬足を止め、思わず呻《うめ》いた。

「どうやら皇帝陛下は僕と同じくらい運が悪いみたいだな」

「言ってる場合か、ですッ！」

快適な休暇《パーフェクト・バケーション》の防御力は皆無に近いが、環境の変化にすこぶる強い。氷をぶつけられたら死ぬけど、冷気だけなら楽勝だ。着てきて良かった。

しかしドラゴンに群がられる男が僕以外にもいるとは思わなかった。昔出会ったチルドラの方が数も多く身体も大きかったので今回の方がだいぶマシではあるのだが、不思議な親近感を覚えてしまう。

「遅いぞッ！　こいつらをなんとかしてくれッ！　中にもいるッ！」

戦っている内の一人が僕達を見つけ逼迫《ひっぱく》した声をあげる。そんな事言われても……。

クリュスは疲労しているし、僕の戦闘力はゼロだ。なんとか戦えているんだし、頑張って欲しい。

荒い息をしながらクリュスがねじれた長い杖を向ける。と、そこで、横を赤い影が通り過ぎた。

「きるきるきる……ッ！」

その動きはまさしく旋風のようだった。シトリーから預けられたキルナイト・バージョンアルファはコントローラーで操作しているわけでもないのに凄まじい速さでチルドラに接近すると、急な乱入者に動揺するチルドラに向かって両手に握った大剣を振り下ろす。

「指示いらないじゃん」

狂戦士の乱入に騎士達が目を見開くが、僕に動揺はない。さすがシトリーから預けられた奴だ。チルドラを差し向けたのがシトリーならば、キルナイトがチルドラを圧倒できるのも納得である。

キルナイトは一応重装備の騎士の格好をしていたが、その戦いっぷりはむしろ獣に近かった。

氷のブレスを体当たりで突き抜け、高速でぶつかってくるチルドラを逆に身体で弾き飛ばす。バイタリティ溢《あふ》れる重戦士でも体当たりでドラゴンを相手にするなどなかなかできることではない。

クリュスも護衛の騎士達も唖然《あぜん》としている。恐らくチルドラも唖然としているだろう。執拗に部屋に入ろうとしていたチルドラ達が標的をキルナイトに変える。生み出された大きな氷の塊がその鎧を打ちつけ、足元の装甲が白く凍りつく。だが、その動きが止まる事はない。いくら鎧を着ていても冷気はその身体を蝕《むしば》んでいるはずだが、まるで痛みを感じていないかのような凄まじい耐久力だ。

「こ、こいつ、どっから連れてきたんだ、です？」

「え？　ま、まぁ……コネみたいなものだよ」

後で生肉をたっぷりあげないとな。

我に返った騎士達がキルナイトに加勢し、一匹一匹慎重にチルドラを片付けていく。

群がっていたチルドラがいなくなるのに時間はかからなかった。満身創痍《まんしんそうい》の騎士が唯一何もしなかった僕に詰め寄ってくる。そして、怒られるかもしれないとびくびくする僕に必死な声で言った。

「中を守ってくれ。ここは私達が死守する、奴ら、窓から入ってくる」

「え……僕達はあくまでサブって話で――」

「言ってる場合か、ですッ！」

クリュスに腕を掴まれ、室内に入る。皇帝の部屋は僕達にあてがわれた部屋よりも倍以上広かった。品のいい調度品に明るいシャンデリア。貴族の屋敷のような内装だが、今は激しく散らかっている。

陛下は寝室にいた。周りをフランツさんを含む騎士、十人以上で固め、そこかしこにチルドラの死骸が転がっていた。テラスに面した窓が割れ、今はキングサイズのベッドでバリケードが作られているが、隙間は埋めきれていない。フランツさんは僕の顔を見ると、大きな声で言った。

「ようやく来たか……何が起こっている!?」

「……………ごめんごめん……外にも沢山いてね。何が起こったのかわからないけど、次は結界の張られた宿屋を取るべきだな」

陛下は無事のようだが、全身に緑の血を浴びていた。背に見覚えのある女の子を庇《かば》っている。白剣の集いで僕を騙《だま》した皇帝陛下のご令嬢だ。

視線に気づいたのか、陛下は眉を顰め、その手に握られた剣を示してみせた。剣身が濡れている。

「三匹斬った。最近は剣など振っていなかったが、私もまだ捨てたものではないようだな」

!? 斬った？ 皇帝陛下が？ ドラゴンを？

……普通に僕より強いじゃないか。『竜殺し』じゃん。やっぱり僕、いらなくない？

バリケードの隙間から襲いかかってきたチルドラに、近衛の魔導師《マギ》達から無数の魔法が集中する。強力な雷の魔法を浴び、チルドラが黒焦げになり落ちる。近衛だけあって、かなりの腕前だ。

やっぱり僕、いらなくない？ 置いてけぼりな気分の僕に、フランツさんが荒い声で尋ねてきた。

「おい、この襲撃はいつ終わる!? 数はようやく減ってきたが、もう終わりか!? こんな町中にチルドラゴンの群れが現れるなんて、ありえんッ！」

「えっと……呪われてるんじゃない？」

「ふざけるなッ！ こんな呪いがあるかッ！」

今回の件はシトリーのせいだが、前回のクリムゾンドラゴンは違う。こんなに立て続けに何か起こるとか、呪われてるとしか思いようがない。まるで僕である。僕はとりあえず狐になすりつけた。

「これも狐の力だよ。間違いないな」

「ッ……どういう仕組みでドラゴンを操っている!? 魔法か!? 《止水》はどうした!?」

「落ち着いて。数は減っているんだろ？ そろそろ終わりなはずだ」

いくらシトリーでも短期間で沢山のチルドラを集めてくるのは難しいだろう。

自信満々にそう言い切った瞬間、外を監視していた騎士の一人が悲鳴のような声をあげた。

「まずいッ……だ、団長……す、凄い数が……来ます」

「何!?」

慌てて窓際に近づく。空に黒い点が広がっていた。

まるで黒い霧のようにも見えるそれは、街に降りることなくこちらに一直線に向かってくる。

チルドラゴンの群れだ。百匹や二百匹ではない。シトリー、いくらなんでも集めすぎだッ！

一匹一匹はそれほど強くなくても、あれほどの数がいればこんな宿など一瞬で瓦礫《がれき》に変わるだろう。

「お、終わりじゃなかったのか、《千変万化》」

「ま、またしでかしたな、ですッ！　ウソツキニンゲンッ！」

「…………まぁまぁ、落ち着いて」

僕が終わりかどうかなんて知るわけがないだろう！　いっぱい来るって言ってれば良かったのか？

フランツさんはしかし、僕をそれ以上問い詰める事なく部下の騎士達に指示を出した。

「陛下の避難の準備をするぞ。地下があったはずだッ！」

「し、しかし、外にはまだチルドラが――」

「群れを相手にするよりはマシだッ！　《千変万化》、こうなったら、貴様にも働いてもらうぞッ！」

「……もちろんだよ」

チルドラの相手をしたくはないが、一人でいるより皆といた方が生き延びる可能性は高いだろう。

何しろ僕は何もできないのだ。キルナイトでもさすがにあれだけの数の群れを相手にするのは難しい。クリュスも疲労からか口数が少なくなっている。さて、どう動くべきか――。

チルドラの群れはまるで餌に吸い寄せられた蟻のようにこちらに舞い降りてくる。もう僕の目でもはっきりと視認できる距離だ。絨毯で逃げても多分無駄だろう。言うこと聞かないし。

久しぶりに頭を働かせる僕にフランツさんが言う。

「《千変万化》、あれらを相手にできるな？」

「え……？」

「我々は陛下をお連れし地下に隠す。貴様はできるだけあれらを引きつけろッ！　いいな!?」

えー……できるか？　じゃなくて、できるな？　って。そりゃ僕はレベルだけ見たら頼りになるんだろうし、当然の判断なのかもしれないが、あまりの傍若無人っぷりに笑ってしまう。

無理だよ。そりゃ陛下を地下に隠すのもできないけど、あの群れを相手になどできるわけがない。

「な、何を、笑っているのだッ――」

ＴＰＯを弁《わきま》えず、ついつい笑みを浮かべてしまう僕にフランツさんが険しい表情で言う。

まぁ、だがやむを得ない。僕の足ではどうせ逃げられないのだ。

この期に及んで、僕は宝具の力で快適だった。快適すぎて緊張感がない。

騎士達を押しのけ、窓から外を、チルドラの群れを見る。数多いなぁ……でも――。

「こんなもんか……」

「!?　な、何言ってるんだ、です!?」

もう記憶がだいぶ朧《おぼろ》げだが、昔はもうちょっと数がいたような気がする。

だが、僕には切り札が、魔法をストックした『異郷への憧憬《リアライズ・アウター》』があるのだ。一発かましてやろう。

割れた窓の枠に片膝をつき、手を向ける。チルドラの群れが美味しそうな餌に進路を変える。

なるべく一度に沢山倒せるように引きつけて引きつけて引きつけて――僕は気づいた。

……異郷への憧憬、持ってくるの忘れた。

チルドラが猛スピードで突っ込んでくる。まるで氷の矢だ。青ざめたクリュスが一歩後ろに下がり、杖を構えるが、そもそもこの距離では魔法も間に合わない。結界指《セーフ・リング》もとても数が足りない。

目前に迫るチルドラの群れ。死を目前にしても快適な僕。頭が真っ白になった瞬間――。

――チルドラの群れが、突如発生した光の壁に弾かれた。

「ッ!?　こ、これは――」

それはまるで奇跡のような光景だった。（僕も含めて）誰もが唖然としていた。

距離を取り一斉に放たれた氷のブレスが掻き消える。結界魔法にしても、ドラゴンの攻撃を完全に寄せつけないとは、馬鹿げた強度だ。

「これは――神職系の結界スキルッ……」

「ヨ、ヨワニンゲン、おま、お前――神官だったのか!?　ですッ」

「いや、違うけど」

張られた光の壁は度重なるチルドラの攻撃を完全に防いでいた。結界指が一瞬しか結界を張れないように、この手の結界魔法は基本的に持続時間と強度が反比例する。もちろん、僕は何もやっていないし、神官の術は魔法とは少し違うので宝具でもストックできない。

この強度の壁をこれだけの時間張れるのは——。

僕は周囲をきょろきょろ確認し、ようやく窓の縁に立つミニアンセムに気づいた。

いつもの宝具の全身鎧に身を包み、しかしその大きさは五センチくらいしかない。

サイズ調整。それがアンセムの持つ宝具、『変幻自在の砦《フォーリナー・メイル》』の力である。

この宝具は所有者の年齢、性別、体格を選ばず、どんな持ち主にも適したサイズに変化させる事ができる。マナ・マテリアルの力もあり、常人離れした巨体で大抵の装備が入らずずっと不便していたアンセムにはピッタリの宝具だ。宝具をアンセムに贈った帝国の教会もきっと同じ事を考えたのだろう。そして僕は、アンセムからその鎧を見せてもらって、思ったのである。

——これ、着た状態で小さくしたらどうなるのだろう、と。

普通に考えたら、圧縮されて死ぬだろう。だが、宝具はそもそも非常識な存在なのだ。果たして、度重なる宝具遊……検証の結果、『変幻自在の砦』には隠された能力が存在している事が判明した。

『変幻自在の砦』が持つ力は確かにサイズ調整だ。この宝具は誰でも装備する事ができる。性別年齢体格問わず——そして、万が一入らなくなった時、宝具は中身のサイズの方を調整してしまうのである。

彼が『白剣の集い』に突然現れたのも、この宝具の力によるものだろう。

何はともあれ、助かった。危なかった。

ミニアンセムが振り向きもせず、腕を上に伸ばしサムズアップする。僕もそれを返す。

そして、唐突に立っていた窓の縁が砕け、アンセムはそのまま地面に落ちていった。

「…………」

その宝具の弱点は、サイズは変えられても重量は変わらない事だったりする。アンセム……。

結界を張ったのはファインプレーだったが、まだ危機を脱したわけではない。チルドラの群れはまるっと残っている。だが、アンセムがいるなら他のメンバーも来ているはずだ。

仲間の存在によりさらに快適になったその時――音が消えた。

「な、何が起こった!?」

フランツさんが叫ぶ。顔を上げる。

外から攻撃のチャンスを窺《うかが》っていたチルドラの群れが空中で停止していた。

不思議な光景だった。開いた顎も大きな翼も輝く瞳もそのままに、時間が止まっているかのようだ。

皆が息を呑んでいた。そして唐突に、竜の群れが落ちる。落下した竜の群れは、地面に落ちることなく急に空中に広がった水の膜に受け止められる。クリュスが身を震わせた。

「大規模、攻撃魔法……ッ！　ですッ！」

これは……ルシアではないな。攻撃魔法はその範囲が広くなればなるほど難易度が上がるが、こんな規模で、ドラゴンを仕留める攻撃魔法を展開できる者は今回の闇鍋では一人しかいない。

フランツさんが身を震わせ、蒼白の表情でその名を呟いた。

「《止水》か……な、なんだ、この魔法は」

そうだよ。《止水》のテルム・アポクリス。今回の僕達にはレベル7の魔導師《マギ》がついているのだ。

闇鍋にテルムを入れた自分を褒めてあげたい。九死に一生を得た。ほっとため息をつく。

「ようやく来たか。全く、遅すぎる」

「既に、配置していたのか……手を、打っていたのか……これを、読んで」

全て読み通りだ、とか格好をつけて答えたいところだが、あいにく読んでなんていない。

「いや、手なんて打ってないよ。僕はただ……テルムを――いや、皆を信じていただけさ」

危なかった。今回ばかりは終わりだと思った。だが、ハードボイルドだろ？

クリュスが涙目で叫ぶ。

「ヨワニンゲン、いい加減にしろッ！　先に言え、ですッ！」

「あは、あはははは……」

チルドラを受け止めた膜が蠢《うごめ》き、中に大量のチルドラを閉じ込めた巨大な水球と化す。

そのまま止まることなくゆっくりと縮み始める。中にいたチルドラ達がもがき悲鳴のような声をあげるが、その動きは止まらない。水球は中身ごと圧縮されていた。透明だった水球に緑の血がまじり、肉が潰れ骨が砕ける耳をふさぎたくなるような音があがる。

《止水》の二つ名からは想像し難いえげつない魔法だ。

そこで、凶悪な魔法に見入っていた騎士の一人が声をあげた。

「あ、あれは――」

「ッ!?」

指差す方向を見る。遥《はる》か下。チルドラの出現で空っぽになってしまった大通りの真ん中に、テルムとケチャチャッカが立っていた。それに相対するように立つのは――『白剣の集い』でも見た、狐の面を被った人影だ。クリュスが窓から身を乗り出し、叫ぶ。

「狐だッ、ですッ！　加勢するぞ、ですッ！」

「！　落ち着いて、クリュスッ！」

「みゃあ！　な、何するんだ、ですッ！」

駆け出そうとするクリュスを後ろからとっさに捕まえる。

「冷静になるんだ！　僕も戦いたいところだけど、僕達には——守る人がいるだろ！」

「!!」

いやー、残念だな。僕も戦いたいんだけど。それに、テルムなら大丈夫だよ。

狐面が手を大きく振る。その手に巨大な薙刀《なぎなた》が現れる。

だが、テルムの表情に焦りはなかった。レベル7らしい堂々とした立ち振舞いで手を振る。

まるで、世界を味方につけているかのようだった。大量のチルドラを捻《ひね》り潰した水がまるで生き物のように蠢き狐面の男を押し潰す。狐面は素早い動きで避《よ》けるが、水はそれを追いかけた。

大地が震え、巻き込まれた家屋が紙切れのようにひしゃげる。間違いなく《深淵火滅》クラスだ。

——だが、僕にはそれよりも気になったことがあった。

あの狐面……幻影《ファントム》じゃないぞ。僕が以前出会った幻影《ファントム》とは気配が違いすぎる。

「偽……物…………？」

「？？」

僕の気配察知能力は一般人並みだ。ほとんどわからないと言い換えてもいい。だが、それでもはっきりわかるくらい、あの幻影《ファントム》は隔絶していたのだ。

これはどういう事だろうか？　……まぁでも、距離もあるし、気のせい？

音が消え、静寂が戻る。狐面の姿はどこにもない。

凄まじい破壊をなした魔導師《マギ》はこちらを見上げ、肩を竦めてみせた。


「ドラゴンの襲来は聞いていたが……レベル8というものは皆、人使いが荒いな」

「うけけけけ……」

テルムとケチャチャッカに合流する。その表情は言葉とは裏腹に疲労と無縁だった。あれほどの魔法を使ったのに、さすがレベル7だ。動きもはつらつとしていて、僕の倍以上の年齢には見えない。

「ッ……よくやった、《止水》。…………『狐』は倒したのか？」

「気にする事はない。ご指名だったからな。倒したか…………手応えはあったが、死体がなかった。その名に相応《ふさわ》しい変幻自在っぷりだ」

フランツさんの言葉に、《止水》が肩を竦めてみせる。

ハードボイルドだ、決まっている。どう見ても彼がリーダーをやるべきであった。

しかしあの魔法で倒せないとは、本当に恐ろしい相手だ。

やはり以前みたいに最終的には僕が土下座するしかないか。腕が鳴るぜ。

「死者は出たのか？」

「いや、重傷者はいるが死者は出ていない。《千変万化》がもっと先に障壁を張ってくれたら怪我人《けがにん》も出なかったんだがな」

フランツさんがじろりと僕を睨む。もしや僕があれをやったと思ってる？

「いや、あれは…………いや、なんでもない」

「なんだ？　言いかけてやめるなッ！」

「……いや……まさか近衛がドラゴンに負けるとは思っていなくて……」

「ッ!?　な、んだ、と!?」

ごめん。本当にごめん。だけど、アンセム達がついてきている事を言うわけにはいかないんだ。だってほら……護衛って人数制限あったし、明らかにルール違反だろう。

「そ、そういえば、ヨワニンゲン！　偽物ってどういう事だ、です！」

「な、何？」

「こいつ、さっき『狐』を見てそう言っていたんだ、ですッ！」

「…………そんな事言ったっけ？」

テルムが、ケチャチャッカが、フランツさんが、皇帝陛下が、まるで見定めるかのようにこちらを見ている。確かに言ったけど、ただの気のせいだよ。自信を持って言うけど、僕の目は節穴だッ!!

「おま、ふーざーけーるーなー、ですッ！　私は耳がかなりいいんだ、ですッ！」

クリュスが服を掴んでがくがく揺さぶってくるが、気のせいなものは気のせいだ。

そこで、《止水》がぐるりとメンバーの顔を確認し、言った。

「……まぁ、いいだろう。今は護衛だ。チルドラゴンは真っ先にこの宿を狙っていた、明らかに何らかの操作を受けている。死人が出なかったのは運が良かっただけだ。この規模の攻撃が続くのならば、間違いなく死人が出る。《千変万化》がいくら強くても、隙をゼロにするのは難しい」

その言葉に、フランツさんが皇帝陛下を見た。

「会談を欠席するわけにはいかん。……ですが陛下、私も《止水》と同意見です。下手人にも逃げられました。御身の安全を考えるのならば、このまま進むという選択肢はありません」

「ちょ、ちょっと待ったッ！」

「!?」

陛下が僕を凝視する。フランツさんと、テルムまでもが僕を見ている。

確かに、テルムの意見は妥当だ。フランツさんの考えも近衛として当然の判断である。

だが、僕は彼らの持っていない情報を一つ持っている。

今回の件はシトリーが犯人だ。ドラゴンを引き寄せた力についても心当たりがある。

……そうだね、バカンスの道中で使った魔物を呼び寄せるポーションだね。

狐面については置いておくとして、このまま会談を欠席するとなると、シトリーがテロリストになってしまうのだ。シトリーはいい子だ。今回はちょっとしたすれ違いが起こっただけで、いつもはこんな事を起こすような子ではないのだ。言い聞かせれば二度とこんな事、しないはずなのだ。

僕はきりきりと痛むお腹を押さえながら、ハードボイルドに言った。

「進むべきだ。ここで撤退なんてしたらそれは負けを認めたようなものだ。チルドラの群れなんて軽いジャブみたいなもんだよ。この通り、死人は出ていないし、僕の考えでは戦力も十分だ」

「本気か？『狐』は、ドラゴンを操るのだぞ？」

「いや…………僕の推測が正しければ、ドラゴンはもう出ないね。絶対に、出ない。出ないよ」

「何!?」

どこで聞いているかも知らないシトリーに言い聞かせる僕に、フランツさんが瞠目する。

「それに、『狐』については、僕に秘策がある。次に出てきた時が、奴の最後だ」

あれから数年、僕の進化した土下座で屈服させてやるよ。それに、今回はテルムだっているしね。

ハードボイルドで不敵な笑みを浮かべ目配せする僕に、テルムは訝《いぶか》しげな表情をした。

一体、何が起こっている？

黒ずくめの男は一人部屋の中で表情を曇らせ、襲撃の結果を思い返していた。

呪いにより呼び出されたドラゴンの群れは《止水》の力により殲滅《せんめつ》された。これは想定通りだ。

ドラゴンと言ってもピンからキリまである。宝具の力はドラゴンを呼び出せても種類は指定できない。そもそも、レベル7と8が組めばチルドラでなくても、大抵のドラゴンとはいい勝負ができる。

だからここまではいい。現れたのがチルドラゴンなどという珍しい種だったことには驚いたし、予想以上に大量にやってきたのには驚いた。騎士団に死者が一人も出なかったのは想定外だったが、ここまではいい。正体不明と言われる《千変万化》の力の一端が見られたのはむしろ僥倖《ぎょうこう》だろう。

だが、そこから先の流れは予想外だった。なんと、あの《千変万化》が旅の続行を進言したのだ。

あまりにも意味がわからなかった。今護衛しているのは大国の皇帝である。普通このようなアクシデントが起これば、旅を中止するのは当然だ。フランツや《止水》の判断は当然だし、男も当然、旅はここまでだと思っていた。レベル８にも認定された男がそのような事を理解できないわけがない。だが、あの《千変万化》が、それを止めた。ドラゴンが襲来したというのに、襲来前と態度が変わらなかった。果たしてそれは己の力に余程自信があるのか、あるいは――。

男の脳裏に、先程、襲撃を防いだ時の《千変万化》の仕草が蘇《よみが》る。

一瞬だった。恐らく、仲間は気づいていないだろう。

《千変万化》は襲撃を見て、それらを防いで――遠くで様子を窺っていた男に、親指を立てたのだ。

まるで、いい仕事をしたとでも言うかのように。

チルドラの猛攻を受けながらも潜伏を見破る眼力もさすがの一言だが、意味がわからない。

計画に変更はない。護衛の続行はむしろ男にとって都合がいいとすら言える。帝都の中での皇帝の護衛は完璧だ。堅牢な城の中で、自身も高い剣の腕前を持つラドリックを殺すのはかなり難しい。

護衛の薄い外ならば、竜を呼び寄せる常識外の力を使える男ならば、その目もある。

計画は急ぎではない。少しでもゼブルディアの力を削《そ》げれば御の字だと思っていた。

だが、あまりにも不気味だった。状況は完全に男にとって都合のいい方向に進んでいる。

殺してくれと言っているようなものだ。

…………何を考えている、《千変万化》。

これまで様々な困難な任務をこなしてきた。任務が失敗した事もあるし、危うく殺されそうになった事もある。だが、こんなに動揺したのは久しぶりだ。

《千変万化》は、ドラゴンはもう出ないと言った。それは、間違いだ。

確かに、『叛竜の証《レベリオン・スフィア》』は大量の魔力《マナ》を使うし、どれだけの連続使用に耐えられるのかもわからない。

だが、この程度で引く理由にはならない。男は頭を抱えると、平静を保つべく小さく呟いた。

いつも通りだ。いつも通り目的だけを考え、忠実に任務を実行すればいい。


「ヨワニンゲン、お前、何を考えてるんだ、です！　私は同じクランメンバーなんだからちゃんと話し合うべきだろ、ですッ！」

「まぁまぁ、落ち着いて」

「お、ま、け、に……ッ！　なんでまた私の馬に乗ってるんだ、ですッ！　降りろ、ですッ！」

「まぁまぁ……」

ドラゴン襲撃から一夜が明け、街を出る。クリュスの後ろにしがみつき、隊列の殿《しんがり》を務める。

周りを警戒しているせいか、馬車の動きは昨日と比べて少しだけ遅かった。

昨日あんな事があったとは思えないくらい、いい天気だ。馬も気持ちよさそうにパカパカしている。

とても快適だった。シトリー、こういうのでいいんだよ。……そういえば、以前ティノも白いカラス云々《うんぬん》言っていたが、つまり……そういうことだろうか？　今度しっかり言い聞かせなくては。

今日はテルムを先頭に配置してみた。実力が高いのは知っていたが、テルムは予想以上に強かった。昨日見せた攻撃魔法は並大抵のレベルではない。もしかしたらルシアよりも強いかもしれない。

何が現れようが、《止水》がいれば護衛依頼は安泰だ。今度《深淵火滅》にお礼を言いに行かないと。

「大体、チルドラの弱点、火じゃなかったぞ、ですッ！　私を馬鹿にしているのか、ですッ！」

「まぁまぁ……」

「ッ……なんでヨワニンゲンは、そんなにやる気ないんだ、ですッ！　もうちょっと、あの障壁を張った時みたいに真面目にしろ、ですッ！　そうすれば私だって――」

うんうん、そうだね。クリュスのお説教をＢＧＭに、僕は大きく欠伸をする。

昨日の今日だが、僕は完全にリラックスしていた。強力な護衛と一緒にやる護衛依頼ほど、楽なものはない。こんな働き方であんな素晴らしい絨毯を貰ってしまっていいのだろうか。

今日も絨毯は馬の後ろをふわふわ飛んでいる。人が乗らなければ大人しい奴なのだ。

クリュスのお腹にしっかり腕を回し、なんとなく後ろを向く。――そして、凍りついた。

さっきまで後ろを飛んでいたはずの絨毯が――いない。見渡す限りどこにもいない。

慌ててクリュスのお腹を強く抱きしめる。

「くりゅ……くりゅす、止めてッ！　ちょっと止めて！」

「ひゃ……な、どうした、ヨワニンゲンッ！」

クリュスが慌てたように馬を止める。僕は馬から苦労して飛び降り、目を凝らした。

せっかく手に入れた絨毯が、いない！　どこにもいない！　まだまともに乗れていないのにッ！

絨毯は宝具である。いくら暴れん坊でも逃亡したりはしないだろう。宝具とはそういうものだ。

となると、考えられる線はただ一つである。きっと……チャージが切れたのだ。結界指《セーフ・リング》はチャージしてもらったのだが、ごたごたしていたので絨毯をチャージしてもらうのを忘れていた。

馬車は僕達を置いてどんどん先に進んでいる。殿の僕達が止まったことに気づいていないらしい。

少しくらい……少しくらいなら、僕達が抜けても護衛は問題ないだろう。僕は戦力外だし、一番強いテルムはついていている。僕は即座に決断を下した。

「クリュス、戻るよ」

「!? はぁ？ 何言ってるんだ、ですッ！ 護衛はどうするつもりだ、ですッ！」

絨毯を捜しに行くのだ！ 大事な絨毯なのだ！ 落としたのはそう遠くではないはずだ。きっと、絶対に見つかるはずだッ！ 大丈夫、すぐに見つけて戻るからッ！ 今日は馬車もゆっくり走ってるから、後からでも追いつけるッ！ 絨毯をなくしたらこんな護衛を受けた意味がないではないかッ！

「うーん。よくわからないが、悪くない修行だ。冒険はこうじゃなくちゃいけない」

「ルークちゃんは気楽ねぇ……」

赤髪の剣士《ソードマン》、ルーク・サイコルはにやりと笑みを浮かべ、腰から慣れた動作で一振りの剣を抜いた。刃渡り一メートルほどの取り回しのいい直剣だ。刃幅は広く、しかしその剣の最大の特徴を述べるならば、その剣が柄《つか》から剣身に至るまで木でできている点になるだろう。当然、刃もついていない。

だが、ルークは木製故に非常に軽い剣を自信満々に持ち上げ、天に向ける。

雲一つない蒼穹《そうきゅう》。剣の先、遥か上空に小さな影があった。

竜だ。深い緑色の体表をした一般的なグリーンドラゴン。もちろん、一般的だとは言ってもドラゴンの成体であり、討伐適性レベルは6を越える。こちらに興味の欠片もなくまるで何かに急かされるように飛行する竜に、ルシアは不服そうな表情でため息をついた。

「しかし、こんなに沢山竜が出るなんて……やはり何かに干渉されていますね」

「この辺にはグリーンドラゴンは生息していないはずなので、遠くから飛んできたのかと……」

竜種は一部を除いて優れた飛行能力を持っている。それもまたドラゴンが最強とされる理由の一つでもあるのだが、時に音速をも超える竜の移動速度にただの人間が追いつく術《すべ》はない。

兄の肩の上で足をぶらぶらさせていたリィズが肩を竦める。修羅場が大好きなリィズも、呆れ顔だ。

「これで何匹目？　多すぎない？　どうやって集めてるの？」

「さぁ。竜には魔物寄せもあまり効かないし、可能性があるのは『宝具』……くらい？」

空を飛ぶ竜を発見したというのに、その間に緊張感はなかった。

前日同様、露払いをしながら先行すること数時間、既にシトリー達は五匹の竜と遭遇していた。

『狐』……ねぇ」

「クライさんが竜はもういらないって言ってたから……」

呟く姉をスルーし、シトリーがルークを見る。その言葉に、ルークが大きく頷いた。

「俺の剣技を受けてみろッ！　うおおおおおおおおおおおッ！　ルーク流、飛剣『流閃《りゅうせん》』ッ！」

ルークが咆哮する。竜もかくやという速度で踏み込むと、そのまま手に持った木剣をぶん投げた。

リィズの、剣士《ソードマン》が剣投げるっておかしくない？　という言葉を無視し、剣は真っ直ぐに飛んだ。

その様はまるで流れ星のようだった。その速度は落ちることなく、高速で移動するグリーンドラゴンを追うように飛ぶと、そこに到達する前に真っ赤に燃え尽きる。ルークはその場に崩れ落ちた。

「くそおおおおおおおッ！　また燃え尽きた。俺に何が足りないんだッ！　ルシア、次の剣だッ！」

「んー……気合が足りないんじゃない？」

「うむうむ」

「適当な事言わないで……『ヘイルストーム』！」

ルシアの手の平に小さな旋風が発生する。きらきらした氷の粒を含んだ旋風は術式に従い瞬く間に成長し、天高く昇るほどの巨大な竜巻と化した。

自然を操る魔術は大規模なものが多い。ルシアが特に得意としているのは氷の魔法だ。

生み出された氷の嵐は竜の飛行速度を超える勢いで広がり、辺り一帯を蹂躙《じゅうりん》する。ほどなくして、轟音が辺りを揺らした。全身を嵐でずたずたにされたグリーンドラゴンが地面に激突したのだ。

「…………楽な仕事ねえ」

「あまり強い竜は呼び寄せられないみたいですね」

「素材はどうします？」

「んー、放置で。もったいないけど、さすがに持ち運べないし」

「俺は楽しいからいいけど、いくらドラゴンでもこんなに沢山現れるとありがたみがないな。剣も持ってねえし、一匹ずつじゃなくて、来るなら一気に来ればいいのに」

「うむ」

ドラゴンは全身が貴重な素材だが、運んでいる余裕はない。後ろ髪を引かれているような表情で竜の死骸を眺めるシトリーに、リィズが肩の上から声をかけた。

「シトぉ、なんか向こうから魔物の群れがいっぱい来るけど、どうする？」

「魔物の群れ？　竜？」

リィズが目を凝らし、報告する。亜人系の魔物に魔獣が、泡を食ったように逃げていた。

「んー……陸竜《ランドドラゴン》、かな？　魔物の群れの方は、オークにゴブリンに……色々！」

陸竜は珍しい飛べない竜だ。翼は退化しているがその代わりに身体は大きめでその一撃も重い。追われているのは土着の魔物達だろう。ドラゴンと魔物は決して共生関係になく、その場所の生態系の頂点に立っているドラゴンは人以外にとっても天敵である。

「よっしゃ、今度は剣が届くな。俺が……斬るッ！」

ルシアに新しく出してもらった木剣を手に、ルークが腕まくりをする。魔物の群れは止まることなく一直線にルーク達の方――正確に言うと、後から来るはずの皇帝一行の方に向かっていた。

と、そこで思案げな表情をしていたシトリーがぱんと手を打ち、言った。

「ルークさん、ドラゴンだけ斬ってください。魔物は斬らない方向で」

「ん？　ああ？　なんでだよ」

「クライさんはドラゴン『は』いらないと言いましたが、魔物はいらないと言われていません」

わざわざドラゴンは、などと言うのだ。ドラゴン以外は欲しいという事だろう。

以心伝心。付き合いの長いシトリーにはわかる。

にこやかなシトリーの言葉に、ルークは目を見開くと、納得したように大きく頷いた。

「…………なるほど、わかった。おっけー。斬り分ければいいんだな？　竜だけ、斬る。わかった。大丈夫、竜だけだな。斬るのは竜だけ……うん、いい修行だ、腕が鳴るぜ」


おかしい……呪いはたしかに成立したはずなのに、竜が来ない。

護衛の馬車に交じり行軍しながら、男は奇妙な状況に眉を顰めた。

護衛の旅は平穏そのものだった。空には雲一つなく、竜の姿は欠片も見えない。

昨日の出来事も男にとっては想定外だったが、竜が襲ってこないというのは初めての経験だった。

宝具は竜を呼び寄せるだけ、襲撃にはいつもタイムラグがあるが今回は遅すぎる。

動揺を表に出すわけにはいかなかった。皇帝一行は今、昨日の件によりナーバスになっている。内部に裏切り者がいる可能性も考えているだろう。そもそも、呪いの結果を確かめる術もない。

近くに《千変万化》はいなかった。自ら殿を務める事を進言し皇帝の乗る馬車と距離を取ったのだ。

思考がさっぱりわからなかった。護衛ならば皇帝の側につくのが当然である。周りは騎士団が守っているので至近距離というわけにはいかないだろうが、自ら後ろに下がる意味が全くわからない。

今、皇帝は無防備だ。周りの無能な騎士団は男が敵である事に気づいていない。

宝具なしでも男は戦える。衝動的に行動したりはしないが、命をかければ皇帝の暗殺も不可能ではないだろう。護衛達の中で男が純粋な戦闘能力で確実に敵《かな》わないのは《止水》と《千変万化》だけだ。

懸念点は神算鬼謀で知られる《千変万化》の行動だけだ。彼の行動は端的に言って、怪しすぎる。

と、その時、ふと先行していた偵察の兵から大声があがった。

「魔物だッ！　魔物の群れが来るぞッ！　凄い数だ、総員、警戒しろッ！　馬車を守れッ！」

!?　なん……だと!?

ありえない。呪いは竜しか吸い寄せないはずなのだ。これは、男の仕業ではない。

とっさに後ろを確認する。殿を務めているはずのあの男の姿は影も形もなかった。


「全く、ヨワニンゲンには呆れてものも言えない、ですッ！　何を考えてるんだ、ですッ！　ルシアさんにいつも迷惑かけるのやめろ、ですッ！」

「ごめんごめん……」

魔力《マナ》切れでただの絨毯になってしまった暴れん坊絨毯をしっかり抱きしめ、謝罪する。

今回の件は僕に完全な非があった。自走型宝具のチャージに気を使うなんて宝具を使う者として当然の心構えなのにそれを忘れるなんて、マーチスさんが知ったら真っ赤な顔で説教してくるだろう。

「必死に訴えるから付き合ったのに……絨毯落としたってなんだ！　私が馬鹿みたいだろ、ですッ！」

「面目ない……」

「笑顔で言うな、ですッ！　こうしている間に護衛で何か起こってたらどうするつもりだ、ですッ！」

いや、だってしっかり絨毯は見つかったのだ。そりゃ笑顔にもなる。とても申し訳ないのだが、多分同じ状況に陥ったらまた戻ると思うよ。だって僕がいたってどうせ護衛の役に立たないし……。

シトリーにも竜を送ってくるなって伝えたわけで、そもそも竜に襲われるなんて稀なわけで……もしも仮にそんな事が何度も立て続けに起こるのならば、きっと皇帝陛下は呪われている。

「大丈夫だよ、何も起こらないって……」

そんな事を話しながら意気揚々と馬車を追う事十数分。ようやく馬車に追いつく。

――僕達の視界に入ってきたのは無数の魔物の死骸に囲まれた馬車だった。

フランツさんが僕達に気づき、鬼のような形相で睨みつけてくる。どうやら何かが起こったらしい。

僕がいなくてセーフと言うべきか、見た通りアウトと言うべきか。

謝罪は得意だが、依頼人から見ればこれは最悪だ。僕達は何も言わずに護衛対象から離れ、その最中に護衛対象が襲われたのだ。レベルダウンもありうる信用失墜である。

さすがのクリュスの表情も強張《こわば》っていた。全員で抜けたわけではないが、今回のリーダーは僕である、言い訳も厳しい。正直に絨毯を落としたので取りに戻りましたなどと言ったら斬り殺されそうだ。

テルムが眉を顰めている。ケチャチャッカも心なしかその表情が曇っているようにも見えた。

落ち着け、落ち着くんだ、クライ・アンドリヒ。こういう時は焦ってはいけない。冷静に、冷静に対応するんだ。これまで様々な修羅場を乗り越えてきたのだ、今回もきっとうまくいくはずだ。

緊張に身を硬くしているクリュスの背中を軽く叩き馬を降りる。こんな状況でも僕は快適だ。

「負傷者は出た？」

「ッ……どの口がッ…………出て、いないッ」

フランツさんは頭に血が上り顔が真っ赤になっていたが、荒く数度深呼吸をすると、短く答えた。

……貴族なのに意外と冷静だな。相手が普通の貴族なら怒鳴られるところだ。

しかし、負傷者は出ていなかった、か。よく見ると破壊の跡は圧倒的だ。そりゃ、チルドラの大群を一瞬で殲滅できる魔導師《マギ》がいるのだから、普通の魔物の群れなど大した相手ではないだろう。

良くないが、良かった。これならまだ許される可能性もある……ような気がする。無理かな？

もう勝手に護衛の場を離れたりはしないので許してください。

フランツさんが荒々しい足取りで僕の目の前に出る。非難の視線が集中している。

一言一言、まるで恫喝《どうかつ》でもするかのように強い語気で、フランツさんが言った。

「今すぐにでも問い詰めたいがッ！　あいにく、今は、道の、ど真ん中で、止まっている場合ではないッ！　陛下の安全が最優先だッ！　だが、話は、街に着いた後、じっくり聞かせて貰うぞッ！」

さて、どうしたものか……。

「どうするつもりだ、ヨワニンゲン、です。権力にも護衛にも興味なんてないが、護衛を途中で首になるなど、誇りある精霊人《ノウブル》として許されないぞ、です」

「うーん……」

まだなんとか馬に乗せてくれたクリュスが、小さな声で責めてくる。

正直、どうしようもない。テルムを選んだのは僕だし、そのおかげでチルドラの群れを殲滅できたのだから投獄される事はないと思うけど、僕の名誉は著しく貶《おとし》められるだろう。まぁ、名誉なんてぶっちゃけどうでもいいし（《嘆きの亡霊《ストレンジ・グリーフ》》にもあまり名誉欲を持っているメンバーはいないし）、レベルが下がるのは逆に望むところなのだが、問題は――。

……絨毯、取り上げられるかなあ？　買い取れたりはしない？

「ああ、ルシアさんから、ヨワニンゲンの事をよろしくと任せられていたのに……」

クリュスが弱々しい声をあげる。その芸術品のように形の良い目の端には涙が浮かんでいた。

「だ、大丈夫だよ。クリュスは僕が無理やり連れていっただけだ。僕がフォローするから」

「……ヨワニンゲンは、黙ってろ、ですッ！」

「…………はい」

後ろには近衛から割かれた数人が僕達を見張るかのようについていた。もう持ち場を離れるつもりはないのに、信頼が底をついている。快適な休暇《パーフェクト・バケーション》が有用な宝具に見えないのもあるだろうが、思い返せば思い返すほど問題ばかりであった。僕は手を抜いたつもりなどないのだが、何も言えない。

素直に降参した方が良いかもしれない。

一刻一刻と処刑の時を待つような気分でいると、順調に進んでいた馬車が不意に停止した。

また襲撃か!?　何回襲われるんだよ。本当に皇帝陛下は呪われているんじゃないだろうか。

こんな事なら依頼を断れば良かっ…………絨毯は欲しい……。

「さ、さっさと、降りろ、ですッ！　ヨワニンゲンッ！」

どうやら襲撃ではなかったらしく、戦闘の音などは聞こえてこない。

皇帝の馬車の周囲を守っていたフランツさんが、こちらにやってくる。

先程までのように怒りこそ浮かんでいないが、その表情は険しい。

「ドラゴンの死骸だ。明らかに何者かに落とされた跡がある」

「……ドラゴン、出すぎじゃない？　いつから帝国は竜の国になったんだよ。本拠地変えようかな」

「…………ッ……見解を、聞かせて欲しい、と、陛下からの命令だ」

「えぇ……僕は専門家じゃないんだけど」

「いいから、来いッ！」

レベル8の信用力、やばいな。世間のレベル8は皆こんな扱いを受けているのだろうか。

引きずられるようにして前に行く。ドラゴンの死骸は道のど真ん中に鎮座していた。緑色の体皮が特徴のグリーンドラゴンだ。随分昔の話だが、《嘆きの亡霊》が最初に倒したドラゴンである。

大きさは特製の馬車よりも三回りは大きいが、今その強固な体皮はずたずたになり、大きな翼も千切れかけている。テルムが体皮に触れ、眉を顰めている。フランツさんが言った。

「ハンターが倒したにしては死骸がそのままだ。魔獣の仕業か？」

「殺されてからそれほど経っていない。恐らく氷の魔術によるものだ。しかも飛行中にやられている」

「高い耐久を誇るドラゴンを一方的に殺せるような氷魔法なんてあるわけがない……と言いたいところだが、大気に大規模な魔術を使われた痕跡がある、です。人の手によるものだろう、です」

「けけ……けけけけ……」

テルムとクリュスの冷静な判断。すごいな……これがハンターか。大気に残る魔術が使われた痕跡って、何？　何が見えてるの？　僕にはこれがドラゴンの死体ということくらいしかわからない。

腕を組み、感心にうんうん頷いていた僕を、フランツさんが睨みつけた。

「で、貴様の見解は？」

「うーん……まぁ、なんというか……これは気にする必要はないよ」

「何!?」

見る目はないが、やはり今回も僕は彼らが持っていない情報を持っている。これはルシアの魔法だ。

僕の妹、ルシア・ロジェが得意とするのは広範囲を対象とした攻撃魔法である。

《嘆きの亡霊《ストレンジ・グリーフ》》にも役割分担というものがある。これまで僕達は度々大量の魔物や幻獣に包囲されてきた。そういった時の迎撃担当が《万象自在《ばんしょうじざい》》のルシアなのだ。その攻撃範囲はルシアの成長に従い拡張の一途をたどり、町一つを蛙に変えた事からもわかるが、今では凄まじい範囲を誇っている。

氷の魔法はルシアが特に好んで使う魔法だし、間違いないだろう（ルシアが冷気で相手の動きを鈍らせ、ルーク達攻撃力の高いメンバーがトドメを刺すのが最近の戦法らしい）。

シトリー達は先行していたのか……ふん。どうやらこの兄が心配で心配で仕方ないようだな。

あまりの情けなさにハードボイルドになる（？）僕に、フランツさんが詰め寄ってきた。

「まさか、これは、貴様の仕業か……!?」

そんなわけがない。一体フランツさんは僕を何だと思っているのか？

ほとんどずっと一緒にいた僕がどうやって遠くに離れた竜を殺せるというのか？

テルムが僕を胡散臭《うさんくさ》いものでも見るような目で見ている。だが、そこで僕に天啓が舞い降りた。

これはもしや……僕達が離れていた言い訳になる？　嘘をつく事になってしまうが、《嘆きの亡霊》のリーダーは一応僕なのだから、その力は僕の力と言っても過言ではない、と、思う？

「……………ま、まぁ、当たらずとも遠からずというか……」

「はっきりしろ！」

「ヨワニンゲンは、ずっと私と一緒にいて、何もしていないぞ、です」

言葉遣いとは裏腹に真面目なクリュスが逆フォローする。

まぁそうなんだけど。そうなんだけどさ！

クリュスは正直者だな。僕は情けない笑みを浮かべると、肩を竦めてみせた。

「とりあえず、この死骸は大したことじゃないから、気にする必要はない。どっちにしろ、もう死んでるんだし、さっさと街まで急いだ方がいいよ」

——だが、ドラゴンの死骸は行く先々で見つかった。もはやドラゴンの見本市である。

あまりに尋常ではない状況に僕は苦笑いを浮かべる事しかできなかった。

斬り殺された魔物達と真っ二つにされた陸竜（多分、ルークの仕業）。

ほとんど傷跡が残っていないのに死んでいるレッドドラゴン（多分、シトリーの仕業）。

首を力ずくでねじ切られた飛竜《ワイバーン》（多分、アンセムとリィズの仕業）。

凄惨な現場に、フランツさんを始めとしたプライドの高い近衛騎士団の面々も青ざめている。

テルムはさすがの余裕だが、明らかに何か言いたげだ。もしかしたら僕の仲間達がこれをやっている事に感づいたのかもしれない。大丈夫、心配ないよ……やったのは僕の幼馴染達だから。

しかしこれだけの竜が現れるなんて、真面目にこの国と距離を取った方がいいのかもしれないな。


「ハンター達を……側に置く、と？」

フランツ・アーグマンは、ラドリックの言葉に思わず表情を強張らせた。

それは、これまで経験した中で最も異常な護衛任務だった。『狐』による襲撃に、ドラゴンの群れ、魔物の群れに、理解不能な死に方をした竜。本日はなんとか乗り切ったが、騎士団も疲弊している。

ラドリックの表情は平時と変わらず精悍《せいかん》で疲労のようなものは見られなかった。だが、それは表に出していないだけで、大国を背負う者としての心労はフランツとは比べ物にならないだろう。

屈辱だった。皇帝の護衛は長く第零騎士団の仕事だ。その役目を他の誰かに譲った事はない。

だが、皇帝陛下がそう命じてくる理由もわかる。近衛は精鋭ばかりだが、《止水》の力はそれとは一線を画していた。恐らくレベル6のケチャチャッカや、クリュスについても、近衛の魔導師《マギ》よりも優秀である可能性が高い。チルドラの群れは間違いなくその力なしでは乗り切れない災害だった。

「陛下のお言葉も、もっともです。《止水》は強い。実績もあります。……しかし、《千変万化》の、あの男の行動は、明らかに不自然です。あの者達を側に置くのは早計、かと」

問題は、《千変万化》だ。レベル8だ。その能力が隔絶しているのは想像に難くないが、動きがあまりにも理解できない。これまでフランツは様々な傍若無人なハンター達を見てきたが、それらハンター達とも何かが違う。本音を言うのならば、普段ならば絶対に同行させないようなメンバーだ。

しかもあの男にはクランメンバーに試練を与えて喜んでいるという噂もある。

「確かに、な。しかしあの男の無実は真実の涙《トゥルー・ティアーズ》で保証されている」

この襲撃が全て『狐』の仕業だと仮定すると、旅程が全て読まれている事になる。内部に裏切り者がいる可能性が高い。そして、そうなった時、この場にいるメンバーで無実が証明されているのはフランツと《千変万化》だけだ。奇しくもあの男はフランツが最も信用できる人間でもあるのだ。

ドラゴンの死骸を見つけた時の《千変万化》の態度は落ち着いていた。《止水》ですら顔を顰めたその状況に、不思議な納得を示していた。手法は不明だし本人も明言していないが、《千変万化》が何らかの力でドラゴンを倒したとすれば、怒りに任せてあの掴みどころのない男を護衛から外すのは危険すぎる。

プライドを優先し皇帝を危険に晒《さら》すなど、皇帝の身を守護する第零騎士団の団長としてあるまじき判断だ。近くに置くことで、フランツがその目で動向を監視する事もできる。表向きはそういう形にすれば、部下達も納得できるだろう。

ラドリック・アトルム・ゼブルディアの瞳は透明で、まるで心を見透かしているかのようだった。

優先すべきは皇帝の安全だ。顔が強張るのを抑え切れなかったが、感情を殺し、フランツは答えた。

「ッ…………御心のままに」

宿の一室。これまでの状況を改めて精査しまとめたテルム・アポクリスは苦々しげな表情で結論を下した。これまでは半信半疑だったが、状況がそれを示している。

《千変万化》は十中八九、『九尾の影狐《ナインテイル・シャドウフォックス》』の一員。それも恐らくはかなり上位のメンバーだ。

どうやって真実の涙《トゥルー・ティアーズ》を欺いたのかは不明だが…………確認しなくては。

第四章　深淵鍋とお化け部隊

重い身体を引きずり、フランツさんの呼び出しから戻ると、いきなり絨毯《じゅうたん》が飛びかかってきた。チャージされ、元気いっぱいにぺしぺししてくる絨毯を暖簾《のれん》のようにくぐり中に入る。

部屋ではクリュスが他の宝具のチャージをしながら待っていた。いやいやながらもチャージしてくれるのは、ルシアから頼まれているかららしい。理由は何であれ、とてもありがたい。

呼び出しの結果を聞いたクリュスは、目を丸くして不思議そうな声をあげた。

「……はぁ？　一体どうしてこの流れでそうなるんだ、ですか？」

「そんなの僕が聞きたいよ」

「何をしたんだ、ヨワニンゲン、です」

「……強いて言うなら何もしていないをしている」

「ヨワニンゲン、お前本当いい加減にしろ、です！」

護衛を途中で抜け出し、絨毯を拾いに行った結果、僕達は明日から皇帝陛下のお側で護衛をすることになった。……言っていて自分でも思うんだが、さっぱり意味がわからない。フランツさんから伝えられた時に思わず「は？　何言っているの？」と言ってしまったくらいだ。凄く怒っていた。

だが、僕の行為は信頼が失墜し即座に首になってもおかしくないものだったのだ。僕が相手の正気を疑うのも仕方がないと言えよう。もしかしたら、信頼のおけない僕を側に置くことで皇帝陛下の目に入りやすくして、何か次にミスしたら首を斬るつもりとかだろうか？　だが、それは皇帝陛下の立場を利用するという事である。それは良くない……それは良くないよ。不敬だよ。やめなよ。

もう、おうちに帰りたい……。まだ二日しか過ぎていないなんて、嘘だろ？　僕はメインの護衛は騎士団がやるという前提条件で動いていたのだ。皇帝の側で護衛とか、話が違う。

だが、とても断る事はできなかった。詰んでいた。

呪われている皇帝陛下と運の悪い僕を組み合わせたらどうなってしまうのでしょうか。

「ほら、宝具のチャージ、終わったぞ、です。他にはないな？　です」

「あ、これもお願いできる？」

チャージの切れた結界指《セーフ・リング》を三つ取り出す。クリュスはそれを見てあからさまに顔を顰《しか》めた。

「げ……ま、またそのやたら魔力《マナ》を食う宝具……ヨワニンゲン、その宝具いつ使ってるんだ、です！」

「あはははは……」

空笑いする事しかできない。フランツさんからの呼び出しを終えて外に出た後、衝動的に壁に頭を打ち付けてしまったのだ。三回打ち付けたから三つ消費したのだ！　です……。

「さぁ、ここからが本番だ……万全な態勢でいかないと……クリュスにも働いてもらうよ」

「ふ、ふん……言われるまでもない、です！　だが、断じてヨワニンゲンのために働いているわけではない事を、覚えておけ、ですッ！　ラピスの命令だから、仕方なく働いてやるんだ、ですッ！」

「うんうん、そうだね……」

よく考えてみると、テルムは《深淵火滅《しんえんかめつ》》の命令だし、キルナイトはシトリーが預けてきた者だ。純粋に自分から僕の味方をしてくれるのはケチャチャッカだけか……変な名前だから入れようとか思ってごめん。普通に強いみたいだし、頼りにさせていただきます。

そうだ、テルム達にも皇帝陛下の近くでの護衛を押し付けられたと連絡しておかないと……。

僕と呪われし皇帝陛下の相乗効果で、きっと明日から酷《ひど》い目に遭うだろう。

だが、僕にはどうしようもない。僕は捨《す》て鉢《ばち》な気分で、眠くもないのに大きく欠伸《あくび》をした。

未だかつて体験したことのない地獄の護衛依頼が（きっと）始まる。


これまで様々な任務を受けてきたが、今回の件は初めてのパターンだった。

もはや何がどうなっているのか全く理解できなかった。

大量の魔物の群れに襲われた点。恐らく男の呪いに吸い寄せられたのであろう竜の死骸が幾つも見つかった点。本来ならばそのどれもが任務中断を決意させるレベルの想定外である。

だがそれでも、状況は男にとって極めて好都合な方向に転んでいた。

男の想定していた最良のパターン以上に好都合な方向に、である。

これまではターゲットの近くは近衛が常に固めていた。いついかなる時もその重要な任務が他人に任される事はなかった。だが、何ということだろうか……明日からは近衛に交じり、すぐ近くで護衛することになったと連絡が来たのだ。こうも意味不明だと、さすがの男でも冷静ではいられない。

最初に連絡が来た時は耳を疑った。《千変万化《せんぺんばんか》》の行動はあまりにも不可思議だった。護衛を放り出してどこかに行き、おまけに言い訳すらしないなど、おおよそハンターのするべきことではない。

外される、と思った。元々部外者なハンターが信頼を失う行為をしたのだから。そして、その状況に柄にもなく男は少しだけほっとしたのだ。これでこの任務から引き上げられる、と。

だが、実際に齎《もたら》された結果は予想と真逆だった。

《千変万化》は馬鹿なのか……？　被ったフードの中、眉を顰《ひそ》める。

これまで行動を見てきたが、神算鬼謀の噂がなければ仮想敵から除いているところである。

近くで護衛できるのならば、皇帝の暗殺に宝具を使う必要すらない。いくら周りを固めても、その内側からの攻撃に全く隙を見せないなどありえない。折を見て暗殺して逃げればいいだけだ。そして、それだけの力が男にはある。元々、男の得意とする呪術は暗殺に特化している。

《千変万化》はまだ男の正体に気づいていない。うまくいけば守りの隙間を抜けて暗殺、気づかれる前に逃げることも不可能ではないはずだ。唯一、問題なのは――キルナイトだった。

護衛ハンターの中で唯一純粋な近接戦闘職にして、《千変万化》が連れてきた正体不明の存在である。

男は有名なハンターの名は大体覚えているが、キルナイト・バージョンアルファの名は聞いたことがない。というか、名前の時点で偽名の可能性がかなり高いが、問題なのはキルナイトが戦士として、チルドラゴンを容易《たやす》く斬り払えるほどの凄腕だという事だ。魔導師《マギ》の攻撃魔法には一瞬のラグが存在するが、優れた近接戦闘職はその間に数撃を繰り出すことができる。

皇帝ラドリックは結界指《セーフリング》を持っている。殺すには二撃が必要だ。一撃ならばまだしも、キルナイトの側で二撃与えるのは限りなく不可能に近いと言わざるを得ない。

一人計画を練っていると、ふと扉の向こうから小さなノックの音がした。返事をする前に扉が開く。

現れたのは背筋がぴんと伸びた老齢の魔導師《マギ》だった。

オールバックにまとめた灰色の髪に、両腕につけられた、杖代わりの魔法の腕輪。《止水《しすい》》のテルム・アポクリス。水属性という地味に見られがちな魔法を極限まで極めた、帝都でも屈指の使い手だ。その実力はかの《深淵火滅》とほとんど変わらないとも言う。

だが、その表情は普段と異なり、険しかった。眉を顰め一度周囲を確認すると、小声で男に言う。

「ケチャ……急な話だが――《千変万化》は、『狐』の構成員の可能性がある」

その言葉は、男――ケチャチャッカ・ムンクにとって予想だにしていなかった言葉だった。

まるで落雷に打たれたかのような衝撃だった。思わず目を見開き、小さく疑問の声をあげる。

「けけ……？」

「驚いたか……ああ、馬鹿げた事を言っている自覚はある。だが、これまでの不自然な挙動、状況を考えると、そうとしか思えん。恐らく《千変万化》の連れてきたキルナイトという男もその手先だ。もっと早く気づくべきだった、あからさまに怪しすぎて逆に気づかなかった。『きるきる』と鳴きながら魔物の群れに突っ込みぶった斬る奴がまともなわけがないッ！」

極めて真剣なテルム・アポクリスの目に、ケチャチャッカは何も言う事ができなかった。

「そもそも《嘆きの亡霊《ストレンジ・グリーフ》》は『蛇』を潰している。あの、『狐』の仇敵《きゅうてき》だった『蛇』を、だ。この意味がわかるな？」

これは…………計画の変更が必要だ。

この世界には幾つかの都市伝説めいた脅威が存在する。どこにでもいてどこにもいない存在が不確かな猫の幻影《ファントム》に、どんな翼でもたどり着けない空の彼方から襲撃する『星の魔王』、散歩していたらいきなり襲いかかってくる秘密組織に、生きるだけで周りに不幸を振りまく男。僕がかつて出会った放浪する宝物殿——常に動き続けるが故に、滅多に遭遇しないが故に、そして遭遇しての生存者がほとんどいない故にレベルすらつけられない【迷い宿】もそういった本来ありえない存在の一つだった。

神に近しい力を持っていた。だが、何よりもその宝物殿は奇怪だった。

僕の危機感が麻痺しているとするのならば、それは恐らくその宝物殿と遭遇してしまった時からだ。

僕達はその宝物殿を攻略できなかった。その宝物殿の主はあまりにも強大で、そして僕達は未熟だった。いや、たとえあの時の僕達が今と同等の力を持っていたとしても攻略は絶望的だっただろう。

宝物殿の核——溜め込んだ桁外れのマナ・マテリアル故に、動く場所が宝物殿と化すという逆転現象を起こしていたその幻影《ファントム》は『狐』の形をしていた。

日も沈みかけたところで、今日の目的地である街にたどり着く。

皇帝陛下の側で護衛をすることになって一日、旅路は初めて順調だった。魔物が現れる事もなければ、盗賊や竜が現れる事もなかった。フランツさんもどこかほっとしたような表情をしている。

「……はぁ。今日は何も起こらなかったな、です」

「マイナスとマイナスをかけたからプラスになったのかな？」

極めて冷静に状況を見定める僕に、クリュスが声を震わせる。

「だ、大体、これまでがおかしかったんだ、ですッ！　護衛十回分の魔物は出てきたぞ、ですッ！」

「…………《星の聖雷》《スターライト》って護衛依頼とか受けられるの？」

「ぶん殴るぞ、です」

人間を小馬鹿にしているのに……まぁ皆美人だからなぁ。護衛につけたい人はいるのかもしれない。

雑事を随行しているその係の人間に任せ、フランツさんがこちらをじろりと睨《にら》む。

「ふぅ……今日は何も起こらなかったし、何も起こさなかったな」

「まだ旅程は半分もいってない。油断大敵だよ。こういう安心した時が一番危ないんだ」

「貴様に言われんでも、わかっている」

ハードボイルドな表情を作る僕に、フランツさんがむっとしたように言った。

ため息をつき、街を見回す。小さいながらも発展した街だ。ゼブルディアといっても全ての街が栄えているわけではない。恐らく、あえてそういうルートを選んでいるのだろう。そう考えると、内部犯でなくても、皇帝陛下の通り道を事前に絞り込むのは不可能ではないように思える。

柄にもなく真面目に推理していると、僕は重大な事に気づいた。街の名前が書かれた看板を見る。どこかで見た名前だと思ったがこの街……あの知る人ぞ知るアミュズナッツの名産地じゃないか？

アミュズナッツは独特の甘味のあるナッツである。とある特性がありハンターには人気がないが、アミュズナッツの入ったアミュズナッツケーキは僕の大好物の一つだ。帝都でもなかなか売っていないので最近食べていないが、せっかくここまで来たのだから久しぶりに食べたい。

もう街にたどり着いたし、護衛には《止水》とキルナイトがいる。ケチャチャッカもいる。クリュスは……僕の護衛代わりに連れていくか。僕はうきうきしながらフランツさんに確認した。

「フランツさん、ちょっと席を外しても大丈夫かな」

「ん……？　何かあるのか？」

「野暮用がね。すぐに戻ってくるから。ほら、信用できるテルムやケチャチャッカもいるし」

資金は潤沢にある。エヴァとシトリーが持たせてくれたのだ。

僕の顔を見てフランツさんはしばらく眉を顰めていたが、大きくため息をついた。

「まぁ、いいだろう。だが、すぐに戻ってこい」

「わかった。ありがとう」

「あと、そのちゃらちゃらした格好はどうにかならないのかッ！」

どうにもならないよ……ごめん。僕は快適な気分でクリュスを連れ、意気揚々と街に繰り出した。

明らかに不機嫌な精霊人《ノウブル》……クリュスを連れて、ちゃらちゃらした格好の《千変万化》がどこかに向かっていく。その様子を、ケチャチャッカはじっと観察していた。

何をするのか確認したかったが、尾行するわけにもいかなかった。レベル8に認定されたハンターを尾行するようなスキルを魔導師《マギ》のケチャチャッカは持っていない。

今日、ケチャチャッカは攻撃を仕掛けていない。様子見の必要性を感じていた。《千変万化》の『狐』疑惑。その予想は一見馬鹿げていたが、一概に笑い飛ばせるようなものでもなかった。むしろ、彼が『狐』の一員ならば、この不思議な状況にも、《千変万化》のあまりにも無様な行動にも説明がつくのだ。

「けっけえ……」

小さく声を漏らし、ケチャチャッカは目を細める。

『九尾の影狐《ナインテイル・シャドウフォックス》』――通称『狐』の根幹にあるのは徹底した秘密主義だ。構成員の一人であり、ハンター稼業の裏で数多《あまた》の敵を屠《ほふ》ってきたケチャチャッカでも組織の情報はほとんど知らない。

本拠地も、規模も、他の構成員がどのような事件に関わっているのかも、そして――上司の顔も。

狐の構成員の階位はその尾の数になぞらえてつけられている。ケチャチャッカの階位は『五本』だ。

狐にはルールがある。上位メンバーは下位メンバーの素性を知っているが、下位メンバーは上位メンバーの素性を知らないのだ。つまり、ケチャチャッカは『一本』から『五本』までのメンバーの素性はわかるが、『六本』から『九本』までのメンバーについては何も教えられていない。

今回の任務では上位メンバーからの接触を受けた。当然の義務として報告も行っているが、そのメンバーは更にその上のメンバーに報告を上げている。

ケチャチャッカの罠《わな》を《千変万化》は尽く回避した。大金を払い依頼した賊による襲撃がなかった。これも、《千変万化》が全てを把握しているのならば止める事は容易い。あの帝都を出る前の茶番は傭兵団に出した依頼をキャンセルする時間を稼ぐためだったのかもしれない。そして、それならば何もかも予想外でありながら状況がケチャチャッカに対して有利に転がっている理由も納得できる。

全ては《千変万化》がコントロールしていたのだ。魔物の襲撃も、ケチャチャッカの呼び出した竜が（恐らく《千変万化》に）殺され、それが信頼の構築に繋《つな》がり皇帝の側で護衛する事になったのも、全ては神算鬼謀によるものだとするのならば、理解できる。それは何の面識もなかったケチャチャッカが偶然、護衛に選ばれたと考えるより余程自然な話だった。そしてそれがもしも真実ならば恐ろしいほどの智謀だ。ケチャチャッカはテルムに言われるまでその可能性を全く想像すらしなかったのだ！

何より、《千変万化》の行動はあまりにも馬鹿げていた。とてもこれから皇帝の護衛をするとは思えないちゃらちゃらしたふざけた格好でやってきたり、絨毯で門に突っ込み旅程に乱れを生み出したり、護衛中に突然消えたり――慎重派な自分にはとても取れない選択肢だ。自分を殺しすぎている。

これが……上位メンバーの実力……なのか？

だが、ここに至ってまだケチャチャッカには迷いがあった。迷うほどに、《千変万化》の動きは自然で、ふざけていた。確かに可能性は高い。そしてもしもそれが真実ならば、皇帝暗殺は成功したようなものだ。今すぐにでも任務は達成できるだろう。

だが、もしも——それらが見当違いだったら？

どこからどこまでが仲間でどこからどこまでが敵なのか。テルムはキルナイトも怪しいと言っていたが、クリュスはどうなのか？　《千変万化》は名高いハンターだ。もしも狐の一員ならば、信用はその活動にも使われている事だろう。その信頼を皇帝暗殺で失墜させてしまってもいいのか？

護衛の騎士達が立ち尽くすケチャチャッカを見ている。

何にせよ、テルムは確かめる、と言った。行動を起こすのはそれを確認してからでも遅くない。

「ひっひひ……」

ケチャチャッカは小さく声を漏らすと、宿の中に入っていった。

「何かと思ったら、買い物!?　ヨワニンゲンの根性には呆れて何も言えないぞ、ですッ！」

クリュスが腕を組み、捲《まく》し立てるように言う。一方で目的の物が手に入った僕は気分が良かった。

「まぁまぁ、そんなに肩肘張ってると疲れちゃうよ」

「私の緊張を返せ！　です！　真面目にやれ、ですッ！」

部屋に戻っても、クリュスの怒りは収まらない。何故《なぜ》だろうか、見ているとほのぼのしてしまう。年上のはずだが、ルシアみたいに叱ってくるのでどうしても年下みたいな扱いをしてしまうのだ。

「緊張しすぎは良くないのは本当だよ。いざという時のために、力は抜ける時に抜くのが一流だ」

「ヨワニンゲン、お前、いつもリラックスしてるだろ、ですッ！」

甘い物を食べないから怒りっぽいんだよ。

僕は買ってきたばかりのアミュズナッツの大袋を取り出すと、中身を一粒つまんで口に入れた。ほんのり感じる独特の甘さと、煎っているわけでもないのに感じる香ばしさが癖になる。歯ごたえもいい。僕はにこにこしながらクリュスにナッツを勧めようとして、すんでの所で止めた。

アミュズナッツには副作用がある。魔力《マナ》の操作を強く阻害するのだ。食べるとしばらく魔術行使はもちろん、宝具への魔力供給もできなくなる。正確に言うのならばできなくはないのだが、嫌な痛みを感じるらしい。ハンター達がこのナッツを食べない理由だ。

まぁ僕には関係ないけどね。ぽりぽりしていると、クリュスがむっとしたように袋に手を伸ばす。

「一人で食べてないで、私にもよこせ、ですッ！　む…………人間の木の実も悪くないな、です」

止める間もなくぽりぽり頬張り、気に入ったのか目を丸くする。

……まぁ、今日はもうチャージしなくちゃならない宝具もないしいいか……。

求められるままにナッツをあげる。そんなに沢山食べると夕飯が食べられなくなるよ……。

「悪くないぞ、です……でもこの味、どこかで食べた事が…………ッう!?」

順調にぽりぽりやっていたクリュスが急に胸を押さえてうずくまった。

額に汗を浮かべながら、涙目で僕を睨みつける。

「つうッ……な、なにくわせた……です。まなのめぐりがぁ――」

「ア、アミュズナッツだけど……」

「なッ!?……くぅッ………」

クリュスがぎゅっと目を閉じ、ぷるぷる震えている。文句を言う元気もなさそうだが。伸ばした左手が力なく僕の膝を叩いていた。……どうやら精霊人《ノウブル》に食べさせてはならない物のようだな。

まぁ、死にはしないだろう。毒物とかだったらもっと大仰に騒ぐはずだ。そういえば昔、ルシアが食べた時も同じような反応をしていたな。

あと、僕が食べさせたんじゃなくて、君が勝手に食べたんだよ。

「《千変万化》、話がある」

その時、ノックの音がした。テルムの声だ。

タイミングが悪いが、もしかしたら魔法で飲料水を出してくれるかもしれない。

扉を開けると、テルムと怪しげな僕の味方、ケチャチャッカがどこか真剣な表情で入ってきた。

テルムとケチャチャッカ。なかなか奇妙な組み合わせだ。こうして並べてみると、同じ魔導師《マギ》でも、正統派なテルムと如何《いか》にも怪しげなケチャチャッカでは正反対な印象である。

だが、適当に集めたメンバーだったが、今となってはこの上なく心強い味方だ。媚《こび》を売っておこう。

またドラゴンが現れたら戦ってもらわないといけないし……。

テルムが床で胸を押さえるクリュスを見て、目を見開く。

「……何があった？」

「うん？　ああ、まぁ……ちょっと色々ね。気にする事はないよ」

いくらなんでも自らナッツを食べてお腹を壊すなんて、プライドの高い精霊人《ノウブル》には許容できまい。

クリュスは気を使った僕を涙目で睨みつけ、小さな声で呻《うめ》くように言った。

「そこの、ヨワニンゲンの、言う通りだ、です。気にするな、ですぅ」

強がるだけの元気があるならまあ大丈夫だろう。しかし、アミュズナッツを食べるとお腹を壊すなんて、魔導師《マギ》って可哀想だ。ハードボイルドな笑みを浮かべながら聞かれる前に言う。

「護衛のシフトの話？　なら、これまで通りケチャチャッカとテルムで組んでもらうつもりだけど……近衛の皆も結構やるけど、さすがに近衛だけに任せるのも不安だからなあ」

ケチャチャッカとテルムで組ませるのは極めて冷静な判断によるものである。

まず、僕は護衛中にケチャチャッカとコミュニケーションを取れる自信がない。何をするのかわからないキルナイトと組ませるのも不安である。クリュスは僕以上のコミュニケーション弱者だし、消去法でケチャチャッカをテルムに押し付けるしかないのである。闇鍋の弊害であった。

「そうだ、食べる？」

差し出したナッツの大袋に印刷された文字を見て、テルムが眉を顰め、渋い声で言う。

「…………アミュズナッツは魔力操作を阻害する。護衛中に魔導師《マギ》が食べる物ではない」

「うんうん、そうだね……」

クリュスが顔を真っ赤にし胸を押さえながら恨みがましげに僕を見上げている。僕は魔導師《マギ》ではなかったのでぽりぽりナッツを頬張った。宝具を起動するだけなら魔力《マナ》はいらないのだ。

「でも強いて言うなら、アミュズナッツの魔力阻害は頑張れば我慢できる。訓練に使えるんだよ」

って、シトリーが言っていた。ルシアも追従していた。僕がアミュズナッツを大好きなのは、当時箱で手に入れていたナッツをお腹いっぱい食べていたからでもある。

「で、シフトの話じゃないなら何か用？」

もしかしたらもうお前のようなリーダーにはついていけないみたいな話だろうか？

良かろう、ならば君がリーダーだ。

くだらない事を考えているとと、テルムは厳格な表情を作り、まるで秘密でも囁《ささや》くかのように言った。

「《千変万化》……君は『尾を持っているな？』」

「……へ？」

混乱のあまり、目を見開く。間抜けな声が出る。だが、テルムの表情は至極真剣だ。

馬鹿な……ありえない。誰にも知られていないはずだ。どこから漏れた……？

僕が尾を持っている事を知るのは同じパーティである《嘆きの亡霊《ストレンジ・グリーフ》》のメンバーだけだし、彼らが漏らすとは思えない。だが、テルムの目には強い確信があった。言い間違いでもないだろう。

本来人間の僕が尻尾なんて持っているわけがないし、誤魔化せそうにない。

人の口に戸は立てられないという事か？　もしかしたら、僕が酔っ払ってどこかで話してしまった可能性もあるが――困ったな、秘密にすると決めていたんだけど。

「クリュス、悪いけど席を外してもらえるかな。僕は大事な話があるから」

うずくまり何がなんだかわからない表情をしているクリュスに言う。

お腹が痛いところ申し訳ないが、これはクリュスが知ってはならない情報だ。

本当ならばケチャチャッカやテルムも知ってはいけない情報なんだが……。

「は……ぁ？　何を……くぅ……」

「これは……とても繊細な話なんだ。悪いね。今回のリーダーは僕だろ？　すぐに終わらせるからさ」

「うぐぅ……ルシアさんに、言いつけてやる、ですぅ……」

芋虫のような動きで外に出るクリュスを見送る。今度ナッツじゃない甘いものを買ってあげよう。

僕は大きく深呼吸をすると、テルムとケチャチャッカを見た。

『尾』。それは、正確に言うと尾ではなく、生きたマナ・マテリアルの塊である。

僕達はかつて【迷い宿】に遭遇し抵抗する余地なく降参したが、決して何も持ち帰れなかったわけではない。たった一つだけ、持ち帰った……というか、押し付けられた物があった。

尻尾だ。【迷い宿】からの帰還者の証《あかし》として、化け狐に生えた十三ある尻尾の内、最後の尾を貰ったのだ。そして、僕達はその押し付けられ持ち帰ったボスの一部、切り離されて数年経った今も消える気配のないその危険な魔力《マナ》の塊を『神狐《しんこ》の終尾《しゅうび》』と呼んでいた。


間違いない、狐の構成員だ。ケチャチャッカは《千変万化》の反応に、それを確信した。

『尾』の有無を聞く。それは狐のメンバーに知られた符丁である。滅多に使われるものではないが、下位メンバーが、上位メンバーの正体を確信した際、確認のために使うものだ。

上位メンバーが下位メンバーを知っているからこそ成り立つ仕組みである。

クリュスを追い出した《千変万化》は降参と言わんばかりに両手を上げると、へらへらと言った。

「どこで知ったのかは知らないけど、妄《みだ》りに言わない方がいい。僕が困る」

「…………気づかないとでも、思ったのか。貴様の行動は怪しすぎる」

テルム・アポクリスは恐ろしい男だ。レベル7に相応《ふさわ》しい力を持ち、レベル7に相応しい慎重さを有している。その扱う魔術も、これまでケチャチャチャッカが見てきた魔導師《マギ》の中で五指に入るだろう。呪術師《シャーマン》として一流であるケチャチャチャッカでも足元にも及ばない。

体内に巡る魔力を集中させ、テルムが攻撃態勢を取る。一見自然体に見えるが、魔導師《マギ》であるケチャチャッカには膨大な魔力と研ぎ澄まされた殺意がわかった。

――だが、《千変万化》はテルム以上に自然体だった。テルムの殺意を受け尚顔色一つ変えない。

まるで何もわかっていないかのようにすら見える。

「えっと……まいったなぁ。怪しい行動なんてしたっけ？」

「自分が『狐』だと、認めるな？」

「？？？？　『狐』？　いや…………見ての通り、『人間』だけど」

符丁の通りに《千変万化》が答える。恐ろしい演技力だ。

ケチャチャッカにはこれだけ状況証拠が揃っても、目の前の男がただの人間にしか見えない。

その顔に浮かぶ、困ったような半端な笑み。テルムが静かに尋問を続ける。

「貴様の尾は何本目だ……？」

「え…………？　……十三本目だけど」

!?　その言葉に、思わず目を見開く。

『狐』の階位は九本が一番上だ。十三などありえない。テルムの表情が初めて歪《ゆが》む。

混乱するケチャチャッカを置いて、テルムが押し殺したような声で言う。

「馬鹿な……尾は九本しかない」

「え？　……ああ、新しく生えたんだよ。力を蓄える度に生えるんだ。そうか、知らなかったのかぁ」

その言葉が真実ならば、目の前の二十歳の青年は信じられないくらい格上だということになる。

嘘をついているような気配はなかった。符丁が漏れたという話は聞いていない。

予想はしていた。だが、それでもケチャチャッカはその言葉に戦慄せずにはいられなかった。

どれほどの才能と実績があればたった二十歳で『九尾の影狐《ナインテイル・シャドウフォックス》』の最高幹部に至れるというのか。

徹底した秘密主義を敷く組織でそこまで至るのはレベル8に認定されるより難しいに違いない。

「クリュスは仲間か？」

「いや、彼女は無関係だよ」

「ふむ……では、『尾』を見せてもらおうか……」

『九尾の影狐』の上位メンバー。

『七本』――《止水》のテルムが動揺を表に出さず、尋ねる。

《千変万化》は目を瞬《しばたた》かせ、間の抜けた声で正しい答えを言った。

「いや、『今は見せられない』よ。妹に預けているから」

妹……？


一体今のやり取りはなんだったのだろうか？　状況がよくわかっていない僕にテルムが短く言う。

「計画を聞こう」

どうやら、尻尾についてはもういいらしい。もしかしたらあのテルムが撃退した『狐』と何か関係があるのではないかと身構えてしまったのだが――。

彼も尻尾を持っているようだが（七本目の尾らしい）……まぁいいか。僕達が尻尾を貰ったのだから、テルム達が貰っていたとしてもおかしくはないだろう。魔力《マナ》の塊である尾は魔術師にとって有用なものらしいし、尾が九本しかないなどと言っていたところを見ると、僕達よりもずっと前に貰ったのかもしれない。

…………テルムって何歳なんだよ。確かあの狐、十三本目の尾が生えたのは百年前って言ってたぞ。

「さっきも言ったけど、組み合わせはいつも通りだ。基本的にフランツさんの言葉に従う」

「キルナイトは信用できるのか？」

「ん？　ああ、ちょっと怪しいよね。問題ないよ。僕が操れるし」

真剣な表情のテルムに答える。どうやら表情に出していなかっただけで、気にしていたらしい。

コントローラーどこ行ったかな……。

まぁ、自立思考モードでも問題はないと思うけど……シトリーが僕に渡してきたわけだし。

「心配はいらない。しばらくは何も起こらないと思うよ」

「けけ……」

「むしろ、問題は空を飛んでからだ。何かあっても逃げ場がないからね」

「ふむ……承知した」

テルムが頷《うなず》く。同じ尻尾を押し付けられたメンバーだと判明したせいか、距離が少し縮まった気がする。うまいことテルムと仲良くなって婆さんとの確執を解消できないものか……無理かな？

「戦闘はテルムに任せる。見事な魔術だった。多分《深淵火滅》を超えているんじゃないかな」

「ローゼは派手すぎる。向き不向きだ」

「ケチャチャッカも、なかなかやるね。頼りにしてるよ。思う存分、呪術？　を振るってくれたまえ」

ハードボイルドを気取った僕の指示にケチャチャッカがこくこく頷く。どうやら見た目よりもずっといい奴のようだ。リィズ達には彼らの協調性を見習っていただきたい。

「大丈夫。僕達は最高のチームだ。この程度の依頼、簡単にこなせるはずだ。頑張ろう」

僕は大きく頷くと、調子に乗ってえいえいおーとばかりに腕を上げた。

トレジャーハンターという極めて危険な職について早五年。様々な苦難を乗り越え、僕が知ったトレジャーハンターに最も必要なもの――それは信頼でき、頼りになる仲間である。

テルム達と友情を深めて数日。任務は最初の二日が何かの間違いだと思えるくらいに順調だった。

本当に皇帝陛下と僕でマイナスとマイナスがかけられてプラスになっているのかもしれない。

会話を交わし、わかり合ったチーム《深淵鍋《しんえんなべ》》（僕命名）に隙はなかった。寄ってくる魔物をばったばったとなぎ倒す様子は全く危うげなく、僕から見ても非の打ち所がない。僕は例によって馬車の側で最後の壁を気取り応援していたのだが、それが許されるほど《深淵鍋》の力は徹底的だった。

特に異彩を放っていたのは、ケチャチャッカ…………ではなく、《止水》のテルムの攻撃魔法である。

さすが二つ名持ちと言うべきかもしれないが、改めて至近距離から確認するテルムの攻撃魔法はルシアの様々な魔法を見てきた僕から見ても異質だった。

威力が高いとかではない。テルムの魔法は――ルシアと比較して、あまりにも『静か』なのだ。

両腕の腕輪で発動を補助しているらしいが、予備動作もほとんどない。

実用的と言えばその通りだろうし、研鑽《けんさん》の結果なのだろうから称賛すべきなのだろうが、その魔法は見れば見るほど恐ろしい。ありえない話だが、もしも彼が暗殺者をやれば皇帝の首だって簡単に取れるだろう。馬鹿みたいに威力があるが馬鹿みたいに派手な燃やす婆さんとはまさしく真逆である。

《魔杖《ヒドゥン・カース》》にまともなメンバーはいないのか！

特に何をしたわけでもないのに今日もくたくただ。あてがわれた部屋に向かう。

スケジュールは極めて順調だった。明日には飛行船の発着場がある街にたどり着くはずだ。

宿もいい所だし、ご飯も美味《おい》しい。もう半分くらいバカンスみたいなものだ。

そう自分に言い聞かせつつも、心労が溜まる事だけは避けられない。快適にも限度があるのだ。

特に面倒なのは、いつも頼りにしているシトリーがいないせいで呼び出されると僕が行かないといけない点である。もうリーダーをテルムに一任したいのだが、彼を酷使したら《深淵火滅》に何を言われるのかわかったものではない。ため息をつくと、鍵を開け部屋に入る。

僕はこういう旅先の宿に泊まるとまず部屋の中の設備をくまなく確認するタイプだ。別にセキュリティに気をつけているとかではないのだが、そういう気質なのである。

いつもの調子で近くのクローゼットを開けると、中でリィズがにこにこ手を振っていた。

反射的にクローゼットを閉め、深呼吸する。

…………最近の宿は小憎らしい演出をしてくれるな。そんな事を考えた瞬間、内側から勢いよくクローゼットが開き、ピンクブロンドの日焼け娘が飛び出してきた。

リィズがキャーキャー言いながら状況がわかっていない僕を大きなベッドに突き飛ばしてくる。沈むような柔らかな感触が身体を受け止める。のしかかってくるリィズになんとか声をあげた。

「な、なんでいるの？」

「来ちゃった！　クライちゃんがぁ、寂しいかなってッ！」

目を輝かせながら胸元に頭を擦《こす》りつけてくるリィズ。理由はないわけね……。

手慰みにリィズの髪をぐしぐしかき分ける。まぁ僕も会いたくなかったわけじゃないけど……。

「……嬉しいけど、まずいよ」

僕はまだこれまでの失点を挽回できていない。フランツさんの視線からも険は取れていない。

この期に及んで、本来連れてきていないはずのリィズが見つかってしまえばどんな目で見られるかわかったものではない。いや、嬉しいよ？　嬉しいけどさ。せめて皆が寝静まって誰もいない夜だったら少し相手をしてあげられたのだが、まだ少し予定が残っている。今、リィズがいるのはまずい。

だが、リィズは一切僕の言葉を聞いていなかった。久しぶりに飼い主にじゃれる狼のように身体を擦りつけてくる。僕達よりも先に到着してシャワーでも浴びたのか、その髪からはいい匂いがした。

と、その時、タイミングの悪い事に、扉が乱暴に叩かれた。

「ヨワニンゲン！　さっさと先に行くんじゃない、です！　さっさと今日の分のチャージを終わらせるぞ、です！　その後にまたあのナッツを――」

絨毯が、扉付近で呆れたように縦回転している。彼に口がないのが今はとてもありがたい。

だが、見られるのはまずい。クリュスは腹芸ができるような性格ではないし、する気もないだろう。

僕はリィズを押し返し起き上がると、とっさにベッドのシーツを剥ぎ取ってリィズの上に被せた。

ほぼ同時に扉が開く。声をあげる間もなかった。クリュスは不機嫌そうな表情で中に一歩入ると、僕を見て、僕の側でもぞもぞ動くシーツの塊を見て、目を丸くした。

「？？？？？？」

「よ、よし、後は頼んだよ。ほら、あるべき場所にお帰り」

幸いなことに、今のスキンシップである程度の満足度は得られていたようだ。

シーツリィズは素直に頷くと、もぞもぞしながら窓に近づき、シーツを被ったまま器用に鍵を開ける。そのまま言葉を失っているクリュスに何も言うことなく、ひらりと窓から飛び降りた。

ここは三階なのだが、今更シーツを被って飛び降りたくらいで怪我《けが》をしたりするまい。

窓を閉めしっかり鍵をかけ、大きく深呼吸をする。

立ち尽くしているクリュスに向き直り、何事もなかったかのような笑顔で言った。

「ごめんごめん、チャージだっけ？」

「い、今のは、なんだ？　…………です」

「今日はあまり使っていないから、絨毯とシャツくらいかな。あとはナッツ、ナッツね。でも、本当に大丈夫？　だいぶ具合が悪そうだったけど」

訓練に使えるなどと口走ったのが悪かったらしい。ハンターというのは本当に負けず嫌いばかりだ。

袋を取り出し、自分でもぽりぽりやってみせる。焦りのせいか味がわからない。

クリュスはつかつかと僕の前に来ると、眉を歪め僕の襟元を掴み、がくがくと揺さぶってきた。

「はぁ？　馬鹿にしてるのか、です!?　誤魔化せると思っているのか、です!?　今のが何だったのかと、私は、聞いているんだ、ですッ！　ちゃんと答えろ、ですッ！」

「あは、あはははは…………ほ、ほら、あれだよあれ……知らない？　………シーツお化け、だよ」

「ッ……こ、この、ヨワニンゲン、お前それ本当に皇帝に言えるんだな!?　ですッ!!」

もっともすぎてぐぅの音も出ない。いや、誤魔化せるとは思っていないよ？　本当だよ？

だが何も言えないのだ。無抵抗で揺さぶられていると、テルム達が部屋に駆け込んできた。

「何があった!?」

僕に詰め寄るクリュスを見てその表情が一瞬険しくなり、腕が上がる。

しかし、その時にはクリュスが甲高い声で叫んでいた。

「テルム、ヨワニンゲンが、変なヤツと話していたんだ、ですッ！　こいつ、絶対私達に何も言わずに何かやってる、ですッ！」

「…………」

「今回は私達がパーティメンバーなんだから、ヨワニンゲンには説明責任があるはずだ、ですッ！　少なくとも護衛任務で身勝手な行動は論外だろう、ですッ！」

耳が痛い。全くもって正論である。しかし、クリュスだけならば言いくるめられたかもしれないが、テルムやケチャチャッカは無理だろう。どうしたものか……。

僕を解放したクリュスが、顔を真っ赤にしながら状況を説明する。テルムはその間、ずっとこちらに対して探るような視線を向けていた。心なしかケチャチャッカも呆れているような気配がする。

言い訳のしようもない……というか、同じクランだし、普通クリュスが擁護するべきでは？

「ふむ……状況はわかった」

テルムは状況を聞き終えると、もっともらしい表情で言った。

「それは……その……う、うむ。間違いなく、シーツお化けだな」

まさかの援護射撃だった。テルムは初めて見る表情をしていた。なんというか、凄まじく居心地が悪そうだ。クリュスは一瞬目を丸くしたがすぐに眉を上げてテルムに食ってかかる。

「はぁぁぁぁ!?　お前、頭沸いてんのか、ですッ！　今の状況を聞いてその感想が出るのおかしいだろ、ですッ！」

「お、落ち着きたまえ、クリュス。街には、本当に、本当に極めて稀《まれ》な話だが……そういう妖魔が出る事も、ある。可能性は否めない。ああ、ケチャも同じ意見だ、そうだろ？　ケチャ」

「け……けけ……ひひ………」

テルムの唐突な振りに、ケチャチャッカがゆっくりと首を縦に振る。さすが僕の中での協調性のある怪しげな人物ランキングナンバーワンだ。

クリュスは地団駄を踏み、叫ぶ。その形の良い瞳の端には涙が浮かんでいた。

「なんだ、お前ら!?　私のことを馬鹿にしてるのか、です！　お前ら、本気で高級宿の客室には低確率でシーツお化けが出ると思っているのか、です!?　本当にそう思っているなら、フランツにそう進言してきてみろ、ですッ！」

「ほ、本当だとも、なぁ、《千変万化》」

「え、いや……」

「!?」

テルムとケチャチャッカには悪いけど、さすがにそれは無理があるよね。フランツさんに言ったら張り倒されるわ。僕は腕を組みもっともらしく頷くと、新たな言い訳を考えた。

「本当の事を言うと……あれは、僕が使役している精霊なんだ。念のため街の見廻りを頼んだんだよ」

「精霊!?　ヨワニンゲン、お前そんなに魔力《マナ》がないのに魔導師《マギ》だったのか、です？」

とりあえず今を乗り切ればいい。半信半疑な眼差《まなざ》しを向けるクリュスに口からでまかせを言う。

「誤解されるような事して悪かったけど、皆には秘密なんだ。魔導師《マギ》とまではいかないけど、幾つか変わった魔法を使える」

シーツお化けよりは説得力があったのだろう。（シトリー曰くちょろい）クリュスが、眉を顰め、先程よりは幾分怒りが和らいだ声で尋ねてきた。

「あれが精霊なら何の精霊なんだ、ですか？」

「…………シーツの精霊？」

「ツ——そんな、馬鹿な——」

やっぱり無理か。いや、無理だよ。あんな精霊普通はいないよ。もうお手上げだ。

この精霊人《ノウブル》に高レベルの威光は通じないのだ。

クリュスが再び甲高い声をあげかける。そこで、不意に部屋の外からお呼びがかかった。

フランツさんの声だ。依頼主の前で言い争いをするのはまずいと思う程度の理性は残っていたのか、クリュスが口を噤《つぐ》む。まるで天から救いの手が差し伸べられたような気分だ。

ほっとしていると、フランツさんが入ってくる。フランツさんはすこぶる機嫌が悪そうだった。シーツお化けだとかシーツ精霊なんて言い出したら斬られそうだ。フランツさんがぶっきらぼうに言う。

「陛下がお呼びだ。貴様らと話をしたいそうだ。問題ないな？」

ラドリック・アトルム・ゼブルディア。

言わずと知れた、ゼブルディア帝国の頂点にして、帝国に繁栄を齎した傑物である。絶対君主制のこの国で権力は皇帝に集約されており、その威光の前には一ハンターなど吹けば飛ぶような存在だ。

トレジャーハンターでも高レベルになれば貴族達と関わりが出てくる。ロダンのように古くから国に貢献している家柄だと、皇帝陛下への謁見も叶うらしいという話も聞いたことがあるが、僕は小心者なのでなるべく貴族と関わり合いにならないように生きてきた。

胃が嫌な感じで痛んでいた。『白剣の集い』諸々《もろもろ》で顔は合わせたが、慣れたわけではない。へりくだりつつ遠回しに謁見を固辞する僕に、フランツさんは親の仇《かたき》でも見るような凄惨な目つきで言った。

「いいから来い」

僕が一体何をやったというのか。……そうか、何もやってないのが悪いのか。ナッツ美味しい。

「……わかった。だけど、テルム達も連れていく。いいね？」

「駄目だ。呼ばれたのは貴様だけだ」

たった一人で皇帝に立ち向かえと？　僕に死ねというのか？　そんなつもりはないが、もしも仮に無礼な事をやってしまった場合、誰がフォローしてくれるというのだ。僕は胸を張って宣言した。

「駄目だ。仲間達も一緒でなければ僕は行かない」

「ヨワニンゲン、私達に妙な気は使わず一人で行ってこい、です」

違う。勘違いしているようだが、僕は気を使っているのではない。クリュス達を道連れにしたいのだ。それに、仕事関係の話なら僕よりもテルムの方が高度な判断ができる。

「……大丈夫、テルム達は信頼できるよ。陛下に確認してくれ」

「ッ……クソッ、ハンター風情《ふぜい》が」

きっとケチャチャッカとクリュスがいれば僕の失礼度は目立たないだろう。だって明らかにケチャチャッカは異質だし、クリュスも相手が皇帝だからって気を使ったりしない。

フランツさんがどしどしと大きな足音を立てて去っていく。クリュスが呆れたように言った。

「ヨワニンゲン、お前、本当に協調性ないな、です。胆力だけはレベル8だな、です」

クリュスにだけは言われたくないし、僕の胆力は一般人並みだ。

言葉だけならなんとでも言える。大きく頷き、肩を竦《すく》めた。

「相手が誰だろうが、僕は言うべきことを言っただけだよ。これでもクランマスターだからね」

明らかに苛立《いらだ》っているフランツさんについていく。もちろんクリュス達も一緒だ。

「なるほど、人間の国でもゼブルディアほどの規模となると、トップの度量も並外れてるんだな、です」

「一応言っておくが、陛下に失礼な事をしたらただでは済まさんぞ」

「ふん。それはヨワニンゲンに言った方がいいんじゃないか？　です」

「私は、両方に言っているんだッ！」

「ひひひ……」

今更だけど人選間違ってない？　僕以外誰も緊張していなそうだ。仲間はキルナイト以外全員揃っているのに孤独感がやばい。なんだって優秀な連中というのは揃って我が強いのか。

部屋の前を厳重に警備している騎士達に会釈し、許可を待って中に入る。

皇帝陛下は威風堂々と座っていた。周りに無表情の騎士達を何人も配置している。

何もかもを見通しているような瞳。厳格な容貌と佇まいからは覇者の威圧が滲《にじ》み出していた。

土下座スキルに定評のある僕がその目の前で土下座をしたらさぞ絵になる事だろう。皇帝陛下の近くには、陛下とは裏腹に酷く緊張したような表情の皇女殿下が座っている。

ラドリック陛下は身を硬くしているフランツさんをちらりと見ると、僕を見た。

そして一度頷くとよく通った声で言う。

「ご苦労、フランツ。そして、よくぞ依頼を受けてくれた、《千変万化》と勇敢なハンター諸君」

思ったよりもあたりが弱いな。どうやら叱るつもりで呼び出したわけではないらしい。

先制で土下座できるように整えていた体勢を元に戻す。

「一度話をしたいと思っていた。本来ならば初日に呼ぶつもりだったのだが、状況が状況でな」

「……お気遣い感謝します、陛下」

僕は別に呼ばれたくもなかったんだが。

なるべく口数を少なくする僕に、フランツさんが小さく咳払いをして言った。

「ようやく多少は落ち着いたが、本来、街道でここまで魔物に襲われるなどありえない。本日も大規模な魔物の群れに五回も襲撃を受けた。『狐』はあれ以来、姿を見せていないが――陛下は何かの前触れなのではないかと憂慮しておられる」

……フランツさんは何を言っているのだろうか？

竜はともかく、護衛依頼で五回の襲撃など少ない方だ。しかも百匹未満だったのだから、あれは大規模な群れではなく、小規模から中規模と呼ぶべきである。異常に強い個体もいなかったし、苦戦しなかったのだから何も出ていないようなものだろう。僕一人だったら為《な》す術もなく死ぬけど。

フランツさんは貴族だし、外の世界の事を何もわかっていないのだろう。

だが僕は大人だったのでにこやかに対応した。

「心配いらないでしょう。この程度、前触れと呼ぶほどのものでもありません。全て不運だったで説明がつきますし、僕はたとえ十倍の数出てきても問題ないだけの戦力を揃えたつもりです」

十倍という単語に、陛下の周りを警護していた騎士の表情がぴくりと引きつる。

だが、数だけ聞くと凄いことを言っているように思えるかもしれないが、僕はおかしなことは言っていない。テルムのような一流の魔導師《マギ》からすれば一匹も百匹も変わらないだけだ。僕は死ぬけど。

「……どうやら、噂通りの自信家のようだな」

「とても優秀なパーティに恵まれましたから」

ちらりとテルムの方を見るが、テルムは泰然としていた。ケチャはいつも通りで、クリュスは黙っているが、少し呆れ顔だ。そしてもちろん、優秀なのがパーティだけなのは言うまでもない。

ラドリック陛下はそこで少しだけ唇の端を持ち上げ笑った。

「それだけではないだろう、《千変万化》。私の耳に入ってくる情報は極僅かだが――噂は聞いている。先日の宿屋での守りといい、我が国に随分貢献してくれたようだな」

「…………ただの噂でしょう。僕は何もやっていません」

即座に否定してみせるが、陛下の目は鈍く輝いていた。どうやら信じていないらしい。

まぁ、確かに仲間のやった事の一部が書類上、僕の功績になっているのは否定できないのだが……。

「最近ではかのバレル大盗賊団を蛙に変えてしまったとか。信じがたい話だが、それは真実か？」

「…………ええ、まぁ……嘘ではありませんが……」

僕なんてバレル大盗賊団の襲撃を知ったの、何故か全て終わった後だったよ。完全に能無しだ。

「引っかかる言い方だな。何か異論が？」

どう答えるべきか……。迷いに迷った結果、歯切れの悪い言葉を出す。

「いえ……つい誤って、一緒にハンター達も蛙に変えてしまったので……ちょっと問題だったなと」

「なんと……ハンターまで？」

いつの間にか周りが食い入るように僕を見ていた。陛下のご息女も目を丸くして聞き入っている。

「あ、ええ……もちろん、その後でちゃんと元に戻しました。あれはあくまで非殺傷の魔法なのです」

ルーダ達もティノが戻したようだし、漏れはないはずだ。もしもあったとしても、そのあたりはグラディス卿に手紙を出している。クレームは入っていないので問題なかったのだろう。

身を縮める僕に対して、まるでおかしな話でも聞いたかのように陛下が豪快に笑った。

「面白い。面白いぞ、《千変万化》、噂に違《たが》わぬ男のようだ」

どんな噂が流れているのだろうか。全く、厄介だ。尾ひれがついた情報はそう簡単に撤回できない。

辟易《へきえき》している僕に対して陛下は大きく頷くと、とんでもない事を言い出した。

「実は、一度、噂に名高いその力をこの目で見てみたかったところだ。実際にこの場でその蛙に変える魔術とやらを使ってみよ」

……え？　いやいや、あれはルシアがやった事で……え？　まさか僕がやったことになってる？

目を瞬かせる僕に、クリュスが唇を舐めて面白そうに言った。

「ふん……馬鹿げた話だし聞いたこともない魔法だが……確かにシーツの精霊を操れるのならば、人間を蛙にするなど容易いことなのかもしれないな、です」

「ふむ、面白い……是非、レベル８の力を拝見させてもらおう」

「けけ……ひひ……」

味方が……誰もいない。暴れん坊絨毯がぺしぺしと拍手している。完全に僕を煽《あお》っていた。

なんでさ……僕の身に宿ったマナ・マテリアルの量がわからないわけでもないだろうに。すっかすかだよ、ここしばらくはフォークより重い物を持った記憶がない。何かのいじめかな？

今更無理なんて言えない雰囲気だ。まぁ、言うしかないんだけど……言い訳マスターを舐めるな！

「人間の蛙化は非人道的です。あの時はやむにやまれぬ事情があってやったことで――」

「構わん。私が許す。元に戻せるのだろう？」

「…………制御がまだ少し甘いのです。ハンターを蛙にしてしまったのがその証拠で――」

「構わん。やれ」

ラドリック陛下の表情は真剣だった。まさか本当に蛙にできるなんて信じてる？　笑っちゃうぜ。

無数の視線がこちらを見ている。僕は覚悟を決めた。とりあえずこの場を凌《しの》ごう。

「し、仕方ないなあ……あれは絶好調の時しか成功しないし、絶好調でも成功率は十パーセントくらいだし、今日は少しお腹痛いからうまくいくかはわからない……いや、九十九パーセントうまくいかないと思うけど――」

「ヨワニンゲン、お腹痛いって、お前さっき散々ナッツ食べてただろ、です。いいからやれ、です」

仕方がない。これだけ言い訳を重ねれば虚偽で捕まる事もないだろう。気楽に行こう。

僕は半端な笑みを浮かべると、ルシアの真似をして指をパチリと鳴らした。

「ええい、クリュス、蛙になれッ！」

――変化などするわけがなかった。

僕は魔術は使えない。僕は何もかも才能がなかったが、一番才能がないものを一つ挙げるなら魔導師《マギ》の才能になるだろう。才能のなさは故郷の師匠のお墨付きだし、そもそも魔力《マナ》がほとんどないのだ。

フランツさんは何も言わなかった。陛下も何も言わなかった。クリュスも何も言わなかった。

テルムが愕然《がくぜん》と目を見開き、呟く。

「馬鹿な……《千変万化》、何をした？」

何をした。それを一番聞きたいのは僕だった。まるで悪夢でも見ているかのような気分だった。

先程まで皇帝陛下の座っていた椅子の上には一匹の蛙がいた。フランツさんがいた場所にも蛙がいた。近衛達がいた何人も立っていた場所には何匹もの蛙がゲロゲロ鳴いている。近衛の中でも魔導師《マギ》のリーダーの女性だけは免れたらしく、青ざめた顔で悲鳴をあげる。

後ろを見ると、クリュスがいた場所には銀色の蛙がいた。ふるふると震えていたが、目と目が合うとぺたりと僕の足元に張り付いてくる。この間ルシアが変えたようなアマガエルではない。

これは……ヒキガエルだ。僕は混乱のあまり逆に冷静になった。

「…………ケチャチャッカとテルムは無事のようだな」

「けけけ!?　けけけけ!?」

「君は……アミュズナッツを食べていたはずだ！　ありえないッ！　そもそも、君には魔力《マナ》が――」

喉がカラカラだ。大きく深呼吸をすると少しずつ現状が理解できてくる。

あれ？　これはもしや……僕に眠っていた魔導師《マギ》の才能が開花しちゃった？　……確かによくクリュスから、ルシアさんに才能があるんだからヨワニンゲンも頑張れば少しはマシになるとは言われていたが（ちなみに僕とルシアに血の繋がりはほとんどない）、今まで無能だった反動が出たのか？

皇帝のご息女ガエルが小さな声でげこげこ鳴いている。才能の開花は嬉しいが、喜ぶ前に大惨事だ。フランツガエルや近衛ガエルが抗議の大合唱をしている。その中で皇帝ガエルだけは蛙になっても威風堂々としていた。皇帝だった頃の面影は髪の色をそのまま移したような金色の体表だけだ。

これが覚醒した僕の力か……僕は現実逃避にニヒルな笑みを浮かべて言った。

「……どうやらルシアより僕の方が優秀みたいだな。真の魔導師《マギ》に魔力なんていらないんだよ(適当)」

「いいい、言ってる、場合かッ！」

唯一変化を免れた近衛が食ってかかってくる。必死な目だ。そりゃ仲間全員蛙にされたらね……。

しかし、陛下は結界指《セーフ・リング》をつけていたはずだ。まさか貫通するとは、嘘から出た真とはまさにこの事。

「だ、だから、言ったんだよ、制御が甘いって……」

「戻せ！　今すぐに、戻すのですッ！」

戻すというのはいいアイディアだ。問題は……どうやるかわからないことである。

「えっと……戻れッ！」

『!?　無理です、兄さんッ！』

　叫んでみるが何も起こらない。やばい。焦っているせいかルシアの声の幻聴まで聞こえる。

　まずい、このままではうっかり皇帝一行を蛙に変えて全滅させた前代未聞の凶悪犯になってしまう。ルシアの時はどうやって戻していたか……必死に記憶を掘り起こし、僕は大きくぽんと手を打った。

「ああ、そうだ。戻す方法を思い出した。潰せばいいんだ」

　阿鼻叫喚《あびきょうかん》の蛙戻しが終わる。幸い僕が発動させてしまった術はルシアと同じものだったらしい。もしかしたら僕の本能がルシアの術を一目見ただけで理解し習得してしまったのかもしれない。

　無能の反動、出すぎである。散々蛙を潰させられたフランツさんが怒り心頭でこちらに指を突きつけた。

「陛下ッ……もはやこの男の暴挙には我慢なりませんッ！　今すぐに追い出すべきですッ！　奴がいなくても、私達と《止水》がいれば護衛は足りましょうッ！」

「お、それいいね」

「だ、黙れッ!!　いい、一体、どういうつもりだッ！」

「……気持ちはわかるが、少し落ち着くといい、フランツ」

　怒りに顔を真っ赤にして訴えてくるフランツに、皇帝陛下は窘《たしな》めるように言った。

　いや、いいよ。追い出してよ。もう出ていきたい。ミュリーナ皇女殿下もすっかり怯《おび》えている。

「この男は、事もあろうに陛下や皇女殿下を蛙に変えた挙げ句ッ！　元に戻すために、私に、潰させたのですよ!?　僕が潰すと不敬になるから、じゃないッ！　私が潰しても不敬に決まってるッ！」

「潰さねば人に戻せぬというのだ、仕方がなかろう。やれと言ったのは私だ」

「そんなの嘘に決まってます！　この男は、帝国を、虚仮《こけ》にしているッ！　今までもそうだッ！」

「そ、そんな事ないよ」

「黙れーーーッ!!　そもそも、そんなちゃらちゃらした服で護衛に来るんじゃないッ！」

怒りのあまりにフランツさんのキャラが崩壊している。それに服の事まで蒸し返さなくても――。

僕の前に立ち、こちらを見下ろしフランツさんが恫喝《どうかつ》するように言う。額に青筋が奔《はし》っていた。

「護衛が終わり帝都に戻った暁には絶対にツケを払わせてやるッ！」

「わ、悪いとは思ってるよ。それに、制御が甘いって言ったじゃん……」

「うるさいッ！　魔力《マナ》操作阻害のナッツを食べて、平然と魔法を使うんじゃないッ！」

そこまでわかっているのに僕に魔法を使わせようとは、呆れのあまり肩を竦めてしまう。絨毯が僕の真似をして、フランツさん達を煽っていた。…………可愛《かわい》いやつめ。

「ミュリーナ殿下も、こんなに怯えておられるッ！」

「い、いや、殿下は最初から怯えて……なんでもないです」

ちなみに、クリュスも完全におかんむりだった。白い顔で怒りを堪《こら》えるようにぷるぷる震えている。

悪かったって。悪気はないんだ。ほら、こっちは術が発動するなんて思ってなかったから――。

皇帝陛下は咳払いをすると、皇女殿下をちらりと見て言う。

「ともかく、今は争っている場合ではない。《千変万化》の無罪は『涙』で証明されている。ミュリーナの護衛として心強いではないか」

「うっわ。器大きい……あッ！　し、失礼しました。つい本音が――」

「――ッ！　――ッ!!」

フランツさんが声無き声をあげる。ミュリーナ殿下が憂いを帯びた表情で俯《うつむ》いている。

どうやらまだクビにはならないようだな。一体どれだけ寛容なのだろうか？


部屋に戻るや否や、クリュスがこちらに詰め寄ってきた。どうやら器の大きさは皇帝が上のようだ。

「もう、ヨワニンゲンなんて知らん、ですッ！　私になんか恨みでもあるのか、ですッ！」

「ま、まぁまぁ、戻って良かったじゃん」

「!?　戻らなかった可能性もあったのか!?　…………です」

「五分よりちょっと下、かな……」

「!?？？」

適当に言った言葉に、クリュスは衝撃を受けていた。

だが冷静に考えると、魔法の才能が開花したなら、もしかしたらうまくいけば僕もたまに《嘆きの亡霊》《ストレンジ・グリーフ》の冒険についていけるようになるのではないだろうか？　これは純粋に嬉しい。

ふと机の上の水差しが目に入る、まだ落ち着かないクリュスに言う。

「まぁまぁ、落ち着いて水でも飲みなよ。そうだ、水をワインにしてあげようか？　人間を蛙にできるんだからきっと簡単だ」

『!?　無理です、兄さん！』

意気揚々と提案したのだが、すかさず頭の中のルシアが必死に止めてくる。

小さく咳払いをして忠告に従う。昔からルシアには頭が上がらないのだ。

「なんてね。水をワインにするなんてできるわけがない。でもオレンジジュースなら——」

『無理です!!　兄さん!!!』

「なんて、冗談だよ。……魔法も大したことないな」

「ッ……散々助けてやった私を馬鹿にして……もういい！　寝る！　勝手にしろ、です！」

『私も寝ます!!　水をワインとか絶対に無理なんで……もう好きにしたらいいんじゃないですか？　おやすみなさいッ！』

涙目で叫ぶと、クリュスは荒々しい足取りで部屋を出ていった。悪気はなかったんだけど……。

まいったな……明日、ちゃんと謝ろう。しかし、このルシアの声の幻聴は一体!?

そこで、入れ替わりで、テルムとケチャチャッカが入ってくる。今日は本当に千客万来だ。

僕はもう色々ありすぎて今すぐ寝たい気分だった。皇帝陛下をうっかり蛙に変えてしまったのだって、全く焦らなかったわけではないのだ。これまで色々経験してきたから表に出さないだけで——。

「さっきのあれはなんだ!?」

テルムが開口一番に言う。その表情は今まで見たことがないくらい険しかった。

レベル7的には皇帝陛下を蛙にするのはなしだったか……レベル8的にもなしだよ。ごめんね。

「いやー、うっかり、ね。蛙にするつもりはなかったんだけど……」

「ッ……貴方《あなた》は一体何を考えている？　計画を聞かせてもらいたい」

「計画……？　計画は皇帝陛下の意向次第だよ。僕達はただの雇われの護衛だ」

なんか違和感があるな。今回の僕達の任務は露払いである。護衛計画にまで口を出すつもりはない。

僕の言葉に、テルムが少しばかり落ち着きを取り戻し、小声で言った。

「…………だが、千載一遇のチャンスだった。貴方は皇帝の一団を丸ごと蛙にしたんだぞ？」

何を言いたいのか全然わからない。しかし、千載一遇のチャンスなどと言ったところを見ると、もしかしてテルムは――皇帝陛下を蛙のまま運んだ方が手っ取り早いとでも言いたいのだろうか？

さすがあの《深淵火滅》の片腕、まともそうに見えても発想がイカれている。

僕はテルムの脳内危険度をＤからＡに変えた。

「確かに一理あるかもしれないけど、さすがに蛙の状態で、はやめた方がいいよ。何回も言うけど、あれはただの事故だ。それに、正確に言うなら蛙にならない人が一人残ってたよね？」

「……ああ、だが――」

テルムが食い下がるが、ここはさすがに譲れない。人の心を忘れてはいけない。皇帝陛下を蛙にしたまま護衛したなんて噂が立ったら、護衛は成功するかもしれないが、帝国で生きていけない。

「護衛が終わった後の事も考えないと。とりあえず、フランツさんの計画通りに進める。平地ではもう何も起こらないだろうけど、問題は空の旅だ。油断せず準備を進めてくれ」

毅然とした声に正気を取り戻したのか、テルムは深々と頷いた。

「……なるほど。確かに、ここで決めるのは不自然、か……準備は何を？」

「？　任せるよ。僕はテルム達を信じている。僕は僕の準備をする」

「………………承知した」

「けけけ」

心が通じ合っている。今のけけけはきっと了承のけけけだな。

テルム達が部屋から去り、静寂が戻る。さて、ここまでは比較的平穏だったが、問題はここからだ。

空の旅は危険だ。何しろ逃げる所がないし、墜落して無事だったとしても遭難する可能性がある。

だが、今回の僕には切り札がある。無意味に魔力《マナ》を消耗してふわふわ浮いている絨毯を見上げる。

【白狼の巣《はくろう》】に行った時に使った夜天の暗翼《ナイト・ハイカー》には欠陥があった。あれは夜にしか使えないのだ。

だが、この子は違う。僕は宙を我関せずと気持ちよさそうに飛んでいる絨毯に笑顔で語りかけた。

「仲良くしよう。一緒に空を飛ぼうっ!!」

そして、僕は突然飛びかかってきた絨毯に弾き飛ばされ、床をごろごろ転がり壁に頭をぶつけた。

また結界指《セーフ・リング》が減ってしまった……アーノルドよりも僕にダメージを与えているんだけど、この絨毯は僕に恨みでもあるのだろうか？　これは……練習する時間が必要だ。三日くらいは欲しい。

僕はふかふかの暴れない絨毯の上で仰向けに転がりながら、眉間に皺《しわ》を寄せた。

スケジュールには余裕があったはずだ、フランツさんに時間を貰えないか相談してみよう。

そして、僕達は無事、帝国でも五指に入る大都市、『ヴェッタント』にたどり着いた。

帝都に勝るとも劣らない都会である。外壁は分厚く街の中は衛生的で、心なしか行き交う人々の身なりもどこか洗練されて見える。そしてここにはゼブルディア唯一の飛行船の発着場があるらしい。

飛行船。文字通り空を飛ぶ船である。宝具でもないのにどういう理屈で空を飛ぶのかは知らないが、科学技術と魔法の複合によるものらしい。個人的にもとても興味がある。

だが、その前に万全を期さねばならなかった。襲撃もなく日程通りに進み安心しているフランツさんにぺこぺこ頭を下げながら時間をもらいたいという話をする。

もしも飛行船が落ちたら僕は皇帝陛下だけはなんとか拾って飛ぶつもりだ。クリュス達はどうせ自分で勝手に飛ぶだろう。魔導師《マギ》だし。フランツさんもどうにか頑張るだろう。近衛だし。

特に理由も言わずに準備に時間が必要だと言い張る僕に対して、フランツさんは全く折れる気配がなかった。その間に入ってきたのが皇帝陛下だった。

「フランツ、まぁ良かろう。余裕はある。ミュリーナも長旅で少々疲労があるようだ」

「しかし、陛下。一所に留まるのは危険です。『狐』がいつ襲撃を仕掛けてくるか――」

思わず口を挟む。

「……空で襲われるよりはマシです」

「どこの誰が！　空の飛行船を襲えるというのだッ！　そもそも、何故準備しておかなかった!?」

いや、結構襲われるよ？　大体、ありえないとは思うがもし敵が本当にドラゴンを自在に操れるなら、空を飛ぶ船など動く棺桶《かんおけ》のようなものだ。あの狐の幻影《ファントム》が飛行できるかは怪しいが、まあ格が格なので飛べてもおかしくはない。地面に足がついている分、街の方がまだマシだ。

皇帝陛下は小さく唸《うな》ると、フランツさんを窘めるように言った。

「既に一度撃退しているのだ、覚悟があれば対応しようもある。準備不足で出る方が問題だ」

どうやら、理由はわからないが、皇帝陛下は僕の味方らしい。認定レベル万歳である。

フランツさんはまるで親の仇を見るような目つきで僕を睨みつけてきた。貴族もなかなか大変だ。

「ッ………陛下の温情に感謝しろ。三日だ。貴様にやるのは、三日だ。それ以上は一日もやらんッ！　万全を期せッ！　行けッ！」


トレジャーハンター用の高級宿。皆を集めると、真剣な顔でシトリーは言った。

「クライさんが、久しぶりに日数の『調整』を始めました。そろそろ決めるつもりです。各自、万全の準備を行ってください」

「おおおおおおおおおおおおおお！」


僕はクリュスにぺこぺこ頭を下げ、チャージ役を確保した。

あまり頭を下げるなと怒られたのは余談である。どうやら彼女は僕をヨワニンゲンと断じておきながらも、あまりにも弱すぎるのが気に食わないらしい。

陛下の護衛をテルムに任せ、幾つもあるハンター向けの訓練場の内、一番広い場所を貸し切る。貸し切ったのは絨毯の飛行がとても危険だからだ。僕は弱いが、それなりに重さがある。コントロールできない暴れん坊絨毯に翻弄され誰かに衝突したら、僕は結界指《セーフ・リング》で無事でもぶつかられた方がただでは済まない。実際に同じような速度の出る夜天の暗翼《ナイト・ハイカー》はハンターを殺しているのだ。

空《から》の訓練場にはどこか物々しい雰囲気があった。土むき出しの地面は頭から落ちれば間違いなく死ぬだろう。壁は金属製で頑丈そうだが、ぶつかれば僕の身体は無事では済むまい。

決闘に挑むハンターの気持ちでのんきに歩く絨毯を睨みつける。そこで、クリュスが口を挟んだ。

「ヨワニンゲン、私は出ていた方がいいか、です？」

「え？　なんで？」

「なんでって……ヨワニンゲンにも見られたくない手口くらいあるだろう、です。練習風景も情報の塊だからな、です」

クリュスは良い子だな……だが、大丈夫。僕に見られて困るものなどないッ！

そもそもクリュスがいなければ誰が絨毯とシャツと結界指に魔力《マナ》を込めるというのか。

クリュスはくいと首だけで後ろを指す。そこには「けけけけ」と怪しげに笑う黒ずくめの男がいた。

「なんでついてきたのかわからないが、ケチャも出ていってもらった方がいいか、です」

「いや、二人ともいてくれて構わないよ。まぁ見ていて面白いものじゃないと思うけど……危ないから少し離れていた方がいい。今日の僕は――少々、本気だ！」

「!?」

僕だってやる時はやるのだ。呼吸を整え、手足を伸ばしストレッチをする。

(顔なんてないけど)暴れん坊絨毯は余裕の表情だ。そんな余裕ぶっていられるのは今の内だ。僕はあのハンターを殺した夜天の暗翼《ナイト・ハイカー》すら手懐《てなず》けたのだ！　結界指《セーフ・リング》ないと死ぬけど。

『暴れん坊絨毯』がちょいちょいと右手を動かし、かかって来いと言わんばかりに挑発してくる。

僕はぐっと拳を握った。もしかしてこの絨毯……暴れる分だけ、ただの空飛ぶ絨毯《フライング・カーペット》より貴重品なのでは？

「はああああああああああああああああああッ！」

自分でも弱々しいと思う咆哮《ほうこう》を上げ、絨毯に飛びかかる。右手が絨毯の右角を掴んだ瞬間、絨毯は勢いよく空を飛び上がり、僕は天井に勢いよく頭をぶつけて死んだ。


「ヨワニンゲン、そんな事してなんの意味があるんだ、です。その絨毯は欠陥品だ、です」

「いくら練習しても時間の無駄だ、です。その絨毯が何の役に立つんだ、です」

「宝具のチャージさせられてるのはこっちなんだぞ、です！　いい加減にしろ、です！　というか、チャージくらい自分でやれ、です！」

「い、いい加減に、しろ、です！　なんで楽しそうなんだ、です！」

「はぁ、はぁ……無意味な事に、魔力《マナ》を浪費する、こっちの、身にもなれ、です。もういいだろ、です！　ッ……がんがんがんがんうるさくて、近所迷惑だ、です！」

「い、いい加減に、もうやめ、はぁ、はぁ……明日にしろ、です。私はもう、休むぞ、です」

「……はぁ、はぁ……うぅ……」

「…………」

絨毯は手強《てごわ》かった。どのくらい手強いかというと、最初は立って見ていたクリュスが地面にぐったり伏してしまうくらい手強い。掴むところまでは行くのだが、何度やっても振り落とされてしまう。振り落とされない場合もあるのだが、床や壁に突き刺さる。そして死ぬ。

クリュスはチャージのしすぎでもう限界に近かった。地面に転がる姿は今にも死にそうに見える。でも大丈夫、魔力の消耗しすぎで死ぬことはない。精霊人《ノウブル》ならば魔力の生成速度も高いだろう。

僕はクリュスを脇の方にどかし、全く平然としている絨毯を見た。

「クソッ……この程度で諦めると思うな？」

絨毯がまるでハグを求めるかのように両手（？）を開く。

僕はそこに飛び込み、地面に叩き落とされた。布なので一撃の力は弱いのだが、この絨毯……もしかしなくても僕よりも強い。仰向けに地面に転がり、高級そうな柄をした絨毯を見上げる。

「わかっている。僕にはわかっているんだぞ、君は人を乗せたいんだろッ！」

絨毯は僕の言葉に応える事なく、久しぶりに僕の額に足を乗せてくる。

こんな目に遭うレベル8がかつていたでしょうか……。

だが、そこまで僕の予想は大きく外れていないはずだ。何故ならば、彼は『空飛ぶ絨毯』だからだ。彼が本気で乗られたくないのだったら、掴もうと飛びかかっても触れる事すらできなかったはずだ。

しかし実際は触れる事はできている。掴む事はできているのだ。これは絨毯が潜在的に乗り手を求めている事に他ならない。

それにしても……まいったな。クリュスがダウンしては宝具の訓練にならない。となると残るは――。

覚醒したはずの魔法の力についても、あれから一度も発動できていない。訓練場の片隅でじっとしているケチャチャッカを見る。ケチャチャッカは何も言わず、クリュスのように野次を飛ばす事もなくじっとこちらを観察していた。怪しげな印象は最初に出会った時から全く薄れていないが、今ではまあまあ気がいいことも知っている。僕は笑みを浮かべ、近づいた。

「あのさ……お願いがあるんだけど」

「ひひ……ひ？」

「悪いけど、もし良かったら、なんだけど……宝具のチャージしてもらえない？」

「けけ……けけけけ……」

意思疎通が……できない。この人、最初会った時、少しだけど言葉話していなかったっけ？

ひたすら怪しげに笑っているだけなのに、これで皇帝の護衛なんて務まるんだから不思議なものだ。

もしかしたら特別な言葉？　他国の人？　こんな事なら『翻訳杖』持ってくれれば良かったな……。

『翻訳杖』とはその名の如く、言葉を翻訳してくれる杖だ。正式な宝具名を『丸い世界《ラウンド・ワールド》』と言う。あの宝具があれば、地底人が相手でも大丈夫。

とても便利な宝具なのだが、とても大きく持ち運びしづらい事と、今回の目的地は使う言語が同じなので持ってきていなかった。指輪だったらずっと装備するのに、世の中ままならないものだ。

「うけけけ……？」

「うけ、うひひ……」

「け!?」

適当に話しかけてみるが何故かびっくりされる。どうやら地底人がいけた僕でも荷が重いようだ。

クリュスでさえなんか仲良くなってるっぽいのに……もしかしてクリュスって案外順応性高い？

さてどうしたものか……もう時間もあまりないのに――。そう考えたところで、訓練場の扉が音を立てて開いた。貸し切りの看板は立てておいたはずなのだが……そちらを向き、思わず目を見開く。

入ってきたのは白いシーツを被った奇妙な集団だった。しかも一人じゃない。

いつも笑っているケチャチャッカが素になっている。絨毯がこういう時だけさっと僕の背に隠れる。

数はピッタリ五人。シーツお化けの集団はぞろぞろと入ってくると、僕の前で整列した。

地面でぐったりしていたクリュスがその集団を見て、悪夢でも見たような酷い表情をする。

だが、僕は知っている。正体は明かせないが、彼らは僕が世界で一番頼りにしている仲間達だ。

「みんな……僕を助けに来てくれたのか！」

いける予感に拳を握る。盗賊《シーフ》お化けが僕に飛びつこうとして、大きなリュックを背負った錬金お化けに皮膚《シーツ》を掴まれる。僕は身を縮めるようにして苦労して入ってきた、他のお化けを全員足しても敵《かな》わないくらい巨大な影に言った。

「あんせ――デカお化け、よくそんな大きなシーツあったね」

「…………うむ」

目の前で繰り広げられたやり取りに、ケチャチャッカはもう何度目かになる混乱に見舞われていた。

『狐』は巨大な組織だ。その幹部となれば使える人間の数は一工作員とは比べ物にならないだろう。

だから、何の前触れもなく突然現れた集団に、《千変万化》が指示を出している。それはいい。

だが、その集団が白い布を被っているともなれば、たとえここにいたのが《止水》だったとしても動揺していただろう。ケチャチャッカが言えた義理ではないが、その集団はあからさまに怪しすぎた。

ただ歩いているだけで捕まりそうな格好だ。中でも特に目を引くのは見上げるような巨大な塊である。キルナイトも大きかったが、《千変万化》が『デカお化け』と呼んだそれは比べ物にならない大きさだった。中身は不明だが、くぐもった声をあげたことから知性を持つ何かが入っているのは間違いない。訓練の様子も意味不明だったが、そんなもの吹き飛んでしまうくらいの衝撃である。

『十三本目』が行う訓練がどれほどのものなのか興味があってついてきたのだが、こんなことならついてこなければ良かった。テルムと一緒に護衛任務につくか、空の上での準備をするべきだった。

シーツの精霊の一体がじっとケチャチャッカの方を見ている。その気配だけで相当な強者であることがわかるが、それ以上のことはわからない。何故、木でできた剣を背負っているのかもわからない。

だが、それ以上に大喜びでそれに指示を出す《千変万化》の気がわからない。真面目にやっているのかふざけているのかもわからない。この場にフランツがいたらどんな顔をしていただろうか？

シーツの上から子どもでも入りそうな大きなリュックを背負っていた者が荷物を下ろし、疲労困憊《こんぱい》で床に倒れていたクリュスに襲いかかる。覆い被さると、そのままクリュスの身体をシーツの中に引きずり込んだ。

魔力《マナ》の過剰消耗で声をあげる元気すらなかったはずのクリュスのくぐもった悲鳴があがり、すぐに沈黙する。シーツの小山がもぞもぞと動いている。

「これでよし」

《千変万化》は満足げに頷いた。ケチャチャッカの視線に気づいたのか、半端な笑みを浮かべ言う。

「錬金お化けは治療が得意なんだ」

「ケケ……」

治療？　これが……治療？　どう控えめに見ても襲ってるようにしか見えない。

混乱の極みにあるケチャチャッカを無視して、秘密組織の『十三本目』は誇らしげに語る。

「盗賊《シーフ》お化けはとても足が速いんだ。ここから帝都まで往復で三日もかからない。ほら、頼んだよ」

一番小柄だったお化けの姿が一瞬ぶれ、消える。走って出ていったのだ。動体視力にもそれなりに自信のあるケチャチャッカの目にもほとんど捉えられない、説明通りの凄まじい瞬発力だった。

魔導師《マギ》殺しだ。ケチャチャッカは当然として、術の発動までにほとんどラグのないテルムでもとても間に合わない速度である。馬鹿みたいな格好だが、ただの構成員じゃない。

こんな人材がいるのならば暗殺など簡単だろう。もしかしたら依頼した傭兵団が現れなかったのはこれにやられたのではないだろうか？　呆然とするケチャチャッカに、『十三本目』が説明を続ける。

「魔法お化けは魔法が得意なんだ。剣お化けは……剣が大好きで…………えっと…………デカお化けは、とても大きい」

「…………」

「…………僕が使役してる精霊って事にしたら一緒に飛行船に乗せてくれるかな？」

「けけ……」

ダメだ。言っている事も言葉の真意も真面目にやっているのか煽っているのかもわからない。深く考えすぎてはいけない。搭乗許可が下りるわけがない。あまりにも茶番すぎる。

ケチャチャッカは小さく声をあげると、訓練場から逃げ出した。

「クライッ！　剣が大好きな剣お化けは何をやればいいんだ？」

「…………とりあえず出番はまだだから、その辺で素振りでもやってたら？」

「う…………うおおおおおおッ！　素振りだあああああッ！　振りにくい、振りにくいぞッ！　俺はまだ未熟だッ！」

シーツ越しに剣を握り、剣お化けが猛烈に素振りを始める。

剣が大好き剣お化けは斬る事にかけては他の追随を許さないが、それしかできない欠陥お化けである。それしかできない現状にとても満足している困ったお化けでもあった。

……やっぱり誤魔化せない、か。ケチャチャッカも呆れていなくなってしまった。

クリュスの治療を頼んだ錬金お化けがゆっくりと離れる。うつ伏せに倒れたクリュスはぴくりとも動かなかった。多分、とても苦い魔力回復薬を飲まされて気絶しているのだろう。

「助かったよ。でもその格好……リィズに聞いたの？」

錬金お化けは何も答えず、その代わりに大きくシーツを持ち上げ覆い被さろうとしてきて、魔法お化けに引っ張られて盛大に転んだ。錬金お化けの中身がごろごろ飛び出す。特徴がなく消去法的に魔法お化けだと言い切れるお化けは自分の行動結果に視線を向ける事もなく、冷たい声で言った。

「リーダー、護衛依頼でふざけるのはやめてください。そんな事だから、敵を作るんですよ」

ふざけた記憶なんてないのだが……。

とりあえず使い切った結界指《セーフ・リング》を外し手渡す。受け取った魔法お化けはぷるぷる震えていた。


訓練場から近くのシトリー達が泊まっているという部屋に場所を移す。

シーツを脱ぎ捨て、錬金お化けから錬金術師《アルケミスト》にクラスチェンジしたシトリーが言った。

「通信石が通じる限界距離がここなんです」

「通信石？」

「最近開発された、通信魔法を組み込んだ魔導具です。宝具の『共音石』を参考に作られたもので……性能は大きく劣りますが量産品です。キルナイトにも組み込んであります」

「へー……そりゃ便利だね」

「まぁ、参考といってもあれは宝具なので、形を真似しただけですが……」

シトリーが拳大の四角い石を取り出す。なるほど……これで動向をチェックしていたのか。

椅子に腰を下ろすと、シトリーがすかさずお茶を入れてくれる。なんだか肩の荷が下りた気分だった。快適だったせいで気づかなかったが、どうやら僕は緊張していたようだ。シトリー達がいると安心感が違う。魔法お化けがいるなら、絨毯の練習もきっと間に合うだろう。

シトリーは僕が落ち着くのを見ると、にこにこと言った。

「護衛もいよいよ佳境でしょう。空を飛んでしまえばこちらの打てる手も限られてしまうので……今の内に何かできる事があるのではと思いまして」

「助かるよ。そうだな……」

手を借りてというのも情けないが、ここら辺で皇帝陛下やフランツさんの好感度を稼いでおくのも悪くないだろう。空を旅するのだ。備えをしてしすぎる事はない。

「先に言っておきますが――まだ水をワインにしたりオレンジジュースにしたりはできないので」

色々すべきことを考えていると、ルシアが眉を顰めてきっぱりと言った。


「ん……ここは……」

「目が覚めたか。迷惑をかけたね、クリュス」

「ヨワニンゲン…………ッ!?　そうだ、私は――」

クリュスがベッドの上で身を起こし、慌てて周りを見回す。

日は完全に暮れていた。クリュスは頭を押さえると窓の外を確認し、自分の格好を確認する。

クリュスが倒れてから数時間が過ぎている。どうやら、錬金お化けは魔力回復薬と同時に記憶を少しだけ消す薬を飲ませたらしい。確かに彼女に記憶が残っていたら面倒な事になっていただろうが、躊躇《ためら》いがなさすぎる。ケチャチャッカ？　けけけしか言わないし大丈夫じゃないかな。

「僕の部屋だよ。魔力欠乏で倒れたから運んだんだ……大丈夫？」

罪悪感を押し殺し、笑顔で言う。クリュスは薬の影響か、まだ少しぼんやりとしていた。

紫の瞳で僕をじーっと見上げしばらく何か考えていたが、眉を顰めて言う。

「…………あのお化け集団は、一体何だったんだ、です」

「…………夢でも見たんじゃない？」

「思い出してきた……あのお化け、私に何か無理やり飲ませて――」

……全然記憶消えてないんだけど。シトリーは頭がいいが、昔から少し抜けたところがある。

クリュスの表情が徐々にぼんやりしたものから変わっていく。

「お、思い、出してきた、です……そうだ。あのお化けの中身、見覚えがある、です。私達をクランに入れる時に交渉にやってきた、ヨワニンゲンのパーティメンバーだった、です」

おまけに顔まで見られてる。どうやらかなり鮮明に記憶があるらしいな。

「夢でも見たんだよ」

クリュスはふらつきながらも立ち上がると、詰め寄ってきた。無言の重圧に、思わず後ろに下がる。

気づくと、壁際まで追い詰められていた。目を細め、クリュスが恫喝するように言う。

「ヨ、ヨワニンゲン、お前、本当にそんなんでこの私を誤魔化せると思っているのか、ですッ！　何を企《たくら》んでいるのか、全部話してもらうぞ、ですッ！」

「ユメダヨ……」

「んん？　私の目をしっかり見て、もう一度言ってみろ、です。嘘をついていないと、ヨワニンゲンのパーティメンバーに誓え、です」

「近い。ちょっと、近いって！」

尖《とが》った耳がぴくぴく動いている。透明感のある瞳と形の良い唇。睫毛《まつげ》の本数まで数えられそうだ。精霊人《ノウブル》などと言っても、見た目は人間とあまり変わらない。

……普通、立ち位置、逆じゃない？　僕はこれでも男なのだが、華奢《きゃしゃ》でもさすがはハンターか。

もう白状してしまってもいいか……テルムやケチャチャッカならばともかく、クリュスはクランメンバーだ。事情を話せばわかってもらえる可能性もある……ような気がしないでもない。どうしよう。

僕の動揺が伝わったのか、クリュスがそこで笑みを浮かべる。

彼女の印象から少し外れた不敵な笑みだ。囁くように言う。

「さあ、言え、です。ヨワニンゲン？　正直に言えば、許してやらんでもないぞ、です」

「《千変万化》、話があるんだが……!?　………………」

そこで唐突に扉が開く。入ってきたのはテルムだった。

壁際に追い詰められている僕と不敵な笑みを浮かべるクリュスを見ると、ぎょっとしたように目を見開く。テルムはしばらく固まっていたが、しばらくして何か納得したのか大きく頷いた。

「ああ、なるほど……何故連れてきたのかわからなかったが、そういう関係…………突然入ってすまなかった。だが、年寄りの忠告だが……そういう事は鍵をかけてやるべきだ。ああ、邪魔をしてすまなかった。こっちの話は後で良い。後でまた来る」

ぎぃと軋《きし》んだ音を立て、扉が閉まる。クリュスはしばらく目を瞬かせ、僕と扉を交互に見て考えていたが、テルムが何を言っているのか理解できたのか、その顔が真っ赤に染まった。

「はぁ？　はぁっぁぁぁ!?　あのニンゲン、何を勘違いしてるんだ。わ、私と、ヨワニンゲンが、そういう関係!?　ふざけるな、ですッ！　どんな脳みそしたらそんな発想になるんだ、ですッ！　魔力的資質も身体的資質も桁外れに優れた精霊人と脆弱《ぜいじゃく》な人族が番《つが》うわけないだろ、ですッ！」

「……いや、生物的にはそんなに変わらないって言ってたよ。極稀にだけど、半精霊人《ハーフノウブル》とかもいるし」

「だだだ、黙れッ！　誰のせいで――くッ、ヨワニンゲン、覚えておけよッ！　ですッ！　テルムッ！　待てッ！　テルムーッ！」

クリュスが涙目で部屋から駆け出していく。どうやらクリュス的には追及より誤解される方が屈辱だったらしい。助かった…………いや、待てよ？

もしかしてテルムは僕を助けるためにあえてあのような言い方をしたのではないだろうか？　僕とテルムは最高のチームだ。以前もシーツお化けで口を合わせてもらったし十分ありうる話だろう。

「《深淵火滅》にはお礼を言わないとな……」

だがもう心配ない。打てる手は打った、明日からは頼りになる《千変万化》をお見せしよう。

……陛下は一体、何を考えておられるのか。

フランツは内に湧き出す形容しがたい感情をなんとか抑え付け、護衛の手はずを整えていた。

元々、ラドリック陛下に自由人の気質があることは知っていた。これまではそれも生まれついての覇者たる者の資質だと考えていたが、今回の件はあまりにもリスクを冒しすぎている。

《千変万化》を頼ってしまうのはわかる。あの男の無実はゼブルディアの至宝により証明されているし、認定レベル8というのは馬鹿げた数字だ。さっぱり感じ取れないが、吸収したマナ・マテリアルは常に鍛錬を怠っていないフランツと比べても桁外れだろう。実際に垣間見たその力はあまりにも理解不能だ。だが、それは別として、とてもその性格は信用できるものではなかった。

フランツは人を見る目には自信があるが、クライ・アンドリヒほどふざけた人間は見たことがない。情報の隠蔽然《しか》り、完全に力の抜けた佇まい然り、ちゃらついたその格好然り、とても皇帝陛下の護衛たる態度ではない。あれと比べたらまだ非常に怪しい格好をしたケチャチャッカや、人間を見下している精霊人《ノウブル》の方がマシである。テルムについてはハンターの模範だ。どうしてリーダーがしっかりできないのか……これは、全てが終わったら探索者協会に厳重に抗議せねばならないだろう。

感情としてはアーグマン家の力を使ってでも潰したいところだが、蛙にされた陛下がお許しになったので、実行するわけにもいかない。いや、陛下がお許しになる事まで予想して行動していたのかもしれない。

憤懣《ふんまん》は溜まる一方だった。何より腹立たしいのは、皇帝陛下や皇女殿下をフランツに潰させた事だ。

思い出しただけでも殺してやりたくなる。

次はない。今後少しでも陛下に害を与えようとしたら監獄にぶち込んでくれる。

そもそも、神算鬼謀ならトラブルが起こる前になんとかしろ！

だが、《千変万化》にばかり構っている暇はない。陛下の身を守るのは騎士団の仕事だ。これから目的地までは空の旅になる。飛行船が落ちたことはこれまで一度もないし陸路よりもずっと安全だろうが、もしも内部に狐の手先に入り込まれたら逃げ場がない。それだけは絶対に避けなければならない。

そういう意味では、準備時間に三日使うというのは悪い話ではないのかもしれなかった。

逆にこれで賊が入り込んだらその時はフランツの首が飛ぶ。

ほとんど休みを取る暇もなく指示を出すフランツの部屋に、騎士団の部下の一人が駆け込んできた。

「団長、《千変万化》から飛行船に持ち込みたい物があると連絡がありました」

「何……？　物はなんだ？」

「ポーションです」

「護衛に必要な私物の持ち込みの許可は出している。些事《さじ》でいちいち確認を取るなッ！」

「はい。そう伝えたのですが、どうやら量が量のようで――」

思わず感情的に怒鳴りつけるフランツに、部下の男は戸惑ったような表情で言った。


トレジャーハンターにとって、ハントとはその事前準備からを指す。

情報収集や物資の補給など、細かい調整が依頼の成否を決めるといっても過言ではない。

《嘆きの亡霊《ストレンジ・グリーフ》》でそれらを管理しているのは錬金お化けだ。性格もあるのだろうが、彼女の準備はいつだって万端だ。

物資の前で満足げに頷いていると、フランツさんが駆け寄ってきた。

フランツさんはずらりと並べられた木箱に一瞬唖然《あぜん》としたが、すぐに僕を睨みつけた。

なんか最近、フランツさんの怒っている表情しか見ていない気がする。

「お、おい、《千変万化》、これはどういうつもりだ！　基本的な物資はこちらで準備しているッ！」

「……備えあれば憂いなしって言うでしょう」

「限度があるわッ！　貴様、トアイザントで商いでもやるつもりか！」

確かに、何を想定したのか錬金お化けが用意した箱の数は僕の予想を遥《はる》かに上回る量だった。全部で百箱以上あるだろうか、普通のトレジャーハンターならば間違いなく一年は持つ量である。

一体どこで仕入れてきたのかもお金がいくらかかったのかも知らない。請求されていない。

だが、わざわざ追加補充したのに怒ることもないだろう。

「落ち着いてよ、フランツさん。そっちのポーションがなくなった時のためだ。それにほら、用意したのはポーションだけじゃない。食べ物も用意した」

「ッ……このッ！　食料も、十分、用意しているッ！」

「なくなった時のためだよ。砂漠は広いし、もしも飛行船が墜落したら、そっちで用意した分の食べ物じゃ足りないだろ？　水も用意したよ」

砂漠と言ったら遭難である。僕は快適なのでいいが、陛下の結界指《セーフ・リング》も日射しまでは防いでくれない。

「…………………」

自信満々の説明に対して返事はなかった。顔を上げフランツさんの顔を確認して思わず息を呑む。

先程まで顔を真っ赤にしていたフランツさんの表情から感情が抜け落ちていた。

能面のような無表情な顔で僕をじっと見ている。……何か変な事を言っただろうか？

身を硬くする僕に、フランツさんは地獄の底から響くような声で問いかけた。

「……何が、起こる、のだ？」

「え……？」

何の話をしているのだろうか？　目を丸くする僕にフランツさんが詰め寄ってくる。

「何が起こる、と、聞いているのだッ！　《千変万化》ッ！　貴様、ふざけているのか？　起こる事がわかっているのならば、事前に防げッ！　報告しろッ！」

「!?」

襟を掴まれ、激しく揺さぶられる。掴まれる系の攻撃は結界指が通じない数少ない攻撃だ。

「わか、わからない！　わからないよ！」

「嘘をッ！　つくなッ！　殺すぞッ！」

情けなく反論するが、フランツさんは全く信じていなかった。やばい表情だ。僕は神じゃないし、先の事などわかるわけがない。僕の行動はハンターとして至極当然の事である。

「おち、おちついて――ただの備え、備えだよッ！」

「どこにッ！　ただの備えでッ！　店を開けるほどのッ！　物資を持ち込むッ！　者がッ！　いるッ！　許可が出るわけ、なかろうッ！　私をッ！　馬鹿にしているのかッ！」

「ここにッ！　いるよッ！」

しばらく揺さぶられていたが、ようやく少し落ち着いたのか、乱暴に解放される。

まったく、貴族というのは横暴で困る。確かに量は多いが、備えをするのは護衛の仕事の内だろう。せっかく仕事したのに……やるせない気分の僕に、肩で息をしながら、フランツさんが断言した。

「飛行船は……落ちん。これまで、落ちたこともない」

「う、うんうん、そうだね。フランツさんの言葉はもっともだ。僕も九割方、墜落なんてしないと思うよ。だからこれは本当にただの備えだ。ははは……僕は臆病だからさ」

笑い話にして許してもらおう。空笑いをする僕に、しかしフランツさんの表情は引きつったままだ。

「つまり、貴様は、こう言っているわけだ。これまでどんな天候でも、魔物に襲われても落ちなかったゼブルディアの誇る最新鋭の飛行船が……一割もの高確率で墜落する、と？」

「…………」

どうやら誤解があるようだな。どうして皆僕の言葉尻を捉えようとするのか。言っとくけど、僕が言っていることけっこう適当だよ？　たまにシトリーにカンペを作ってもらってるくらいなのだ。

それに僕は護衛が失敗するとは思っていない。気が立っているフランツさんを安心させるべく言う。

「……大丈夫、フランツさん。船が落ちても皇帝陛下は僕が拾ってあげるから」

「…………ッ、おい、飛行船が故障していないか、もう一度確認し直せッ！　乗り込む者の素性もだッ！　墜落する可能性を全て洗い出せッ！　二日でやれッ！　落とさせんッ！　絶対落とさせんぞ、《千変万化》ッ！　お前の思い通りにはさせんッ！　くそッ！」

フランツさんがすぐ近くにいた部下に怒鳴りつけるように命令をし、僕を睨みつける。

別に僕が落とすわけじゃないんだが……まぁいいか。無事、護衛が終われば仲直りできるだろう。

出すべき指示は出した。僕がやるべきは本当に最後の備え――絨毯の練習だ。

散々殺されたが、仲良くなるいい方法を思いついた。

うまくいくかどうかはわからないが、試してみる事にしよう。


そして、飛ぶように時間が過ぎ、運命の日が来た。最近は天気のいい日が続いていたのに、あいにく今日は空に分厚い雲が出ている。空を飛ぶのにいい空模様とはとても言えない。

準備はほぼ終わっていた。テルムもケチャチャッカも、そしてクリュスも、皆、準備万端のようだ。

フランツさんが目の前で仁王立ちしていた。額に青筋を立て、ぴくぴく眉を痙攣《けいれん》させながら言う。

「……聞き間違いか？」

「…………本当に申し訳ない」

唯一の問題は、頼み事をした盗賊《シーフ》お化けがまだ戻ってきていない事だけだ。盗賊《シーフ》お化けには帝都に戻って、とある物を持ってきて欲しいと頼んでいた。彼女の足ならば十分間に合うと思っていたのだが、読み違いだ。というか、そもそも早朝に出発とは思っていなかった。

皇帝陛下は出発の準備をしており、助け船を出してくれる人は誰もいない。

ここ数日散々迷惑をかけたクリュスもだいぶおかんむりで、視線を向けるとぷいと顔を背けてしまった。

キルナイト・バージョンアルファは相変わらずその場に直立したまま動かない。

「《千変万化》、貴様の要求には十分に従った。出発を三日も延ばしたし船の整備も故障がないか一からやり直した。集めた物資も全て積んだ！　その上、これ以上出発を延ばせ、だと!?」

今すぐにでも斬りかかってきそうな剣幕だ。僕だってこんな事言いたくないのだ。怒らせる事は目に見えていた。だが、このままでは一生懸命お使いしてくれたリィズが戻ってきたら僕がいなかったなんて可哀想な事になってしまう。

「僕も想定外なんだよ……そうだ、先に出発してもらって僕が後から追いかけるのはどうだろう？」

僕の策は功を奏した。暴れん坊絨毯君はとても上機嫌だ。どうやら僕が買ってあげた青い絨毯が非常にお気に召したらしい。ずっと雄だと思っていたが、もしかしたら暴れん坊絨毯は雌なのだろうか？

きっと今の彼女ならば僕を乗せて飛んでいる飛行船を追ってくれるだろう。

「駄目だッ！　癪《しゃく》だが、貴様は陛下の選んだ護衛なのだッ！　独断専行は認められんッ！　出発は一時間後だッ！　三日もくれてやったのに準備できなかった貴様が悪いッ！」

参ったな……正論すぎて何も言えない。

荒々しい口調で言い終えると、話は終わりとばかりにフランツさんが部屋を退出しようとする。

その時、今まさにフランツさんが開けようとした扉ががちゃりと開いた。

「!?」

「……お」

入ってきたのはぼろぼろのシーツを被った盗賊《シーフ》お化けだった。

どうして盗賊《シーフ》お化けと判断できるかと言うと、その手に僕が頼んだ物を持っているからだ。

「？？？？」

「な、なな……？」

盗賊《シーフ》お化けはあまりの驚愕に完全にフリーズしているフランツさんの前を通り過ぎ、愕然としているクリュスやテルム達を無視すると、僕の目の前に来た。

物を受け取る。盗賊《シーフ》お化けが持ってきた物。それは――身の丈ほどもある大きな杖だった。

クリュスの持つ樹の杖と違って金属でできており、螺旋《らせん》を描いた杖頭の中心に大きな真円の宝玉が浮かんでいる。金属は輝きからして金に見えるが、金ではない。この杖は――宝具である。

どうやらさすがの盗賊《シーフ》お化けでも帝都は遠かったらしい。だが、ナイスタイミングだ。

ふらふらの盗賊《シーフ》お化けを抱きしめると、背中をぽんぽん叩いて労《ねぎら》ってやる。お化けは僕に一瞬だけ身を預けたが、お化けとしての立場を守り沈黙したまま出ていった。さすがやる時はやるお化けだ。

扉が閉まる。これで必要な物は全て整った。絨毯が拍手している。僕はハードボイルドに言った。

「さぁ、全ての準備はできた。出発しようか」

「ちょ、ちょっと待て、流すつもりか!?　今のはなんだッ！」

「……僕の使役しているシーツの精霊だよ」

「…………本気でそれで納得させられると思っているのか!?」

フランツさんの顔が引きつっている。クリュスがほれ見たことかと言わんばかりに僕を見る。

だが、押し通す。押し通すぞ、僕は。あれはシーツの精霊だ、それ以上でも以下でもない。

別に護衛の邪魔をしたりはしないんだからいいだろ！

わざわざ取りに行ってもらった翻訳杖――ずっしりと重い『丸い世界《ラウンド・ワールド》』を握りしめると、僕は反抗心がない事を示すために笑みを浮かべた。

ようやく……これでようやくケチャチャッカの言葉がわかるぞ！


ゼブルディア帝国の誇る最新鋭の飛行船。『黒き星《ブラック・スター》』はその名の如く黒く巨大な乗り物だった。一番目につくのは巨大な風船のような船体上部だが、搭乗部も相応に大きい。ルシアの箒《ほうき》に乗せてもらったり暴れる竜に捕まり空を飛んだことはあるが、このような乗り物に乗るのは初めてだ。大きさだけなら並の竜よりも上だ。きっとこの威容は帝国の力を示す意味もあるのだろう。

「天気が悪いな」

「この程度ならば問題ないでしょう。実績もあります。船は絶対に落ちません。絶対に」

「……そのような心配はしていない」

頑《かたく》なに言うフランツさんに皇帝陛下が眉を顰め、船に乗り込む。

見届けたフランツさんが近くに来て、睨みつけてきた。

「重量制限がある。貴様の荷物のせいで人を減らした。役に立たなかったらただでは済まさんからな」

「そんな……ただの備えだよ。しかし、随分脆《もろ》そうだな……風船みたいだし」

「……破れても専門の魔導師《マギ》が魔法で補修する、問題はない。形は発掘された宝具が基になっている。本物は魔導師《マギ》の補助なしで飛ぶらしいが、噂に過ぎん」

なるほど……宝具を基に試行錯誤して物が生み出されるのはよくある話だ。でも、大丈夫かな？

しかし、荷物減らした方が良かったかな……シトリーに出した指示が雑すぎたようだ。

「……竜が襲ってきたらひとたまりもなさそうだな」

「余計な事を言うんじゃないッ！　外敵の対応は貴様らにやってもらう。魔導師《マギ》なら容易いだろう」

「うんうん、そうだね」

魔導師《マギ》を揃えた僕の判断はどうやら正しかったようだ。揃えたというか揃ったという方が正しいのだが、テルムならば船の中から外の竜を殺すことも可能だろう。

即答した僕を、フランツさんは胡散臭《うさんくさ》い物でも見るような目で見ていた。


なるほど……見事な船だ。テルム・アポクリスは初めて見る『黒き星』の威容に唸り声をあげた。

帝国の保有するこの最新鋭の飛行船は貴族専用で、一般人やハンターの搭乗は許されていない。

魔導師《マギ》の操る術の中には飛行の術もある。テルムとて空を飛んだことくらいあるが、それを考慮してもこの飛行船は革新的だ。飛ぶ原理については専門外のテルムにはわからないが、船体に刻まれた魔術的仕組みは紛れもなく一級だ。一級の術師が計算の限りを尽くし、時間をかけて術を刻んでいる。

船体を守る魔法は強度を高める防御魔法から重量軽減、船体を適宜修復する魔法まで複雑に刻まれている。炎や雷、冷気を始め、自然災害についても一通り対策が取られていた。

まさしくこれは古《いにしえ》の具現である宝具とは正反対、現代技術の粋を尽くして生み出された船である。

これほど対策しているのならば、これまで何度も運行し一度も船が落ちなかったのも納得できた。

レベル7のテルムでもこれを外から落とすのはかなり難しい。竜の群れに襲わせて五分だろうか。

しかし、ケチャチャッカの呼び寄せる竜は種類を指定できない。難しいと言わざるを得ない。

だが、それは——外部から落とすならば、だ。結界は外からの攻撃に強いが、内側からならばどうとでもなる。テルムはその時、《千変万化》の不可思議な行動と指示の意図を理解した。

帝国側はこの船が落ちることを考えていない。そして実際にこの船はただの襲撃で落ちるようにできていない。そういう意味でも『黒き星《ブラック・スター》』は帝国の象徴とも言えた。それ故に落とす価値がある。

狐の力を示すのにこれ以上のものはない。そして、もしもこの飛行船が落ちるような災厄に見舞われたのならば、護衛が失敗し皇帝が亡くなったとしても『仕方ない』で済まされるだろう。《千変万化》の名誉は多少傷つくだろうが、組織の力を借りれば確実にその論調に持っていける。

これが………『十三本目』の考え、か。テルムの作戦は完璧だった。今もそう思っているし、皇帝の暗殺を目論《もくろ》むのならばテルムの策の方が余程手っ取り早い。

だが、この『十三本目』の策は——得られるものが段違いだ。その目はテルムの目的の更にその先を見据えていた。ここまで圧倒的な違いを見せつけられればもはや嫉妬すら抱かない。

まだ『十三本目』の行動で理解不能なものが幾つもあるが、それも何か意味があることなのだろう。

だが、ずっとただ見ているわけにはいかない。

『十三本目』は襲撃の準備について任せる、と言った。花を持たせるという事だろう。フランツ率いる近衛の騎士団はそれなりの腕利き揃いだ。テルムならば圧倒できるが、数は向こうの方が多い。

油断はできない。テルムは気を引き締め直すと、『黒き星』に乗り込んだ。

第五章　迷い宿と迷子達

「おおお、飛んでる、飛んでるぞッ！」

「飛行船なんだから当たり前だろ、ですッ！」

クリュスが田舎者でも見るような目を向けてくる。本来、森の奥で慎ましやかに生きる精霊人《ノウブル》にそんな目で見られるとは……クリュスはどうやら都会に慣れきってしまったらしい。

飛行船の離陸はスムーズだった。浮遊感は僕がこれまで体験してきたどの飛行よりも静かだ。

まさか本当に人工物が空を飛ぶとは……技術の進歩って凄いなぁ……。

無意味に巨大な杖《つえ》にもたれかかり窓から地上を見下ろしていると、クリュスが眉を顰《ひそ》め尋ねてきた。

「ところで、その杖、何だ？　ですか？」

「宝具の杖だ。立派なものだろう？」

お洒落だしね。自信満々に言う僕に、クリュスは自分が使っている杖を見る。

過去の遺物である宝具は変わった形をしている事が多い。『丸い世界《ラウンド・ワールド》』もその例に漏れず、本来、魔導師《マギ》の杖は木製が多いが、これは金属製だ。杖頭に浮かぶ珠も一体どうやって浮かんでいるのか、何のために浮かんでいるのか不明だ。不可思議で意味不明でとても宝具らしいと言える。

杖の宝具は武器型宝具の中でも希少で、上級のハンターでも持っている者は少ない。この杖は本来杖に求められる魔力増幅効果がゼロなので武器としては役立たずだが、それでもかなりの値段がした。ちなみに、テルムが両腕につけている腕輪も宝具だろう。きっと、腕輪型の杖の宝具だ。純粋な杖型の宝具よりも更に高価な代物である。さすが帝都でもトップの魔術集団、良いものを持っている。

「…………ヨワニンゲン、今までどうして持っていなかったんだ、です」

「必要なかったからだよ」

クリュスが何か言いたげに形のいい眉を歪《ゆが》める。

久しぶりに持ったが、杖はかなり重かった。デザインが格好いいのはいいのだが、ここまで運ぶだけでもかなり疲れてしまった。リィズに重量軽減の宝具を一緒に持ってきてもらうべきだった（リィズ達にとってこの程度の重さはないに等しいので頼まないと持ってきてくれないのである）。

「……杖の宝具なんて持っていたんだな、です」

「剣の宝具も斧《おの》の宝具も持ってるよ。コレクションの一つってだけだ」

「……なるほど。コレクションにしておくにはもったいない宝具だ、です。だが、不思議な杖だ……です。宝具の杖は魔力変換率が凄いって本当なのか、です？」

「うんうん、そうだね……」

魔導師《マギ》だけあって杖が気になって仕方ないらしい。クリュスがちらちら自分の杖と『丸い世界』を見比べている。残念ながらこれは杖というよりは杖型通訳機だからそっちの杖の方が優秀だと思うよ。

僕はクリュスの視線を感じながらあちこちを見回し、何を考えているのか、一人じっと外を見下ろしているケチャチャッカを見つけた。

わざわざリィズに帝都に杖を取りに行ってもらったのは、ケチャチャッカと会話を交わすためだ。

僕は杖をハードボイルドに持ちながら、意気揚々とケチャチャッカに近づいた。

フードを深く被り如何《いか》にも怪しげな呪術師《シャーマン》がこちらを見る。

「やぁ、ケチャチャッカ、何か気になっている事でも？」

「ひひ……ひひひ……」

「火？　火が気になってるの？」

「けけけけけ……」

相変わらずコミュニケーションが取れない奴だ。だが、それもこれで終わりである。

僕は『丸い世界《ラウンド・ワールド》』を発動した。にこにこしながら話しかける。

「ごめん、もう一回言ってもらっていい？」

「うけけけ……けけ」

ケチャチャッカの言葉はとても怪しげだが、フードに隠されたその目は驚くほど冷静だ。

僕は大きく頷《うなず》き、答えた。

「……ひひひひ」

「うひぃ!?」

「けけけ……けけ」

「けけッ！　けけけけッ！」

「…………………なるほど……なるほど、ね」

表情が引きつらないように全力を使いつつ、礼を言い、ケチャチャチャッカから離れる。

じっとこちらを窺《うかが》っていたクリュスの近くに戻る。クリュスは僕に非難するような視線を向けた。

「ヨワニンゲン、ケチャは仲間なんだから、ケチャで遊ぶのもいい加減にしろ、です！」

「うんうん、そうだね……遊んでるつもりはなかったんだけど」

しかし、世の中には不思議な事があるものだ。首を傾げ、僕はクリュスに杖を差し出した。

「クリュス、この杖、護衛の間、貸してあげるよ」

「はぁ……？」

「使ってみたそうにしてただろ？　なくさないでね」

「!?　？？？　ヨワニンゲン、お前、武器なしで護衛するつもりか、です！」

クリュスが目を見開くが、その目はちらちらと神秘的な雰囲気を持つ『丸い世界』に向かっている。

僕はハードボイルドを装い格好をつけてとんとんと自分の頭を指した。

「いいんだよ、僕の武器は……これ、だからね。むしろ今は杖は邪魔だ」

重いから持っててください……。

クリュスが戸惑いながらも『丸い世界』を受け取る。結構な重量があるのに、杖を手に持ったクリュスは何も言わなかった。華奢《きゃしゃ》な肢体をしているがそれでも僕より腕力があるのだろう。悲しい。

「ふ、ふん……同じクランメンバーとはいえ、武器を預けるなどハンターとして信じられないが……そこまで言うなら、預かっておいてやる、です」

「うんうん、よろしくね。ああ、そうだ。その杖、かなり強力だから船の中では試さない方がいいよ」

「わかっている、です」

僕はにこにこしながら、ちらりとケチャチャッカに視線を向けた。

ケチャチャッカの言葉……一切、通訳されなかった。どうやら彼は自ら『うけけけけ』と言っているらしい。宝具の力は絶対だ。この宝具は理屈で言葉を変換しているわけではなく、『意思の疎通』という概念の具現なのだ。帝都の至宝、『真実の涙《トゥルー・ティアーズ》』が、『真実』という概念そのものであるように。

ハンターというのは本当に変わり者ばかりだ。


飛行船はたまに揺れたりもしたが、概《おおむ》ね快適だった。僕の着ている快適な休暇《パーフェクト・バケーション》のおかげもあるだろうが、大部分はフランツさんの尽力によるものだろう。

フランツさんは三日で備えを万全にしたらしい。搭乗者を完璧にチェックし、飛行船に不備がないか再確認した。それがどれほどの負担だったのかはその少しやつれた容貌を見ればよくわかる。

「ネズミ一匹入り込めん。どうだ、《千変万化《せんぺんばんか》》、これでも船は落ちるというのか!?」

「大丈夫だと思うけど、落ちる時は落ちるからね……非常口どこだっけ？」

「ッ…………クソッ、出て左だッ！　船内の地図は渡しただろッ！　嫌味か!?」

ああ、そうだったな。しかし、フランツさんは緊張しすぎだ。緊張してもどうにもならない時はどうにもならないんだし考えすぎは良くない。僕はフランツさんが少しでも安心できるように言った。

「まぁでも大丈夫、落下によるダメージは結界指《セーフ・リング》のカバー範囲だ。これは実体験だよ」

「ッ……ふ、ふざけるな、《千変万化》ッ！」

何が気に障ったのか、フランツさんが強くテーブルを叩いた。

思わずびくりと一歩後退《あとずさ》る僕に詰め寄ると、指を突きつけ居丈高に言う。

「貴様の役割は、そうならないようにすることだッ！　《千変万化》、何故《なぜ》貴様はずっと余裕の態度を崩さんのだッ！　必死になって護衛しろッ！」

「え、そ、それはきっと……経験の差だよ」

「な、何ッ!?」

僕はこれまで散々な目に遭ってきた。皇帝陛下の護衛をするのは初めてだが、大量のドラゴンに襲われたのは初めてじゃないし、こうして怒鳴られるのも初めてではない。そして、落ちるのも初めてではないのである。もっと酷《ひど》い目に遭ったこともある。あらゆる不幸に遭遇した僕に隙はなく、諦めもいいのであった。おまけに、僕は結界指の扱いだけは天下一品だ。まぁ、起動するだけだけど。

「まぁなんとかなるって」

「この船は鉄壁だッ！　魔物除《よ》けも施されている、地上ならともかく、空で襲われる心配はないッ！」

フランツさんの声はまるで自身に言い聞かせているかのようだった。

と、その時、船室の外からフランツさんの部下がキビキビした動作で入ってくる。

「フランツ団長、地上から嵐の兆しありと連絡が――」

「…………クソッ、貴様が出発を三日も延ばしたからだぞッ！　総員、警戒させろ。雨や風で船は落ちん。たとえ雷が落ちてもなッ！」

フランツさんが僕を睨《にら》む。だが、旅に嵐はつきものだ。この間のバカンスの時も来てたよ。

僕は眉を顰めると、これまでの経験を思い出し、せめて表情だけでもと、小さく笑みを浮かべた。

「嵐で済めばいいけどね」


飛行船が激しく揺れる。ケチャチャッカは窓の外、流れる黒雲を確認し、歯を食いしばった。

ストレスで胃と頭が痛かった。『狐』の一員になってから初めての経験だ。

原因はわかっている。全ての原因はあの自称『十三本目』――クライ・アンドリヒだ。

ケチャチャッカにはあの男が凄腕のようには見えなかった。正体を明かされる前も、正体を明かされた後も、あの男はあまりにものんきで、そして、どう甘く見積もってもフザケている。

これまでケチャチャッカに向かって「けけけ」などと言ってくる者はいなかったし、それ以外にも皇帝を蛙にしたり、シーツの精霊を呼んだり、やりたい放題だ。全てが計算と言われてしまえばそれまでだが、よくもまあ護衛団長のフランツ・アーグマンは追い出さないものだと、ケチャチャッカはこれまで間抜けばかりだと思っていた近衛騎士団を再評価してしまったくらいである。

本音を言わせてもらえれば、あれが本当に『九尾の影狐《ナインテイル・シャドウフォックス》』の最高幹部ならばケチャチャッカはこれ以上この組織でやっていける自信がない。

本当に幹部なのか？　ケチャチャッカの中には正体を聞いた後もずっとその疑念が渦巻いていた。

テルムが『狐』の一員なのは間違いない。だが、あの男はわからない。呪術は怨嗟《えんさ》や強い感情を利用して現象を起こす魔術である。その術の使い手であるケチャチャッカは人の性根を見抜くことに長けている。その見立てによると、《千変万化》はただの……いや、とんでもない能天気だ。その行動には悪意も計算もなく、何よりハンターならば当然纏《まと》っているはずの『死の匂い』が全くしない。

だが、ありえない。ありえないのだ！　窓に凄まじい激しさで叩きつけられる雨粒を眺めながら、ケチャチャッカは弱々しく「けけ……」と泣き言を漏らす。

ケチャチャッカの見立てでは、《千変万化》は狐の一員ではない。しかし、同時にレベル8のハンターでもないはずなのだ！　ただの一般人（しかもかなり弱い方）のはずなのだ！　だが、実際、狐かどうかは置いておいて、レベル8のハンターである事に疑いはない。影武者の線も疑ったが、影武者を使うとしてもあれは選ばないだろう。

それに、一般人が狐の符丁を知るなど絶対にありえない。偶然合致するような内容でもない。あまりにもチグハグだった。何が真実で何が嘘だか、ケチャチャッカにはわからなかった。

面倒臭い手続きが必要だが、こういう時のために狐には緊急用の構成員確認システムが存在する。帝都に戻ったら絶対に確認しよう。任務のためではなく自分のために、確認するべきなのだ。

外は完全に嵐だった。嵐程度で落ちるような船ではないが、飛行船内部は蜂の巣をつついたような騒ぎになっている。嵐はケチャチャッカの力ではない。テルムの力でもないだろう。ただの偶然だ。偶然にしてはケチャチャッカ達に都合が良すぎるが、ただの偶然に違いない。

ケチャチャッカの上司、テルム・アポクリスが目を見開き、呟いた。

「聞いたことがある。《千変万化》は嵐を呼ぶ。その時が来たか？　今ならば墜落もおかしくない」

ありえない。魔術の中には嵐を呼ぶものもあるが、外の嵐には魔術で起こした際に見られる独特の兆候が見られないし、あの男に魔力《マナ》なんてない。普段のケチャチャッカならば声高にそう断言する。

だが、実際に十三本目は何の魔術的動作もなく皇帝を蛙にしているのであった。

「けけぇ……」

「不安か、ケチャ。問題ない。飛行船の防御魔法も内部からの攻撃には弱い」

小さく声を漏らすケチャチャッカに、テルムが両腕の腕輪を擦《さす》る。

この男ならば、最強の水魔法の使い手ならば、確実にやってのけるだろう。

テルム・アポクリスは強い。隠密性も威力も、ケチャチャッカはこの男ほど強力な魔導師《マギ》を見たことがない。対人間に限定するのならば恐らく《深淵火滅《しんえんかめつ》》をも超えるだろう。

そして――水の分身。宝具の助けを借り、分身を生み出し自在に操作するその力は唯一無二だ。

実際に皇帝を殺すだけならばいくらでも可能だった。護衛など、いくらいたとしても関係ない。

だが、一月前ならば頼もしく感じたその言葉も、今のケチャチャッカを安心させてはくれない。

問題ないはずだ。失敗の確率はほぼゼロだ。いざとなったら竜を呼べばいい。

と、その時、部屋に《千変万化》が入ってきた。

テルムを見るとやや間の抜けた印象のある笑みを浮かべ、立ち上がりかけたテルムを止める。

「ああ、何もやらなくていいよ」

「……ふむ。まだ、その時じゃないということ、か？」

「ん？　ああ、フランツさん達が動くって」

「何!?　あの男も仲間なのか!?」

「え……？　そりゃ……そうだけど……まぁ、まだ僕達が動くようなタイミングじゃない」

《千変万化》が意外そうに言う。そんな馬鹿な、と叫びかけ、ぎりぎりで止めた。

ケチャチャッカの見立てではフランツ・アーグマンは白だ。白中の白だ。フランツは真実の涙《トゥルー・ティアーズ》を受けることを自ら志願し潔白を証明している。そんな男が狐の一員のわけがない。

だが、同時に《千変万化》も同じように潔白を証明しているのであった。

……この依頼がうまくいったらしばらく休暇を貰おう。

弱るケチャチャッカとは裏腹に、テルムは泰然としていた。上げかけた腰を下ろす。

彼の目には《千変万化》はどう映っているのだろうか？　テルムが顎を撫《な》で、十三本目に尋ねる。

「ふむ……ならば、従おう。そういえば、確認せねばならない事があった。クリュスはどうする？」

「え？　どうするって？」

「随分仲がいいように見えたが……始末して構わないのか？」

「……!?　え!?？？？」

確かに、あの精霊人《ノウブル》は邪魔だ。作戦失敗のリスクは減らさねばならない。

当然のテルムの問いに、《千変万化》は目を白黒させていた。不思議そうな表情で言う。

「仲は別に良くないけど……始末なんてしないよ。君達、仲悪かったっけ？」

任務に私情を挟まないのがプロの仕事だ。別に仲が良くないという事は、今までの仲睦《なかむつ》まじそうなやり取りは全て演技だったということだろうか？　そして、それにも意味があるのだろうか？

「悪いわけではないが……つまり、クリュスの方は君に任せていいんだな？」

テルムの確認に、十三本目は目を瞬《しばたた》かせ首を傾げたが、すぐに自分を納得させるかのように頷いた。

「んん……ああ、たまにはリーダーっぽい仕事をしないとね。クリュスには口頭で注意しておくよ」

「口頭……？　…………………ま、任せたぞ」

凄く不安なのだが、本気なのだろうか？　本気で口頭注意で口封じできると思っているのだろうか？　できるはずがない。だが、狐は上の階級の者の命令には絶対に従わなくてはならない。

部屋の外から騒がしい音が聞こえる。どうやら嵐による飛行船の影響を確認しているようだ。

影響など出るわけがない、この船はまさに要塞だ。だが、実際に飛行船が落ちれば嵐のせいと判断するだろう。破壊工作する絶好のタイミングに見えるが、これ以上のタイミングがあるのだろうか？

その時、まるでその疑問を察したかのように不意に《千変万化》がケチャチャッカを見た。

心臓が強く鳴り、背筋が凍る。

《千変万化》は真剣な表情でケチャチャッカの方に近づき――そのまま通り過ぎた。

窓を覗き、眉を顰める。ケチャチャッカも同じように窓を覗く。

強い嵐の中、空には巨大な白い凧《たこ》が飛んでいた。思わず目を擦り見直すが、凧は消えない。

上には以前見かけたふざけたシーツの精霊が張り付くように乗っている。

《千変万化》はどこか困惑したような表情で言った。

「…………なかなかやるな」

まるでタイミングを見計らったかのように、強い雷光が瞬き、凧に命中する。凄まじい音がした。シーツの精霊達を乗せた凧が落ちていく。それを、《千変万化》は眉を八の字にして見送っている。

「……うけけ……」

ケチャチャッカは小さな声でギブアップすると、寝室に向かいベッドの中に潜り込んだ。

「クリュスさ、テルムになんか失礼な事した？」

「はぁ？　失礼な事してるとすればそれはヨワニンゲンだろう、です」

クリュスが腕を組み不服そうな表情で言う。酷い言われようだが反論もできない。

外は凄い嵐だった。嵐にも雷にも慣れてはいるが、空の上で遭遇した記憶は数えるほどしかない。揺れる船体に、光と音。快適な休暇《パーフェクト・バケーション》がなければとても快適ではいられなかっただろう。

絨毯《じゅうたん》はこの揺れの中でも上機嫌な様子で、街で購入した絨毯とダンスを踊っていた。購入した絨毯はそれなりに高価だったがあくまでただの絨毯であり、動いたりできないのだがその辺は気にならないらしい。へたをすれば一緒に逃避行してしまいそうなくらいの気に入りっぷりである。

宝具って本当に不思議だ。ついでに、君達けっこう身長差があるね……。

踊る絨毯に目を奪われていると、クリュスがぷんぷんと怒りながら言う。

「大体、ヨワニンゲンは私を呼びすぎだ、ですッ！　そりゃ頼りにしてしまうのはわかるが、しょっちゅう呼ぶな、ですッ！　毎日毎日部屋に呼んで……もしかして私の事が好きなのか、ですッ！　諦めろ、です！　私が従ってやってるのは、ラピスの命令だからであって、好意は一欠片《ひとかけら》もない、です」

告白してもいないのに振られてしまった。

毎晩、宝具のチャージで呼んでごめんね。でも、毎回頼まれてるんだから普通誤解しないよね？

だが、僕はクリュスの事は嫌いじゃない。宝具をチャージしてくれる人は皆大好きだし、ついてくる悪態も他と比べてだいぶマシである。テルムやケチャチャチャッカといい、今回の僕の人間運はかなりいいようだ。もしかして今回の僕は……ツイてる？

「そういえば、テルムの誤解、解けてなさそうだったよ」

「ッ……これだから、年中発情している人間は――」

「…………それ、陛下に言わないでね？」

「!?　言うわけないだろ、馬鹿にしてるのか、ですッ！　ヨワニンゲンと一緒にするな、ですッ！」

しかし、これが終わったらクリュスにもお礼をしないとな……アミュズナッツを大量に贈るとかどうだろうか？　味は気に入っていたようだし、魔力《マナ》を使わなければ痛みも走るまい。

山場は抜けたのか、船の揺れが安定してきた。どうやら大きな被害なく抜けられたようだ。僕の大切なシーツお化け達が雷に打たれていたが、彼らは雷や落下程度では死なないので、心配いるまい。

その時、ふとばたばたと走る音が聞こえ、扉が勢いよく開いた。

「ふ……ふはははははははっはははは！」

入ってきたのは汗だくのフランツさんだった。

皆に指示を出していたのか、表情には若干の疲労が窺えるが、その目は強く輝いている。フランツさんはクリュスの白い目にも気づいた様子もなく、狂ったような高笑いをあげ、僕を指差した。

「どうだ、《千変万化》ッ！　乗り切った、乗り切ってやったぞッ！　嵐などどうということもない！　貴様の目論見《もくろみ》は外れた、この船は無敵だッ！」

「え……あ、うんうん、そうだね？」

いくらなんでも喜びすぎではないだろうか？　そもそも僕は九割落ちないと言ったわけで……。

フランツさんは今にも踊り出しそうなテンションだった。

ダンスするならお相手として僕の絨毯を貸してあげてもいい。

「……ヨワニンゲン、本当にお前、全方位に喧嘩を売りすぎだ、です」

売った覚えのない喧嘩が買われているのだ。不思議。

だが、そうまで言われると少しくらい反論したくもなってくる。

「まだ嵐は抜けていないし……注意した方がいいよ」

「ふははははははは……負け惜しみでもなんでも言うがいいッ！　貴様の茶番に付き合うのも終わりだッ！　大人しくしていろッ！　陛下にご報告しなければ……！」

自信満々に宣言すると、フランツさんはまるで貴族のように胸を張り堂々と出ていった。

……というか、よく考えたら貴族だったね。

まるで嵐のような勢いに、さすがのクリュスも目を丸くしている。やがて、ポツリと言った。

「ストレス溜めすぎだ、です。そういう時はハーブティーでも飲んでリラックスするのがいい、です。

ニンゲンはもっと私達のように自由に生きるべきだ、です」

「ハーブティーか……いいね。シトリーがよく淹《い》れてくれたなぁ」

しみじみと頷く僕に、クリュスは眉を顰め、何故か心外そうな顔をする。

「……ヨワニンゲンには必要ないだろ、です。お前は精霊人《ノウブル》よりもストレスなさそうだ、です」

僕にしては珍しい事に、飛行船の運行は極めて順調に進んでいた。特に揺れもなく、まあ僕は宝具の力でどんな状況でも快適なのだが、クリュスも何も言わなかったところを見るとさすが最新鋭という事なのだろう。

国の重要人物の移動用なだけあり、各部屋はこれまで泊まってきた旅館にも見劣りしていない。調度品や家具も品が良く、ベッドもふかふかだ。もしもこういう所を探検するのが大好きなリィズがいたら船内を見て回りたがっただろうが、悲しいかな、彼女は既に落雷を受けて落ちてしまった。

何度か部屋に設置された窓から外を覗いてみたが、外には黒い雲が立ち込めているだけで、凧やお化け達の姿は見えなかった。僕の幼馴染達は皆無茶をする性格なので再挑戦してきてもおかしくはないのだが、さすがに嵐は無理だと悟ったのだろうか？　だがそもそも凧に乗って空を飛ぶという発想がちょっと現実を見ていないのではないだろうか？

キルナイトも満足げに（？）部屋の隅に直立している。絨毯より大人しいな。

ベッドでごろごろしながら、部屋の片隅をアクティブに動き回っている絨毯を眺め、首を捻《ひね》る。

「……墜落、するかなぁ……？」

僕の運の悪さを考えると十分ありうる話なのだが、フランツさんの様子を見るにこの船は余程堅牢らしい。竜が沢山襲ってきたことは知っているのだから、竜に襲われても大丈夫だという自信があるのだろう。もちろん、墜落はしない方がいい事は言うまでもない。

船が到着するのは目的地である砂の国、トアイザントの首都だ。トアイザントは小国だが、治安は悪くないらしいので国の中は割と安全だろう。

「……となると勝負は数日、か」

まぁでも、ここしばらくあの『狐』も姿を見せていないし、もう追ってこない可能性もある。

ぶつぶつ独り言を呟いていると、そこでノックの音がした。扉の向こうからテルムの声が聞こえ、慌ててベッドから起き上がり、うろうろしながら仕事をしている振りをする。

顔を出したテルムは、夜にも拘《かか》わらず万全だった。

「深夜にいきなりすまない。《千変万化》、念のため、すり合わせをしておきたくて、な。ケチャも気にしているようだ」

「……ああ。そろそろ来ると思っていたよ」

思わず動揺し、ハードボイルドを装ってしまう。ハードボイルドなテルムに引っ張られている。

今後の件についてすり合わせ！　なんというしっかりしたハンターだろうか。さすがレベル7、素晴らしい責任感だ。これこそが数々の修羅場を潜《くぐ》ってきた歴戦の猛者だ。ルーク辺り、いつも好き勝手やってる奴に爪の垢《あか》を煎じて飲ませたい。本当にあの婆さんの仲間とは思えないしっかりっぷりだ。

「《深淵火滅》にはいつかお礼をしないとな」

「!?　さすがの自信だな……だが、ローゼは破壊に於いては間違いなく一流だ。彼女には奇襲も通じん。恐らく君が考えている以上の破壊の権化だよ」

ぽつりと呟くと、声を聞き取ったのかテルムが大仰に目を見開いた。

え……？　あの婆さん、お礼をすると燃やされるの？　なんで？　凶悪すぎるだろ。どちらかというとお礼をしない方が燃やされると思うのだが、テルムが冗談を言っている様子はない。

……お礼をしに行く時はしっかり結界指《セーフ・リング》をチャージしていくことにしよう。

「すり合わせと確認、だったね。特には不要だよ、これまで通り、テルムに合わせる」

「何!?」

あまりに投げっぱなしだろうか？　だが、僕は戦闘能力も指揮能力もゴミクズみたいなものだし、いざという時は僕が指示を出すよりも経験豊富なテルムに全て任せた方がうまくいく。

僕が指示を出すと何かあった時に僕のせいにされるからやりたくない。まぁ指示を出さなくても僕のせいにされるのだが、そっちの方がまだ気が楽である。

「悪いけど、これが僕のやり方なんだ。ああ、クリュスについては、もう話をしたから大丈夫だよ」

「ふむ……つまり、実行は完全に私達に一任する、と」

「……問題ある？　何かあったらサポートはするから」

ここまでもあまりリーダーシップは見せられていなかったが、もう任せてしまって大丈夫だろう。

「……いや。それが君のやり方ならば私は合わせるまでだ。ここまでお膳立てされれば容易《たやす》い事だ」

容易いと言う割には厳格な表情をしているが、これが責任感の違いというやつか。

それにお膳立てって……僕は何もしてないんだが。リップサービスも完璧とは、恐れ入る。

僕もこんなナイスミドルな年のとり方をしたいものだ。そういえば、尾を持っているんだったか？

あれは魔力《マナ》の塊だ、魔導師《マギ》が使えば莫大《ばくだい》な力を発揮する。僕は何も考えずにニコニコと言った。

「ああ。七本尾の力を見せてくれ」


その後も、特に何が起きるでもなく船旅は順調に進んだ。最初こそ嵐に翻弄されたが、その後は驚くほど何もなかった。定期的なブリーフィングで見るフランツさんの顔色もどんどん良くなっていく。

もうこのまま到着するのではないか？　そんな言葉が脳裏をよぎり始めたその時、それは来た。

部屋でクリュスと遊んでいると、フランツさんが駆け込んでくる。

そこにあった表情は恐怖でも焦りでもなく、困惑だった。

「《千変万化》、陛下がお呼びだ」

「？　何かあったの？」

騒ぎは起こっていない。目を丸くする僕に、フランツさんが眉を顰め、言う。

「…………外を見ろ。気づいていただろうが――いつまで経っても嵐から抜けられん」

思わず窓の方を見る。外には相変わらず暗い空が広がっている。

窓の外。丸一日経っても抜ける気配のない嵐に、テルム・アポクリスは小さくため息をついた。

「……まさか、ここまで力が違うとは……」

嵐は明らかに異常だった。風は弱く、雨量もそこまで多くないが、闇だけが明けない。

魔法を継続する事はかなり難しい。テルムは水魔法のスペシャリストだ。《止水《しすい》》の二つ名はその魔術により巨大な滝を完全に停止させた事からつけられた。

だが、人生を魔術に捧げてきたテルムをしても、外に展開された嵐の正体はわからない。

才能の違いを見せつけられるのはこれで三度目だ。しかも、今回は遥《はる》か年下の青年と来ている。

テルムは懐かしむように両腕の宝具の腕輪、かつて幸運にもレベル6宝物殿、【水神《すいじん》の隠《かく》れ家《が》】で手に入れた宝具、『水神《すいじん》の加護《かご》』を撫でた。その宝具は装備者に強い水属性の加護を与える。然《しか》るべき所に売却すれば確実に三代は遊んで暮らせる代物だ。その宝具はテルムの力を大きく高めてくれる。

今のテルム・アポクリスの力は滝をせき止めた二十年前よりも遥かに強い。だがそれでも展開されたこの術理は見抜けない。いや、それどころかあの蛙に変える魔法についても全く理解できなかった。

専門外なのは間違いないが、何より恐ろしいのは、術者に魔術発動の前兆がなかった事だ。テルムもその方面については自負があったが、恐らくその速度、隠蔽能力はテルムよりも圧倒的に高い。

「ローゼと《大賢者《マスター・メイガス》》に続いて、三人目か」

現在、帝都最強の水の使い手と称されるテルムには、かつて二人のライバルがいた。

いや、正確に言えば、ライバルだと『思われていた』、と言い換えられるだろう。

非才の魔導師《マギ》から見れば似たようなものに見えていたかもしれない。だが、二人は紛れもない珠玉の才を持っていて、なまじ半端に才能があったせいでテルムにはその差が誰よりも理解できた。

一人はテルムと同様にハンターを志し、力を高め最強の火属性魔導師《マギ》、《深淵火滅》となり、もう一人は学術機関に残り研究を進め、魔導の深淵を覗いた結果、追放された。

悲劇だとは思わない。力を求める者にとって、法の壁の内側はあまりにも狭すぎる。

だが、当時から最も苛烈で怖れられていたローゼマリー・ピュロポスが未だ法を犯すことなく人間社会の中に君臨しているのは皮肉と言う他ないだろう。

テルムがここまでの力を得ることができたのも、九尾の影狐《ナインテイル・シャドウフォックス》の一員となりあらゆる手段を使ったが故だ。そして《千変万化》があれほどの力を誇っているのも同様に、壁を越えたからだろう。

しかし、まさか嫉妬の感情も浮かばないとは……齢をとったか。そんな感傷を抱き苦笑いを浮かべかけ、テルムは気を引き締め直した。

襲撃が失敗するなど万が一にもありえないが、油断は禁物だ。

近衛の練度はそれなりだが、圧倒的な速度で魔術を展開できるテルムからすればさしたる相手ではない。静かに忍び寄り対象だけを確実に殺せる。そしてテルムの手管《てくだ》は一見してわかるものではない。

手に入れてから数十年。既に『水神の加護』は手足のように使える。

発生した水が形を取る。色と質量を変え、僅か数秒で狐面を被る人型を生み出す。

これこそが、テルム・アポクリスの魔導師《マギ》としての集大成。宝具を十全に使いこなしようやく発動できる、水系魔術の極地。唯一、《深淵火滅》の有する術をも超えた、オリジナルスペル。

狐の面を被った人型は一見して人間にしか見えず、しかし生物でないが故に気配はない。これまで誰にも見破られた事はなかった。《千変万化》は一瞬で『偽物』と看破したが、あれは例外だ。

最高幹部が直にやってきて護衛にテルム達を取り入れたのは、テルムへの期待の表れだろう。

そして同時にそれは、この任務の重要度を示している。失敗は許されない。

『十三本目』はテルムにタイミングを任せると、そう言った。

今こそが絶好のチャンス、襲撃のタイミングはこの好機を於いて他にない。

「ケチャ、行くぞ。『準備』はできているな？」

「ひひひ……」

ケチャチャッカが懐から黒い布に包まれた宝玉を示してみせた。いつも通り何を考えているかわからないが、その目は静かに輝いていた。《千変万化》にからかわれ疲れ気味のようだが、この分だと問題ないだろう。

宝玉、『叛竜の証《レベリオン・スフィア》』はテルムの腕輪よりも希少な宝具だ。その力に替えは利かず、そしてこういう時にこそ役に立つ。この飛行船は竜の襲撃を受けても簡単に落ちるようなものではないが、実際に船が落ち、竜の襲撃の事実があったのならば周囲は勝手に納得するだろう。

と、その時、テルムはケチャチャッカが追加で取り上げた奇妙な物に気づいた。

「……む、それは何だ？」

「…………うけ……うけけけ」

レバーと幾つか大きなボタンのついた箱だ。何かのコントローラーのように見える。ケチャチャッカは随分丁重な手付きでそれを懐にしまうと、いつものようにわけのわからない笑い声をあげた。

思わずため息をつく。魔導師《マギ》は元々変わり者が多いが、感情を力に変える呪術師《シャーマン》はその中でも群を抜く。忠実だし、結果も出している。優秀だから文句は言えないのだが——テルムはコミュニケーションを諦め、顎で外を示した。

「まずは機関部だ。速やかに始める。これは私達の仕事だ。《千変万化》に手間はかけさせない」

雨が降っている。豊富に水が使える時の《止水》は無敵だ。

世界に、《深淵火滅》に、そして十三本目に、この力を示してやろう。

呼び出された広い部屋には、既に皇帝陛下と皇女殿下、そして護衛の騎士達が揃っていた。

本来、光を大きく取り込むために作られた大きな窓からは渦巻く黒い空が見える。自室の小さな窓からだとなんとも思わなかったが、こうして見るとまるで世界の終わりのようだ。

「地上とは共音石で連絡を取っているが、地上では雨は降っていないようだ」

「なるほど、なるほど……」

何故か視線がこちらに集中していた。皇帝陛下もこちらを見ているし、皇女殿下も不安げな目を向けてきている。フランツさんの言葉を聞き、もっともらしく頷く。だが、僕の頭は空っぽだった。

嵐から抜けられないなんて言われても、僕にはどうしようもない。僕が悩んでわかるようなことなら、フランツさん達も気づいているだろう。だから、僕にできるのは不安を和らげることだけだ。

「これは……とても運が悪いな」

「!?　そんなわけあるかッ！　貴様はこの光景を見て何も思わんのか!?」

「お、落ち着いてよ、ただの嵐だよ。よくある事だよ」

「あるかあああああああッ！」

顔を真っ赤にして、唾を飛ばしながらフランツさんが叫ぶ。そんな事言われても……困ったな。わからないものはわからないし、よくある事はよくあるのだ。ほら、僕の絨毯も戸惑ってるよ。

せめて呼ぶなら僕じゃなくて水の魔導師《マギ》のテルムを呼ぶべきだ。テルムだったら魔法で嵐を消せるかもしれないのに。どうしてフランツさんもガークさんも何かあったら僕を呼んでしまうのか。

人選間違いすぎであった。僕をリーダーにしてしまったルーク達と同じくらい見る目がない。

「変わった嵐くらいでぴーぴー言ってたらハンターなんてできないよ。この船は落ちないんでしょ？」

「ッ……」

フランツさんが歯を食いしばり、一瞬沈黙する。ふうふうと荒い呼吸が聞こえる。

じっと言葉を待っていると、フランツさんは押し殺すような声で言った。

「しゃ……謝罪、しよう、クライ・アンドリヒッ！　貴様の忠告を、受け止めなかったことをッ！

だが、今は陛下の御身こそが、第一なのだッ！　何が、何が起こっている？　どうすればいい？」

その言葉に、近衛の騎士達に動揺が走る。もちろん、僕も目を丸くした。フランツさんの表情はとても謝罪しているように見えなかったが、それでも彼が言葉だけでも謝罪するとは――だが、残念ながら僕は原因も解決手段も知らない。頭を下げられても土下座されても知らない情報は出せない。

あと、フランツさんに非があったかどうかもかなり怪しい。困りに困り果て、ぽりぽりと頬を掻く。

「申し訳ない、わからない」

「き、貴様ッ……ここまでさせて――」

襟元を掴まれ吊り上げられ、前後に揺すられる。がくがく視界が揺れて、思わず悲鳴をあげる。

「落ち着いてッ！　嵐の、原因、なんて、嵐に、聞いて、みないと、わからないって――」

為《な》す術もなく揺らされていると、その時、横からすっと腕が伸びてきた。振動が止まる。割って入ってきたのは先程まで仏頂面で沈黙していたクリュスだった。いつもより不機嫌そうな声で言う。

「おい、その辺にしておけ、です」

「何ッ!?」

「今はそんな事をしている場合じゃないだろ、です。フランツはストレスを溜めすぎだ、こういう時だからこそ、護衛のリーダーは落ち着いて行動するべきだ、です」

「ッ……」

乱暴に解放され、ふらつきながらもなんとか尻もちをつかずに耐える。

クリュスは解放された僕とフランツさんの間にさりげなく立ち位置を変えて言った。

「大体、嵐はヨワニンゲンのせいじゃないのに、コイツが責められるのはさすがに可哀想だろ、です」

「ッ……ああ、その、通りだ。全くもって、その通りだッ！」

窮地は脱したようだ。他の騎士達も団長の乱心が収まったことにほっとしているように見える。

大体、フランツさんはあまりにもナーバスすぎる。皇帝陛下の護衛という重責を背負っているのには同情するが、ちょっと長い嵐まで気にしていてはうまくいくものもいかない。

うんうん頷く僕に、フランツさんはびしっと人差し指を向けて叫んだ。

「だが、その男は間違いなく何か知っているッ！　状況を正確に理解しつつこちらをからかっている！　貴様も聞いたはずだ、嵐を抜けるまでは注意した方がいいだとか、嵐で済めばいいだとかッ！　完璧に対策された最新鋭の飛行船を見て、落ちるとかッ！　貴様はそれをどう説明するッ！」

「……………………ヨワニンゲン、お前本当に何も知らないんだよな、です？」

一瞬で寝返ったクリュスが訝《いぶか》しげな視線を向けてくる。だが、知らないものは知らない。

なんとか時間稼ぎの言い訳をしようと周囲をぐるりと見る。そして――思考が一瞬空白になった。

窓の近く、皇帝陛下の後ろに、長衣を着た狐面の男がいた。

声をあげる前に、僕の表情の変化に気づいたフランツさんが、クリュスが、皇帝陛下が動き出す。

「ッ――どこから!?」

皇帝陛下が娘を庇《かば》い、後ろに下がる。近衛が武器を抜き、クリュスが杖を持ち上げ、それまで黙っていたキルナイトが踏み込んだ。見事なコンビネーション、動けていないのは僕だけだ。

「キルナイト!?」

「き……る……」

だが、明らかにキルナイトの攻撃は素人目に見ても精彩を欠いていた。

既に何らかの攻撃を受けている!?　シトリーから借りた凄腕だぞ!?

だが、それでも死にそうな声で鳴きながら、キルナイトが思いきり刃を振り下ろす。

狐面の男がそれをひらりと回避する。

無数の近衛に囲まれて圧倒的に不利なはずなのに、狐面の男には焦りがない。

と、そこで扉が勢いよく開いた。入ってきたのはテルムとケチャチャッカだった。

なんというナイスタイミング！　やっぱり君達は最高の仲間だ。

「!!　ああ、テルム、待っていたよ。いいタイミングだ」

「テルム！　狐だ！　どこから入ってきた!?　逃がすなッ！」

フランツさんが叫ぶ。皇帝陛下が僕の後ろに下がる。

フランツさんもクリュスも近衛も皇帝陛下も、皆が狐面に集中していた。

――だから、それを見ていたのは僕だけだった。テルムが目を僅かに見開き、笑みを浮かべる。

「ああ、遅くなってすまなかった。この船は広すぎる」

間はなかった。どさりと重いものが崩れる音が連続であがる。

「え……!?」

何が起こったのか、全くわからなかった。僕はその光景を見て初めて音の正体を知った。

狐面を囲んでいた近衛や使用人達が一人残らず倒れていた。唯一フランツさんだけが意識を保っていたが、膝を床につき頭を揺らしている。狐面の男はその光景を見ても微動だにしていない。

何故か無事なクリュスが目を見開き、慌てて左右を見回す。無事なのは皇帝陛下と皇女殿下、クリュスとキルナイト、そして今入ってきた二人と狐面だけだ。

？？？　何だ？　何が起こったんだ？　どうして倒れた？　え？

音はなかった。前兆もなかった。何よりも、僕は無事だ。結界指《セーフ・リング》が発動した気配もない。

テルムを迎え入れた時の笑みのまま思考が停止している僕に、テルムはため息をついて言った。

「やれやれ、最後の最後がこんなに楽とは、肩透かしだ。君の手管には驚いてばかりだよ、《千変万化》」


『はぁ？　なんで、私がヨワニンゲンに協力しなくちゃならないんだ、ですッ！　ヨワニンゲン、私にバカンスのお土産もなかったんだぞ、です！』

精霊人《ノウブル》は長寿の種族だ。寿命は人間よりも遥かに長く老いも緩やかで、それ故に植物のように平穏な人生を送る。そして、そんな高位種族にとって、その三倍以上の速度で、生まれ、子どもを産み、そして死んでいく種族『人間』の一生は非常に目まぐるしいものだ。精霊人の多くが森に引きこもり滅多に外に出ないのは、能力の低い人間を見下しているのもあるが、自分に似た姿を持つその種族の生き急ぎっぷりを見ていると目が回るような心地がするからだ。

そういう意味で、自ら人間社会に下ったクリュス達は非常に活発で好奇心旺盛と言えた。

抗議するクリュスに、尊敬しているパーティリーダー、ラピスは目を細め毅然とした声で言った。

『クリュス、これは好機だ。滅多に腰を上げない《千変万化》の任務に関わる機会など滅多にない。ルシア・ロジェ――《万象自在《ばんしょうじざい》》が如何にしてあれほどの力を得たのか見極める機会だ。これは、ひいては我らの未来に繋《つな》がる重大な任務ぞ』

『でも、ラピス。私は護衛には慣れていないぞ、です。迷惑をかけてしまうかもしれない』

理屈はわかる。クリュス達は普通の精霊人よりも好奇心旺盛で向上心も強い。あの何を考えているのかさっぱりわからない《放浪《ロスト》》のエリザほどではないが、人間に協力するのも吝《やぶさ》かではない。

だが、不安はあった。精霊人であるクリュスには精霊人の気質が染み付いている。気をつけてはいるが、どうしても人間を怒らせる事も多い。言葉遣いもまだ意識しないと敬語を使えない。

相手がただの商人ならばそれでもなんとかなるだろうが、貴族相手では、それも皇帝が相手では万が一の時にどうなってしまうかわからない。パーティはもちろん、影響はクランにも広がるだろう。

あの間の抜けた顔のヨワニンゲンがどういう意図でラピスに声をかけたのか全く理解できない。

クリュスの不安げな言葉にラピスは鷹揚《おうよう》に頷いた。

『奴が私達に声をかけた理由はわからないが、《千変万化》の指示に従っておけば間違いあるまい。そして、その力の源を、手法を学ぶのだ。これはクリュス、お前にしかできない任務なのだ』

そこまで言われれば、断る理由はなかった。重大な役割だ。《千変万化》の力の秘密を知ることができれば、パーティ全体の強化に繋がる、個人的な興味もある。

拳を握り、気合を入れる。と、そこでふと思いつき、リーダーを見た。

『そういえば、なんで私なんだ？　です。他のメンバーにもっと適切な奴がいるだろ、です』

『そんな事か……。我々の中ではお前が一番、《千変万化》と仲がいいだろう』

訝しげな表情をするクリュスに、ラピスは肩を竦《すく》め、言った。

全く、ラピスは酷い勘違いをしている。クリュスは別に《千変万化》と仲がいいわけではない。色々頼まれるから高貴な精霊人《ノウブル》として、力ある者の義務として手助けをしてやっているだけだ。そもそも、ヨワニンゲンはルシアの兄だ。だから、クリュスは相手をしてやっているのである。それに、ヨワニンゲンはフザケているし間が抜けているが、ニンゲンにしては悪い奴ではない。

――ずっとそう思っていた。

だから、目の前の突然の光景に、クリュスは精霊人としてあるまじき事にただ呆然としてしまった。

広間は死屍累々《ししるいるい》の有様だった。狐面を囲んでいた近衛はことごとくが倒れ、ぴくりとも動かない。窓の外には薄暗い空間が広がっている。唯一、近衛の中で意識のあるフランツも膝をついていた。

「はぁ、はぁッ……ど、どういう、ことだ……」

「ふむ……陛下に効かなかったのは結界指《セーフ・リング》の力だが……まさか、皇女殿下のダメージを肩代わりしたのか？　その鎧《よろい》の力か？　仲間ではなかったのか？　…………………まぁ、いい。だが、動かない方がいい。もう貴様は死ぬ……が、ただでさえ残り少ない寿命が枯渇するぞ」

まるで無機物のように感情が感じられなかった狐面の男が、静かに霧散する。テルムの表情は穏やかだった。そしてすぐ近くにいる《千変万化》の表情にも、張り付いたような笑みがある。

理解できなかった。いや、したくなかったのかもしれない。

護衛達が倒れた原因。これは――魔法だ。

極めて静かで強力な生命を殺すためだけの魔法。精霊人はこのような悍《おぞ》ましい魔法は使わない。

まだ護衛達は生きていた。意識を失い戦闘不能だが、微《かす》かに生命の鼓動を感じる。

だが、鼓動は徐々に弱くなっていた。早く治療しなければ遠からず死ぬだろう。

直感でわかった。これは——効率だ。効率を考えた故に、一瞬で殺しきっていないのだ。甘さではない。どうせ死ぬのだから、魔法で息の根を止めるなどという『無駄遣い』はしない。そういう事だ。

チルドラゴンの群れを倒した魔法を見た瞬間も、クリュスはテルムの魔法にどこまでも冷たい印象を受けていた。気のせいだと思っていたが、直感は正しかった。

人間は恐ろしい。寿命が短い故に成長が早く、生き急ぐ故に躊躇《ためら》いなく人を殺す。

そして、狐面の男も——分身だったら気配がないのも、突然現れた事にも納得できる。見たことのない魔法だが使用した理由もわかる。意識の隙をつくためだ。物理攻撃と同様に、魔法攻撃も隙をついた方が効果が大きい。

寒気が奔《はし》った。この男は、圧倒的な実力を持ちつつ、全く油断していない。

右手に握ったいつもと違う杖の感触。とっさに口を開くが、出てきたのは呪文ではなく叫びだった。

「ど、どういうことだ、です！　お前、何をやったのかわかっているのか、ですッ！　ケチャチャッカ、なんでテルムを止めない、です！」

「…………説得するのではなかったのか、《千変万化》。まぁいい。君の処遇は私の手にない。敵にもならん。怪我《けが》をしたくなければ後ろに引っ込んでいろ」

「うけけ……」

その言葉に、クリュスは状況を理解した。理解したくなかったが、理解してしまった。

皇帝陛下の表情に焦りはなかった。ただ、腰の宝剣に手をかけ、テルムに問いかける。

「近くに潜んでいる事はわかっていたが……テルム・アポクリス。お前が『狐』か!?」

「如何にも。だが、もうお別れだ。船も直《じき》に落ちる」

テルムが顔色一つ変えずに言う。

勝てない。クリュスではたとえ不意を打ってもテルムを倒せはしない。

テルムの力は人間とは思えないくらい優れている。恐らく、水の分野に於いてはルシア・ロジェですら及ばない、大魔導師だ。そして、クリュスの方を見ていない今もこの男に油断はない。

勝ち目があるとすれば、この預かっている宝具の杖の力次第だが――。

《千変万化》の表情はテルムが入ってきた直後から全く変わっていなかった。

その情けのない笑みに、クリュスは初めて強い悪寒を感じた。

テルムの言葉を考えるとヨワニンゲンも――。

とっさに《千変万化》から距離を取り、杖を構える。フランツが剣を杖に、よろよろと立ち上がる。

だが、その目は混濁し顔面は蒼白だ。今ならば近接戦闘でもクリュスの方が強いだろう。

「クライ・アンドリヒ……貴様が……『狐』か」

フランツの呼吸は荒かった。目立った外傷はないが半死半生だ。

それでも、力ない動作で剣を抜く。よく磨かれた剣の切っ先は震えていた。

「やらせは、せん。絶対に、怪しいと、思っていた。クソッ、思っていたんだッ!」

「貴様らの敗因は我々を甘く見たことだ。『狐』は……どこにでもいる。空の上に増援は来ない。我々四人を相手に栄光あるゼブルディアの第零騎士団長がどこまでやれるのか、見せてもらおう」

完全にやられた。皇帝も剣の腕前は高いが、さすがにテルムに敵《かな》うほどではない。

いや、誰も敵わない。たとえフランツが無事だったとしても、他の騎士団が生きていたとしても、
そしてそこにクリュスが協力したとしても――《止水》のテルムと《千変万化》が敵になった時点で勝ち目などあるわけがない。

「信じていたのに――み、見損なったぞ、ヨワニンゲンッ！」

残すキルナイトも微動だにしていなかった。彼もまた狐の一員だったのだろう。冷静に考えると、キルナイトなどという物騒な名前の奴がまともなわけがない。

いや――《千変万化》がメンバーを決めた時点で、結果は決まっていたのだ。

昂《たかぶ》る感情を鎮め冷静に考える。勝ち目はない。

クリュスが生きているのはヨワニンゲンの指示なのだろう。

寝返らせるつもりか？　見くびられたものだ。クリュスが護衛対象を裏切るなどありえない。

醜く生きるくらいならば、高貴な精霊人《ノウブル》として誇り高い死を選ぶ。

クリュスがヨワニンゲンに協力していたのはヨワニンゲンが間違いなく善人だったからで――

できることは逃げる事だけだ。船に穴を開けて逃げ出すのだ。

落下くらいなら魔法でなんとかできる。追手がなければ、だが。

全員は生かせない。優先順位は皇帝陛下が第一で、第二位が皇女殿下だ。

クリュスは覚悟を決めた。大きな魔法を使う。呼吸を整え、意識を研ぎ澄ませる。

ひりつくような殺意とテルムの練った膨大な魔力《マナ》が一室を満たしている。

と、そこで今まで黙っていた《千変万化》が、どこか深刻そうな表情で呟いた。

「僕が、狐……？　………………何の話？」

「…………………はぁ!?」


一体何が起こっているのか、全くわからなかった。

あまり頭の回転が速い方でない事は自覚しているが、目の前で起こった超展開は完全に僕のキャパシティを超えていて、まるで現実感がない。僕には表情を変えることすらできなかった。

テルムが室内に入ってきた途端、護衛がばたばたと倒れ、狐面の男が消え、弾劾《だんがい》されていた。

だが、そこまで至っても僕の脳は混乱から立ち直っていなかった。

僕は常日頃からへっぽこだが、予想だにしない急展開にはそれ以上にへっぽこになるのだ。

何がなんだかわからない。テルム達が敵だったというのも驚きだが、僕がそのテルムから味方のように思われているのは更に驚きである。びっくり。

全身に無数の視線が突き刺さるのを感じる。先程まで射殺さんばかりの鋭い視線を向けてきていたフランツさんも、睨みつけていたクリュスも、そして穏やかな笑みを浮かべていたテルムやいつも通りのケチャチャッカも、そして皇帝陛下や皇女殿下までも、皆こちらを見たまま固まっている。

その瞬間、確かに時間が止まっていた。だが一番状況がわかっていないのは多分、僕だ。

どうしていいのかわからない僕に、テルムが再び笑みを浮かべて言う。

「ふ……つまらない、冗談だな、《千変万化》。演技などもう不要だ」

「え……」

演技なんてしてないけど……。そう言おうとした瞬間、ようやく僕の脳みそが動き出した。

普段なら冷や汗をかいていただろうが、快適だったので冷や汗はなかった。というか、ここまでのんびりしてしまったのはきっと快適な休暇《パーフェクト・バケーション》の力である。この宝具は強力だが、装備者を半強制的に快適にしてしまうという欠点があるのであった。

悩んでいる場合ではない。ケチャチャッカとテルムが敵に回るということは……まずいではないか。彼らは僕の最強の戦力だったのだ。こちらには何故か膝をついているフランツさん。クリュス、キルナイトしかいないのだ。

僕は小さく咳払いをして、仕切り直すことにした。一歩後ろに下がり、テルム達を弾劾する。

「テルム、ケチャ、君達が裏切り者だったのかッ！　信じてたのにッ！」

「!?　何を言っている!?　お、お前も『狐』の一員だろうッ!?」

何を言っているんだ、この男は。と、そこで僕に天啓が舞い降りた。天啓遅すぎであった。

もしかして……フランツさんが言っていた『狐』って、幻影《ファントム》じゃない？　確かに、少しおかしいとは思っていたんだ。神出鬼没の宝物殿【迷い宿】はマイナーだし、彼らが人間に興味を持ち接触もとい工作するなんてもっとありえない。大体、彼らが敵だったら護衛とか何人つけても無駄だよ！

では幻影《ファントム》じゃないなら何なのか？　まぁ、行動から考えたら盗賊団かテロリストだろう、きっと。

あいにく、僕は臆病者だが犯罪者に与《くみ》するほど落ちぶれちゃいない。

「狐？　僕は人間だよ。ハンターだ、どうしてそんな発想になるのかわからないね」

「なん……だと!?　何故、符丁を知っていた!?」

「……何の話だかさっぱりわからないな」

「ふ、ふざけるなッ！　貴様、十三本目だと自ら名乗っていたではないかッ！」

「何の話だかさっぱりわからないな!!!」

「ッ!?」

いや、本当だよ。符丁って何？　十三本目って？　唯一の心当たりは化け狐から尻尾を貰った話をしたことくらいだが、いくらなんでもそれではないだろう。

テルムの表情に強い動揺が走り、何もしていないのに一歩下がる。

「あり、えんッ……クソッ、まさか、罠《わな》かッ!?　この嵐はどういうことだ!?」

「はぁ？　罠？」

何言ってるんだ、この爺さん。嵐とか知らんわ。

勝手に罠とか言って、僕が何かやったかのように濡れ衣を着せるのはやめていただきたい。

テルムが右腕を上げる。僕は久しぶりに鋭い声で叫んだ。

「おっと、動くなよ、テルムに、ケチャチャッカ。動いたらお前達を――ヒキガエルにしてやる。僕の力は見ただろう？　この間は手加減してやっただけだ」

「!?」

テルムがぴたりと動きを止める。その頬には冷や汗が伝っていた。

開花した魔法の才能。あれから何度か試したが、再び発動することはなかった。だが、今再び開花せずしていつ開花するというのか。格好をつけて腕を伸ばす僕に、クリュスが目を白黒させて叫ぶ。

「ヨワニンゲン、お、お前、敵なのか味方なのかはっきりしろ、ですッ！」

「…………いや、僕の無罪は真実の涙《トゥルー・ティアーズ》で証明されてるし」

国宝で無罪が証明されているのに誤解される理由がわからない。

散々やると思っていたと言ってくれたフランツさんが目を見開く。いくらなんでも信用なさすぎであった。無能なところは何度も見せてしまったが、そんな犯罪行為に手を染めた記憶はないのに……。

「わか、らんッ!?　ならば何故、私を引き入れた？　ここまで泳がせた!?　クソッ……」

テルムが戦慄したように言う。僕は胸を張って言い返した。

「何を言っているのか、さっぱりわからないなッ！」

「だが、船の動力は既に、破壊した。船は落ちるッ！」

なんだと……!?　……絨毯と仲良くなっておいて良かった。

しかし、やっぱり落ちるのか……幸いまだ落下している気配はないが、もしかしたら風船の部分があるので落下が緩やかなのかもしれない。飛んでいる理屈がわからないから完全に妄想だけど。

僕は捨《す》て鉢《ばち》な気分で笑みを浮かべる。もうやけくそである。この護衛依頼は明らかに失敗だ。

「形ある物はいつか壊れる。フランツさん……は無理か。キルナイト、彼らを拘束しろッ」

だが、陛下は生きている。他の倒れた者達も今すぐ治療すれば助かるかもしれない。

僕の要請に、シトリーから預かったキルナイトはしかし、ぴくりとも動かなかった。

これまでちゃんと動いていたのに何故――そんな事を考えた瞬間、怪しげな声が響き渡る。

狂ったように笑っていたのは黒いローブの如何にも怪しげな男だった。あまりにも怪しげで逆に怪しくなかった男、ケチャチャチャッカ・ムンク。彼が神算鬼謀でなく、誰が神算鬼謀と呼べるだろうか。

「ひひ……うけけ……思って、いたぞ。お前は……ひひひ……味方ではない、と。ひひひいいッ！」

「!?　ケチャが喋った!?」

「!?　くけけ……馬鹿に、して――だが、ひひひ……けけけ……」

「ケチャ……なんて嬉しそうな、ですッ!?」

そうだね、輝いてるね。てか、僕って敵からも味方からも敵だと思われてたの？　凹《へこ》むわ。

ケチャチャチャッカが懐から小さな箱を取り出す。シトリーちゃんから受け取っていたキルナイトのコントローラーだ。見当たらないと思っていたが、何故ケチャチャチャッカが――。

「まさか――」

馬鹿な……僕はケチャチャチャッカの前でコントローラーを使った覚えはない。

だが、ケチャチャチャッカはそれとキルナイトの関係を察しているようだった。

ずっとオートモードだったはずのキルナイトはぴくりとも動かない。

「ひひひ……こいつが、ゴーレムであることは、わかっていた……ひひひ……『狐』を、舐めるな、《千変万化》、シネッ！」

ケチャチャチャッカがスティックを倒し、大きなボタンを押す。

キルナイトは一度びくりと震えると――両腕両足をぎこちなく動かし奇怪な動きで踊り始めた。

「……!?」

シトリーが仕込んだにしては随分雑なダンスだ。ケチャチャッカは何も言わずダンスを見ていた。

悪夢でも見ているかのような表情だ。一通り終えると、キルナイトが止まり、その場で転倒する。

そこで僕はキルナイトに一度もご飯をあげていなかった事を思い出した。

食事の場にもいなかったような気がする。生肉あげればいいんだっけ？

……と、とにかく、キルナイトが敵に回ることはないようだ。

呆然としているケチャチャッカにハードボイルドに肩を竦めてみせる。

「あーあ……後で使おうと思ってたのに……で、それがなんだって？」

「!?　？？？？　く……けけけけけけ、きひーッ！」

ケチャチャッカが完全に壊れていた。戦意を取り戻したのか、テルムが僕に両手を向ける。

僕は必死にヒキガエルになれと念じながらクリュス達を庇うように立ちはだかった。

魔法が飛んでくる。一瞬で構成されたのは数え切れないほどの水の槍《やり》だった。

詠唱速度が速すぎる。まるで前兆が見られない!?　逃げられるわけもなく、無数に飛来した槍が僕の全身に突き刺さる。凄まじい威力、凄まじい速度、にも拘わらず音一つない。恐ろしい魔法だ。

だが、僕は快適な休暇《パーフェクト・バケーション》と結界指《セーフ・リング》のおかげで快適だった。

水の槍は全て防がれ、僕を一歩も動かすこともできない。これは結界指の効果である。

「ッ……無傷、だと!?　かの高名な《千変万化》の『絶対防御』か!?」

「信じられない技量だよ、テルム。間違いなく僕の知る中で最強の魔導師《マギ》の一人だ」

テルムが声を荒らげるが、僕も内心は表情ほど落ち着いているわけではない。表情は快適だが。恐ろしい魔導師《マギ》だ。その魔法は詠唱速度も威力もさる事ながら、コントロールも極められていた。何故わかるかというと一個の結界指《セーフ・リング》で全弾防げたからだ。結界指が張れる結界は一瞬である。同時に着弾しなければこのような結果にはならない。こんな真似、ルシアでもできるかどうか怪しい。

僕はにやりと笑みを浮かべ、気合を入れて魔法を放った。

「だが、遊びはここまでだ！　はああああああああああっ！　オレンジジジュースになれッ！」

「ッ!?」

テルムとケチャチャッカが強張《こわば》った表情で後ろに下がる。魔法は発動した。恐らく、多分、もしかしたら、発動した。だが、テルム達がオレンジジュースになる気配はない。

僕は小さく咳払いをした。

「…………どうも今日は調子が悪いみたいだな。…………もしかして僕、魔法使えない？」

「ッ……ここまで、虚仮《こけ》に、するかッ！　凍りつけッ！」

テルムの両腕の腕輪が仄《ほの》かに光り輝く。ぴしぴしと小さな音がこちらに向かってきて、そして僕を包もうとして、停止する。結界指は発動していない。これはシャツ型宝具、快適な休暇の効果だ。

この宝具は防御能力は皆無に近いが、気温の変化にめっぽう強い。とても快適だ。

後ろのクリュスが無事なのはテルムが威力を高めるために範囲をかなり絞ったからだろう。

「ありえん。絶対にありえんッ！　あの冷気を、防ぐだけでなく、完全に、消し去るだと!?」

「僕に高温多湿は効かない」

「ヨワニンゲン、フザケている場合か、ですッ！」

思考を通さず口から勝手に出てきた言葉に、クリュスがツッコミを入れる。

テルムの顔は真っ赤だった。完全に頭に血が上っている。

「グッ………船ごと、落としてやるッ」

「くけけけけッ！」

ケチャチャッカが笑い声をあげながら、地団駄を踏む。

何をやられているのかわからないが、結界指がどんどん消費されていくのがわかった。確かに呪いをかけられているっぽい雰囲気はあるが、これが呪術というやつだろうか？　テルムより相性悪そう。

船を落とされるのはまずい。だが、何故か調子の悪い僕に攻撃手段はない。助けも来ない。

クリュスを見ると、察したかのように魔法を唱える。

「くっ……炎の魔法は苦手だって、言ってるのにッ……『火ノ嵐《ひのあらし》』」

僕も申し訳程度に弾指《ショット・リング》を同時起動する。発生した極めて弱い弾丸が詠唱を続けるテルムに襲いかかり、命中する前に消える。簡易な結界を張っているのだろう、魔導師《マギ》の常套《じょうとう》手段である。多少強力な攻撃だと防げない気休め程度のものだと聞いているが、つまりそれは弾指《ショット・リング》による魔法の弾丸が大した攻撃ではないという事を意味していた。

遅れてクリュスの放った魔法『火ノ嵐』がテルムに命中する。

ぽつぽつと小雨程度の火の粉がテルムに降り注ぐが、全く効いていない。

いくらなんでも威力が弱すぎる。手を抜いているのだろうか？　思わず見てしまう僕にしかし、クリュス自身が一番呆然としていた。手の中の杖……僕が貸してあげた丸い世界《ラウンド・ワールド》を見て叫ぶ。

「はぁ!?　な、なんなんだ、この杖!?　です」

「………つ、杖のせいにしちゃ駄目だよ」

だが、もう駄目だ。全てが裏目に出ている。

そうこうしている間に、テルムの両の腕輪が神秘的な光を放つ。青の光だ。僕は杖型の宝具をあまり持っていないので詳しくは不明だが、その輝きは間違いなく一級だった。止められないッ！

空気が揺らめき、強い衝撃が船全体を揺らす。テルムが叫ぶ。

「死に絶えろッ！　『白き天に絶えよ《グラキエース・ゼロ》』」

「ルシアちゃんッ！　高度、上げてッ！　もっと高くぅッ！」

「くッ……うるさいッ……ただの、嵐じゃないッ！」

リィズの言葉に、ルシアは顔を真っ赤にしながら必死に凧の魔法を制御した。

既にシーツは着ていない。それどころではなかった。

凧は巨大だ。アンセムを含めた全員にプラスで荷物まで載せていて、重量もかなりある。だが、それとは無関係に、制御がほとんど利かない。まるで暴れる馬の手綱《たづな》を握っているかのようだ。

いついかなる時にも魔法を使えるように研鑽《けんさん》しているルシアからすれば、信じられない事だった。

魔術の起動を妨げる特殊で強力な結界の中で術を使っているかのような感覚。明らかに異常だ。

それでもなんとか強い風に乗り、凧が上に上にと昇っていく。

空には終末を思わせる暗い雲が広がっていた。中から巨大な気配がする。

凧の上部にしがみついていたシトリーが小さく首を傾げ、目を瞬かせた。

「こんな高度に結界が張られているわけがありませんし……随分、雲行きが怪しくなってきましたね」

「うおおおおおッ！　たーかーいーぞーッ！　嵐につっこめ、ルシアッ！　俺がファーストアタックだッ！　見てろ、前回は不覚を取ったが、今こそ雷を斬る時、ここで斬れなきゃ男じゃねえッ！」

「…………うむ」

そして、白い凧に乗った奇妙な集団は黒い雲に躊躇いなく突っ込んだ。


魔導師《マギ》の恐ろしいところを一点述べるとするのならばそれは、その魔法が僕の日常の延長線上にないという事だろう。剣を振れば物が斬れる理屈は理解できるが、魔導師《マギ》が指を鳴らしただけで火が灯る理屈は予想もつかない。魔術も一応一定のルールに則《のっと》っているらしいが、魔導師《マギ》でない人にそれを認識することはできない。ルシアが《万象自在》などという大層な二つ名を得たのもそれ故だ。

テルムが呪文を叫ぶ。そこに至っても僕にはテルムが何をしようとしたのか全く理解できなかった。

だが、大丈夫。大丈夫だ、僕には結界指《セーフ・リング》がある。目をつぶり、とっさに右腕を伸ばし前に出る。

どうせ逃げても無駄だ。こういう時に僕ができるのは壁になることだけなのだ。

船を揺さぶっていた衝撃が不意に止まる。結界指は…………発動した気配がない？

そろそろと瞼《まぶた》を開く。視界に入ってきたのは愕然《がくぜん》としたテルムの表情だった。

「ば、馬鹿な……ありえん。魔力《マナ》も十分残してある……何故、魔法が発動しないッ!?」

え？　失敗？　あそこまで自信満々に呪文を唱えて失敗したの？

テルムは明らかな隙を晒《さら》していた。だがあいにくこちらもフランツさん達は倒れ、近接戦闘で魔導師《マギ》に負ける僕しかいないので何もできない。いっそ皇帝陛下が斬りかかってくれないかな……。

ケチャチャッカが何もしていないのに気圧《けお》されたかのように一歩後退る。

「うけけ……何を……した……？」

「まさか、この嵐の力か!?　術式が、定まらんッ!?」

テルムが焦り腕輪を光らせる。そして僕は大体魔法を使えないのでいつも通り快適であった。

なんだかよくわからないが助かったらしい。しかしこの嵐、テルムのせいじゃないのか？

僕はとりあえず、今僕ができる事を——鏡の前で何度も練習したハードボイルドな笑みを浮かべた。

「どうやら、形勢逆転みたいだな。魔法を使えない君なんてただの爺さんだ」

「くそッ……」

テルムが駆け出す。その肉体には光の線が血管のように奔っていた。身体強化の魔法だ。どうやら使える魔法もあるようだ。身体強化は相手に魔法が効かなかった時の魔導師《マギ》の最後の手段である。肉体に負荷がかかる且つ、強化しても近接戦闘職には及ばない事から、『悪あがき』とも呼ばれる。

「!?　???　ヨワニンゲン、私も魔法、使えないぞ、ですッ!?」

「僕も使えないよ」

テルムは老齢とは思えない身のこなしを見せた。身を低くしこちらに向かってくる様は盗賊《シーフ》のようにも見える。経験値が、潜ってきた修羅場が違いすぎるのだ。

とっさに両手に嵌《は》めていた弾指《ショット・リング》を無節操に起動する。色だけが派手な魔法の弾丸が嵐のようにテルムを襲う。そのほとんど破壊能力を持たない弾丸を、テルムは横っ飛びして回避した。

床に落ちていた剣を拾い、流れるような動作でこちらに投擲《とうてき》する。剣は僕の頭に一直線に飛んできたが、いつも通り発動した結界指に弾かれた。残りの結界指は――五つ。テルムが息を呑む。

先程は回避しなかった弾指の攻撃。それを大げさに回避したという事は――僕は結界指が残り少ないにも拘わらず快適な気分で強がりを言った。

「どうやらもう結界すら張れないようだね」

「ッ……化け物めッ……」

僕の名推理に、じりじりと警戒したように距離を取りながら、テルムが肩で息をする。

冗談だろ？　そっちの方が余程化け物だ。

「ヨワニンゲン、油断するな、です！　さっさと倒せ、です！」

後ろからクリュスが背中をつっついてくる。その貸してあげた杖で殴りかかってくれないかな。

多分魔法を使えないクリュスの方が根本的に使えない僕より強いと思うんだけど。

しかしどうしたものか。魔導師《マギ》の拘束には魔封じの力を持つ拘束具が必須だ。おまけにそれだって上級の魔導師《マギ》には通じない事がある。故に強力な魔導師《マギ》との戦いは大体、どちらかの死で終わるのだ。

僕はとっさに、何故か魔法を使えないテルムにニヒルな笑みを浮かべて言った。

「テルム、僕は仮にも《深淵火滅》の片腕を殺したくない。その腕輪を捨て、投降するんだ」

別に宝具が気になっているわけではない。だが、テルムの力の一端を担っているのは間違いなく腕輪だ。魔導師《マギ》にとって杖は増幅器でもあり、制御装置でもある。クリュスが慣れない杖でまともに魔法を使えなかったように、杖を失えばテルムの力も大きく減じるはずだ。

僕の要請にテルムがその端整な顔を歪め戦意をむき出しにする。テルムが口を開きかけたその時、後ろのケチャチャッカがこれまで聞いたことがないくらい冷静な声で言った。

「テルム…………竜が、来ない。一度退いた方が、いい」

「ッ……クソッ」

なんでいつも味方は敵になると強くなって、敵は味方になると弱くなるのか。

君、この間までうけけけとしか言ってなかったじゃん？

声をあげる間もなく、テルムが反転する。前衛に見劣りしない速度で扉を蹴破ると、部屋から駆け出していった。ケチャチャッカがそれに続く。僕はただそれを見送る事しかできなかった。

追っても負けるからだ。狗の鎖《ドッグズ・チェーン》を放ってもいいが、レベル7を捕らえる事はできないだろう。

「ヨワニンゲン、追うぞ、ですッ！」

「落ち着くんだ、クリュス。彼らはとりあえずいい。まずは人命優先、フランツさん達の治療だッ！」

クリュスが僕の背中を押して叫ぶ。僕はほぼ反射的にその要求を回避した。

幸い、物資は大量にあったので各部屋に分割して配置していた。あまりそういった行為に慣れない僕に代わり、クリュスがテキパキとした動作でポーションを用意し、倒れ伏した近衛達に飲ませる。

どうやら一瞬でやられた者達もまだ死んではいなかったらしい。シトリー特製のポーションを飲ませると、間もなく顔色が良くなり、呼吸も正常に戻った。クリュスがほっとしたように息を吐く。

「純粋な破壊の魔法じゃなかったようだな、です」

「はぁ、はぁ……だが、動けなかった。力が入らなかった……」

唯一意識を保っていたフランツさんが脂汗を流し、言う。

「体内の水を少しだけいじられてる……信じられない神業だ、です。囮《おとり》を出されて隙をつかれたとはいえ、ラピスでも不可能だ、です」

クリュスの声は深刻そうだ。魔術の基礎なので知っているのだが、魔術を他人の体内に直接作用させるのは非常に難しい。何故ならば人間の肉体は大なり小なり、魔術に対する耐性を持っているからだ。そういう意味で、一瞬であれだけの人間の体内を操作し無力化したテルムは紛れもなく超一級の魔導師《マギ》だった。オートで起動する結界指《セーフ・リング》ならば防げるが、不意にかけられては防ぐ術はあるまい。

フランツさんがよろよろと立ち上がる。他の兵達は未だそれだけの余裕はないようだ。ひとまず生命の危機は去ったが、テルムとケチャチャッカに対して、こちらの戦力はあまりにも心もとない。

皇帝陛下はこんな時でも一切、動揺を表に出さなかった。椅子にどっしり腰を下ろし、僕に尋ねる。

「それで、どうする？　勝ち目はあるのか？」

「ないわけないだろ、です。そうだよな、ヨワニンゲン？　です」

その鋭い目に見据えられクリュスに同意を求められ、しかし僕は未だ快適だった。

とりあえずあるないで言えば勝ち目はない。というか船が落ちるなら逃げる事を考えるべきだろう。

「クリュス、君は……空とか飛べる？」

「飛べる――がッ！　この杖だとッ！　無理だッ！　ですッ！」

「……それ、杖じゃなくて翻訳機だから」

「!?　はぁッ!?」

クリュスがバシバシ丸い世界《ラウンド・ワールド》を叩く。僕はそっと視線を逸《そ》らした。まさかこんな事になるなんて。

どうすればいい？　わからない。何が起こっているのかもあまりわかっていない。まいった。

僕はどうしていいのかわからず、とりあえず物資の中から燻製肉《くんせいにく》の塊を取り出すと、（恐らく）空腹で倒れ伏し痙攣《けいれん》しているキルナイトの近くに設置する。

落ち着け。騒いでもどうにもならない時は落ち着くのだ。

腕を組み、目を閉じる。とても快適だった。……そうだ！

もしかしたら時間を稼げば僕の愛しいシーツお化け達が助けに来てくれるのではないだろうか？

完全に現実逃避に入っている僕に、クリュスが不意に鋭い声をあげた。

「ッ!?　ヨワニンゲンッ！　後ろッ！」

　とっさに振り返り、足元を見る。いつの間にか、倒れ伏すキルナイトの側に小さな影が蹲っていた。子どもだ。人間の子ども。リィズも小柄だが、さらに小さい。緩やかな真っ白な法衣にも似た衣装。伸びた細い腕が、僕が配置した燻製肉をつまみ、小さな口に運び、むしゃむしゃ動かしている。この飛行船に子どもはいない。異様な光景だったが、背筋に寒気は奔らなかった。快適なせいだ。だが、それでも驚きがなくなるわけではない。子どもは何も言葉を発していなかった。だが、クリュス達は青ざめている。皇帝陛下も目を見開き固まっていた。絨毯までもが怯《おび》えたように大人しい。

　白い髪は長いが、性別はわからない。頭の上半分を白い奇妙な仮面が覆っているせいだ。

　思考が再びフリーズし、口から勝手に言葉が出る。

「あ、本物だ……」

　そこで、今更ながら僕はこの船に立ち込める異質な気配に気づいた。白いつるつるした質感に、上に伸びた二つの『耳』。何故か不思議と『超然』とした印象を受ける。狐の面だ。テルムの仲間が被っていた物とは明らかに違う、『本物』の狐の面。

　その顔が上に向き、こちらを見上げる。その仮面に目の穴はない。だが、見られている。勝ち目はない。それは、そういう生き物だった。悪寒が奔るべきだった。人間が死を怖れるように、僕は当然にそれを怖れるべきだった。だが、僕は変わらず快適だった。

　次からは護衛にこのシャツを着てくるべきではないのかもしれない。

　ふと思い出す。かつてそれと遭遇したのも不思議な嵐の日だった。嵐なんて散々遭遇しているから全く気づかなかったがなるほど、どうやらそれは嵐を伴いやってくるものだったらしい。

あれから目撃情報がないと思ったらまさか空を飛んでいたなんて、そりゃ誰も見ていないわけだ。

どうしてこんな状況に陥っているのか？　これもテルムの仕業なのか？　――否。

これは、徹頭徹尾ただの不運だ。彼らは人間の手で制御できるような存在ではない。

生きている間に二度と遭遇することはないと言われていたはずなのに……つくづく僕も運が悪いな。

最近アクシデントがないと思ったら、どうやらただの溜めだったらしい。

窓の外には先程までの嵐はなかった。いや、広がっていた世界そのものが影も形もなかった。

外に広がっていたのは――完全な白だった。宝物殿とはマナ・マテリアルが再現した異界だ。低レベルの宝物殿ならば現実世界に準じた異界になるが、高レベルの宝物殿は違う。ここは現実世界とはかけ離れたルールが支配する、正しく別世界だ。魔術が発動しないのもつまりそういう事だろう。

今更気づいてもどうしようもない事実に思わず笑みを浮かべると、『狐』の仮面を被った奇妙な子ども――幻影《ファントム》の口元がそれに釣られるように微笑んだ。

いつの間にか、テルム達が逃げ出した扉の向こうの光景は、異なるものに切り替わっている。

ぶつかった。呑み込まれた。ようやくその現実を理解する。そして狐の子どもが言った。

「ヨウコソ。コワクナイヨ」

僅かに開いた口の中は炎のように赤い。その口から出てきた声はか細く、イントネーションにも違和感があったが、確かに僕達の言葉だった。

――それは、あまりにも強くなりすぎた宝物殿の成れの果て。世界各地を巡回する奇怪な地。生きる悪夢。その発見難度と、最奥に巣食う強大な幻影《ファントム》から未だ踏破者の出ない神の世界。

推定認定レベル10。彼らは学び、巡り、戯れに弄ぶ。

【迷い宿】。その奇妙な宝物殿は、そう呼ばれていた。

「カンゲイスルヨ」

彼らは神だ。この世界に君臨する偉大なる神の記憶だ。

一度は生きて帰れたが、二度目も生還できる見込みはない。

撃退は不可能だ。矮小《わいしょう》な人間に唯一可能なのは――交渉だけ。神とはそういう存在だった。

「嘘つき」

とっさに出てきた僕の言葉に狐の眷属《けんぞく》が深い笑みを浮かべた。

「ウソジャナイヨ」

臓腑《ぞうふ》を直接撫でられているかのような心地に、クリュスは今にも嘔吐《おうと》しそうだった。

まるで異界に紛れ込んでしまったかのようなプレッシャー。今のクリュスを立たせているのは、精霊人《ノウブル》としての、そして護衛依頼を受けたハンターとしてのプライドだけだ。

マナ・マテリアルの吸収量の少ない低レベルのハンターが高濃度のマナ・マテリアルの満ちる宝物殿に立ち入ると、稀《まれ》に気持ちが悪くなることがある。ハンターにとっては常識中の常識だが、本来、滅多に起こる事ではない。余程――ハンターと宝物殿のレベルに、差がない限りは。

窓を見る。その外には先程まで広がっていた世界がなかった。

恐怖と混乱のあまり叫びそうになるが、ぎりぎりで正気を保つ。

異界型宝物殿。マナ・マテリアルの濃度による吐き気。一つや二つ上程度のレベルではない。

そして、目の前にいる狐の面を被った子どもは間違いなくその中に生息する幻影《ファントム》に他ならない。

恐ろしい。今まで見たことのない怪物だ。これと比べれば竜などただのトカゲのようなものだ。

子どもの姿をしているが、それは明らかに子どもではなかった。人語に似た何かを話しているが、それは『言葉』ではなかった。森の守護者である精霊人《ノウブル》の本能が警鐘を鳴らし続けている。

テルム以上に勝ち目はない。もちろん、フランツや他の近衛などでは話にならないだろう。だが、まだ絶望していないのは、リーダーである《千変万化》が先頭に立ち、未だ平然としているからだ。

いくらレベル8でも《千変万化》は人間だ。だが、その佇まいは怪物の出現前後で全く変わっていなかった。力は感じない。ヨワニンゲンは今でもヨワニンゲンのままだ。だが、怪物と並んで平然としていられるのは、あまつさえ「嘘つき」などと軽口を叩ける者は、同格の怪物に他ならなかった。

助けなければ。なんとか、生き延びなくては。だが、状況の把握すらままならない。

「ヨワニンゲ――」

「クリュス、静かに。君、たまに失礼だから。あまり刺激してはいけない」

即座にヨワニンゲンが指を口元に立ててみせる。

!?　はぁ？　こんな時に刺激するわけないだろ、ですッ！

文句を言いたいが、言い出せるような雰囲気ではない。狐の面を被った子どもが軽い声で言う。

「カマワナイヨ」

「本当に？　失礼な事言っていいの？」

「イイヨイイヨ。ナデテモイイヨ」

意味がわからない。理解できない。言葉だけならば人懐こい。だが、感じるこの重圧。

これは――殺意だ。この場でのクリュス達は間違いなく被捕食者で、その幻影《ファントム》が語る言葉は空っぽで、言葉通りの意思を伴っていなかった。まるで風の鳴る音が偶然人語に聞こえたような気味の悪さがある。よくもまあヨワニンゲンは平然と会話を交わせるものだ。

しかし、こうなると、事情を知っていそうなヨワニンゲンに任せる事しかできない。

「オナカスイタ。アイスタベタイ」

「アイス？　アイスあげたら逃してくれるの？」

「モチロンダヨ。ゲロハキソウ」

「君、面白いな……」

「インタイシタイ」

子どもの言葉に、ヨワニンゲンがリラックスしたようにくすくす笑う。

だが、言うわけがない。幻影《ファントム》がアイス食べたいだとか、吐きそうだとか、言うわけがない。冷静に考えて言うわけがないし、ヨワニンゲンもそれを知っているはずだ。

あまりにも不気味だ。思わず一歩下がろうとして、クリュスは自分が握っている物に気づいた。。

『丸い世界《ラウンド・ワールド》』。

ヨワニンゲンから持たされた杖だ。荘厳な見た目とは裏腹に、魔力《マナ》を増幅できなかった欠陥品。

だが、あの時ヨワニンゲンはクリュスになんと言ったか……そう、これは杖ではなく翻訳機だと言ったのだ。使い方はわからない。だが、クリュスはとっさに杖に魔力を込めた。

杖の頭に浮かぶ宝玉が回転する。幻影《ファントム》が口を開く。そして、音と重なるように意味が伝わってきた。

『殺す。絶対に殺す。我らが領域に無断で立ち入ったこと、後悔して死ね』

「!?」

「ははは、君は面白いなぁ」

強い怒りの込められた意思だった。顔が引きつる。

薄々気づいていたが、やはり友好的なのは上っ面だけで、言葉通りの意味ではなかったのだ。

にも拘わらず、ヨワニンゲンはまるで火に油を注ぐかのようにニコニコしている。

『何が、おかしい？　見えるぞ、その身に秘めた力。聞いた人間の中でも――最低。話にならん。跪《ひざまず》け、楽に殺してやる』

「うんうん、そうだね。僕もチョコレート食べたいなあ」

「ヨワニンゲン!?　お前――」

言葉わかってないだろ、この杖使え、です！　と言おうとしたところで、止められる。

「クリュス、静かにって言っただろ？　僕に任せてくれ。今楽しく喋ってるところなんだから――うまく帰してくれるように交渉するから。必要なのは敵対しない事だ。彼ら相手に勝ち目なんてない」

『決めた。決めたぞ、お前は、次の一撃で殺す。戦う覚悟があるのならば、手を取るがいい』

もしかして、何か理由があってわからない振りをしているのだろうか？

子どもがにこにこしながら華奢な手をヨワニンゲンの方に伸ばす。同時に、重さすら感じる濃密な殺意が部屋を満たす。先程助けた近衛の何人かは意識を失ったようだ。

ヨワニンゲン以外の皆が、まるで災害が通り過ぎるのを待つかのように息を潜めていた。

「え？　僕のファンなの？　それはまた、なんというか……光栄だな」

!?

止める間はなかった。言葉はわからなくともこの殺意を感じ取れないはずもないのに、ヨワニンゲンは躊躇う素振りすら見せずその手を握りしめた。

随分友好的な幻影《ファントム》だな。僕はにこにこする狐の面の子どもに、ひとまず安心していた。

宝物殿【迷い宿】には幻影《ファントム》は二種類――核となる巨大な化け狐と、無数の眷属が生息している。

巨大な化け狐は宝物殿の中心にずっといるはずなので、目の前の子どもは眷属という事になる。

この宝物殿の幻影《ファントム》は一番低級でも手に負えない力を持っている。以前訪れた時に聞いた話では発生からこれまで、眷属がやられたことは数えるほどしかないらしい。恐らく、力で言うのならば高レベル宝物殿のボスクラスになるだろう。テルムが味方だったとしても勝率はきっと高くない。テルムの魔法は恐ろしかったがそれは僕達が脆弱《ぜいじゃく》な人間だったからで、幻影《ファントム》に有効だとは思えない。

だから、僕はなんとしてでも機嫌を取り、逃してもらうことだけを考えねばならなかった。プライドなんてくそくらえだ。幸い、彼らは恐ろしい力を持っているが、一般的な宝物殿の幻影《ファントム》のように殺意を持って殺しに来たりはしない。前回だって貢物をして、土下座をして許してもらった。

だが、今回はどうやら少し違うようだ。

幻影《ファントム》は土下座を求めなかったし、貢物も求めなかった。片言の言葉を喋るだけで、特に何かを要求するわけでもない。何もしなくても逃してくれそうなくらい友好的だ。

もしかしたらこの【迷い宿】は僕が昔迷った宿とは違う宿なのだろうか？

もしかして歓迎するというのも嘘じゃなかった？　歓迎しなくていいよ、帰してください。

「ジツハファンデス。アクシュシテクダサイ」

幻影《ファントム》にまで名が知られているとは、一体どういう文化を築いていたのだろうか？

手を伸ばしてきたので、それを取る。そして——それは起こった。

クリュスが短く悲鳴のような声をあげる。何をされたのかわからなかった。色も音も、何もなかった。僕にわかったのはこの瞬間、一番高価だった結界指《セーフ・リング》が一つ発動したという事だけだ。

慌てて周りを確認する。クリュスが愕然と目を見開いている。

よくわからない。目を瞬かせ、手を取ったまま固まっている幻影《ファントム》に尋ねた。

「……？　君、何かした？」

「……タノシカッタヨ」

「!?　？？？」

確固たる形を持っていた幻影《ファントム》が消えていく。足の先から、まるで浸食されるかのように塵《ちり》に変わる。しっかり握っていたはずの手が、空を切る。からんと音がした。

後に残ったのは子どもがつけていた狐の面だけだった。

「う……げえええええええッ！」

不意に、フランツさんがその場に四つん這いになり盛大に吐き出した。

いきなりの嘔吐に目を見開く。皇帝陛下は吐いていなかったが、その顔には血の気がない。

同じく青ざめたクリュスが、口元を押さえながら言った。

「なる、ほど……それが、ここの、幻影《ファントム》の倒し方、か……です。変わってるな、です」

「はぁ」

目を瞬かせる僕から、クリュスが一歩距離を取る。その視線の先にあるのは狐の面だ。

「条件？　嘘をつけない……？　『一撃で殺せなかった』から死んだのか、です――うぐッ……ヨワ、ニンゲン、お前、このマナ・マテリアルの中で、よく平然としていられるな、です」

「？　まぁ、快適だしね」

皆調子が悪そうだが、原因はマナ・マテリアル酔いだろう。僕はマナ・マテリアルを吸う力も保持する力もほとんどないので体験したことがないが、高い吸収能力を持つ才能あるハンターにとって、許容以上のマナ・マテリアルを吸う事で起こるマナ・マテリアル酔いというのは、稀にある事らしい。筋肉痛みたいなものである。そういえば、昔来た時も僕以外は皆なっていた。

狐の仮面を拾う。これは……忘れ物かな？　ドロップ？　なんで手を握っただけで死んだの？　手を握られるのが弱点？　そんな馬鹿な。ではどうして握手など求めたのか。

……まぁ、置いていったのなら記念に貰ってもいいだろう。何か言われたら返せばいいし。

しかし、船は未だ白に包まれていた。テルム達の逃げ出していった先には、見覚えのある【迷い宿】の景色が広がっている。この場にいても仕方ない。この宝物殿はただの宝物殿ではない。凄く行きたくないが、この宝物殿から脱出する方法は僕の知る限り、ボスに許してもらう事だけだ。

「仕方ない、行くか……」

僕が行くしかない。この宝物殿の幻影《ファントム》にとって人間など多少強くても皆同じようなものだから、少しでもこの場所について知っている僕が行った方が生存率は高いだろう。

この宝物殿にはルールがある、と昔、この場所で遭遇した幻影《ファントム》は言っていた。

――神は何者にも縛られない。神を縛れるのはその神自身だけだ、と。

クリュスが出口（入り口？）に近づく僕に慌てたように言う。

「ヨワニンゲン、杖は――」

「え？　いらないよ」

「はぁ？　じゃあ、なんでわざわざ用意したんだ、です！」

「…………クリュスが使いたいかなあと思って」

「!?」

大体、この宝物殿の幻影《ファントム》は皆言葉を喋れるので杖なんていらない。必要なのは――愛だよ。愛。

攻撃的になってはいけない。この宝物殿の幻影《ファントム》にとって人間など取るに足らないものだ。

一歩、扉から宝物殿に足を踏み入れる。と、すぐ足元から声がした。

「油揚げが欲しい。油揚げをくれないと攻撃する」

先程まで確かに何もいなかった。

朱に塗られた板張りの廊下に座っていたのは先程と同様、狐の面を被った子どもだった。

ただし、今回現れたのは微妙に容姿も違うし、声も片言ではないし、女の子。髪の色も薄い金色だ。

丈の短い白の着物。ほっそりとした指先が僕に向かって差し出されている。

油揚げ……悪いけど、今回は持ってないよ。シトリーに用意してもらったのは保存食だけだ。


クリュス・アルゲンのハンター歴で間違いなく一番のピンチだった。

マナ・マテリアルの濃さだけで吐き気を催すような遥か格上の宝物殿。使い慣れた杖はなく（二本持つのは難しかったし、そもそもこんな事になるとは思っていなかった）、塗り潰されたルールはまともに魔力《マナ》を練ることすら許さない。まさしく絶体絶命だ。

ここに至って、頼りになるのはこの宝物殿の事を知っているらしいヨワニンゲンだけだった。

だが、守られているばかりではいられない。精霊人《ノウブル》としてのプライドがある。

いや、守られるだけならばいいが、足を引っ張る事は我慢できない。

震える手を握りしめる。どうしたらいいか、わからない。魔法なしでクリュスにできる事なんてない。武器だってない。考える事はできるが、それだって神算鬼謀には程遠い。

そこで、クリュスは先程のテルムの動きを思い出した。

攻撃魔法を発動できなかったテルムは即座に身体能力強化に切り替えた。

慌てて魔法を使う。攻撃魔法ではなく、身体強化の魔法だ。魔力というエネルギーを力に変換する初歩的な魔法である。魔力が身体を巡り、身体の芯が熱くなる。震えが収まり、力が漲《みなぎ》っていく。

そうか。宝物殿のルールは体内までは適用されないのか。まともな魔導師《マギ》は魔法が使えない宝物殿に潜ったりしないが、そういえばそんな話を聞いた事がある。マナ・マテリアルにより塗り替えられている宝物殿のルールは、同じくマナ・マテリアルで書き換えられるのだ。

これなら――戦える。いつもとは違う魔力操作に身体に少し痛みが走るが、アミュズナッツを食べた状態で魔力操作を行った時に比べればずっとマシだ。ここ最近行っていた訓練が実を結んでいた。

精霊人の魔術に対する適性は極大だ。魔力量も人の比ではない。長くは持たないが、今のクリュスの身体能力は近接戦闘職に匹敵するはずだ。

もちろん、この宝物殿の幻影《ファントム》に勝てる気はまるでしないが――。

当のヨワニンゲンは不安なクリュスのことなど意に介する事もなく、憎たらしくなるくらいにあっさりと部屋の外――宝物殿に塗り潰され変化してしまった空間に足を踏み出していた。

一人で行くのは自殺行為だ。先程は勝てたが、クリュスには幻影《ファントム》とヨワニンゲンの格の違いがはっきり見えていた。決してそれだけで勝負が決まるとは思わないが、力が違いすぎる。この非常事態を切り抜けるには協力した方がいいはずだ。別に怖がっているわけじゃない。

その後を追おうとしたその時、クリュスはそれに気づき目を見開いた。

「ッ!?」

ヨワニンゲンの足元に金髪の狐面の幻影《ファントム》が現れていた。

しかもその身に宿る力は先程現れた幻影《ファントム》よりも遥かに上だ。一見華奢な身体に満ちた気配はこれまで戦ってきたどの幻影《ファントム》よりも濃い。そしてそれは先程の幻影《ファントム》が――死亡時に発散されるマナ・マテリアルの残滓《ざんし》でフランツを嘔吐させた幻影《ファントム》が、ボスでも幹部でもなくただの雑魚《ざこ》である事を示していた。

宝具を杖代わりに、震える足を叱咤《しった》し、前に進む。止まれば二度と立ち上がれなくなりそうだった。

そんな無様な姿を見せるくらいなら前に進んだ方がいい。

皇帝の護衛の事を考える余裕はなかった。ここに至れば、クリュスなどいてもいなくても同じだ。ならば、ヨワニンゲンについていって一緒に事態の解決を図った方がまだ勝ち目がある。

「油揚げが欲しい。油揚げをくれないと攻撃する」

幻影《ファントム》が言う。冗談のような言葉だ。

だが、手に持った宝具は、その言葉が先程とは異なり言葉通りの意味を持っている事を示している。

油揚げ――何故油揚げなのかは知らないが、持っているわけがない。

――だが、クリュスは思った。ヨワニンゲンならば持っていてもおかしくはない、と。

食料を積み込んだのはヨワニンゲンなのだ。そして、彼はこの宝物殿にも一切焦っていない。ヨワニンゲンはしばらく黙って足元の幻影《ファントム》を見ていたが、すぐに半端な笑みを浮かべた。

「ごめん、今回は持ってない」

「!?　ふざけんな――」

ですッ！　そう叫びかけた時には既に終わっていた。

一陣の風が吹いた。全身に衝撃と痛みが走り、呻《うめ》き声《ごえ》をあげる。その時ようやく、クリュスは自分が壁に叩きつけられた事に気づいた。

だが、身体が軋《きし》むが、魔法で強化していたのでダメージは大きくない。

クリュスが受けたのはただの『余波』だ。狐面の細腕は間違いなくヨワニンゲンへ振り下ろされていた。魔法ではなかった。それは、ただ腕を振り下ろしただけだった。しかし高レベルの宝物殿の幻影《ファントム》は時に鍛え上げられたハンターを掠めただけでばらばらにするような、怪物じみた力を発揮する。

咳き込みながらも立ち上がり、顔を上げたクリュスの目に入ってきたのは――先程と何ら変わっていないヨワニンゲンと、倒れ伏す狐面の姿だった。

「!?」

ありえない。クリュスが最後に見た光景は狐面の攻撃だった。それが効かないだけならばともかく、狐面の方が倒れ伏すなどありえない。

面に覆われていない唇の隙間から一筋の血が流れる。白い緩やかな着物に朱が広がる。膨大なマナ・マテリアルから成り立っている身体が小さく痙攣する。伸ばした腕。その指先が力なく震えている。

「!?　何をやった、です!?」

「いや、僕は何もしてないけど……」

ヨワニンゲンが戸惑ったように言う。その手には血の一滴もついていない。《千変万化》の手口はクランの中でも一切知られておらず、謎に包まれていたが、目の前の光景はそういうレベルではない。目の前で起こったはずなのに――理解できない。

「か、隠すな、です」

「え？？？　いや、隠してなんてないけど……」

ヨワニンゲンは本気だった。その表情に嘘は見えない。

――その瞬間、クリュス・アルゲンは理解した。ヨワニンゲンは隠しているのではない。隠していないのに、誰も理解できないのだ。優れた魔導師《マギ》の技が新米の魔導師《マギ》には全く理解できないように。

「ヨワニンゲン、とりあえず色々聞きたいことがあるが、一個だけ確認する、です！　お前、この宝物殿のボスを倒せるのか、です？」

「…………いや、無理だよ」

ヨワニンゲンは跪き、痙攣する幻影《ファントム》に触れると、いつも通りヨワヨワしい表情で言った。


もう何がなんだかわからない。一切合切理解できなくて逆に楽しくなってくる。

クリュスが色々言ってきたが、僕にもわからないのだから、答えようがなかった。

幻影《ファントム》が勝手に倒れて血を吐いた。僕に起こった事を説明すると、そうなる。結界指《セーフ・リング》も減っていない。

この宝物殿の幻影《ファントム》は強い。前回遭遇した時には僕の幼馴染達が手も足も出なかったくらい強い。

僕では無防備なところに一撃を当てたとしてもかすり傷一つ付けられないだろう。存在の格が違うのだ。

とりあえず倒れ伏し痙攣している幻影《ファントム》の近くにしゃがみ込む。

どうやら完全に戦闘不能のようだ。まだ死んではいないが、指一本動かせないようである。

狐の面が僅かに傾き、僕を見上げる。と、そこで僕は目の前の幻影《ファントム》に見覚えがあることに気づいた。

この幻影《ファントム》――僕が前回やってきた時に、出会った奴だ。

その時はもう少し身体が小さかったし、要求も『美味しい物をくれないと攻撃する』だったが、この髪の色と髪型、間違いない。その時、僕は偶然持っていた油揚げ（というか、いなり寿司弁当）を与えたのである。直前に滞在した町で買ったものだったのだが、どうやら随分気に入ったようだな。

二個、三個と求めてきたので予想はしていたが――ああ、なるほど。

「…………もしかして、約束を忘れてた？」

そうだ。そうだった。あの時、僕は確かにこう言った。約束したのだ。

――おかわりをあげる代わりに、もう二度と僕やその仲間達に攻撃しない、と。

そして、この幻影《ファントム》はそれを呑んだ。【迷い宿】の幻影《ファントム》は『嘘をつかない』と、確かにそう言っていた。

ぐったりと地面に投げ出された指先がぴくりと僕の言葉に応えるように動く。

「…………………これが日頃の行いか」

嘘をついてしまうと倒れるのか。難儀な幻影《ファントム》だ。しかし、恩は売っておくものである。

とりあえず、死にはしないだろう。倒す術もないけど、むしろ殺してしまうと他の個体に恨まれるかもしれないから殺さない方がいい。

神故《ゆえ》の横暴と不遜。暴力的な等価交換。この宝物殿は鏡だ、と、かつてこの宝物殿で出会った幻影《ファントム》は言っていた。求める物は与えられ、しかし代償として求められる物を与えねばならない。

故に、僕は生き延びる事ができた。

「仕方ない、僕の力を見せてやるか」

僕だって成長はしている。今の僕の土下座スキルはあの時の比ではない。

謝って許してもらうことにかけて僕の右に出る者はいない。

快適な笑みを浮かべる僕に、クリュスが素っ頓狂な声をあげた。

「ヨ、ヨワニンゲンッ!!」

!? 我に返る。いつの間にか、僕達は見渡す限り無数の狐面に囲まれていた。

廊下はもちろん、壁に、天井に張り付いた無数の狐面。その数——百やそこらではない。

僕達が出てきた扉は消えていた。逃げ場はない。立ち上がると、真っ青になったクリュスがふらつき、まるで背中を預けると言わんばかりに、背に背を押し当ててくる。

僕は小さくため息をつき、快適のあまり苦笑いを浮かべた。

…………詰んだ。こんなに沢山いたのか……。

幻影《ファントム》の海が割れる。割れたその先にいたのは、漆黒の狐面を被った、長身の幻影《ファントム》だった。

他の幻影《ファントム》よりも格上のようだが、力を読み取る事にかけては皆が右に出る僕には差がわからない。

狐面が足音を立てず、滑るように近寄ってくる。背中を預けたはずのクリュスが背中にしがみついている。淡々とした声がかけられる。人と何も変わらない、流暢《りゅうちょう》な言葉だ。

「ようこそ。僕達の宿に、客が来るのは久しぶりだ。何、怖がる必要はない。皆、久しぶりの人間に興味津々なだけだよ。安全は保障する」

そして、その口元が皮肉げな笑みを浮かべた。

「代わりに、君の一番大切な物を貰おう」

一番……大切な物？　あまりに横暴な要求に思わず眉を顰める。幻影《ファントム》は薄い笑みを浮かべていた。

前回はこのような要求はされなかった。どうやらこの宝物殿の幻影《ファントム》は進化しているらしい。

しがみついたクリュスの鼓動を感じる。しかし、僕は宝具のおかげで快適だった。

一番大切な物……そりゃもちろん、ルーク達の命である。だが、彼らはこの宝物殿にはいない。

僕の心を読んだのか、狐面は穏やかな声で言う。

「ああ、今差し出せる物の中で、だ。ついでに自身の命は含まれない。これは――公平な取引だよ」

前回来た時は【迷い宿】だという事を知らなかった。当然、幻影《ファントム》の特性も知らなかった。意図せず迷い込み、そのあまりに隔絶した力の気配に騒然とする僕達の目の前に、狐面が現れ、言った。

『我らが領域に立ち入った。人が立ち入るのは何年ぶりか――事情はどうあれ招かれざる客だ、迷い人。だが、今すぐにひれ伏し謝罪の意を示すのならば――許しを与えよう』

動けるのは僕だけだった。マナ・マテリアルの吸収量や蓄積量、そして抜ける速度には個々の差がある。その高さは強者の資質とも言えるが、同時にマナ・マテリアルから受ける影響も大きい事を示している。才能が空っぽの僕はこの宝物殿の中でもちょっと気分が悪いだけで済んだのだ。

例えるのならば、僕は――ザルなのだ。当時は快適ではなかったが、僕はその幻影《ファントム》の言う通り、躊躇いなく華麗な土下座を決め――許されたのである。

謝罪スキルの有用性の高さに気づいた一瞬だった。そして僕はその頃から頭を下げるのが少し楽しくなってしまったのであった（そしてあまりのみっともなさにルシアにパンチされた）。

【迷い宿】との邂逅《かいこう》は僕に多大な影響を与えた。恐怖に耐性ができたのもこの宝物殿のせいだ。

まぁ、今は快適だから耐性とか関係ないのだが。

従うしかない。戦っても勝ち目はない。何を奪うつもりだ？

この幻影《ファントム》は自身の命は含まれないと言った。ならば次に大切な物――全く思いつかない。大切な物は誇りやプライドという事で、土下座でなんとか許してくれないだろうか？　今の僕の土下座スキルはあの時の比ではない。もはや芸術の域に達している。扉絵を飾れるレベルなのに――。

狐面が手を伸ばせば届く距離まで近づく。その腕がゆっくり上がる。

思わず一歩下がる。その指先が僕に触れようとしたその瞬間、狐面の動きがぴたりと止まった。

そして、弾かれたように一歩下がる。唇が開く。そこから出てきた声は酷く動揺していた。

「…………？？？？？　あああ……あれ？　もしかして、君…………危機感のないお兄さんじゃない？」

「……違うよ」

危機感くらいあるわ。まぁ今は快適なので快適なのだが、ピンチである事は自覚している。

狐面が何故か慌てている。左右を確認し、穴の開いていない狐面を近づけ、僕の顔をまじまじと見るような仕草をする。クリュスがぎゅっと僕の背中を掴んでいる。

「いやいやいや、え？　なんでいるの？　ここは——空だよ？　まだあれから……百年も経ってない」

「……うんうん、そうだね」

「どうやって来たの？　こっちは高速で空を飛んでるんだッ！　意味が……意味がわからない」

そんなの僕が聞きたいわ。前回も思ったけど、多分僕が悪いんじゃなくて君達が僕達を轢《ひ》いているのだ。馬車が通り道にある石ころを撥《は》ね飛ばすみたいに。

だが、文句など言えない。相手は超越者なのだ。僕は必要なら土下座するだけである。

どうやら相手は僕の事を覚えているようだ。謝ったら許してくれるかもしれない。

手をぎゅっと握りしめる僕に、狐面は頭を抱え情けない震えた声をあげた。

「まったく、どうやって、潜り込んだんだよッ！　母が、『生きている間に二度と遭遇することはない』って言っただろッ！　こっちは念には念を入れて、人が入らない空に場所を変えたのに……」

……え？


神は全能だ。それ故、自らの言葉に縛られる。この宝物殿の神はマナ・マテリアルによる顕現によるものだが、もしかしたら元々神とはそのようなものなのかもしれない。

そういえば嘘か本当か、かつて帝都跡に存在していたレベル10宝物殿——【星神殿《せいしんでん》】を根城にしていた異星の神も自らの言葉により自らの力を制限した結果、アークの先祖に負けたという。

危機感のある狐面のお兄さんの先導で最奥に進む。廊下のそこかしこで沢山の狐面がじっとこちらを見つめていたが、案内があるせいか襲ってはこなかった。

【迷い宿】は相変わらず、本当の旅館のような内装だった。木製の床に立派な木の柱。朱と白をメインとした内装はどこか東の都にあったという神社を思わせる。もしかしたら向こうの出身なのだろうか？

この宝物殿の幻影《ファントム》の中でもかなり上位にありそうな狐面のお兄さんがフレンドリーに言う。

「何度も言うけど、人間に興味津々なんだ。客なんて滅多に来ないからね。二度も来たのは危機感さんだけだ。危機感さんのせいで妹は油揚げが大好きになってしまった。僕は謝罪を求めるのをやめた」

後ろから油揚げの子がついてきているが、一切反応を見せなかった。もしかして反抗期かな？

「僕達は公平で公正だ。死を求めなければ死なない。不意打ちで攻撃もしない。危機感さんが殺した新米は——勝手がわかっていなかった。人間の言葉もよくわかっていなかっただろ？」

なんか僕も人間の言葉がわからなくなりそうだ。

というか、あれ、死んでたの？　もしかして僕が幻影《ファントム》殺すの初めてじゃない？

ちょっと気が咎《とが》めるが……まぁ、自滅のようなものなので大目に見て欲しいところである。

案内先にあったのは巨大な朱色の扉だった。宿の構造は前回来た時と変わっていないようだ。

黙ってついてきたクリュスが大きく嗚咽《おえつ》を漏らし、座り込む。今にも死にそうな顔色だ。

危機感のある狐面のお兄さんが呆れたように言った。

「これが、普通だ。危機感さん、頭どうなってんの？」

「僕だって……覚悟くらいしてるさ」

快適ではあるが、宝具は思考を抑制しているわけではない。いつでも土下座する心構えはできていた。あと、危機感さんと呼ぶのやめて欲しい。でも、立場が弱いからつっこめない。

「クリュスは外で待っていて。話をつけてくるから」

強力な幻影《ファントム》は極めて強いマナ・マテリアルからなっている。扉の前に来ただけで死にそうなのに、実際に対面したらクリュスがどうにかなってしまうかもしれない。

クリュスが息も絶え絶えに僕を見上げる。今にも吐きそうなのか、目の端に涙が溜まっている。

「安心して、少し話してくるだけだ。なんとかなるさ。それに今の僕は――快適だからね」

もはやここまで来ると諦めの境地である。僕なんてどうせ息の一吹きで消えてしまうのだから、やれることをやるだけだ。危機感がないとしたらそれは、彼らが奪ったのだろう。

なんかもうこの場でごろごろしたい。決めた。生きて帰れたら絶対ごろごろする。

狐面のお兄さんが扉を開ける。僕は一度深呼吸をすると、異形の神の下に向かって歩みを進めた。


その瞬間、クリュスは自らの死を確信――いや、体験した。

その扉の奥から放たれるのは、それほどまでに強力なマナ・マテリアルだった。

これまで攻略してきた宝物殿とはあまりに違いすぎる。まさしく、敵は神だ。世界そのものだ。

あまりの格差に、肉体が動く事を拒否していた。本能が生きることを諦めていた。

――だが、そんな中でも、ヨワニンゲンは顔色一つ変えていなかった。

ヨワニンゲンは弱い。ある程度慣れれば、身に秘めたマナ・マテリアルは看破できる。少なくとも、ヨワニンゲンの持つマナ・マテリアルはクリュス以下だったはずだった。

だが、実際にこうしてクリュスはうずくまり、ヨワニンゲンは平然と扉の向こうに進んでいる。

一体どれだけの器があればそれが可能なのか、クリュスには想像すらできない。

だが、きっとこれこそがレベル8――人外の域なのだ。

たとえレベル8でも、とても生きて帰れるとは思えなかった。この扉の奥に潜む怪物は信じられないくらいに格が違う。だが、何故かクリュスには不思議な確信があった。

ヨワニンゲンは――きっと帰ってくる。うずくまり指一本動かす事にすら苦労するクリュスに、扉の前に残った長身の狐面が静かに笑い、言った。

「心配はいらない。危機感のないお兄さんは憎たらしいくらいにルールに従っている。普通の精霊人《ノウブル》、君は、むしろ自分の事を心配するべきだ」


肉がびりびりと震え、魂が悲鳴をあげた。

神とはあまりにも人とかけ離れた存在である。本物の実在性はさておき、たとえそれが幻影《ファントム》だったとしても――かつて遭遇した存在は一目見て神だとわかるような威容を持っていた。

快適でもない僕が当時それを目の前にして耐えきれたのは、クソ雑魚な僕が正気を保てていたのは、ひとえに僕が死の恐怖に慣れていたからである。生物としての格が最底辺を這いつくばっていた僕にとって、神も亜神も、竜も亜竜も、大して違いのないものだった。宝物殿は【迷い宿】に限らずとても恐ろしい。だから、慣れていた僕はその神に屈せずに済んだ。完全にただの僥倖《ぎょうこう》である。

そして今、僕は、かつてと違い、快適だから神の前に立てている。

それは、白く輝く狐の姿をしていた。気配の大きさに対して実体の大きさはあまりにも小さかった。それでも竜と同じくらいのサイズはあるのだが――恐らく……高級な蟹のように、身がぎっしり詰まっているのだろう。

後ろには輝く太い尾が何本も伸びている。獣だ。獣だが、神だ。その姿はあまりにも現実感がない。倒すのは無理だ。今のルーク達がいても無理だろう。これは人が勝てる存在ではない。

『おおお……欲深き者……再び我に挑むか……』

果たして神相手に結界指《セーフ・リング》は通じるだろうか。攻撃を受けた事がないのでわからないが、考える意味はない。攻撃されるような事になればどうせ死ぬだけだ。

自慢じゃないが、僕は踏んだ地雷の数だけは誰にも負けない。輝く双眸《そうぼう》を見ていると正気を失いそうだったので僕はさっと目を逸らし、それだけでは失礼だと思ったのでその場で堂々と土下座した。

神がぱしんと尻尾を床に叩きつける。それだけで空気が震えた。

「再び来るつもりはなかった」

『戯言《ざれごと》を……』

本当に、戯言だ。空を飛んでいる宝物殿なんて、普通は偶然遭遇するものではない。

だが、現実に遭遇している。どこに好んでもう一度死地を訪れようと考える者がいようか。だが、
そんな事、超越的存在に言えるわけがない。ガークさんに逆ギレする時とは違うのだ。助けて。

平伏する僕に狐の神が言う。重々しい声だった。

『我が言葉を、覚えているか？』

さっぱり覚えていなかったが、長身の狐面さんが言っていた。僕は記憶を漁《あさ》り、神妙な声で答える。

「もう二度と会わない、だ」

『生きている間に二度と遭遇することはない』

一緒じゃん。何が違うのだろうか？　文句を言いたいけど立場が弱いから言えない僕に、神が言う。

その声は不思議と心に染み入ってくる。

『これは……遭遇ではない』

？　遭遇ではない？　いや、遭遇だろ。何を言って――いや待てよ？　……そうか、なるほど。

この宝物殿で、幻影《ファントム》は嘘をつけない。だが、不運にも目の前の幻影《ファントム》は嘘をついてしまった。

だから、なんとか挽回しようとしている。つまり、機嫌を取るにはそれを肯定してやればいい。

今日の僕は――冴《さ》えている。僕は敵意がない事を示すために笑いかけ、はっきりと言った。

「ああ、その通りだ、これは遭遇じゃない。僕がわざわざ逢いに来たんだ！」

どうだ、完璧だろう？　こちらには敵意も害意もないんだよ。

完璧な答えを出した僕に対して狐の反応は劇的だった。

『ッ…………舐めるなッ！　下等な人間が、我に情けをかけるかッ！』

「!?」

魂が消し飛びそうになるような咆哮《ほうこう》が全身を打つ。全身の毛が逆立ち、心臓が止まりかける。死ななかったのが奇跡だ。いや、快適じゃなかったら死んでいただろう。

動揺のあまり硬直する僕に、神が追い打ちをかける。

『貴様ほど、我を舐めた人間は、生まれて初めてだッ！　もう二度と、顔も見たくない！　何が、たっぷり身が詰まった高級な蟹だッ！』

…………ああ、心読まれてますね、これは。かなりの嫌われようだが、当然かもしれない。

でもあえて言い訳するなら――高級な蟹はとても美味《おい》しいのだ。食べる手間さえなければ更にいいんだが……皆、殻を取ってくれるんだけど申し訳なくて。

『黙れ黙れ黙れッ！　我は、貴様ほどどうしようもない人間を見たことがないッ！　貴様は愚鈍な人間の代表ぞ！』

神が大きな尻尾をバフバフしながら叫ぶ。……まるで駄々を捏《こ》ねているかのようでちょっと可愛《かわい》い。

『あああああッ！　我が知性が汚染されるッ！　それを持って、出ていけッ！』

「あ…………出てきた、です」

謁見を終え、扉の外に出る。つい先程別れたばかりなのに、クリュスの声がとても久しぶりに感じられた。やはり人間はいい。神の相手は駄目だ。快適な状態でもとても相手をしていられない。

クリュスがふらつく僕の肩を支えてくれる。そして、僕の手に握られた物に気づき、目を見開いた。

「お、おい、なんだそれは、です」

「ああ…………いる？」

握っていたのは、輝く白い尻尾だった。正真正銘、ボスに生えていたものである。前回もそうなんだが、いらないと言っているのに、また押し付けられてしまったのだ。前回の尾は棒の先につけて箒《ほうき》のようにしてルシアにあげたのだが、今回の尾はどうすればいいのか。どこかに捨ててしまいたい。

「い、いらん、ですッ！　やめろ、近づけるな、ですッ！」

クリュスの目から見るとただの尾には見えないのか、甲高い悲鳴をあげる。

しかし、尻尾とか誰向けのプレゼントなのだろうか？

狐面のお兄さん――略して兄狐が、一瞬口元を結び、不機嫌そうに言う。

「やはり、母は負けたのか……」

「いや、そんな事ないと思うよ。神の考える事なんてわからないけど……」

なんかめちゃくちゃ嫌われてたんだけど、何あれ……心の中なんて読まれたらどうしようもないし、相手が神とはいえ、あそこまで一方的に毛嫌いされると少し凹む。

「……それは命だ。事情はどうあれ、危機感さんは勝った」

命……？　この尻尾が命なのか？　あのボスに生えていた尾の数は十二本だった。

今一本はここにあるから、残りは十一本だ。

「……あと十一回繰り返せば、倒せるって事？」

「…………試してみるかい？」

兄狐が笑う。その表情に、肩を支えていたクリュスがさっと僕の背中の後ろに隠れる。

……つい疑問が口に出ただけだよ。

「もう二度と来るつもりはないよ。それで、飛行船はどうなる？」

前回はその場で解放されたが、今回は飛行船も巻き込まれている。僕の疑問に、兄狐が嘆息した。

「僕達には危機感さんを無事解放するルールがある。飛行船とやらも元通りだ。本当なら、空まで追ってくる乗り物なんて壊してしまいたいが、そうもいかない」

おお？　おお？　どうやらなんとかなりそうか？　この宝物殿の幻影《ファントム》は嘘をつかない。散々な目には遭ったけど、【迷い宿】に遭遇してこの程度で済むとは、僕も変なところで運がいいな。

ほっと一息つく。だが、次の瞬間、兄狐は酷薄な笑みを浮かべた。

「ただし、僕達が無事、解放するのは危機感さんだけだ。他の者達を解放するつもりはない」

なん、だと？　それは…………………とても困る。優先順位は自分とルーク達の命が一位だが、それ以外は死んでいいと思っているわけではない。尻尾返すから許してくれないかな……。

「これはルールだ。宿に入ったんだ、代償を貰わないと、母に叱られる。さぁ、クリュス・アルゲン」

背中の後ろに隠れていたクリュスが頭を出す。だが、僕の背を掴むその手は震えていた。

兄狐が囁《ささや》くような声で言う。優しげな声だが、だからこそ恐ろしい。

「解放されたくば――君の一番大切な物を貰おうか……」

クリュスの大切な物……なんだ？

ここは空の上だ。彼女のパーティメンバーや精霊人《ノウブル》の仲間はいない。兄狐の求める要求は土下座よりは重いが、不公平にしては公平である。何しろ、自分の命とここにないものを除くのだ。

僕がクリュスの立場ならば大抵のものならば躊躇いなく差し出す自信がある。

結界指《セーフリング》とか言われても……まぁ差し出そう。と、そこまで考えたところで気づいた。

僕達には皇帝陛下がいるじゃないか。陛下を差し出せと言われたらかなり困る。依頼が失敗してしまうし、ゼブルディアから追われる事になるだろう。この場に陛下はいないから連れていかれないだろうか？　そんなわけがない。兄狐の交渉は公平だ。取り立てられるものを除くわけがない。

自分の命以外というのが肝だ。かなり悪辣なルールだな。カップルだったら恋人を取られそう。

クリュスは何も言わなかった。ただ、ぎゅっと力を込めて僕の服を握り、兄狐を睨みつけている。

兄狐はしばらく沈黙していたが、すぐに困ったように口をへの字にした。

「これは……………参ったな、クリュス・アルゲン。危機感さんは取り立てられないよ。無事に解放しなくてはならないから」

「…………え？」

何言ってんだ、この狐。思わず口に出すその前に、背中に張り付いたクリュスが震え声をあげた。

「は、はぁあああ？　何言ってんだ、この狐、ですッ！」

……僕と考えている事が一緒だ。気が合うね。

「君の一番大切な物は取り立てられないって、言ってるんだよ。彼はルールで守られている」

「わ、わた、わたしが、ヨワニンゲンを、一番大切ッ!?　んなわけないだろ、ですッ！」

「いや、間違いない。誤魔化そうとしても無駄だ。僕は……人の心が読める。自覚の有無は関係ない。君は危機感さんが大切だし、危機感さんは危機感がない」

クリュスが勢いよく背中から離れる。顔が耳まで真っ赤に染まり、杖を握った手が白んでいた。

なんというか…………照れるな。クリュスに大切だと思われていたとは。

「うう、嬉しそうにするな、ですッ！　ラピス達がいないからだ、ですッ！」

「そっか……皇帝陛下より上かぁ」

神に嫌われた後だからますます心に染みる。まさかあれだけヨワニンゲンヨワニンゲン言われていたのに……一体どこで点数を稼いだのだろうか。同じクラン補正？

クリュスがぷるぷる震え、顔を真っ赤にしてがんがん床を叩いている。

兄狐はしばらく思案げな表情をしていたが、ため息をついて言った。

「仕方ない……危機感さん。君の大切な物を貰う。だが、これは重大なルール違反だ。代わりに――危機感さんと危機感さんの仲間達全員を解放しようじゃないか」

……そう来るか。都合がいいというか、悪いというか……だが、僕は念のため一つ確認する。

「もしも僕の一番大切なものがクリュスや、皇帝陛下だったらどうするんだ？」

「!?」

クリュスが顔を真っ赤にしたまま、息を呑む。兄狐は肩を竦めて言った。

「その時はしょうがない。僕の負けだ、君の仲間達を解放しよう。これは、公平な取引だよ」

僕は勝ちを確信した。先程までは大事なものとか言われてもぱっとは思い浮かばなかったが、今の僕はクリュスの言葉に心が揺れている。

てか、クリュスだよ。一番大切なのはクリュスだ。悪いけど皇帝陛下は次点である。護衛失格だな。

いや、待てよ……これは全て目の前の兄狐の策謀なのではないだろうか？

兄狐が取り立てたい物。それは間違いなくこの尻尾だろう。だからこそ、空振りすることをわかっていてクリュスに取引を持ちかけ、対象を僕に移して尻尾の奪還を狙ったのではないだろうか？

だが、このままでは二人負けである。この尻尾は魔力《マナ》の塊で出す所に出せば凄まじい力を発揮するらしいが、僕は尻尾なんてどうでもいい。このままでは持っていってもらえないのだ。

僕は大きく深呼吸をして、目をつぶって祈った。僕の大事なものはこの尻尾だ。この尻尾が一番大事だ。クリュスよりずっと大事だ。いや、ずっとではないかな？　少しだけ大事だ。割と貴重品だし、艶のあるところも気に入っている。お尻につけると狐の耳が生えるところも好きだ。触ったらルシアにパンチされたけど――と、そこで目を開ける。兄狐は先程と同じく困ったような表情だ。

………どうやら尻尾にはならなかったようだな。がっかりする僕に、兄狐がはっきりと言った。

「わかった。危機感さんが一番大切なのは………………『絨毯』みたいだ。………僕が言うのも何なんだけど、頭おかしいいんじゃないの？」

――そして、僕は要求通り、粛々と『絨毯』を差し出した。

選択肢はなかった。心臓が緊張に強く打っている。

俯《うつむ》く僕に、丸めた絨毯を小脇に抱えた長身の兄狐が言った。

「確かに、受け取った。これに懲りたら二度と迷い込んでくるんじゃないよ」

「僕の……意志じゃない。君達が僕達を轢いたんだ……」

心の底からの僕の言葉に、狐面はあまり信じていなそうな様子で肩を竦める。

「同じことだ」

彼らの公平は僕達にとって公平ではない。彼らがいくら口で言っても、これはただの宝物殿のルールである。僕達に適用されるルールではなく、彼らが動くルールだ。

例えば、僕に力があったら彼らを力ずくでどうにかして、大事な物を差し出す必要もなく無事脱出する事ができただろう。だが、これは仕方のない事だ。

別れの挨拶はなかった。視界が何の前触れもなく切り替わり、狐面のお兄さんが消える。まるで全てが幻だったかのように——目の前には元いた場所、見覚えのある飛行船の廊下が広がっていた。

窓の外には雲一つない青空が広がっている。宝物殿を抜けたのだ。

僕はそれを確認し、大きく息をついた。

僕達はほとんど生存者のいない災害を最小限の被害で乗り越えたのだ。絨毯は尊い犠牲であった。

【迷い宿】はこれからどこに行くのだろうか……不明だが、空を飛び続けるのならば今後僕達が遭遇する事は二度とないだろう。二度とない事を、祈らざるを得ない。

遠い目で窓を見る僕の（恐らく哀愁漂っているであろう）背中を、クリュスが不意に掴んだ。

白んでいた顔には赤みが戻っている。どうやら、もう吐き気も残っていないようだ。

「お、おいッ！　ヨワニンゲン、お前何考えてるんだ、ですッ！」

クリュスには悪いことをした。だがあの瞬間、僕は確かにクリュスの事が一番大切だったはずなのだ。それが、僕が考えてもいなかった絨毯だなんて…………兄狐の読心も精度高いなあ。

「ま、まぁ、落ち着くんだ。きっと仲間割れを狙った彼らの策だッ！」

「ヨワニンゲン、お前、私を馬鹿だと思っていないか、ですッ！　本当にいい加減にしろよ、ですッ！」

そんな事ないよ……でも、今回は申し訳ございませんでしたあぁ！

クリュスにはなんかもう色々申し訳ない。僕にできることは何でもやるつもりだ。

「でもクリュス、今は争っている場合じゃない。皇帝陛下の様子を確認するべきだ。狐面の言葉は信用できるけど、それが一流のハンターってもんじゃないかな？」

「…………お前、いい加減にしないとパンチするぞ、です」

脳内の地図を頼りに元いた部屋に向かう。廊下のそこかしこには人が倒れていた。騎士、文官、使用人、魔導師《マギ》。恐らく幻影《ファントム》にやられた者ではなく、テルムにやられた者だろう。

一人に駆け寄ったクリュスが、脈を取り瞳孔を確認し、心臓の音を聞いて、呆然と言う。

「生きてる……まだ生きてるぞ、です。意味がわからない、です」

テルムの手腕は間違いなく一流だった。そんな魔導師《マギ》にやられた者が治療もなく僕達が宝物殿でぐだぐだやっている間、生き延びられるとは思えない。

「そうか……マナ・マテリアルの力………か、です」

なるほど……納得だ。マナ・マテリアルは人の身体をより強靭にする。魔力《マナ》を求める者には魔力を、力を求める者には力を、守る力を求める者には守る力を与える。もしもそれが死にかけの人間だったら強化されるのは生命力になるだろう。本来、マナ・マテリアルが人の身体を作り替える速度は緩やかだが【迷い宿】のマナ・マテリアル濃度はとにかく濃かった、何が起こってもおかしくはない。

一般人でも強化されるのに強化されない僕は一体どうなっているのでしょうか……。

あるいは、狐面が何かをした可能性もある。彼らは僕の仲間を全員無事に帰すと言った。生きている間に宝物殿に入った者が帰る時に死んでいたらそれは無事とは言えないだろう。

まぁ、もはやその真偽については知る術はないし、どちらにせよ不幸中の幸いだ。

部屋は僕達が出ていった時とは何一つ変わっていなかった。

「戻ってきたか、《千変万化》……外の様子だと、解決したようだな」

皇帝陛下が僕を見て開口一番に言う。他の面々は皆死にそうな表情をしているのに未だ威厳を保てているのはさすが大国の長というべきか。

そして、僕はさっと部屋の中を確認し――皇帝陛下の後ろに隠れている暴れん坊絨毯を見つけてほっと息をついた。良かった……誰一人いなくなっていない。

クリュスが身を震わせ、僕の耳元で囁くように恫喝《どうかつ》してくる。

「お前、ほんといい加減にしろよ、です。失敗したらどうするつもりだったんだ、です」

いや、あいつ絨毯としか言ってなかったし……恋人用の絨毯を買っておいて本当に良かったよ。

しかし、人間というものは本当に意味不明だ。特に危機感のないあの人間はよくわからない。

【迷い宿】のナンバー2。大いなる母狐に代わり、全体の統率を行っている兄狐は取り立てた青い絨毯をしげしげと見つめた。一番大切な物というのは人それぞれだ。物が大切な者もいれば、命が大切な者もいる。そして、思い出が大切だという者もいるだろう。だが、沢山仲間がいたはずなのに、強力な母狐の尾を手に入れたはずなのに、絨毯という回答が返ってくるのはさすがに理解不能だった。

【迷い宿】に入ってくる者は稀だ。前回、あの人間が訪れてから【迷い宿】を訪れる者はいなかったので、徴収も初めてである。だが、隣にいた精霊人《ノウブル》から読み取れた『大切な物』は兄狐でも理解できる真っ当なものだったから、やはりあの危機感のない人間の感性はおかしいのだろう。もしかしたら誰かの形見だったのだろうか？　と、そこまで考えたところで、兄狐は目を見開いた。

「ッ…………やられた」

これじゃない。わかる。これは確かに絨毯だが、大事なものではない。騙《だま》されたのだ。

最低である。兄狐は深々とため息をついた。もう既に飛行船は解放してしまった。

これは、負けだ。知恵比べに負けた。まさかあのタイミングで違う物を渡してくるなんて――。

あの人間は少し勘違いしていたが、これは公正なルールだ。公正な『化かし合い』で、『知恵比べ』だ。初めての徴収で慣れていないのもあるが、異なる物を掴まされるのは完全に敗北である。復讐《ふくしゅう》は許されないし、逆に敗者は代償を払わねばならない。母が――その尾を与えたように。

やはり、あの危機感のない人間は――切れ者だ。危機感がなさすぎて逆に相性が悪い。

ほとほと自分の無能さに呆れながらも、兄狐は次の事を考えた。

対策が必要だった。この短時間で二度も【迷い宿】に遭遇するなど尋常ではない。余程運が悪いのか、あるいは【迷い宿】の隠蔽能力を超える力を持っているのか、それにしては無抵抗極まりないが、このまま空を行くのは良いとは言えないだろう。だが、絶対に人間の来ない秘境に向かうのも良くない。今回、末弟が暴走したのも殺されたのも、人間に慣れてなさすぎたからだ。難しいところだった。

母も負けた。自分も負けた。妹も負けた。完敗である。唯一溜飲《りゅういん》を下げる事ができるとするのならば、それは――彼らが乗っていた船が間違いなく落ちるという事だ。

駆動装置が完全に破壊されていた。船が長く空に留まっていたのは、【迷い宿】に引っかかっていたからだ。解放したら再び重力に捕らわれる。母の尾を取られた。恨みはないが、何も感じるところがないわけではない。興味深い人間ではあるが、助けてやる義理もまた、ない。

【迷い宿】の幻影《ファントム》はとても公平だ。兄狐は小さく鼻を鳴らすと、空気に溶け込むように姿を消した。

残された二人から代償を取り立てねばならない。


――そして、唐突に飛行船が大きく震え、傾いた。

斜面となった床を、フランツさんが転げ落ちる。快適なのは僕だけだった。

「!?　まずい、落ちてるぞッ！　ですッ！」

激しく世界が揺れる。家具は固定されているようだが、人はそうはいかない。

実際に飛んだ時にはなんで飛んでいるのかわからなかったが、落ち始めたら落ち始めたでとても困る。

まだ乗組員の治療も済んでいなかった。生存は全員確認したが、動ける者は極僅かだ。

「クリュス、魔法でどうにかできないの？」

「無理だ！　です！　魔法はそんなに万能じゃない！　ですッ！」

僕は騒いでも何もならないので、がたがた揺れている床にどっかり座り込んだ。

やっぱり落ちるのか……僕には空飛ぶ絨毯《フライング・カーペット》もあるし、結界指《セーフ・リング》もあるので落下死の心配はないが、他の連中がまずい。マナ・マテリアルに強化された人間は頑丈だが、この高さから落下したらアンセムでもない限り普通に死ぬ。この船には非戦闘員だって何人も乗っているのだ。

「フランツさん達って落ちても大丈夫な人？」

「!?　なわけ、あるかッ！」

フランツさんのツッコミにもキレがない。ちょうどそのタイミングで部下の人が戻ってくる。

「駄目です、パラシュートも全て破壊されていますッ！」

テルムの奴、随分手際がいいな……過去に戻ってメンバーを選ぶところからやり直したい。

「……墜落のタイミングで死ぬ気でジャンプすればなんとかなるか？」

半ば本気の言葉だったが、騎士達が青ざめる。フランツさんが這いつくばりながら僕に言った。

「《千変万化》、貴様は陛下をどうにかしてくれッ！」

「……フランツさんって顔に似合わずいい人だよね」

「!? 殺すぞッ！」

「まぁ落ち着いて、まだ時間はある。僕の魔法が覚醒するかもしれないし、水に落ちる可能性もある」

「ここはもう砂漠だッ！」

「……そうだ！ ベッドがあっただろ？ シーツを手足に括《くく》ってムササビみたいに滑空すれば……」

「ヨ、ヨワニンゲン、お前、本気で言ってるのか、です!?」

僕の名案がことごとく却下されていく。《嘆きの亡霊《ストレンジ・グリーフ》》のメンバーだったら受け入れてくれるのに。

立ち上がり、窓から外を覗く。もう地面がはっきりと見えていた。

砂漠だ。フランツさんの言う通り砂漠である。あと何分で墜落するのかはわからない。

「……砂漠の砂って柔らかそうだなあ」

「お、おいッ！ まさか、打つ手がないのか？」

「……皆、僕の事を頼りすぎだよ。だから落ちるかもしれないって言っておいたのに……」

実はさっきから魔法を使って飛行船を鳥にしようとしてるのだが、どうやら無理みたいだな……。

向けられた視線からなんか凄い重圧を感じる。神算鬼謀は辛い。

とりあえず、皇帝陛下と皇女殿下は絨毯で助ける。いや待て、陛下は結界指《セーフ・リング》を使えるから、陛下には結界指を渡した方がいいか？ クリュスはツヨノウブルだからなんとかなるだろう。それ以外のメンバーは……やはり着陸のタイミングでジャンプか？　飛行船は上部は風船だし、全く根拠がなくて申し訳ないのだが落ちる場所によっては生き延びられそうな感じがしなくもない。無理かな？

と、そこまで考えたところで僕は何気なく外を見て目を見開いた。

窓の外にお化け部隊がいた。正確に言うならもうお化けじゃないが、冗談みたいな大きな凧に乗って飛んでいる。どうやら宝物殿には巻き込まれずに済んだようだな。

僕は笑みを浮かべ、ハードボイルドに指を鳴らした。

「仕方ないなあ、僕がなんとかしてあげよう」

そして、僕はシーツおばけ達を眺めながら、必死に思念を送った。

ルシア！　魔法で飛行船を浮かせるんだッ！　ルシア、君ならできるッ！　飛行船なんてでかい風船みたいなもんだッ！　一生のお願いだ、なんとか飛ばしてくれッ！　るしああああああああッ！


「うおわあああああああああッ！」

強い衝撃が船全体を襲う。家具系は固定されているが、食器が、木箱が宙を浮く。

皆が必死に机や椅子にしがみついている。フランツさんは皇帝陛下を庇っている。皆の顔には死相が浮かんでいた。唯一皇女だけが僕が貸した絨毯に乗って快適そうで、とても羨ましい。僕もまだまともに乗せてもらってないのに――まぁでも、まだ子どもだしね。

そして、一際強い衝撃が船体を揺らした。

結界指が衝撃を防ぐ。まるで巨大な波に翻弄されているかのようだった。

ガラスの割れる音。揺れと衝撃が断続し――そして、静寂が訪れる。

浮遊感が消えていた。しばらくそのまま蹲り様子を見るが、次の揺れが来る気配はない。

よろめきながら立ち上がる。大きく呼吸をする。生きてる……生きてるぞッ！

ホール内は酷い有様だった。どうやら墜落を経験するのは初めてだったのか、隅っこの方で激しい衝撃に耐えきれず、物理法則に従い叩きつけられた護衛の騎士達が団子のように固まり転がっている。

だが、死んではいないだろう。皇帝陛下が床に手をつき、ゆっくりと身を起こす。フランツさんが呻き声をあげる。墜落前にクリュス達魔導師《マギ》グループが衝撃緩和の魔法をかけていたのだ。

絨毯に乗ることで無事、衝撃を回避した皇女殿下がわたわたしている。絨毯が僕に向けて親指（？）を立ててみせた。どうやらなかなかできる絨毯だったようだ。

怪我人は多そうだが、あの高さから墜落してこの程度の被害で済むのならば上出来である。

「うう……つッ……ど、どうなって……」

身体をぶつけたのか、クリュスが腕を押さえながら目を開ける。まだ意識が朦朧《もうろう》としているようで、目の焦点が合っていない。語気にもこれまでのような力はない。やれやれ、墜落素人かな？

ああいう時は――目を開けてると目が回るからつぶるといいんだよ。ついでに耳を塞いで身を丸めると怖くなくてなお良い。現実逃避とも言える。

割れた窓からそっと手を伸ばし砂に触れる。砂からは灼熱《しゃくねつ》の太陽の残滓が感じられた。

怪我人が多い状況で立ち往生してはいられない。覚悟を決めて外に出る。

砂に足を取られそうになりながら、船の陰から出る。そして、目の前に広がる光景に息を呑んだ。

そこに広がっていたのは砂漠だった。ただし、地平線の果てまで何もないわけではない。揺らめく空気の先――数百メートル向こうに大きな街が見えた。茂った木々や低い防壁の向こうには白い建物が見える。僕の視力では豆粒のようにしか見えないが、いきなり落ちてきた僕達に驚いたのか小さな影が幾つも門から現れる。門の近くには旗がはためいていた。黄色地に五本の槍――護衛の旅を始める前に見せられた砂の国――トアイザントの国旗だ。

なるほど……良い地点に落ちた。どうやら、野宿する必要はないみたいだな。

どうなるかと思ったが、無事にたどり着いたようだ。

僕は一人頷くと、朗報を伝えるため一旦船に戻る事にした。

「みんな！　トアイザントに無事到着したみたいだよ！」

「む……う……貴様には、もう何も言わん…………」

まだ視界が定まらないのか、眉間を押さえながらフランツさんがくぐもった声で答えた。

そして、僕達は無事、目的地、砂の国、トアイザントに到着した。

死者ゼロ人（負傷者多数）。会談にも余裕で間に合う、完璧な仕事だった。めでたしめでたし。

「元気になったら、絶対ぶん殴ってやる、です……」

着陸の瞬間、魔力《マナ》を絞り出して皆に防御魔法をかけていたらしいクリュスがベッドの中でぐったりしながら言う。僕の株が下落の一途をたどるのとは裏腹に、クリュスの株は上がりまくりであった。

精霊人《ノウブル》という事で最初は敬遠されていたのだが、今では気安く話しかけられるまでになっていた。命の恩人と公言している者もいる。クリュスは元々良い子なので本来あるべき姿だと言えるが、彼女を貸してくれたラピスには今度正式にお礼をしなくてはならないだろう。ルシアはあげないけど。

僕達の護衛の仕事もここまでで一段落。ここからは文官の仕事だ。

今回の旅は本当に色々あった。想定外の裏切りに宝物殿との遭遇。だが冷静に考えてみよう。

僕は出発前、エヴァに『賊が出るかもしれない。魔獣が出るかもしれない。それに、宝物殿が出来上がるかもしれない、災害に巻き込まれるかもしれない』と言った。そして、それらには確かに遭遇していないのだ。裏切りにはあったが盗賊には襲われていないし、竜は出たが魔獣は出ていない。宝物殿には遭遇したがあれは新たに発生したわけではなく、嵐には呑み込まれたが災害とまでは言えないだろう。つまり、僕が口に出した事は何も起きなかった。それが意味しているところは――。

「…………あれ？　もしかして今回の僕……運がいい？」

「!?　!?」

「いやいや、待て待て。油断した時が一番危ないんだ……これから何かが起きるかもしれない」

「!?　いい加減に、しろ、です……ヨワニンゲン……」

クリュスが弱々しく腕を伸ばす。白く滑らかな肌がむき出しになっている。僕はしばらく目を瞬《しばたた》かせていたが、何を意味しているのか察し、頭を差し出し大人しくパンチされてあげた。


今回の功労者はクリュスだが、陰の功労者はお化け達だろう。シトリーに伝えられた宿に向かう。

広い寝室に入るとベッドの上にぐったり身を横たえていたルシアお化けが僕に恨みがましげな目を向けてきた。いつもの長衣を脱がされ、楽な格好である。だが、その顔には血の気がない。

「…………兄さん、の馬鹿……」

「どうやら、あの規模の飛行船を三百キロ近く飛ばすのは辛かったみたいです。大きく目的地を逸《そ》れていたので……さすがに砂漠のど真ん中に落とすわけにはいきませんからね」

シーツお化けを脱却したシトリーちゃんがアイスドリンクを持ってきてくれる。

三百キロも飛ばしていたのか……気づかなかった。僕は揺れに耐えるのに必死だったのだ。

「うんうん、そうだね……さすがルシアだッ！　信じてたよ！」

そりゃ近くに墜落したわけだ。大変だったろうが、ルシアが頑張らなければ間違いなく死者が出ていた。死者ゼロ人だったのは彼女のおかげである。

僕はベッドに腰をかけ、何気ない動作でルシアの頭に生えた白い耳に手を伸ばし、パンチされた。

「やめて、ください……」

ルシアが切れ切れに抗議してくる。この調子だと、尻尾に触れようとしたらパンチじゃ済まない。

「いくらマナポーションを飲んでも尻尾が吸ってルシアちゃんが回復しないんです。使った魔力《マナ》が回復するまで抜けませんし……一時的なブーストには使えますが、デメリットが強いですね」

シトリーが苦笑いで言う。ルシアに生えている尻尾と耳は『神狐《しんこ》の終尾《しゅうび》』の力の副作用だった。

前回遭遇時、【迷い宿】から持ち帰られたその尾はシトリーの研究を経てルシアの手に渡った。そして、訓練の末、ルシアは尾から力の一部を引き出す事に成功した。普段は棒の先につけて箒《ほうき》代わりにしているが、万が一ルシアの魔力が足りなくなったその時、尾はルシアに莫大《ばくだい》な力を与えるのだ（どうやって取り付けているのかはパンチされるので知らない。脱ぐ必要はないらしいけど……）。

ふさふさしている耳に注目していると、ルシアが薄いタオルケットを被り隠れてしまう。

「……まぁ、元気になるまでルシアの世話を頼むよ。こっちはとりあえず落ち着いたみたいだから」

会談警備は別部隊がいるみたいだし、何かあったとしても、なるべくルシアの力は借りない方向で。

大丈夫、ルシアがいなくても僕にはまだ元気いっぱいの剣お化け達がいる。今はどこかに遊びに行ってしまったようだが呼べばすぐに来るだろう。僕達はパーティだ。いつだって剣お化け達はいて欲しい時にいてくれるのだ。

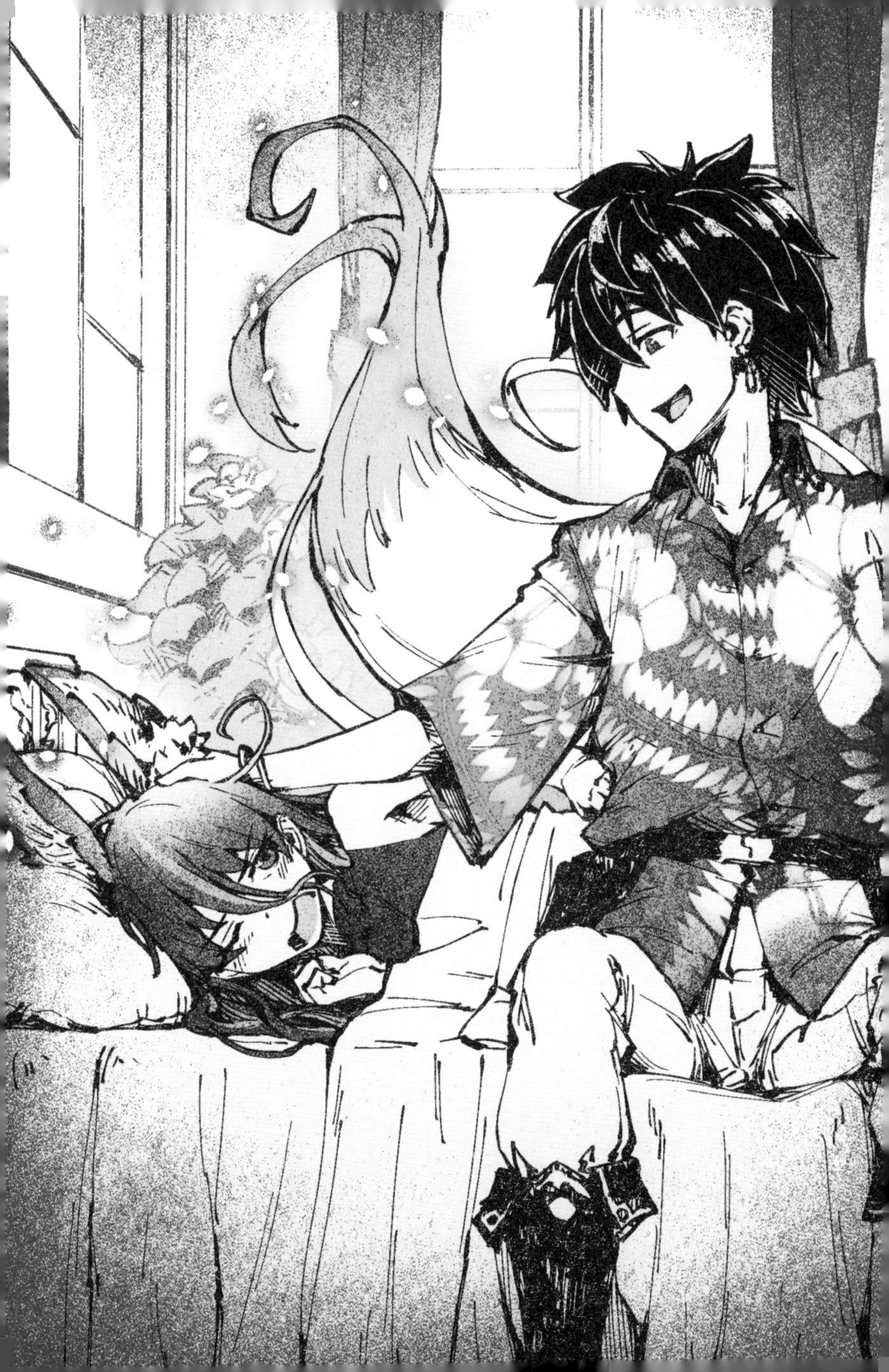

錬金お化けがにこにこしながら言う。近くには極限の断食で痩せこけたキルキル君も一緒だ。

「お任せください。今回は私達にとっても実りのある旅になりました。クライさんに預けていたキルキル君もよりスマートにパワーアップしましたし」

……キルナイトから痩せたキルキル君が出てきた時の衝撃が忘れられない。

「あ、そうだ…………ルシアにプレゼントがあるんだけど……」

僕の声に、タオルケットの下で魔法お化けがもぞもぞ動く。二つの狐耳がぴくぴくしていた。

よしよし、これで二尾だな。僕は大きく頷《うなず》くと、持ってきた袋の中から新たな尻尾を取り出した。


「ま、待ってッ！　ちゃんと聞いてッ！」

必死に声を張り上げる僕のボディを、絨毯《じゅうたん》が鋭いステップを踏み殴りつけてくる。仰向けに転がる僕にのしかかると、絨毯が連続でパンチしてきた。だが体当たりはともかく、絨毯のパンチは全然痛くなかった。むしろ少しだけ楽しい。絨毯に馬乗りにされるなんて、絨毯に乗るよりも凄い事だ。

「悪かったって、でもあの時はああするしかなかったんだ！　僕だってあんな事したくなかった」

どうやら、暴れん坊絨毯に内緒で彼女（彼氏？）を狐にくれてやったのが悪かったらしい。

だが、あの時はそうするしかなかった。誰だって同じ状況にあったら同じ行動を取るだろう。

「僕には陛下を守る義務があったんだよ。それに、君は後ろに隠れていただけじゃないかッ！」

絨毯に訴えかけるが、全く聞く耳を持ってくれなかった。そもそも絨毯の耳がどこなのかわからないのだが、僕のほっぺたをぱんぱんしてくる。せっかく仲良くなりかけていたのにあんまりだ。

だが僕が悪いのだ。甘んじて罰を受けようではないか。身を横たえ絨毯の暴虐を受けていると、扉が開きクリュスがやってきた。いつも着ているローブではなく薄手のパジャマ姿だ。

絨毯にマウントを取られたまま腕を上げると、目を丸くしていたクリュスの顔が険しくなる。

「なな、何を、してるんだ、ですッ！　ヨワニンゲン」

「体調はもう大丈夫なの？　良かった良かった」

「し、質問に答えろ、です」

「それは絨毯に聞いてよ」

絨毯が端のふさふさした部分で僕の頭を叩いてくる。耳で殴ってくる生き物がいるとは思えないので、その部分は耳ではないのだろう。仕方ない……遊びは終わりだ。

「わかった、わかった、僕の負けだよ。新しい絨毯を買ってあげるよ。うんと美人な奴だ」

絨毯の攻撃が止まる。だが、まだ僕の上にのしかかったままだ。僕は小さくため息をついた。

「わかった、わかったよ、寂しがり屋め。謝罪の意味も込めて二枚……いや、三枚買ってあげるよ。それでどう？　許してくれる？」

絨毯が僕の頭を数度撫《な》で、上からどいてくれる。どうやら機嫌を直してくれたようだ。

まったく、玄関マットみたいなサイズしてる癖に贅沢な奴め。

「ヨワニンゲン、お前ほんと真面目にやれ、です」

「これでも真面目にやってるんだけど…………」

クリュスは眉を顰《ひそ》めると、小さくため息をつき、気を取り直したように僕を見た。

薄手の衣装からすらっと白い手脚が伸びている。そういえば、クリュスは森精霊人《もりノウブル》なので肌が白いが、精霊人には砂漠に住む者もいて褐色肌だったりする（というか、エリザだ）。もしかしたらずっと砂漠にいたらクリュスも日に焼けてそんな感じになるのだろうか。

そんな事を考えていると、クリュスは窘《たしな》めるような口調で言った。

「いいか？　ヨワニンゲン。私は、ヨワニンゲンの味方じゃないが、ラピスから命令を受けている、です。ヨワニンゲンの名誉の失墜は私達の名誉が貶《おとし》められる事を意味しているんだ、です」

「クリュスは偉いなあ」

精霊人が皆クリュスみたいな連中だったら、人間が見下されるのも仕方ないだろう。

「今の状況はかなり危うい、です。だから私達は少し話し合うべきだ、です。そうだろ、です？」

「えっと……別に、危うくないけど……うまくたどり着いたし」

結果的に皇帝陛下を目的地に無事届けたのだ。

「危ういだろ、ですッ！　ヨワニンゲン、お前、二人も裏切り者を引き込んだんだぞ、です！」

「あー…………それは……盲点だったな」

「ぶん殴るぞ、です。んん？　策があるならしっかり言え、ですッ！　あるのか、です？」

「ないよ。そう言われてみればテルム達の事、忘れてたな……」

船の中にはいなかった。恐らく、まだ宝物殿の中にいるのではないだろうか？

目を瞬かせ首を傾げる僕に、クリュスは頭を押さえルシアそっくりの表情でため息をついた。

「なんだ……ここは……」

「けけけ……」

テルムのハンター歴は長い。魔導師《マギ》として学んだ後はずっとハンターとして活動してきたし、その後は『狐』の一員として様々な経験をしてきた。だが、ここまで奇怪な経験は初めてだった。

確かに、テルムは船から飛び出したはずだった。そのまま外に出て態勢を整えるつもりだったのだ。

だが、一歩部屋を飛び出し視界に広がったのは予想外の光景だった。

テルムはすぐに理解した。この濃密な気配、宝物殿だ。それもテルムがこれまで経験したレベル8宝物殿をも超《こ》えた超高レベルの宝物殿――幻の類ではない。たとえ手口不明の《千変万化《せんぺんばんか》》でも、何の前兆もなくテルムを惑わすなど不可能だ。

魔術が発動しなかった理由も理解できた。宝物殿に入った事でルールが変わったのだ。

危険だが、動かないわけにもいかない。幸い、身体強化はまだ使えている。

ケチャチャッカと二人、油断なく屋敷を調べていく。屋敷は広く、天井も高かった。

不気味だった。屋敷は明らかに人型の生物に向けたものだった。しかし、生命の気配は一切ない。

「油断するな……絶対に出口はあるはずだ」

「ひひひ……」

廊下はどこまでも続いていた。明らかにこれまで乗っていた飛行船より広い。

恐らく、空間が歪《ゆが》んでいるのだ。高レベルの宝物殿でよくある話だった。

その時、テルムは奇妙な物を見つけた。絵だ。

白塗りの壁には酷《ひど》く抽象的な絵がかけられていた。慎重に近づき、観察する。

黄色の線が飛び交っていて一見何なのかわからないが――目を細め、テルムは呟いた。

「…………狐……？」

「けけッ！」

ケチャチャッカの警告に、テルムは下がりつつ振り返る。廊下の先に、小さな人影があった。

白い着物の子ども――幻影《ファントム》だ。ただし、その顔は艶のある白い面に覆われている。その形が示しているのは――狐だ。その小さな身体から漂ってくるマナ・マテリアルの気配は並ではない。

そこで、テルムはそれに思い当たった。得体の知れない悪寒が全身を走り抜ける。

「ッ!?　馬鹿な――まさか、ここは――」

テルムの所属する秘密組織、『九尾の影狐《ナインテイル・シャドウフォックス》』の名の由来は、ある宝物殿だ。

狐の形をした神が君臨する宝物殿。組織の創始者は不運にもかつて神との邂逅《かいこう》を果たし、そして生き延びた。その力とあり方に魅せられ、その名を借りた。組織のトレードマークは狐の面だ。

そして、かつて創始者が宝物殿から持ち帰った狐面は今、ボスの証《あかし》となっている。

同じ事に思い当たったのか、ケチャチャッカの顔も強張《こわば》っている。

ありえない。あの宝物殿は世界のどこにあるのか――いや、そもそも存在すら定かではない物だ。

神の領域に立ち入った創始者も二度と宝物殿と出会うことはなかったと聞いている。

運命だ。遭遇するのに必要なのはただの運ではない。そういう運命になくてはならないはずだ。

目を離したわけでもないのに、ふと狐面の子どもの姿が消える。代わりに背後から声がかかった。

「ようこそ、お客人」

「ッ!?」

「事情はわかっている。警戒の必要はない。テルム・アポクリス。ケチャチャッカ・ムンク。危機感さんに見捨てられた哀れな人間」

気配はなかった。いつの間にか、狐面を被った青年が立っていた。一目で強制的に理解させられる。

これは――勝てない。存在の格が違いすぎる。自然と後退しそうになる身体を、ぎりぎりで止める。

だが、まだだ。組織の創始者はその宝物殿に対して『決して諦めるな』という言葉を残した。実際に生き延び、仮面を持ち帰った者がいるのならば《止水《しすい》》のテルムに同じ事ができないわけがない。

「君が――神か」

触れるのだ。人間の形をした幻影《ファントム》は人間と似たような構造を持つ事が多い。という事は、体内に水もあるはず。直接触れれば操作できる可能性もある。水の操作を極めた自分ならばできるはずだ。

いや、やるしかない。油断させるのだ。テルムの言葉に、青年が言う。

「安心して欲しい、僕達は公平だ。安全は保障しよう。ただし、代償を貰う」

「代償…………？」

「君達の一番大切なものを貰う。怖れる必要はない、これは――危機感さんともやった公平な取引だ」

隙はある。いや、隙だらけだ。相手はこちらの攻撃を警戒していない。

警戒するテルムとケチャチャッカを確認すると、青年は大きく頷き、ゆっくりと口を開く。

「『水神《すいじん》の加護《かご》』と『叛竜の証《レベリオン・スフィア》』を貰う」

「ッ!?」

心を……読まれている。その二つの宝具はテルムとケチャチャッカの力の根幹だ。双方とも代替のアイテムは存在せず、何より宝具を失えばテルム達には万が一にも勝ち目はない。

冷や汗が頬を滑り落ちた。青年の口元が笑みを作る。

「どうする？」

「……断る、と言ったら？」

体内の水を操作する。触れるのだ。触れさえすれば、勝負が決まる。指一本でも触れれば――。

挑発のようなテルムの言葉に、狐面の青年は穏やかに笑った。

「ああ――もちろん、君達には断る権利もある。僕達は……とても公平なんだ」


テルム達の痕跡を探すため、許可を貰い墜落した飛行船に向かう。今日の付添は万能なシトリーお化けと、痩せ細りボリュームが半分くらいになってしまったキルキル・スマートだ。

トアイザントは物々しさが増してきていた。会談が近づいているのだ。町中には他国からやってきたのであろう騎士や魔導師《マギ》の姿が増え、賑《にぎ》わいの中にもどこか緊迫した空気があった。

トアイザントは国土こそ広いが、そこまで栄えた国ではない。詳しい歴史などは知らないが、この国はかつて争いが絶えない地だったらしい。国土の大部分が砂漠地帯であり、雨も滅多に降らない。少ない食料を奪い合い、砂漠固有の強力な魔物が跋扈《ばっこ》するこの地は地獄の様相を見せていたという。

それを打開したのが、このトレジャーハンター全盛期という時代そのものだった。

トアイザントは人が住むには適さない地だったが、同時に砂漠地帯という風土独自の宝物殿を幾つも擁していた。そして、地脈に奔《はし》るマナ・マテリアルというほぼ無限のエネルギーからなる宝物殿は掘り出す者さえ存在すれば無限の資源に等しかった。かくして、貧困の地に未踏の宝物殿を求めたハンター達がなだれ込み、それらを迎え入れるために幾つもの街ができた。争い続けていた砂漠の民達は一つにまとまった。それがこの国の起源だという。

「発展しているのは一部の都市だけみたいですが……やはり、食料系がネックみたいですね。宝物殿で食料が出る所なんて滅多にありませんし、輸入も魔物のせいでなかなか難しいみたいです」

「大変だなぁ」

「近くで植林などもやっているらしいですが、あまり芳しくないみたいですね」

僕と同じく初めてきたはずなのに、妙に詳しいシトリーお化けがニコニコ説明してくれる。

街の外に出る。『黒き星《ブラック・スター》』は運ぶ事も直す事もできず、今も墜落した場所に放置されていた。

久しぶりに見る飛行船は上部の風船が少ししぼんでいて、初めて見た時の威容が見る影もない。かろうじて、斜めに突き刺さっていた船体は掘り出されていたが、修理には時間がかかりそうだ。飛行船は警備されていたが、既に許可は貰っていたので割れた窓から中に入る。

船の中は墜落した直後のままだった。出る前にも船内は一通り確認し、テルム達の痕跡は見つからなかったのだが、僕の目は節穴なのでシトリーならば何か見つけられる可能性がある。

ついでに、積み込んだ物資を回収するという目的もあった。このままでは熱でダメになってしまうし、帰りはこの飛行船は使わないのだからもう必要のない物だ。運び出す許可も貰っている。

「ありがとうございます！　食料もポーションもこの国では慢性的に足りていないので……」

「まぁ元々シトリーが積んでくれた物だしね。元取れそう？」

「もちろんですッ！　全てクライさんのおかげです！」

シトリーは溢《あふ》れんばかりの笑顔だった。本当に転んでもただでは起きないんだな。

二人（＋キルキル君）で内部を慎重に確認していく。初めての飛行船にシトリーの目は輝いていた。

「そういえば、よくシトリー達、宝物殿に巻き込まれずに済んだね」

「それが……巻き込まれようと思ったんですが、飛行速度が足りなかったみたいで」

「…………え？」

「しばらくして速度が落ちたので、接近してルークさんが外から穴を開けようとしてたんですが、どうしても傷がつかなくて……合流できませんでした」

「…………うんうん、そうだね」

「【迷い宿】の境界は物理的なものではなかったみたいで……どうも空間の歪み相手ではルークさんの剣も通じなかったみたいです。修行するって言ってました」

「……うんうん、そういう事もあるよね」

　僕はルーク達が間に合わなかったことに心底安心しつつ、うんうん頷いた。あの場でルーク達がいたら僕の大切な物は絨毯じゃなくてルーク達になっていただろう。そうすれば、ルーク達を差し出すわけにもいかないので、僕達は正面から狐と戦う羽目になっていた。

　てか、ルーク達いないと思ったらもしや――修行に行っちゃった？　脳筋すぎる。

「まぁ、まだ【迷い宿】は少し早かったってことだよ」

　完全に快適モードで適当な事を言う僕に、シトリーが声を震わせて訴えかけてきた。

「でも、クライさん。誤解しないでくださいッ！　私の準備は完璧だったんですッ！　【迷い宿】に遭遇する可能性だって、少しは考えていましたッ！」

「…………シトリーは凄いなぁ」

　考えていたのならば言ってくれたらいいのに……僕なんて余計な事をしてばかりだ。まるで自分がミスしたような面持ちのシトリーの背中を叩いてやる。そんなミス、僕と比べたらないようなものだ。

　シトリーお化けの表情がちょっとだけ緩む。そして、上目遣いで恐る恐る聞いてきた。

「そういえば……クライさん。私の用意した油揚げ、役に立ちました？」

「…………え？　油揚げ……？　…………油揚げ、あったの？　全然気づかなかったよ。

　だが、シトリーは冗談を言っている風でもない。まるで褒めてもらうのを待っているかのようにそわそわしている。目録をちゃんと読んでいない僕も悪いが、普通、油揚げが交ざってるなんて思わない。

僕は笑顔でシトリーお化けの頭を撫でてやり、誤魔化した。手触りのいい髪が指の間を通り抜け、シトリーお化けの少し垂れた目が更に少しだけ緩む。

「うんうん、シトリーのおかげで助かったよ。いや、冗談抜きで役に立ったよ。あれがなかったら……そう。色々まずいことになってたね」

「前回、【迷い宿】で窮地を脱するのに使ったので……絶対に必要になると思いまして……苦労して揃えたんです。ゼブルディアでは油揚げは常食されていませんから。よかったぁ……」

存在を知らなかったなどと絶対に気づかれてはならない。シトリーの笑顔を陰らせてはならない。僕が一番大事なのはシトリーだよ、シトリー。悪いのは全部僕だ。ああ、全部僕が悪いとも。

役に立てたのが嬉しいのか、シトリーがすこぶる上機嫌に言う。

「ちなみに、参考までに……五箱で足りましたか？」

「五箱!? ん、んー………どうだろうね？」

シトリー、備えすぎではないだろうか。五箱って……パーティーでもやるつもりなの？

のらりくらりと上機嫌なシトリーの言葉を受け流しつつ、船内の様子を見回る。テルムやケチャチャッカの姿も、その痕跡も見当たらない。やはり宝物殿に残されたと考えるべきだろう。

しかしそうなると、確かめる術がないな……と、その時、ふと僕の愚鈍な耳が小さな物音を捉えた。音がしたのは貨物室だった。本来ならば荷物を置く場所だが、今回は僕の持ち込んだ保存食が膨大な量だったので、ほぼそれらでスペースが専有されている。人が隠れる場所などない。

シトリーが腰から宝具の水鉄砲をそっと抜く。キルキル君が随分細くなってしまった腕を持ち上げ、ファイティングポーズを取る。結界指《セーフ・リング》を持つ僕がシトリーに先行して、扉を開け中を覗き込む。

貨物室は最後に見た時とほとんど変わっていなかった。貨物室の荷物は他の部屋に置かれた物と異なり、万一を考え固定されている。うず高く積まれた木箱は健在で、崩れたりなどしていない。

慎重に中に入る。ぐるりと室内を見回すが、特に不審な点はない。外の音だろうか。

「大丈夫、気のせいだったみたいだ――」

シトリーにそう伝えたその時、目の前に積まれた大きな木箱の蓋が音もなく開いた。

最初に見えたのは白い三角だった。蓋を内側から開け、身を起こし現れたのは狐の面を被った白い着物の少女だった。その手には大きな油揚げが握られている。僕はただただ瞬きした。

「…………？」

……箸を使え、箸を……手掴みなんて、行儀が悪い。

幻影《ファントム》が僕を見ながら、のんきに油揚げを食《は》む。僕は笑顔のまま箱に近づきその頭を軽く押し、箱の蓋をかぽんと閉めた。大きく深呼吸をすると、箱をよろめきながら持ち上げる。

木箱なのでそれ自体にそれなりの重量はあるが、まるで何も入っていないかのような重さだ。

いや、事実、この箱は空っぽだ。何も入っていない箱なのだ。シトリーを振り返り、笑いかける。

「…………さ、異状なし、と。荷物を運び出そうか。……もしかしたら五箱じゃちょっと足りなかったのかもしれないな」

暑さのせいで幻を見たのかもしれない。さっさと運び出す物を運び出して街に戻るとしよう。

ストレスのせいかな？　戻って冷たくて甘い飲み物でも飲んで絨毯と遊ばなくては。

「い、生け捕りですか……クライさん、さすがです………私には、真似できません」

いかん、シトリーが引いている。……どうしようこれ。なんか妹さんが来ていますよ!?


「私が生け捕りにして欲しかったのは、組織の方の狐だったんですが――」

そんな事言われても、僕が連れてきたわけではないし――。

箱の中からごそごそと音がした。どうやら妹狐（名前は知らないが便宜上そう呼ぶ）は飢えを満たすのに夢中らしい。いつも大体にこやかなシトリーも、今回ばかりは険しい表情をしている。

しかしどうしたものか。【迷い宿】の幻影《ファントム》はさすがにシャレにならない。本来幻影《ファントム》は宝物殿の外では長く生きられないし外に出ないのだが、どうやらこの狐っ娘にとってはそんな常識関係ないらしい。

「……狐耳のついたルシアならなんとかできないかな？　ほら、仲間だと判断されるかもしれないし」

「パンチされますよ？　…………一匹だけなら、総力を尽くせば倒せるかもしれませんね」

じりじりと照りつける太陽光。熱で空気が歪んでいる。己の生き死にの話をされているのに、箱の中は大人しかった。さすがに敵意のない者を殺すのはなぁ。

「……あまりいい手とは思えないな」

「そうですね……ミキサーにかけようにも、壊されそうです」

「？？　ミキサーって何？」

「幻影《ファントム》をすり潰してマナ・マテリアル液を作る実験を行ってるんです。本来は空気中に四散――」

「あ、ああ……ごめんごめん、そこまででいいよ」

妹狐よりこっちの妹の方が余程物騒だな。

一番手っ取り早いのは【迷い宿】に引き取ってもらう事だろう。僕は目立たない路地裏に箱を下ろすと、覚悟を決めてゆっくり蓋を開けた。中身が消えている事を祈っていたのだが、箱の中には幻影《ファントム》が膝を抱え、大人しくすっぽり収まっていた。

獣の尾や耳があるわけでもない。一見仮面を被ったただの人だが、気配が違いすぎる。

大きく深呼吸をして、確認する。

「ねぇ、君さ……【迷い宿】に連絡とか取れる？」

てか、なんでいるの？　おかしくない？　箱だけ持って家に帰ってよ！

妹狐はしばらくじっとしていたが、懐に手を入れると、緑色の手帳ほどの大きさの薄い板を取り出した。それは、つるつるしていた。触れると黒い面が発光し、数字が現れる。現在時刻のようだ。

僕は目を見開いた。これは――知ってる。知ってるぞ！

「『スマートフォン』だ……電話の宝具だよ」

「電話って、あの電話ですか？　形が全然違いますが……」

電話というのは一部の技術国で開発されている通信のシステムだ。未だ実験段階であり、色々ハードルがあるらしく帝国では普及していないが、まぁ様々な場所に繋《つな》がる共音石のようなものである。

そして、それと大体同じ機能を持った物が高度物理文明の遺物であるこのスマートフォンなのだ！

「まぁ、それは宝具だから……これはねぇ……端末ごとに番号が振られていて、話したい相手の番号を押すと遠くにいる相手と会話ができるんだよ」

「それは……相手も同じ宝具を持っていて、尚且《なおか》つ番号がわからないと意味がないのでは？」

「そうそう。だから共音石よりも使いづらいんだ。そのくせ、愛好家がいてとても高い」

あと、何故《なぜ》か街の近くにいないと圏外になって繋がらないとか、落としたり水没したりすると壊れるとか、色々弱点がある奇妙な宝具だ。僕も欲しいのだが、持っていないし、友達も誰も持っていないので手に入れたところであまり意味がない。どうして妹狐が持っているのかはわからないが、もしかして【迷い宿】は高度物理文明の頃の宝物殿なのだろうか？

「さすがクライさん……博識ですね」

シトリーが目を見開き尊敬の視線を向けてくるが、僕はあまりこの宝具に詳しくない。

だが、その視線が少し心地よくてついつい自慢してしまう。

「これは、さては新型だな。新型には何と……カメラがついているんだよ。小さいのに多機能なんだ」

「なるほど……他にどんな機能が？」

ただの噂だが、スマートフォンには幾つか種類があって、できることが違うらしい。大抵の事はできると聞く。魔法の杖《つえ》のようなものだ。

「カメラからビームを出して魔物を薙《な》ぎ払ったり、あとは……そう、食べ物を冷蔵したりとか……高度物理文明の住人は皆、スマートフォンで身を守り生活の役に立てていたんだよ。万能な道具なんだ」

「!?　何でもできるんですか？　例えば…………結婚とか」

「できるよ、多分」

そこで、妹狐が動いた。僕から宝具を素早く奪い取ると、コソコソと操作して、渡してくる。画面には「発信中」の文字があった。芸術的なほどに無駄のない操作だ。格好良すぎる。

「凄い……スマートフォンのプロか。完敗だよ……今度僕もなんとか一つ手に入れよう」

「田舎者……恥ずかしい」

妹狐が初めてその小さな唇を開く。声は平淡だったが、首元が染まり身体が小刻みに震えていた。


「まいったな……迎えに来てくれないらしい」

兄狐との会話の結果を伝えても、妹狐は動揺一つ見せなかった。ただ箱の中に収まっている。

兄狐は今、大層忙しいらしい。僕が声を出した瞬間、「げっ」って言われたよ、「げっ」って。

待ちに待ったまともな侵入者だって、凄く嬉しそうに言ってたよ。テルムとケチャチャッカの事だ。

兄狐の様子では、ろくな目には遭っていないだろう。一つ悩みが消えてしまった。

「放任主義みたいだな……もしかしたら、幻影《ファントム》と人間では感覚が違うのかも」

妹をよろしくとさえ言っていなかった。絨毯の件は完敗だと言っていたが、怒ってもいなかった。

やっぱり少しズレているようだ。そして、妹の方も、僕達がこんなに悩んでいるのに、のんきに袋を開け油揚げを食んでいる。箱の中には包み紙が散乱していた。マイペースも神がかってる。

「……そういえば、この国って油揚げってあるの？」

「ないです」

「!?」

シトリーの即答に、妹狐が凍りついた。手から齧《かじ》りかけの油揚げがぽろりと落ちる。

だよね。帝国ではなんとか手に入ったみたいだが、油揚げが常食されている国なんてあまり見たことがない。そして、油揚げが手に入らなくなったらこの幻影《ファントム》は一体何をしてしまうのか。てか、空飛んで帰れよ、もう。空くらい飛べるだろ。もし飛べないなら……そうだ。あのルシアに拒否された新たな尾をくっつければ飛べるようになるのでは？　問題も消えて一石二鳥である。

なんかもう疲れた……僕が悩むのも馬鹿らしいな。その辺に放置して帰ろうかな。

そんな事を考えた瞬間、ふと服の裾を引っ張られた。妹狐が腕を伸ばし、僕の服を掴んでいた。声はあげていないが、哀愁が漂っている。そんな縋《すが》りつかれても、幻影《ファントム》の面倒まで見きれない。

大体、強大な幻影《ファントム》なのに油揚げに弱すぎである。油揚げ王国にでもどこにでも行ってしまえ。

と、その時、妹狐が右手を懐に入れる。再び出てきた時には、その手には銀色の板――先程とは違う色のスマートフォンが握られていた。

なん……だと!?　これはもしや……伝説の二台持ちというやつでは？

戦々恐々とする僕に、妹狐は出したばかりのスマートフォンをすっと僕に差し出してくる。

「あげる」

僕は山よりも高く、海よりも深く反省した。

……よく考えろ、クライ・アンドリヒ。お前はハンターだろ、弱者を救うのもハンターの仕事だ。この狐面は幻影《ファントム》だが悪い幻影《ファントム》ではない。うっかり人間社会に落ちてしまって、可哀想じゃないか。考えろ。考えるんだ、皆が幸せになる方法を。あるだろ、あるはずだ、あるべきだ。今こそ普段は眠っているその力を解放する時だ。

いじりたい気持ちを我慢して宝具をポケットにしまうと、拳を強く握りしめて言った。

「まぁここまで来て放り出すのも無責任だしね。…………僕に、皆が幸せになれるいい考えがある」


灼熱の太陽が輝き、大地を焼いている。砂の国トアイザントの国土のほとんどは不毛な砂漠だ。

外套《がいとう》で肌を保護し、外で作業していた男達が日に焼けた顔を傾け、雲一つない空を睨《にら》みつけた。

元は争いの絶えない国だった。宝物殿目当てでトレジャーハンターが大量に流入したことで国民は一致団結したが、領土の大半がどうしようもない土地だという事に変わりはない。

何よりの問題は、水がないことだ。

雨は年に数えるほどしか降らず、昼夜の気温差は激しい。吹きすさぶ砂嵐は旅人を惑わし、土地の大部分には過酷な風土に適応した強力無比な魔物が蔓延《はびこ》り、街道を敷くことすらできない。それなりに豊かなのはトアイザントで数少ない大規模なオアシスを中心にした首都くらいで、他の街は未だ日々の食べ物にも事欠く有様。そして、男達は、そんな国を救うための団体のメンバーだった。

「くそっ、駄目だ、これも育ちやがらねえ」

ああ……今日もくそったれな日だ。

首都から離れること数十キロ。地脈の上に沿って作られたその村で、活動は行われていた。

——植林である。そしてそれは、長きに亘《わた》る砂の国の悲願でもあった。

赤茶けた土の上、等間隔にひょろ長い樹木が植えられていた。だが、葉は茶色く枯れかけ枝は人の小指ほどに細く、とてもまともに育っているようには見えない。

村人の顔色は暗かった。トアイザントの風土で植物は育たない。水は貴重で、土には栄養がほとんど含まれておらず、そんな過酷な環境で生える植物は魔物の人食いサボテンくらいである。

この地に雨を降らすのは強力な魔導師《マギ》でも難しい。唯一の可能性は――マナ・マテリアルだけだ。

マナ・マテリアルは生命を強化する。その対象は人間や魔物だけではない。マナ・マテリアルの通り道、地脈の上に植林を行い植物の生命力を強化することで、効率的に砂漠緑化を試みる。それこそが、トアイザントに残された最後の手段だった。

そもそも、トアイザントにはあらゆる条件が足りていなかった。水も、資源も、技術力すら足りていない。優れた魔導師《マギ》を呼んで試した事もあるが、一時的には成功しても、長くは持たなかった。

もはや僅かな希望に縋るしかないのだ。全てが無駄になっても、携わっている本人達が成功を信じられなくなっても――緑はそれだけ砂の国の民にとって憧れだった。

数十キロ離れた首都は会談が行われるということで沸いていたが、男達には何の関係もない。

今日も疲れ切った身体を叱咤《しった》し灼熱の大地と闘う。その男がやってきたのは、そんな時だった。

腕の出た派手なシャツを着た男だった。肌は白く、それは砂漠の男ではない証左である。武器などは特に持っておらず、過酷な砂漠の地を歩く装備だとは思えない。その気配はハンターはもちろん、日夜マナ・マテリアルを吸っている村人達と比べてもすこぶる薄く、酷く場違いだった。

元々、植林作業のために作られた、ほとんど旅行者も来ないつまらない村なのだ。

だが、子どもと美女を引き連れてやってきたその男は、リーダーの前に通されると、レベル8ハンターを名乗り、どこか全てを諦めたような達観した笑みを浮かべて言った。

「小さな『社《やしろ》』を用意するんだ。神様を貸してあげる。きっとこの地を豊かにしてくれる」

馬鹿げた言葉だった。だが、男が提示したトレジャーハンターの証明書は本物だった。

レベル8という称号には重みがあった。トアイザントに存在する最強のハンターの認定レベルが8だ。目の前の男はそこまで強そうには見えないが、その称号は無視するにはあまりにも偉大すぎた。

呆然とする村人達に、そのハンター――クライ・アンドリヒが言う。

「一日に一回、油揚げを一個捧げるんだ。そうすればきっと働いてくれる」

「……三つ」

側にいた狐の面をした子どもが服の裾を引っ張り、言う。クライはすぐに言い直した。

「…………三つ捧げるんだ。ああ、あと……ついでに、これを埋めて欲しい。地中深くに、しっかりとだ。いいね？」

「ああ、クライさん……そんな、もったいない」

ピンクブロンドの女が目を見開き、小さな悲鳴をあげる。

その英雄が差し出してきた箱には、どこか神秘的な白い尻尾が納められていた。

僕はやりきった気分で、空を見上げた。青空が、燦々《さんさん》と降り注ぐ陽光が――快適だ。

「全て解決した……」

妹狐はその力が必要な人に油揚げの義務とあわせて押し付け、尻尾も処分できた。地中深くに埋めてもらったのできっといつか土に還る事だろう。おまけに、スマホまで手に入れてしまったのだ。

今日の僕はこれまで以上に冴《さ》えている。

「クライさんの考えにたまについていけない時があります。尻尾、もったいない……」

妹狐はただの下っ端だが、矮小《わいしょう》な人間から見たら神の如き力を持っている事には変わらない。彼女の力はよく知らないが、雨を降らせる事くらいは可能だろう。たとえできなかったとしても、きっとこの過酷な環境で頼りになる護衛になるはずだ。彼女は幻影《ファントム》にしてはとても物分かりがいい。

ああ、良い事すると気持ちいいな。

「お詫びとかじゃないけど、飛行船から下ろした積荷。あれも送っておこう」

砂漠での植林事業はかなり厳しいと聞く。あそこにいた村の人達も皆、痩せ細っていた。積荷はほとんどが保存食だが、ないよりはマシだろう。油揚げも少しは残っているかもしれない。

まだ後ろ髪を引かれている様子のシトリーちゃんが珍しく頬をぷくーっと膨らませて言う。

「御心のままに」

「あの尾は実験には危険すぎるよ」

「……そんな物を村人にあげたんですか？」

「それとこれとは話が別だ」

あげたのではない。捨てたのだ。物も、責任も、穴に埋めて放棄した。どうしようもないものは地中深くに捨てるに限る。後は言い訳を考えておけば完璧だ。

と、そこで貰ったばかりのスマホからぴこりんと音がした。慌てて取り出し、画面をタッチする。発信元は兄狐だった。勝手に番号が登録されてる……何なのだろうか？

ちょっと不安になりながらもボタンを押すと、画面が強く光り輝いた。

夜半。部屋で待機していると、久しぶりにフランツさんに呼び出される。すっかり呼び出されるのも慣れてしまった。そして、逆にフランツさんも快適な休暇《パーフェクトバケーション》を着た僕に慣れてきているように見える。

「よく来てくれた、《千変万化》。……席を外せ」

フランツさんを除いた近衛騎士がその指示に従い、部屋を出ていく。いつも通り、残ったのはフランツさんと陛下、その後ろでじっとしている皇女殿下だけだ。

呼び出される心当たりはいくらでもあったのだが、フランツさんは怒っていなかった。どうやら妹狐の件などなど、まだバレてはいないようだ。

「会談まで時間もない。まず、ここまでの護衛、真にご苦労だった。呼び出したのは、今回の護衛の沙汰についてと、今後の話をするためだ」

なるほど、今後の話か。そういえば、クリュスも憂慮していたな。

フランツさんが険しい表情で続きを言う。

「貴様は陛下の護衛のメンバーに悪名高き『九尾の影狐《ナインテイル・シャドウフォックス》』のメンバーを招き入れ、結果的に帝国の誇る飛行船『黒き星《ブラック・スター》』を墜落させた。帝国の法に照らし合わせれば極刑に値する。如何《いか》なる理由があっても陛下を囮《おとり》に使うなど許される行為ではないし、宝物殿に誘導するなど、全く前代未聞だ」

貴族というのは大抵居丈高で、庶民の事を考えていない。帝国法は厳格だが、それでも貴族の横暴な行為で庶民が泣きを見たという話はよく聞く。だが、フランツさんの今の宣告は理に適《かな》っていた。

「…………なるほどね」

でも一つ言わせてもらうのならば、僕は陛下を囮にしたり宝物殿に誘導したりなどしていない。信じてもらえないだろうけど、僕に罪があるとするのならばそれは、無能な事だけである。

「待った、です！　確かにヨワニンゲンはやりすぎたが、結果的には目的地に無事到着している、です。狐のメンバーを招き入れたのも炙《あぶ》り出すためで、その事を考えれば情状酌量の余地が――」

「いや……ただ気づかなかっただけだけど」

「!?　はぁ!?」

クリュスが素っ頓狂な声をあげる。無能でごめんね。でも、あの高名な《魔杖《ヒドゥン・カース》》のメンバーにテロリストが紛れ込んでいるなんて普通は思わない。それに、ケチャチャッカもとても怪しげだったのだ。あんな怪しげな男が本当に悪人だなんて誰が予想できようか。ついでに、僕の選んだメンバーをそのまま受け入れたフランツさん側にも問題はあるのではないだろうか？

表に出さずに心の中で責任転嫁をしている僕に、陛下が確認してくる。

「ふむ。クライ・アンドリヒ。貴様は今回の最も大きな問題はなんだと思う？」

陛下の目は酷く真剣だ。問題は幾つもあるだろう。だが、迂闊《うかつ》なことは言えない。

しばらく悩んだが、何を言っても怒られる気がする。仕方ないのでため息をついて言った。

「問題は色々ありますが、一番大きなものは——運がとても悪かった事ですね」

「!?　はぁ!?　ヨワニンゲン、お前何を——」

いや、だって……ねぇ？　間違っちゃいないよ。問題点を聞かれての回答としては下策だけどさ。

やけっぱちこの上ない答えに陛下が眉を顰める。しばらく沈黙していたが、やがて大きく頷いた。

「…………運がとても悪かったのならば、やむを得んな」

「……御心のままに」

「!?　？？？　へ!?」

フランツさんが硬い声で答える。クリュスが目を丸くし、間の抜けた声をあげた。

僕も予想外だ。陛下はともかくフランツさんが受け入れるなど、彼の性格からして考えられない。

だが、フランツさんが朗々と言う。

「陛下は貴様のこれまでのミスを温情により許すと仰《おっしゃ》っている。これは、本来ならばありえない事だ」

「それは……ありえない事ですね」

「黙って聞け」

嫌な予感がする。ありえない。ありえないのだ。今回護衛で発生した事は、たとえ過失だったとしても、全てが丸く収まったとしても（収まってないけど）、お咎《とが》めなしで許されるような事ではない。

僕だってある程度の罰は覚悟していた。うまい話には裏がある。ただより高いものはない。

「会談の警備は鉄壁だ。たとえ仮に《止水》が襲ってきても問題はない。しかしこちらはゲストだ、口を出すわけにはいかない。わかるな、クライ・アンドリヒ？」

「んー…………………ああ、そうだった。もう襲ってくる心配はないよ」

迷ったが、背に腹は替えられない。僕は仕方なく、兄狐からメールの添付機能で送られてきた二つの宝具をテーブルの上に置いた。一つは漆黒の宝玉、もう一つはテルムがつけていた腕輪である。

フランツさんの表情が凍りつく。何も話していなかったクリュスが呆けたような表情をしている。

「ケチャチャッカとテルムが持っていた宝具だ。これがなければ彼らの戦力は半減だよ」

「は、はああああ？　貴様、ど、どこで、どうやって──いや、いつの間に!?？？」

フランツさんがめちゃくちゃ混乱している。でも、幻影《ファントム》に貰ったなんて真実は言えない。

詳しくはわからないが、彼らは知恵比べで負けたら代償を払わなくてはならないらしい。

「企業秘密だ。腕輪はルシアにあげるけど、宝玉は引き渡してもいい。竜を呼ぶ宝具みたいだし──」

「なん、だとッ!?」

そんな危険な物、僕はいらないね。腕輪もまあどうしてもよこせと言うなら献上するしかないな。

部屋の空気は冷え切っていた。クリュスがショックを受けたような表情で僕を見ていて、罪悪感が凄い。でも、話すわけにはいかなかったんだよ。陛下も厳しい表情で沈黙している。

やがて、陛下が意を決したように重々しい声で言った。

「《千変万化》、貴様の腕前を見込んで、ミュリーナの護衛兼指南を依頼したい」

「…………はい？」

ちょっと何を言っているのかわからなかった。話、繋がってなくない？

ミュリーナ皇女殿下に視線を向けると、さっと陛下の後ろに隠れる。

護衛なら近衛がいる。実際にフランツさんは《止水》の魔の手から皇女を守っているのだ。

大体、たった今フランツさんが、会場は鉄壁の守りだ口を出すなと言ったばかりではないか。皇女殿下は会場まで行くんじゃないの？　ラドリック皇帝陛下については政治に疎い僕でも色々情報が入ってくるが、ミュリーナ皇女については何も知らない。功績もなく美貌で知られているわけでもなく、こんな事言うと不敬かもしれないが、影が薄すぎる。この間まで名前も知らなかったくらいだ。

…………いや、待てよ？　ふと疑問が頭をよぎったところで、クリュスが声をあげた。

「そういえば、そもそもどうして皇女殿下を連れてきたんだ、です？　皇城の方が安全だろ、です」

そうだ、それだよ。別にミュリーナ皇女殿下って為政者じゃないじゃん？　別に次代の皇帝候補というわけでもなかったはずだし、連れてくる必要がない。

クリュスの声に、フランツさんの表情が一変する。怒りではない。影が差したのだ。

常に厳格だった陛下の顔にもまた一瞬、逡巡《しゅんじゅん》がよぎる。まるで爆発寸前の爆弾を見ている気分だ。

そして、陛下がまるで国家秘密でも囁《ささや》くような口調で言った。

「《千変万化》。これは内密の話だが……実はミュリーナは――非常に運が悪いのだ」

Interlude　武帝祭

世界中に存在する宝物殿に幻影《ファントム》、トレジャーハンター。

地脈に奔《はし》ったマナ・マテリアルにより、万人が英雄になり得る時代。

それは同じ種族でも才能により大きな格差が発生する事を意味していた。

マナ・マテリアルの吸収効率は才能値とも呼ばれる。この世界ではほとんどマナ・マテリアルを受け入れられない凡百のハンター千人より、高い才能値を持つ天才ハンター一人の方がずっと強い。

嘘か本当か、かつて世界にはマナ・マテリアルがほとんどない時期があったらしい。その時代の生物は種族で大まかな力の上限が決まっており、同種間で大きな力の差は発生しなかったという。

だが、今の時代は違う。マナ・マテリアルを大量に吸収した者は強く、優秀で、それ故に優遇される。そして、どれほど強くなれるのかを決めるのは、努力だけではない。だからこそ、上流階級の者は代々、才能値の高い者の血を取り入れ、より強い子を残そうとしてきた。現在に蔓延《はびこ》る才能至上主義はきっと、僕達のような庶民よりも上流階級の人間にこそ重くのしかかってくるものなのだろう。


「え…………？　な、なんでそんな流れになるんですか？」

プレゼントした宝具の腕輪を眺めながら、珍しい事に上の空で話を聞いていたルシアが目を見開く。

わからない――気がついたら、僕は皇女殿下の護衛と指南をやらされる事になっていた。

どこまでが真実なのか、事情を陛下に聞いたのだが、どうやらミュリーナ皇女はとても運が悪いらしい。おまけに、気弱で降りかかる火の粉を満足に払う事もできないとか。それをなんとかして欲しいというのが、皇帝陛下のお言葉だった。

しかし、なんというか彼は本当に見る目がない。よく皇帝なんてできるものだ。これまで、運の悪さも才能のなさもこのクライ・アンドリヒの右に出る者はいなかった、僕に頼むのはお門違いである。

「……兄さんが教えられる事なんてないでしょう。私達の方がまだ適性があります」

「さすがに皇帝陛下の要求は断れないよ。それに、貸しを作っておくのは悪くない」

だが、僕は弱いが、《嘆きの亡霊《ストレンジ・グリーフ》》は最強だ。コネだってある、護衛も指南役の紹介も問題ない。

「何より――とてもいいものを貰ったんだ。なんだと思う？　あの武帝祭のチケットだよ」

『武帝祭』とは世界有数の武闘大会である。その名の如く、各地から名だたる戦士が集まり世界最強の座――武帝の座を争う。多分、ミュリーナ皇女に強者を見せ教えろという意図なのだろう。

渡りに船だった。ルーク達がずっと興味を持っていたし、僕も一度くらい観戦したいと思っていたのだ。なかなか手に入らないのに、チケットをくれるなんてさすが皇帝である。

すこぶる機嫌のいい僕を、何故《なぜ》かルシアは胡散臭《うさんくさ》いものでも見るような目で見ていた。

――世界最強の戦いが今、始まる。

嘆きの亡霊は引退したい ～最弱ハンターによる最強パーティ育成術～

外伝　不運と幸運

想定とは異なる形ではあったが、念願のトレジャーハンターとなって一月。

帝都を歩いているとふと突然声が聞こえてきた。

「おお、何という事だ…………このような運命の者がこの世にいようとは!!」

どこか鬼気迫る声に思わず立ち止まり、声の方向を見る。

紫のフードを被った怪しげな老婆だった。道路の端に机を設置し、その上に水晶玉を置いている。

深く皺《しわ》の刻まれた顔。カッとばかりに見開かれた目はこちらを真っ直ぐ射抜いていた。

占い師だろうか？　普段ならばそそくさと通り過ぎるところだが、何故《なぜ》だか無性に気になった。

護衛代わりに連れていたルシアが占い師に胡散臭《うさんくさ》いものでも見るような視線を向ける。未来や吉凶を見通す占い師は魔導師《マギ》とはまた違ったスキルが必要らしく、大抵仲が悪い。

僕は小さく肩を竦《すく》めると、占い師に近づいた。

「!?　え？　行くんですか？」

「まぁ話くらいは聞いてみよう」

別に占いを信じているわけではないが、最近少し調子が悪いし、パーティの今後を占ってもらうのも悪くない。

そんな気軽な調子で前に立つ僕に、占い師の婆さんは更に飛び出でんばかりに目を見開いた。

このような運命とはなんなのだろうか？　ただのキャッチフレーズなのかもしれないが、もしかしたら英雄になれるような凄い未来が待ってる？

少しだけわくわくする僕に、婆さんが言った。

「おおおお………なんと……なんと、いう事だ。占い師の矜持《きょうじ》として言うべきではないかもしれんが――お主……………遠からぬ内に――死ぬぞ」

「…………」

「は、はぁ!?　何をいきなり――」

ルシアが目を見開き、固まる僕の代わりに食ってかかる。だが、占い師の表情に変わりはない。

その声は真に迫り、とても詐欺師のものには思えなかった。

「おお、なんと……なんと、哀れな……間違いない。このような相を見るのは――占い師を始めて五十年、的中率九割九分、『神の眼』と呼ばれた儂《わし》でも初めてだ。あの『姫』ですら足元にも及ばん。神はなんと惨《むご》い事を――だが、知らずに生きていく事はさらなる不幸よ。お主は――ハンターだな？」

「あ、うん……ついこの間なったばかりだけど――」

「お主にとって、ハンターは逆天職だ」

逆天職とか、初めて聞く単語だよ……縁起が悪すぎる。

「お主の運命は、ただでさえ悪かったが、ハンターになる事で、この上なく悪化した。それは地獄への道だ。お主の行く先は不運に次ぐ不運、不運のバーゲンセール――」

神の眼と呼ばれた凄腕の占い師が不運のバーゲンセールなんて言うかぁ？

一気にテンションが落ちる僕に占い師が続ける。

「どうして才能もないのに、ハンターになどなってしまったのかッ！　あまりにも愚か。暗闇に沈んだ運命。今まで生存できたのが奇跡みたいなもの。不運が集まってできたようなこの世で最も不運な男」

酷《ひど》い言われようである。だが、才能がないのは当たっている。

だが、僕だってやめようとしたのだ。ルーク達の勢いに流されてまだ引退できていないが。

「いくらなんでも、失礼ですッ！　兄さんに何か恨みでもあるんですか!?」

ルシアが占い師を睨《にら》みつける。まだハンターになりたてだが、その眼光は既に兄をも萎縮させる迫力があった。だが、この占い師には効かないようだ。

「よく聞け。儂とて、このような事言いたくはない。料金も貰うつもりはない。だが、これは未来を見る者の善意で言うが――お主はハンターをやめるべきだ。でなければ、遠からぬ内に非業の死を遂げるだろう」

……あれ？　もしかしてこれを判断材料にハンター、やめられる？

その慈悲さえ感じさせる声色に、ルシアが息を呑む。そして、占い師はとつとつと語り出した。

「お主にはこれからあらゆる不運が降りかかる。それこそ、坂を転がり落ちるかのように――」

「……具体的にはどんな事が？」

あらゆる不運とは言いすぎだ。そりゃ、僕はあまり優秀ではないし運のいい方でもないが、これまで胸を張って生きてきたつもりである。それなのに非業の死とはあんまりだ。

僕のもっともな問いに、占い師はこの上なく深刻そうな表情で言った。

「ハントに出れば嵐に見舞われ、雷はお主を目掛けて落ち、散歩をすれば盗賊に襲われ、逆にまた盗賊に間違われる事もあるだろう。宝物殿に出向けばお主では到底敵《かな》わぬ強力な幻影《ファントム》に襲われる」

「!?」

「くじを引けば決して当たらず、ハントに関わるあらゆる師から見放され、膨大な借金を背負い、友は悪に手を染める。その上、才能のないお主にはそれらを乗り超える事もできん。絶対に。おおお、お主にできることはただ座して死を待つのみじゃ」

「…………それで、他には？」

あまりに運命がヤバすぎて、思わず確認する。占い師にこんな事言われる人、普通いる？

逆に楽しくなってきたわ。

「お主の立てた予想・推測は全て外れ、そのせいで大事件をしばしば起こす。砂漠に出れば遭難、森に入れば遭難、海に出ても遭難。歩けば宝物殿が発生、あるいは遭遇する。頻繁に魔物や幻影《ファントム》の大群に襲われる上に、犯罪組織からも狙われる。人間どころか人魔問わず酷い罵倒を受け、逃げる事もできん。…………おや？　女難の相まで出ておるぞ？　お主、もしや――疫病神か？」

ルシアが何故か僕をきっとばかりに睨みつける。酷すぎであった。女難って……僕が親しい女の子は妹を除けばせいぜいリィズとシトリーくらいだ。

「自ら戦いに赴かなくとも無駄だ。お主は近くで起こった戦い全てに巻き込まれる。事あるごとに毒を盛られ薬を仕込まれ、上位者からは睨まれる。やることなす事タイミングは最悪だ。リーダーとしてもメンバーとしても、全てが裏目に出る。その様たるや、裏しかないコイン――」

「ちょ、ちょっと待った！　ストップ、ストップ」

あまりにも酷すぎる。良いところが一つもない。まるでこの世の不運を凝縮したようでは――ああ、最初にそう言っていたな。

ともかく、確かに僕には才能がないしやる気もないが、そこまで言われる謂《いわ》れはない。

「不運なのはわかったけど、その状況をどうにかできる方法はないの？　ラッキーアイテムとか」

占い師ってのは普通、悲惨な未来を回避する手も同時に教えてくれるものだ。

だが、僕の問いに、占い師はきっぱりと言い切った。

「ない。お主の不運はもはや運命――ラッキーアイテムなどでどうにかなる範疇《はんちゅう》ではない。だが、今すぐハンターをやめれば少しだけマシな死に方ができるだろう」

えええ……なんて無責任な占い師だ。一方的に僕の不運を告げるとか、何の生産性もない。

おまけに、ハンターをやめても少しマシな死に方ができるだけって――。

………っていうか、この人、詐欺師だろ。

そんなに酷い運命にあるなら最初のハントで死んでないとおかしい。これでももうハンターになって一月は経っている。

確かに酷い目には遭った。イレギュラーもあった。嵐にも遭った。だが、現実としてそれらを全て乗り越えているのだ。元々ハンターが楽な仕事だなんて思ってはいない。

「……でも、僕はこうしてピンピンしてる。ハンターになってからまだ一回も傷を負ってない」

僕の言葉に、占い師は心底不思議そうに眉を顰《ひそ》めた。

「それが、不思議だ。ここまで不運な運命を背負っているのだ、お主は既に百回は死んでいなくてはおかしいのに――」

「つまりは、運命なんて誰にもわからないってことですね！　兄さん、こんな三流占い師は放っておいて、もう行きましょう」

「むう………」

ルシアが失礼な事を言って、僕の腕を掴む。占い師は小さく唸《うな》り声《ごえ》をあげ、その爛々《らんらん》と輝く瞳で僕を見上げ、首を傾げる。どうやら相当不思議らしい。

だが、せっかく声をかけてきてくれたのだ。今回の目利きはハズレだったにせよ、占い師という職を長くやっているのは間違いないだろう。何も敵対する必要はない。

そこで、僕はわざと声を明るくして尋ねた。

「ところで、悪いところばかりじゃなくて――何か取り柄とかないの？　強みとか」

「ぬう？」

散々な言われようだったが、人間一個くらい取り柄はあるはずだ。僕は運動が苦手で、勉強もあまり得意ではない。勇気もそこまでないし、唯一自慢できるのは字が綺麗な事くらいだろうか？

だが、この占い師が本当に一流ならば僕の知らない長所を見つける事くらい簡単にできるはずだ。

占い師の婆さんはしばらく目を細めていたが、黙って言葉を待っていると、眉を顰めて言った。

「お主――とても、人間運がいいな」

「…………はい？」

一瞬何を言われたのかわからなかった。

人間運がいいって、それ取り柄じゃなくない？　だって、運じゃん。そりゃ悪いよりは良い方がいいのは間違いないし、その点については素晴らしい幼馴染に恵まれた事で自覚もしているが――。

婆さんがまるで熱に浮かされたような表情で続ける。

「凄まじい運だ。お主は多くの敵を得るが同時に、多くの友に恵まれる。だが、先程見た運命を考えると――その友は――いや、敵もまた――お主の不運に巻き込まれそれは酷い目に遭うだろう。お主の運命は一人で済む程度のものではない。これは、何たる奇怪な運命」

…………総合すると、僕は疫病神だな。

「いや、それだけではない。お主――恋愛運も凄い。さしたる理由もなく凄くモテる。老若男女、他種族に至るまで様々な異性同性に好かれる。女難の相ではあるし、近づくその者達も間違いなくお主の不運に巻き込まれるが――長く生きる事ができれば、子を百人もうけるのも可能だ。もっとも、そんな気もなさそうだが……一体どういう星の下に生まれればこのような相に――」

同性や異種族まで含めて果たして恋愛運と呼べるのだろうか？

というか、そっち方面は全く覚えがない。明らかにこの人、適当な事を言ってる。

そういえば、誰にでも当てはまるような事を言って煙《けむ》に巻くのが三流占い師の常套《じょうとう》手段らしい。

「兄さん、さっさと行きましょう！　これ以上話を聞くのは無駄です！」

ルシアが不機嫌そうな表情で僕の手を強く引いてくる。老婆は最後にルシアを見て言った。

「お主も酷い目に遭いそうだな。哀れな……」

やっぱり僕は疫病神だな。

あとがき

この度は拙作を手にとって頂き、本当にありがとうございます！

早いものでもう六巻、無事にお届けできて、ほっとしています。槻影です。

前巻でメンバーが大体揃った《嘆きの亡霊》。メンバーが揃った事でようやくこれからが本番ということで、今巻はそんな幼馴染達と空飛ぶ絨毯、愉快なNEW闇鍋パーティで送らせて頂きました！

内容については、絨毯、砂漠、飛行船、狐。前巻もコメディ調がかなり強めでしたが、今回も新キャラ、旧キャラ、入り乱れ、詳細な内容については伏せますが、かなりめちゃくちゃやっています。

余談ですが、今巻で出てくる狐と絨毯は前々からずっと出したいなと思っていた要素でした。

《嘆きの亡霊》の世界の宝物殿は過去の『情報』がマナ・マテリアルと呼ばれる力により世界に顕現したものです。その情報の中には実際にあった失われた文明など、過去の記憶の他に、民話やお伽噺、怪談、神話なども含まれています。今巻の最後でクライはとあるアイテムを手に入れますが、今巻は世界観の露呈という意味でも本番なのかもしれません。イラストレーターのチーコ様、大変そう……。

そして、今巻では、**他作品とのコラボ**をやったり、**特装版（アクリルキーホルダー＋SSつき！）**

を出していただいたり、**店舗特典集Ｖｏｌ．２**を出して頂いたり、本当に色々、企画頂きました！

他にもこのライトノベルがすごい！　２０２１の単行本・ノベルズ部門で七位の栄誉にあずかったり、沢山の方に応援頂き読んで頂き、一作者として望外の喜びです！　今後もよろしくお願いします！

そして、コミカライズ版もこの書籍版と同時期に四巻が出版される予定です。可愛らしいリィズ、可哀想なティノ、のんきなクライが詰まっておりますので、そちらもよろしくお願いします！


さて、最後は恒例の謝辞で締めさせて頂きます。

今回も素晴らしいイラストを頂きました、チーコ様。本当にありがとうございました。この絨毯の躍動感……さては、絨毯マスター!?　これからも何卒、宜しくお願い致します。

担当編集の川口様。そして、ＧＣノベルズ編集部の皆様と関係各社の皆様。今回も大変お世話になりました。いつもページ数が多くて申し訳ございません。次も……今の段階で収まり切りません。辞書くらいの厚さになるかも（嘘）。よろしくお願いします！

そして何より、ここまでお付き合い頂きました皆様に深く感謝申し上げます。これからも楽しんで頂けるよう全力を尽くしますので、引き続きコミック・原作共に応援宜しくおねがいします！

（奥付から飛べるアンケートに答えるとＳＳを読めます。そちらも是非！）

２０２１年１月　槻影

2021.1
おやすみ
アンセム&
ルーク

※イメージ画
嘆きの亡霊は引退したい
6巻発売!!!
おめでとうございます!!!
蛇野らい

GC NOVELS

嘆きの亡霊は引退したい ～最弱ハンターによる最強パーティ育成術～ 6

2021年3月7日　初版発行

■本書は小説投稿サイト「小説家になろう」(https://syosetu.com/)
に掲載されていたものを、加筆の上書籍化したものです。

著者
槻影

イラスト
チーコ

発行人
子安喜美子

編集
川口祐清

装丁
伸童舎

DTP
STUDIO 恋球

印刷所
株式会社平河工業社

発行
株式会社マイクロマガジン社
URL:https://micromagazine.co.jp/

〒104-0041
東京都中央区新富1-3-7　ヨドコウビル
TEL 03-3206-1641 FAX 03-3551-1208（販売部）
TEL 03-3551-9563 FAX 03-3297-0180（編集部）

ISBN978-4-86716-113-5 C0093

ファンレター、作品のご感想をお待ちしています！

宛先　〒104-0041　東京都中央区新富1-3-7　ヨドコウビル
株式会社マイクロマガジン社　GCノベルズ編集部
「槻影先生」係　「チーコ先生」係